CW00889323

AUX SOURCES DU CRIME

Du même auteur
aux Éditions J'ai lu

Les illusionnistes (n° 3608)
Un secret trop précieux (n° 3932)
Ennemies (n° 4080)
Meurtres au Montana (n° 4374)
La rivale (n° 5438)
Ce soir et à jamais (n° 5532)
Comme une ombre dans la nuit
(n° 6224)
La villa (n°6449)
Par une nuit sans mémoire
(n° 6640)
La fortune de Sullivan (n° 6664)
Bayou (n° 7394)
Un dangereux secret (n° 7808)
Les diamants du passé (n° 8058)
Le lumières du Nord (n°8162)

Lieutenant Eve Dallas :
Lieutenant Eve Dallas (n° 4428)
Crimes pour l'exemple (n° 4454)
Au bénéfice du crime (n° 4481)
Crimes en cascade (n° 4711)
Cérémonie du crime (n° 4756)
Au cœur du crime (n° 4918)
Les bijoux du crime (n° 5981)
Conspiration du crime (n° 6027)
Candidat au crime (n° 6855)
Témoin du crime (n° 7323)
La loi du crime (n°7334)
Au nom du crime (n° 7393)
Fascination du crime (n° 7575)
Réunion du crime (n° 7606)
Pureté du crime (n° 7797)
Portrait du crime (n° 7953)
Imitation du crime (n° 8024)
Division du crime (n° 8128)
Visions du crime (n° 8172)
Sauvée du crime (n° 8259)
Aux sources du crime (n° 8441)
Souvenir du crime (n° 8471)

Les frères Quinn :
Dans l'océan de tes yeux
(n° 5106)
Sables mouvants (n° 5215)
À l'abri des tempêtes (n° 5306)
Les rivages de l'amour (n° 6444)

Magie irlandaise :
Les joyaux du soleil (n° 6144)
Les larmes de la lune (n° 6232)
Le cœur de la mer (n° 6357)

Les trois clés :
La quête de Malory (n° 7535)
La quête de Dana (n° 7617)
La quête de Zoé (n° 7855)

Les trois sœurs :
Maggie la rebelle (n° 4102)
Douce Brianna (n° 4147)
Shannon apprivoisée (n° 4371)

Trois rêves :
Orgueilleuse Margo (n° 4560)
Kate l'indomptable (n° 4584)
La blessure de Laura (n° 4585)

En grand format
Le secret des fleurs :
Le dahlia bleu
La rose pourpre

NORA ROBERTS

LIEUTENANT EVE DALLAS - 21

AUX SOURCES DU CRIME

Traduit de l'américain
par Nicole Hibert

Titre original :
ORIGIN IN DEATH
G.P. Putnam's Sons, Penguin Group (USA) Inc.

© Nora Roberts, 2005

Pour la traduction française :
© Éditions J'ai lu, 2007

Prologue

La Mort lui souriait et l'embrassait doucement sur la joue.

Il avait de beaux yeux. Bleus, elle savait qu'ils étaient bleus, ses yeux, mais pas du bleu des crayons de couleur. Elle avait la permission de se servir de sa boîte de crayons une heure par jour. Par-dessus tout, elle aimait colorier.

Elle parlait trois langues – même si le cantonais lui posait des problèmes. Elle dessinait bien les personnages, elle adorait représenter les lignes et les formes. Cependant, il lui était difficile de les voir en mots.

Elle lisait plutôt mal, dans les trois langues. Cela préoccupait, elle en avait conscience, l'homme que ses sœurs et elle appelaient « père ».

Elle oubliait des choses qu'elle était censée se rappeler, pourtant il ne la punissait jamais – pas comme les autres, quand il n'était pas là. Les Autres, voilà comment elle les désignait, ceux qui aidaient son père à l'éduquer et qui s'occupaient d'elle. N'empêche, quand il n'était pas là et qu'elle commettait une erreur, ils lui faisaient quelque chose de pas agréable – tout son corps en sursautait.

On lui interdisait de le dire au père.

Le père était toujours gentil, comme il l'était en cet instant, assis près d'elle. Il lui tenait la main.

C'était le moment d'un autre test. Ses sœurs et elle en passaient beaucoup et, parfois, celui qu'elle appelait « père » avait des plis soucieux qui lui barraient le front et de la tristesse dans les yeux, quand elle était incapable de réussir toutes les étapes. Pour certains tests, il devait la piquer avec une aiguille ou accrocher des machines à sa tête. Elle n'aimait pas beaucoup ça, mais elle faisait semblant de dessiner avec ses crayons jusqu'à ce que ce soit fini.

Elle était heureuse, pourtant quelquefois elle aurait voulu sortir au lieu de faire semblant de sortir. Les programmes holographiques étaient rigolos, surtout celui du pique-nique avec le petit chien – celui-là, c'était son préféré. Mais lorsqu'elle demandait si elle pourrait avoir un vrai petit chien, l'homme qu'elle appelait « père » se contentait de sourire et de répondre : « Oui, un jour. »

Elle devait étudier, beaucoup. C'était important d'apprendre tout ce qu'il y avait à apprendre, de savoir bien parler, s'habiller, jouer de la musique, discuter de tout ce qu'elle avait appris ou lu ou découvert sur l'écran pendant ses leçons.

Ses sœurs étaient plus intelligentes, plus rapides, mais jamais elles ne se moquaient d'elle. Elles avaient la permission de jouer ensemble une heure le matin et une heure avant de se coucher, tous les jours.

C'était encore mieux que le pique-nique avec le petit chien.

Elle ne comprenait pas la notion de solitude, sinon elle aurait su qu'elle était seule.

Quand la Mort lui prit la main, elle était tranquillement allongée et prête à faire de son mieux.

— Tu vas avoir sommeil, lui dit-il de sa voix douce.

Aujourd'hui, il avait amené le garçon. Elle aimait bien qu'il l'amène, même si elle se sentait impressionnée. Il était plus âgé qu'elle et avait les yeux bleus, exactement comme l'homme qu'elle appelait « père ». Il ne s'amusait jamais avec elle ou ses sœurs.

— Tu es bien installée, mon petit cœur ?

— Oui, père.

Elle sourit timidement au garçon debout près du lit. Parfois, elle se racontait que la petite pièce où elle dormait était une vaste chambre pareille à celles des châteaux dont on parlait dans les histoires ou qu'elle voyait dans les films. Elle était la princesse du château, une princesse ensorcelée. Et le garçon était le prince qui la sauverait.

Mais la sauver de quoi, elle ne savait pas trop.

Elle sentit à peine la piqûre de l'aiguille. Il y avait un écran dans le plafond au-dessus de son lit, et aujourd'hui l'homme qu'elle appelait « père » avait programmé des tableaux célèbres. Avec l'espoir de lui plaire, elle en cita le titre à mesure qu'ils apparaissaient et disparaissaient.

— *Le Jardin à Giverny*, Claude Monet. *Fleurs et Mains*, Pablo Picasso. *Femme à la fenêtre*, Salvo... Salva...

— Salvador Dalí.

— Dalí. *Oliviers*, Victor Van Gogh.

— Vincent.

— Excusez-moi, répliqua-t-elle d'une voix pâteuse. J'ai les yeux qui piquent, père. Et la tête lourde.

— Très bien, mon petit cœur. Tu peux fermer les yeux, te reposer.

Il lui tint la main, tandis qu'elle s'en allait à la dérive, garda tendrement cette petite main dans les siennes, alors que la fillette mourait.

Elle quitta ce monde cinq ans, trois mois, douze jours et six heures après sa naissance.

1

Quand l'un des plus célèbres visages de l'univers était pilonné, réduit en une bouillie sanguinolente, c'était un scoop. Même à New York. Quand la propriétaire de cette célébrissime figure perforait plusieurs organes vitaux de l'agresseur à l'aide d'un couteau, ce n'était plus seulement un scoop, c'était du boulot.

Un sacré boulot, même, car interroger la femme qui avait permis de lancer un bon millier d'articles de consommation n'était pas une sinécure.

Dans la somptueuse salle d'attente du centre Wilfred B. Icove de chirurgie réparatrice et esthétique, le lieutenant Eve Dallas était parée pour la bagarre.

Elle en avait ras-le-bol.

— S'ils croient pouvoir me faire tourner les talons une troisième fois, ils ne savent vraiment pas de quoi je suis capable quand je me mets en pétard.

— La première fois, elle était inconsciente.

Ravie de se prélasser dans l'un des luxueux fauteuils capitonnés en sirotant du thé, l'inspecteur Delia Peabody croisa les jambes.

— On l'emmenait au bloc opératoire, ajouta-t-elle.

— La fois d'après, elle n'était pas dans les vapes.

— Elle était en salle de réveil. Ça fait moins de quarante-huit heures, Dallas.

Peabody but une autre gorgée, songeant à ce qu'elle-même ferait si elle avait les moyens de fréquenter ce lieu où l'on sculptait les visages et les corps.

Elle passa les doigts dans ses cheveux noirs coupés en un carré court. Peut-être commencerait-elle par de simples extensions capillaires. Indolore, seyant – tout bénef, décida-t-elle.

— Et la légitime défense paraît indiscutable, dit-elle encore.

— Elle lui a fait huit trous dans la peau, grommela Eve.

— D'accord, c'est peut-être un rien excessif, mais nous savons toutes les deux que son avocat va brandir la légitime défense, la peur d'être physiquement diminuée. Et les jurés le suivront.

Pourquoi pas des extensions capillaires blondes ? pensa Peabody.

— Lee-Lee Ten est une icône, reprit-elle. La perfection incarnée, l'idéal de la beauté féminine, or le type l'a salement amochée.

Fracture du nez, de l'os de la pommette, de la mâchoire, décollement de la rétine. Eve énuméra mentalement les blessures. Elle ne cherchait pas à coller un homicide sur le dos de cette femme, nom d'une pipe ! Elle avait interrogé l'urgentiste qui s'était occupé de Ten, examiné personnellement la scène de crime.

Cependant, si elle ne bouclait pas cette affaire dans la journée, il lui faudrait affronter de nouveau les chiens de chasse surexcités des médias.

Dans ce cas, elle aurait la terrible tentation de leur expliquer en détail l'état lamentable de Ten.

— Elle nous parle aujourd'hui, et on referme le dossier. Sinon, j'inculpe sa bande d'avocats et de représentants divers et variés d'entrave à la justice.

— Connors rentre quand ?

Eve, qui arpentait la salle d'attente, s'arrêta net et, les sourcils froncés, considéra sa coéquipière.

— Pourquoi ?

— Vous êtes à cran… enfin, plus que d'habitude. À mon avis, vous êtes en manque. Mais qui pourrait vous le reprocher ? ajouta Peabody avec un soupir rêveur.

— Je ne suis en manque de rien du tout, marmonna Eve qui se remit à faire les cent pas.

Avec ses longues jambes, son corps souple et élancé, elle se sentait à l'étroit dans cet espace au décor surchargé. Ses cheveux, plus courts que ceux de Peabody, étaient d'un châtain très doux qui évoquait le pelage d'un daim. Coupés à la diable, ondulés, ils encadraient un visage étroit éclairé par d'immenses yeux d'ambre.

Pour Eve Dallas, contrairement à beaucoup des patients et clients du centre Wilfred B. Icove, la beauté physique n'était pas une priorité.

Sa préoccupation majeure, c'était le crime.

La mort.

L'absence de son mari lui pesait sans doute, elle l'admettait. C'était probablement l'une de ces règles du mariage qu'elle s'efforçait encore d'assimiler, après plus d'un an de vie conjugale.

Il était rare que les voyages d'affaires de Connors se prolongent au-delà de vingt-quatre ou quarante-huit heures, or celui-ci durait depuis une semaine.

Elle l'avait poussé à partir, non ? Elle n'ignorait pas qu'il avait largement négligé, au cours des derniers mois, son propre travail pour lui donner un coup de main dans ses enquêtes ou être simplement à son côté quand elle avait besoin de lui.

Mais un homme qui possédait des entreprises ou des actions dans tous les domaines économiques imaginables, dans l'industrie, l'art et la communication, devait être constamment en piste et jongler avec une multitude de balles.

Elle pouvait bien supporter d'être délaissée pendant une semaine. Elle n'était quand même pas complètement idiote.

Seulement voilà, elle avait du mal à fermer l'œil.

Elle ébaucha le mouvement de s'asseoir, mais le fauteuil était décidément trop profond et surtout épouvantablement rose. Il lui semblait qu'elle allait être engloutie tout entière par une énorme bouche luisante.

— Qu'est-ce que Lee-Lee Ten fabriquait dans la cuisine de son triplex à 2 heures du matin ?

— Elle grignotait un morceau ?

— Il y a un autochef dans sa chambre, un autre dans le salon, un dans chaque chambre d'amis, un autre dans son bureau et un dans la salle de gym.

Eve s'approcha de la rangée de fenêtres. Au rose pimpant de la salle d'attente, elle préférait encore le ciel maussade de cet automne 2059, froid et pluvieux.

— Tous ceux qu'on a réussi à interroger ont déclaré que Ten avait laissé tomber Bryhern Speegal.

— C'était vraiment le couple de l'été, commenta Peabody. On ne pouvait pas regarder la télé ou feuilleter un magazine people sans… notez que je ne consacre pas mon temps à ce genre de futilité, mais…

— Bref, selon des sources bien informées, elle plaque Speegal la semaine dernière. Pourtant on la retrouve en train de lui faire la causette dans sa cuisine, cette nuit. Tous les deux sont en peignoir, et on relève des traces de rapports intimes dans la chambre.

— Une réconciliation qui aurait mal tourné ?

— D'après le portier, les bandes de vidéosurveillance et le domestique droïde de Ten, Speegal est arrivé à 23 h 14. Il a été aimablement reçu, et le domestique expédié dans ses quartiers, même si on ne l'a pas déconnecté.

Des verres de vin dans le salon, songea Eve. Des chaussures – celles de Bryhern, celles de Lee-Lee. Un corsage. Une chemise d'homme traînant sur les marches du majestueux escalier, au deuxième niveau. Un soutien-gorge drapé sur la rampe, tout en haut.

Inutile de posséder le flair d'un limier pour suivre la piste ni comprendre à quelles activités s'étaient livrés les protagonistes.

— Il entre, ils boivent deux ou trois verres en bas, le sexe s'en mêle. Aucune preuve qu'elle n'était pas consentante. Pas de signes de lutte et, si lui avait l'intention de la violer, il ne se serait pas donné la peine de l'emmener au second et de lui enlever ses vêtements comme on effeuille une marguerite.

Eve s'assit, oubliant momentanément l'image du fauteuil semblable à une bouche goulue.

— Donc ils montent et s'envoient en l'air. Ensuite, les revoilà en bas, dans la cuisine, couverts de sang. Le droïde entend du tapage, découvre Ten inconsciente et Speegal mort. Il alerte la police et les secours.

La cuisine – immense, tout en blanc et argent – était un véritable champ de bataille éclaboussé d'hémoglobine. Speegal, le beau gosse de l'année, gisait face contre terre.

Ce spectacle avait peut-être rappelé à Eve – ce qui était fâcheux – son père mort. Bien sûr, la chambre à Dallas était infiniment moins reluisante… mais le sang de Speegal était tout aussi poisseux, gluant que celui de son père, quand elle avait arrêté de le larder de coups de couteau.

— Quelquefois il n'y a pas d'autre solution, déclara doucement Peabody. C'est le seul moyen de survivre.

Eve tressaillit. Si sa coéquipière lisait aussi facilement dans ses pensées, l'absence de Connors la déboussolait au point de la rendre transparente.

— Ouais, grogna-t-elle.

L'entrée du médecin mit heureusement un terme à cette conversation gênante.

Eve avait potassé son sujet, en l'occurrence Wilfred B. Icove Junior. Avec une indéniable compétence, il avait pris la relève de son père et la direction du centre Icove. Il était le plasticien des stars.

On lui attribuait la discrétion d'un prêtre, le talent d'un magicien, et une fortune comparable – ou presque – à celle de Connors. À quarante-quatre ans, il avait le physique d'une vedette de l'écran – des yeux d'un bleu cristallin dans un visage aux pommettes saillantes, à la mâchoire carrée, aux lèvres ourlées, au nez étroit. Son épaisse chevelure blonde, coiffée en arrière, dégageait un front haut.

Grand – environ un mètre quatre-vingts –, il était mince et manifestement en pleine forme. Il était élégant, dans un costume ardoise à fines rayures d'un gris argent assorti à celui de sa chemise et du médaillon qu'il portait au bout d'une chaîne fine comme un cheveu.

Il serra la main à Eve, avec un sourire qui révéla des dents parfaites.

— Je suis navré de vous avoir fait attendre si longtemps. Je suis le Dr Icove, le médecin de Lee-Lee... de Mlle Ten.

— Lieutenant Dallas, brigade criminelle. Inspecteur Peabody. Il faut que nous interrogions votre patiente.

— Oui, je sais que vous avez déjà demandé à lui parler et, encore une fois, je vous prie d'accepter mes excuses.

Sa voix, ses manières étaient aussi raffinées que le reste de sa personne.

— Son avocat est auprès d'elle, à présent. Elle a repris conscience, son état est stabilisé. C'est une femme très résistante, lieutenant, cependant elle a été victime d'un grave traumatisme, physique et psychologique. J'espère que vous ferez en sorte d'abréger au maximum cet entretien.

— Ce serait bien pour nous tous, n'est-ce pas ?

Il sourit de nouveau, les invita d'un geste à le suivre dans un large couloir décoré de sculptures et de tableaux à la gloire de la beauté féminine.

— Je lui ai administré un calmant, cependant elle est cohérente. Elle veut cette discussion autant que vous. J'aurais préféré attendre encore vingt-quatre heures, au moins, et son avocat partageait cette opinion... mais, comme je l'ai dit, Lee-Lee est une forte femme.

Icove passa sans lui adresser un regard devant le policier en uniforme posté près de la porte de la blessée.

— Je souhaiterais être présent, la garder sous monitoring durant votre entrevue.

— Pas de problème, répondit Eve qui salua ostensiblement le policier avant de pénétrer dans la pièce.

Le décor était aussi luxueux que celui d'un palace, agrémenté d'une profusion de fleurs fraîches, de quoi égayer un hectare de Central Park.

Les murs d'un rose délicat étaient rehaussés d'argent, de peintures représentant des déesses. De profonds fauteuils et des tables luisantes constituaient un boudoir où les visiteurs pouvaient s'installer ou se distraire en regardant la vidéo.

Les écrans qui masquaient la multitude de fenêtres étaient conçus pour que l'intérieur de la chambre ne soit pas visible depuis les hélicoptères des médias et les trams qui sillonnaient le ciel, tout en magnifiant la vue sur l'incomparable parc new-yorkais.

Sur les oreillers roses du lit, bordés de dentelle immaculée, reposait le célébrissime visage qui semblait avoir rencontré un char d'assaut.

Hématomes, bandages blancs, pansement protecteur sur l'œil gauche. Les lèvres pulpeuses qui avaient vendu tant de volumateurs, fards et gloss – des millions de dollars en tout – étaient tuméfiées et enduites d'une sorte de crème vert pâle. La luxuriante chevelure, qui permettait d'écouler sur le marché des tonnes de shampoing, produits capillaires et gadgets divers, était tirée en arrière et ressemblait à une espèce de serpillière d'un rouge terne.

L'œil droit de Lee-Lee Ten, à peu près intact et pareil à une émeraude fichée dans un coquard multicolore, examina Eve de pied en cap.

— Ma cliente souffre terriblement, déclara l'avocat. Elle est en état de choc, sous sédatif. Je...

— La ferme, Charlie, coupa la voix, rauque et sifflante, de la blessée.

L'avocat obtempéra, vexé.

— Regardez bien, dit Lee-Lee. Le salaud s'est bien défoulé sur moi. Sur mon visage !

— Mademoiselle Ten...

— Je vous connais, n'est-ce pas ?

La voix, réalisa Eve, était sourde et sifflante parce que Lee-Lee parlait entre ses dents scellées. Elle avait la mâchoire brisée, ce qui devait lui faire un mal de chien.

— Les visages, c'est mon métier, et le vôtre... Connors. Oui, vous êtes le flic de Connors. Elle est bien bonne, celle-là.

— Je suis le lieutenant Eve Dallas. Et voici l'inspecteur Peabody.

— Je me suis envoyée en l'air avec votre mari il y a quatre... non, cinq ans. Un week-end de pluie à Rome. Seigneur Dieu, cet homme a une sacrée vitalité ! commenta Lee-Lee, son œil vert pétillant fugacement d'un humour canaille. Vous êtes fâchée ?

— Vous êtes-vous envoyée en l'air avec lui durant les deux dernières années ? rétorqua Eve, stoïque.

— Malheureusement, non. Il n'y a eu entre nous que ce mémorable week-end romain.

— Dans ces conditions, je ne suis pas fâchée. Si nous parlions plutôt de ce qui s'est passé entre vous et Bryhern Speegal dans votre appartement, avant-hier soir.

— Le salopard.

— Lee-Lee, sermonna doucement le médecin.

— Pardon, pardon. Will n'aime pas mon langage châtié. Il m'a battue, ce fumier.

Elle ferma les paupières, s'obligea à respirer profondément.

— Bon Dieu, il m'a battue comme plâtre ! Je voudrais un peu d'eau.

L'avocat saisit la tasse en argent où était plantée une paille également en argent, et l'approcha des lèvres de sa cliente. Elle aspira, reprit son souffle, aspira de nouveau, puis tapota la main de son conseiller.

— Excuse-moi, Charlie, de t'avoir dit de la fermer. Je n'ai pas les idées très claires.

— Lee-Lee, tu n'es pas obligée de parler à la police maintenant.

— Tu as bloqué ma télé pour que je ne puisse pas entendre ce qu'on raconte sur mon compte. Mais je n'ai pas besoin de ça pour imaginer ce qu'on peut dire. Je tiens à tirer les choses au clair.

Son œil s'emplit de larmes qu'elle refoula bravement – ce qui lui valut le respect d'Eve.

— Vous aviez une relation intime avec M. Speegal.

— On a baisé comme des fous pendant tout l'été.

— Lee-Lee… intervint Charlie.

Elle agita la main – un geste brusque, impatient qu'Eve comprit parfaitement.

— Je t'ai expliqué ce qui s'est passé, Charlie. Tu me crois ?

— Évidemment.

— Alors laisse-moi le raconter au flic de Connors. J'ai rencontré Bry en mai dernier, il tournait un film ici, à New York. Douze heures après avoir été présentés l'un à l'autre, on était au lit. C'est… c'était, rectifia Lee-Lee, un magnifique étalon. Beau à se pâmer. Bête comme ses pieds et – ça, je l'ai découvert avant-hier soir – pervers comme… je ne sais pas quoi.

Elle but encore une petite gorgée d'eau, se força à respirer calmement.

— Je m'amusais bien avec lui, et c'était un amant fabuleux. On alimentait les chroniques people. Il a commencé à être un peu trop imbu de sa petite personne, à faire des caprices : je veux ça, je t'interdis de faire ceci ou cela, ce soir on va là, d'où est-ce que tu viens, etc. J'ai décidé de rompre. La semaine dernière. C'était très bien, mais stop, n'allons pas plus loin. Il l'a mal pris, je l'ai senti, mais il a avalé la pilule. En tout cas, j'ai cru qu'il l'avait avalée. On n'est plus des gamins, bon sang, et on ne donnait pas dans le romantisme effréné.

— À ce moment-là, a-t-il proféré des menaces, s'est-il montré physiquement agressif ?

— Non.

Lee-Lee leva une main à hauteur de sa figure. Si sa voix était ferme, ses doigts tremblaient.

— Il a réagi dans le style: «Oui, très bien, je cherchais justement un moyen de te dire la même chose, mettons un point final à cette histoire.» Il partait à New LA pour la promo du film. Alors quand il m'a contactée et annoncé qu'il était de retour à New York, qu'il avait envie de me voir, j'ai accepté.

— Il vous a appelée juste avant 23 heures.

— Impossible de vous le certifier, répliqua Lee-Lee qui réussit à esquisser un petit sourire ironique. J'avais dîné en ville, à La Prairie, avec des amis. Carly Jo, Presty Bing, Apple Grand.

— Nous les avons interrogés, acquiesça Peabody. Selon eux, vous avez quitté le restaurant vers 22 heures.

— Oui, ils avaient prévu d'aller en boîte, mais je n'étais pas d'humeur. Je le regrette à un point… vous n'avez pas idée.

Elle effleura son visage massacré, laissa retomber sa main sur le drap.

— Je suis rentrée, j'ai entrepris de lire un nouveau scénario que mon agent m'avait envoyé. C'était tellement emmerdant – pardon, Will – que, quand Bry a appelé, j'ai sauté sur l'occasion de me distraire un peu. On a bu du vin, papoté, ensuite il m'a… câlinée. Il est doué, un bloc de glace en fondrait. Bref, on est montés et ç'a été un vrai feu d'artifice. Et ensuite… il a décrété que, je cite grosso modo, ce n'étaient pas les bonnes femmes qui le flanquaient à la porte. «Je te préviendrai quand j'en aurai fini avec toi.» L'ordure.

— Ça vous a rendue furieuse, commenta Eve.

— Il a débarqué ici, couché avec moi seulement pour pouvoir me balancer son speech, rétorqua Lee-Lee, le rouge se mêlant sur ses joues au violet des hématomes. Je m'en veux autant que je lui en veux. Je n'ai pas riposté, j'ai enfilé un peignoir, je suis descendue. Dans ce milieu, il est préférable – et payant – de ne pas se faire trop d'ennemis. Donc je me suis réfugiée dans la cuisine pour me calmer, imaginer une façon de tirer mon épingle du jeu. Et j'ai eu envie de confectionner une omelette.

— Une minute, l'interrompit Eve. Vous vous extirpez du lit, vous êtes furibonde, et vous allez vous faire cuire des œufs ?

— Absolument. J'adore cuisiner, ça m'aide à réfléchir.

— J'ai aperçu pas moins de dix autochefs dans votre duplex.

— Et alors ? Je vous répète que j'adore cuisiner. Vous n'avez jamais vu mes vidéos gastronomiques ? C'est vraiment moi qui invente les recettes, vous n'avez qu'à poser la question aux gens de la production. Mais bref… je tournicote dans ma cuisine, histoire de me calmer avant de me mettre aux fourneaux, quand ce salaud me rejoint, remonté à bloc.

Lee-Lee tourna le regard vers Icove qui, s'approchant du lit, lui prit la main.

— Merci, Will. Il était là, à rouler les mécaniques… Il a dit que, quand il se payait une putain, c'était lui qui décidait du moment où elle débarrassait le plancher. Entre une putain et moi, pas de différence selon lui, puisqu'il m'avait offert des bijoux, des cadeaux, etc.

Elle réussit à hausser les épaules.

— Il ne tolérerait pas que je clame partout que je l'avais plaqué. Il romprait lui-même, quand il serait prêt. Je lui ai ordonné de fiche le camp. Il m'a bousculée, je l'ai repoussé. On s'insultait et… Seigneur, je n'ai rien compris. Je me suis retrouvée par terre, le visage en bouillie. J'ai encore ce goût de sang dans la bouche. Jamais personne ne m'avait frappée.

À présent, sa voix était sourde, hachée.

— Jamais personne ne… Je ne sais pas combien de fois il a cogné. Je crois qu'à un moment je me suis relevée, j'ai tenté de fuir. Je jure que je ne sais pas. J'essayais de ramper, je hurlais… Il m'a remise debout. J'y voyais à peine, tellement j'avais les yeux tuméfiés, c'était atrocement douloureux. J'ai pensé qu'il allait me tuer. Il m'a propulsée contre le comptoir – je m'y suis cramponnée pour ne pas m'écrouler. Si je tombe, il me tue…

Elle se tut un instant, le souffle court.

— Est-ce que cette pensée m'est venue à ce moment-là ou plus tard ? Je l'ignore, et je ne sais pas si j'avais raison. Je crois que...

— Lee-Lee, ménage-toi, ne...

— Non, Charlie. Je vais dire ce que j'ai à dire. Rétrospectivement, je crois que, peut-être, il avait fini de me rouer de coups et réalisait qu'il avait poussé le bouchon trop loin. Ou peut-être qu'il voulait juste m'abîmer davantage le portrait. Mais à cet instant-là, étouffée et à moitié aveuglée par mon propre sang, la figure en feu, j'ai eu peur pour ma vie. Je le jure. Il s'est avancé et je... le bloc à couteaux était tout près. J'ai saisi un couteau. Si je l'avais pu, j'en aurais pris un plus grand. Ça aussi, je le jure. Je voulais le tuer, pour qu'il ne me tue pas. Il a éclaté de rire et levé le bras, comme pour me gifler encore.

Lee-Lee se contrôlait de nouveau, son œil émeraude fixait Eve.

— Je lui ai planté le couteau dans le corps. Puis je l'ai retiré et j'ai recommencé. Et j'ai continué, jusqu'à ce que je perde connaissance. Je ne regrette rien.

Une larme roula sur sa joue meurtrie.

— Non... Je regrette seulement d'avoir laissé ce type me toucher. Il a réduit mon visage en miettes. Oh, Will...

— Vous serez plus belle que jamais, assura celui-ci.

— Possible, rétorqua-t-elle, essuyant précautionneusement ses pleurs. Mais je ne serai plus la même. Avez-vous déjà tué quelqu'un ? demanda-t-elle à Eve. Sans éprouver le moindre remords ?

— Oui.

— Alors, vous savez. Après, on ne peut plus être la même.

Quand l'entretien fut achevé, Charlie l'avocat les suivit dans le hall.

— Lieutenant...

— Ne vous emballez pas, Charlie, coupa Eve d'un ton las. On ne l'inculpe pas. Sa déposition est étayée par des preuves concrètes et par d'autres témoignages. Elle a été agressée, elle était en danger de mort et s'est défendue.

Il opina, apparemment un brin dépité de ne pas devoir enfourcher son blanc destrier pour se précipiter à la rescousse de sa cliente.

— J'aimerais avoir connaissance des conclusions officielles avant qu'elles soient communiquées aux médias.

Tout en pivotant sur ses talons, Eve émit un son qui ressemblait vaguement à un ricanement.

— Oui, je m'en doutais.

— Ça va ? s'inquiéta Peabody, tandis qu'elles se dirigeaient vers les ascenseurs.

— Pourquoi, j'ai mauvaise mine ?

— Non, non… À propos de mine, si vous aviez recours aux services du Dr Icove, qu'est-ce que vous choisiriez ?

— Un bon psychiatre qui m'aide à piger pourquoi je laisserais quelqu'un tripatouiller ma figure ou mon corps.

La sécurité, pour descendre, était aussi stricte qu'en sens inverse. Elles furent scannées pour vérifier qu'elles n'emportaient aucun souvenir et, plus capital encore, pas la moindre image des patients à qui l'établissement garantissait une absolue confidentialité.

Alors que la machine les examinait sous toutes les coutures, Eve vit Icove passer au pas de course et s'engouffrer, grâce à une clé électronique, dans un ascenseur privé camouflé dans le mur rose.

— Pressé, commenta-t-elle. Sans doute quelqu'un qui a besoin d'une liposuccion en urgence.

— Revenons à nos moutons, insista Peabody en émergeant du scanner. Si vous pouviez modifier un détail de votre visage, qu'est-ce que vous choisiriez ?

— Mais pourquoi je changerais quelque chose ? De toute manière, la plupart du temps, je ne me regarde même pas dans la glace.

— Moi, j'aimerais avoir plus de lèvres.

— Deux, ça ne vous suffit pas ?

— Dallas… Je veux dire des lèvres plus pulpeuses, plus sexy, et peut-être un nez plus fin. Vous le trouvez gros, mon nez ?

— Oui, surtout quand vous le fourrez dans mes oignons.

Peabody tapota l'un des posters qui tapissaient les parois de l'ascenseur. Des visages, des corps sans le moindre défaut.

— Regardez celui de cette fille. Il me plairait bien. Il est ciselé. Le vôtre aussi est ciselé.

— Il est au milieu de ma figure et il a deux narines très utiles pour respirer. Point à la ligne.

— Évidemment, ça vous est facile de parler comme ça.

— Hum… À la réflexion, je suis d'accord avec vous. Il vous faudrait des lèvres plus gonflées.

Eve crispa le poing.

— Vous voulez que je vous arrange le problème ?

Peabody se contenta de sourire, étudiant les posters qui les entouraient.

— Cet endroit est une espèce de palais de la perfection physique. Il se pourrait bien que je revienne profiter d'un de leurs programmes de morphing gratuits. Simplement pour voir comment je serais avec plus de lèvres ou un nez plus mince. Je crois que je vais parler de mes cheveux à Trina.

— Mais pourquoi, nom d'une pipe, les gens ont tous envie de transformer leurs cheveux ? Ils sont très bien conçus par la nature, ils couvrent le crâne et lui tiennent chaud.

— Vous avez peur, quand je verrai Trina, qu'elle ne vous ligote sur une chaise et ne vous administre un soin de beauté.

— Je n'ai pas peur du tout.

Eve mentait éhontément. En réalité, elle était terrorisée par Trina, la redoutable esthéticienne.

Soudain, elle eut la surprise d'entendre son nom énoncé par le système de communication de l'ascenseur.

— Oui… bougonna-t-elle. Ici Dallas.

— *Lieutenant, le Dr Icove vous prie de vous rendre immédiatement au quarante-cinquième étage. Il s'agit d'une urgence.*

— D'accord.

Elle regarda Peabody, haussa les épaules.

— Il se passe quelque chose, commenta-t-elle. Peut-être une de ses clientes qui a claqué.

— On ne meurt jamais des suites d'une opération de chirurgie plastique, objecta Peabody, tâtant son nez d'un doigt plus circonspect. Enfin... presque jamais.

— Nous pourrions avoir l'occasion de vous admirer dans votre cercueil, avec votre petit nez tout neuf. Au lieu de pleurer, on dirait : « Quel dommage pour Peabody, mais quel superbe pif elle a en plein milieu de la figure ! »

— C'est malin...

— Mourir pour un nez, ce ne serait pas malin, en effet.

Considérant qu'elle avait remporté ce round, et donc satisfaite, Eve sortit de la cabine. Une femme à la peau couleur de caramel et aux yeux d'un noir d'obsidienne accourut. Elle était en larmes.

— Lieutenant Dallas, inspecteur Peabody... hoqueta-t-elle. Le Dr Icove... C'est affreux...

— Il a un problème ?

— Il est mort. Venez, je vous en prie, vite.

— Mais, rétorqua Peabody, on l'a aperçu il y a cinq minutes à peine...

Toutes deux accélérèrent l'allure pour ne pas se laisser distancer par la femme qui fonçait dans un luxueux espace, haut de plafond, où étaient aménagés des bureaux. Au travers des murs de verre, on voyait l'orage qui faisait toujours rage au-dehors. À l'intérieur, cependant, on avait l'impression d'être dans un cocon à l'éclairage feutré, orné de plantes vertes, de sculptures aux formes voluptueuses, de peintures d'inspiration romantique – des nus.

— Vous voulez bien ralentir un peu, protesta Eve, et nous expliquer ce qui s'est passé ?

— Je n'en sais rien.

Comment cette femme réussissait-elle à trotter aussi vite, juchée sur des talons vertigineux ? Mystère. Elle franchit une porte à deux battants, vert d'eau, et pénétra dans une salle d'attente.

Icove, livide mais apparemment toujours vivant, apparut sur le seuil d'une autre porte.

— Je suis soulagée de constater qu'on exagérait en vous disant mort, déclara Eve.

— Non, mon... mon père. On l'a assassiné.

Leur cicérone au teint de caramel éclata en sanglots.

— Pia, asseyez-vous, ordonna Icove en lui posant une main sur l'épaule. Vous devez vous ressaisir, je ne pourrai pas y arriver sans vous.

— Oui, bien sûr... Oh, docteur Will...

— Où est-il ? interrogea Eve.

— Ici, dans son bureau. Vous...

Icove n'acheva pas sa phrase, se bornant à ébaucher un geste vague.

La pièce, quoique spacieuse, était imprégnée d'une atmosphère douillette – couleurs chaudes, fauteuils confortables. De hautes et étroites fenêtres avaient vue sur la ville et étaient masquées par des écrans d'or pâle, translucides. Dans des niches murales étaient exposés des objets d'art et des photographies.

Eve embrassa du regard une méridienne en cuir beige, un plateau sur une table basse – du thé ou du café, auquel on n'avait apparemment pas touché.

Le bureau était ancien, en bois, de style masculin, l'équipement électronique discret.

Dans le fauteuil au dossier droit, en cuir beige comme la méridienne, trônait Wilfred B. Icove.

Ses épais cheveux neigeux couronnaient un visage carré, volontaire. Il portait un costume bleu marine, une chemise blanche à très fines rayures rouges.

Planté dans sa poitrine, juste au-dessus de sa pochette rouge, étincelait un instrument argenté.

Il n'y avait que peu de sang sur la veste. On avait poignardé le Dr Icove en plein cœur, avec une précision chirurgicale.

2

— Je vais chercher les kits de terrain et prévenir le labo, déclara Peabody.

— Qui l'a découvert ? demanda Eve à Icove.

— Pia, son assistante. Elle... elle m'a alerté immédiatement, je suis monté à toute vitesse, et je...

— A-t-elle touché le corps ? Et vous ?

— Je ne sais pas. Enfin, je veux dire... en ce qui la concerne, je ne sais pas. Moi, je... je l'ai touché. Au cas où l'on aurait encore pu faire quelque chose.

— Docteur Icove, asseyez-vous, je vous prie. Je vous présente mes plus sincères condoléances. Mais, dans l'immédiat, il me faut des informations. Par exemple... qui est la dernière personne à l'avoir vu vivant, ici dans cette pièce ? À quelle heure son dernier rendez-vous était-il prévu ?

— Eh bien... Pia va vérifier son emploi du temps.

— Inutile, objecta celle-ci qui ne pleurait plus mais avait la voix rauque. Il a reçu Dolores Nocho-Alverez, à 11 h 30. Je... je l'ai introduite ici moi-même.

— Combien de temps est-elle restée ?

— Je n'en suis pas sûre. Je suis allée déjeuner à midi, comme d'habitude. Le Dr Icove m'a dit de ne pas m'inquiéter, qu'il se chargerait de la raccompagner jusqu'à la sortie.

— Elle a forcément dû franchir le portique de sécurité.

Pia se leva.

— Je peux facilement savoir à quelle heure elle est partie. Je m'en occupe tout de suite. Oh, docteur Will, je suis tellement navrée !

— Oui, je sais.

— Vous connaissez cette patiente, docteur Icove ? s'enquit Eve.

— Non, répondit-il en se frottant les yeux. Mon père avait largement réduit sa clientèle et pris une semi-retraite. Quand un cas l'intéressait, il s'en chargeait, et parfois il m'assistait. Il préside toujours le conseil d'administration et fait partie des dirigeants de plusieurs autres établissements. Mais depuis quatre ans, il pratiquait rarement des interventions chirurgicales.

— Il avait des ennemis ?

— Non.

Icove se tourna vers Eve. Son regard papillotait, sa voix manquait de fermeté, cependant il persista :

— Pas du tout. Mon père était adoré. Ses patients, durant plus de cinq décennies, n'ont éprouvé envers lui qu'une infinie gratitude. Les communautés médicale et scientifique le respectaient et l'estimaient. Il changeait l'existence des gens, lieutenant. Non seulement il les sauvait, mais il améliorait leur vie.

— Il arrive que des individus aient des exigences irréalisables. Quelqu'un aurait pu s'adresser à lui, exprimer un désir chimérique, ne pas obtenir satisfaction et en concevoir de la rancœur.

— Non… Nous sélectionnons avec une extrême prudence la clientèle que nous accueillons ici. En outre, pour être franc, il y avait fort peu de choses que mon père considérait comme « irréalisables ». Il a d'ailleurs prouvé à de multiples reprises qu'il était capable de faire ce que d'autres jugeaient impossible.

— Alors peut-être avait-il des problèmes personnels. Votre mère est… ?

— … décédée lorsque j'étais encore un petit garçon, pendant la Guerre urbaine. Il ne s'est jamais remarié. Il a eu des relations amoureuses, naturellement. Mais il avait surtout épousé son art, la science et sa vision de la beauté.

— Vous êtes fils unique ?

Il esquissa un faible sourire.

— Oui. Ma femme et moi lui avons donné deux petits-enfants. Nous sommes une famille très soudée, j'ignore comment je vais annoncer la nouvelle à Avril et aux enfants. Qui a pu faire ça ? Quel monstre tuerait un homme qui a consacré son existence à aider ses semblables ?

— Voilà justement ce que je compte bien découvrir.

À cet instant, Pia reparut, escortée par Peabody.

— Elle est repartie à 12 h 19.

— On a des images ?

— Oui, j'ai déjà demandé à la sécurité de nous envoyer les disques – j'espère que je n'ai pas eu tort ? demanda Pia à Icove.

— Non, au contraire. Si vous voulez rentrer chez vous pour…

— Navrée, coupa Eve, je tiens à ce que vous restiez ici tous les deux. Pour l'instant, vous ne devez passer ou recevoir aucun coup de fil, ni vous entretenir avec qui que ce soit, ni même discuter ensemble.

— C'est la routine, enchaîna Peabody. Une équipe de policiers arrive, nous avons certaines choses à faire, ensuite nous prendrons vos dépositions.

— Naturellement, soupira Icove qui regardait autour de lui tel un homme perdu dans une ténébreuse forêt. Je ne…

— Pourquoi ne pas me montrer où vous pourriez vous installer confortablement pendant que nous nous occupons de votre père ? suggéra Peabody.

Elle jeta un coup d'œil à Eve qui opina, tout en ouvrant son kit de terrain. Demeurée seule, Eve s'enduisit de Seal-It, brancha l'enregistreur et s'approcha enfin du corps pour l'examiner.

— Identité de la victime : Dr Wilfred B. Icove. Spécialiste de chirurgie réparatrice et plastique. Quatre-vingt-deux ans, veuf, un fils – Wilfred B. Icove Junior, également médecin. Pas de traumatisme visible, hormis la blessure mortelle, aucune trace de lutte.

Eve prit dans sa mallette divers appareils de mesure.

— Heure du décès : midi. Cause de la mort : coup porté au cœur, à l'aide d'un instrument qui a transpercé le tissu du costume – d'excellente qualité – et de la chemise.

Elle mesura l'arme du crime et la filma.

— Il semble s'agir d'un scalpel à usage médical.

Le mort avait les ongles manucurés, nota-t-elle. Une montre de prix, quoique discrète. Manifestement adepte lui-même de la médecine qu'il pratiquait sur autrui, car il avait l'air d'un sexagénaire en pleine forme, et non d'un octogénaire.

— Retrouvez-moi cette Dolores Nocho-Alverez, ordonna-t-elle à Peabody qui la rejoignait. Soit elle a poignardé notre ami le docteur, soit elle connaît le coupable. Un seul coup au cœur. Quand on sait ce qu'on fait, ça suffit. Elle devait se tenir tout près de lui, bien campée sur ses jambes. Calme. Pas d'angoisse ni de rage. Une tueuse professionnelle, peut-être. Une femme en colère l'aurait massacré.

— Elle ne s'est pas salie, ce genre de blessure ne saigne pas beaucoup, fit remarquer Peabody.

— Une opération minutieuse, bien préparée. Elle arrive à 11 h 30, ressort à 12 h 5, maximum. Elle franchit le portique de sécurité à 12 h 19. Il faut ce temps pour descendre, passer au scanner.

— Ah, je l'ai... Dolores Nocho-Alverez, vingt-neuf ans. Espagnole résidant à Barcelone, ainsi qu'à Cancún au Mexique. Une jolie femme – extraordinairement jolie.

Peabody leva les yeux de l'écran de son ordinateur de poche.

— Je ne comprends pas pourquoi elle avait pris rendez-vous avec un chirurgien esthétique.

— Pour pouvoir l'approcher et l'assassiner. Vérifiez son passeport, Peabody. Voyez où la chère Dolores habite dans notre belle ville.

Eve fit le tour de la pièce.

— Ces tasses sont propres. Ça empeste la fleur, ajouta Eve, reniflant le contenu de la théière en argent. Je comprends que Dolores n'ait pas bu ce truc-là. Je parie qu'elle n'a touché à rien et qu'en plus elle a soigneusement effacé ses empreintes. Les techniciens du labo ne trouveront rien. Elle a dû s'asseoir là, poursuivit-elle, désignant l'un des fauteuils réservés aux clients, face au bureau. Elle était bien obligée de jouer la comédie de la consultation, de parler et de meubler les trente minutes de battement, avant que l'assistante aille déjeuner. Mais comment savait-elle à quelle heure l'assistante mangeait ?

— Elle a peut-être entendu quelqu'un le dire, suggéra Peabody.

— Non, elle était déjà au courant. Elle avait mené sa petite enquête ou avait un informateur sur place. Elle connaissait la routine. L'assistante ne revient pas avant 13 heures, ce qui laisse à l'assassin tout le temps d'accomplir son boulot et de quitter l'immeuble avant qu'on ne découvre le corps.

Eve contourna la table en bois massif.

— Elle flirte avec lui, peut-être, ou lui sert une histoire pathétique du genre : « Ma narine droite a un millimètre de moins que la gauche. Regardez, docteur, je suis défigurée. Pouvez-vous m'aider ? » Et vlan, elle lui enfonce cette lame pile dans l'aorte. Mort instantanée.

— Dallas, il n'y a pas de passeport au nom de Dolores Nocho-Alverez.

— Ça sent le pro, murmura Eve. Dès qu'on sera au Central, on transmettra son portrait à Interpol. Avec un peu de chance... Mais, d'après vous, qui pourrait mettre un contrat sur la tête du bon vieux Dr Wilfred ?

— Will Junior ?

— Hum... c'est de ce côté-là qu'on va commencer.

Le bureau d'Icove Junior était plus grand que celui de son père, et le décor plus audacieux. Il avait opté pour une console argentée, et un mur en verre donnait sur une terrasse. Deux longs canapés bas occupaient le coin salon, ainsi qu'un écran et un bar remarquablement fourni – bien qu'aucune boisson alcoolisée ne soit visible.

Ici aussi les œuvres d'art étaient nombreuses. Néanmoins, un portrait dominait l'ensemble – celui d'une femme blonde, grande et souple, aux yeux lilas et dont la peau évoquait du marbre poli. Vêtue d'une longue robe parme qui semblait flotter autour d'elle et coiffée d'un chapeau de paille orné de rubans violets, elle était entourée de fleurs, resplendissante et rieuse.

— Mon épouse, dit Icove qui toussota, montrant du menton le tableau qu'Eve étudiait. Mon père a fait réaliser ce portrait et me l'a offert le jour de mon mariage. Pour Avril aussi, il était comme un père. Je ne sais pas comment nous allons surmonter cette tragédie.

— Votre femme a-t-elle été une... une cliente du Centre ?

— Avril ? rétorqua Icove en souriant au portrait. Non, sa beauté est naturelle. Un don des dieux.

— Tant mieux. Docteur Icove, connaissez-vous cette femme ?

Eve lui tendit le cliché imprimé par Peabody.

— Non... C'est elle qui a tué mon père ? Mais pour quelle raison ? Pourquoi, au nom du ciel ?

— Nous n'affirmons pas que c'est la meurtrière, cependant nous pensons qu'elle est la dernière personne à l'avoir vu vivant. Elle est espagnole, elle habite Barcelone. Avez-vous, vous ou votre père, des liens avec ce pays ?

— Nous avons des clients dans toute la galaxie. Nous n'avons pas de clinique à Barcelone, mais je m'y suis rendu fréquemment – comme mon père, d'ailleurs – pour examiner des patients lorsque leur cas justifiait le déplacement.

— Docteur Icove, un établissement comme celui-ci rapporte des sommes considérables.

— En effet.

— Votre père était un homme richissime.

— Indubitablement.

— Et vous êtes son fils unique. Son héritier, je présume.

Silence. Lentement, avec précaution, Icove s'assit dans un fauteuil.

— Vous pensez que je tuerais mon père *pour de l'argent* ?

— Pouvoir éliminer cette piste me serait utile.

— Je suis déjà un homme riche, articula-t-il, tandis qu'une vive rougeur colorait ses joues. Effectivement, j'hériterai d'une énorme fortune, ainsi que ma femme et mes enfants. D'autres legs importants iront à des institutions caritatives et à la Fondation Wilfred B. Icove. J'exige qu'un autre enquêteur soit chargé de l'affaire.

— Vous en avez le droit, rétorqua placidement Eve. Mais on vous posera strictement les mêmes questions. Si vous désirez que l'assassin de votre père soit jugé, docteur Icove, vous serez forcé de coopérer.

— Je veux que vous retrouviez cette... Alverez. Je veux voir son visage, la regarder droit dans les yeux, savoir pourquoi...

Il s'interrompit, secoua la tête.

— J'aimais mon père. Tout ce que j'ai, tout ce que je suis... c'est grâce à lui. On me l'a arraché, on a privé mes enfants de leur grand-père.

— Cela vous dérange-t-il qu'on vous appelle Dr Will au lieu d'utiliser votre patronyme ?

— Oh, bon sang... Non, d'ailleurs seuls les membres du personnel m'appellent de cette façon. C'est pratique, cela évite les malentendus.

À l'avenir, songea Eve, il n'y aurait plus de malentendus possibles. Toutefois, si le Dr Will avait manigancé et payé l'assassinat de son père, il perdait son temps en exerçant la médecine. Il gagnerait infiniment plus d'argent dans le cinéma.

— La compétition est féroce dans votre domaine, dit-elle. Selon vous, qu'est-ce qui pousserait quelqu'un à éliminer un concurrent ?

— Je l'ignore. Je n'ai plus les idées claires, j'ai besoin d'être auprès de ma famille. Mais… cet établissement continuera à fonctionner sans mon père. Il l'a créé en songeant au futur. Il regardait toujours devant lui. Sa mort ne sert à rien. À rien.

Ce n'était jamais aussi simple, se disait Eve, comme Peabody et elle regagnaient le Central. Vengeance, profit, jubilation. Le meurtre avait invariablement un motif et celui qui le perpétrait en tirait une satisfaction. Sinon, pourquoi continuerait-on à tuer ?

— Peabody, faites-nous un petit résumé.

— Un médecin respecté, voire révéré, l'un des fondateurs de la chirurgie réparatrice actuelle, est assassiné dans son bureau. Froidement, avec une redoutable efficacité. Malgré un système de sécurité très performant. Notre principale suspecte pour l'instant : une femme qui avait rendez-vous avec lui, qui est entrée dans le bureau et en est repartie sans problème. Bien qu'elle soit prétendument une ressortissante espagnole, elle n'a pas de passeport enregistré. L'adresse figurant sur ses papiers d'identité n'existe pas.

— Vos conclusions ?

— Notre suspecte est une professionnelle, ou un amateur très doué, qui a utilisé une fausse identité pour approcher la victime. Dans l'immédiat, le mobile est encore trouble.

— Trouble ?

— Oui, j'aime bien cet adjectif. Il laisse entendre qu'on va éclaircir les choses. Vous n'êtes pas d'accord ?

— Hum… Comment a-t-elle réussi à entrer dans les lieux avec l'arme du crime ?

Peabody contempla, à travers la pluie qui martelait le pare-brise, un panneau publicitaire animé vantant des séjours de rêve sur des plages ensoleillées.

— Eh bien… il y a toujours moyen de déjouer un système de sécurité, mais pourquoi prendre ce risque ? Dans une clinique, les scalpels ne manquent pas. Elle a peut-être eu un complice qui a mis l'instrument à sa disposition. L'établissement est remarquablement sécurisé, mais n'oublions pas les lois sur les libertés individuelles. Il n'y a pas de caméras de vidéosurveillance dans les chambres ou les couloirs des secteurs réservés aux patients.

— Entre les halls, les galeries marchandes, les bureaux, les salles d'auscultation, les blocs opératoires, le service hospitalier, les urgences… cet endroit est un vrai dédale. Pour entrer, poignarder un type en plein cœur et ressortir… elle connaissait la topographie. Elle était déjà venue.

Eve s'extirpa en zigzaguant des embouteillages pour s'engager dans le parking du Central.

— Je veux revisionner tous les films de vidéosurveillance. Interpol aura peut-être des tuyaux sur notre suspecte. Un nom, un pseudo. Je veux aussi la biographie complète de la victime et une estimation de la situation financière du fils. Pour l'éliminer de notre liste. Ou pas. On trouvera peut-être de grosses sommes d'argent transférées récemment, sans raison valable.

— Il n'est pas coupable, Dallas.

— Je suis d'accord avec vous, rétorqua Eve en sortant de la voiture. N'empêche qu'on vérifie quand même. On interroge ses associés, ses confrères, ses maîtresses, ses ex-maîtresses, ses relations mondaines. Bref, on cherche le fin mot de l'histoire.

Elle s'engouffra dans l'ascenseur, s'adossa à la paroi.

— Les gens aiment bien traîner les toubibs en justice ou en dire pis que pendre – surtout quand il s'agit des médecins les plus réputés. Or personne n'est parfait. À un moment ou un autre de sa carrière, il a loupé une opération, par exemple, ou bien un de ses patients est décédé, et la famille l'a tenu pour responsable. Dans cette affaire, la vengeance semble le mobile le plus vraisemblable. Tuer ce bonhomme avec un instrument médical. Un symbole, peut-être. Un coup en plein cœur. Un autre symbole.

— La symbolique me paraîtrait plus significative si on lui avait charcuté la figure ou une partie du corps.

— Hum… vous n'avez malheureusement pas tort.

Flics, techniciens et autres s'entassaient à présent dans la cabine. Au cinquième, Eve qui étouffait s'extirpa de la cohue à grands coups de coude et emprunta l'escalier roulant.

— Attendez, il me faut quelque chose pour me requinquer, déclara Peabody, sautant de l'engin mécanique pour filer tout droit vers des distributeurs.

— Prenez-moi aussi un truc, dit Eve qui lui emboîta le pas.

— Quoi donc ?

— Ben… un truc.

Le front plissé, Eve balaya d'un rapide coup d'œil les diverses propositions de la machine. Pourquoi y avait-il tant de produits diététiques dans un bâtiment réservé à la police ? Les flics n'avaient aucun besoin de diététique. Ils étaient bien placés pour savoir qu'ils ne vivraient pas éternellement.

— Cette espèce de gâteau avec le machin à l'intérieur.

— Le Dur au cœur tendre ?

— Pourquoi ils choisissent des noms aussi imbéciles, hein ? Ça me gênerait presque d'en manger. Enfin bref… oui, prenez-moi ce truc-là.

— Vous ne touchez toujours pas aux distributeurs ?

Eve garda les mains enfoncées dans ses poches, tandis que Peabody s'affairait.

— Je préfère recourir à un médiateur, grogna Eve, de cette façon les deux parties s'en tirent sans y laisser de plumes. Si je retouche un jour à ces horreurs, il y aura de la casse.

— Que de haine envers un objet inanimé qui se contente de distribuer des friandises !

— Oh, détrompez-vous… Ça vit, ces bêtes-là, ça réfléchit avec leur petite cervelle démoniaque.

— *Vous avez sélectionné deux Durs au cœur tendre, le succulent biscuit croquant au cœur moelleux et fondant. Le régal des papilles !*

Sur quoi, la machine débita la liste des ingrédients et le nombre de calories par gramme.

— Qu'est-ce que je vous disais, marmonna Eve, lugubre.

— Oui d'accord, acquiesça Peabody, moi aussi je préférerais qu'elles ne précisent pas le nombre de calories. Mais on les a programmées comme ça, Dallas. Ces machines ne sont pas vivantes et elles ne pensent pas, je vous assure.

— On veut nous le faire croire. Mais elles se parlent et elles mijotent sans doute d'anéantir l'humanité. Un jour, ce sera elles ou nous.

— Lieutenant, arrêtez, vous me donnez la chair de poule.

— Je vous aurai prévenue, insista Eve, mordant dans sa friandise, tandis qu'elles se dirigeaient vers la Criminelle.

Elles se répartirent les tâches à exécuter, Peabody regagna son box dans la salle des inspecteurs, et Eve son bureau.

Elle s'immobilisa un instant sur le seuil, étudia le décor tout en mastiquant. Il y avait juste assez d'espace pour contenir une table, le fauteuil d'Eve, un classeur et un siège bancal réservé aux visiteurs. Une seule fenêtre de la taille d'un timbre éclairait l'ensemble.

Les objets, les souvenirs personnels ? Eh bien, il y avait sa réserve secrète de barres chocolatées, dans sa cachette que – événement à marquer d'une pierre blanche – le voleur de sucreries qui la persécutait n'avait pas encore trouvée. Il y avait également un yoyo – avec lequel elle s'amusait, à l'occasion, quand elle avait un problème à résoudre et que sa porte était fermée à double tour.

Ce cagibi lui suffisait, il lui convenait parfaitement. Que ferait-elle d'un bureau gigantesque comme ceux des Icove père et fils ? Une foule d'importuns viendraient sans cesse la harceler.

L'espace, décréta-t-elle, était un autre symbole. J'ai réussi, donc je dispose de plusieurs dizaines de mètres carrés. Manifestement, les Icove étaient partisans de ce principe. Connors aussi, elle devait l'admettre. Il aimait avoir de l'espace et des quantités d'objets et de gadgets pour le remplir.

Il était né dans le ruisseau, comme Eve. Mais ils compensaient différemment ce qui, pour d'autres qu'eux, aurait été un handicap. Il lui rapporterait des cadeaux de ce voyage d'affaires. Il trouvait toujours le temps d'acheter des choses, adorait la couvrir de présents et riait que cela la gêne au plus haut point.

Et Wilfred B. Icove Senior ? Quelles étaient ses origines ? Quels symboles présidaient à son existence ?

Elle s'assit à sa table de travail, se tourna vers son ordinateur et entreprit de faire connaissance avec le mort.

Tout en rassemblant les données, elle contacta Feeney, le capitaine de la DDE, la division de détection électronique. Sa figure de cocker coiffé de cheveux roussâtres raides comme des baguettes s'inscrivit sur l'écran. Sa chemise était fripée, il semblait avoir dormi avec – et tout cela fut, comme d'habitude, étrangement réconfortant pour Eve.

— J'ai besoin d'une recherche Interpol, lui annonça-t-elle. Un gros bonnet de la chirurgie esthétique trucidé ce matin dans son bureau. Sa dernière patiente est en tête de notre liste de suspects. Il s'agit d'une femme, pas loin de la trentaine, domiciliée à Barcelone, en Espagne…

— *Olé !* lança-t-il, ce qui la fit sourire.

— Mazette, Feeney, je ne savais pas que tu parlais espagnol !

— J'ai appris pendant les vacances que j'ai passées dans ta villa mexicaine.

— Ah… et comment tu traduis « poignardé en plein cœur avec un instrument à fine lame ? »

— *Olé !*

— C'est bon à savoir. Aucun passeport enregistré au nom de la dame, Dolores Nocho-Alverez. Son adresse espagnole est bidon. Elle est entrée et ressortie comme une fleur, malgré un système de sécurité efficace.

— Tu penses qu'il s'agit d'une pro ?

— Je le renifle, mais je ne vois pas l'ombre d'un mobile à l'horizon. Un de tes gars pourrait peut-être s'en occuper ?

— Envoie-moi une photo, on verra si on obtient un résultat.

— Merci, mon vieux.

Elle interrompit la communication, transmit la photo d'identité de la suspecte puis, croisant les doigts pour que son ordinateur soit capable d'exécuter simultanément une autre tâche, inséra dans le lecteur le film de vidéosurveillance du centre Icove.

Elle commanda à l'autochef du café qu'elle sirota tout en visionnant les images.

— Te voilà, murmura-t-elle, tandis que la prétendue Dolores se dirigeait vers un poste de sécurité du hall, moulée dans un tailleur-pantalon vermillon et perchée sur de hauts talons de la même couleur.

Tu n'as pas peur d'être remarquée, Dolores, songea Eve.

Elle avait des cheveux d'un noir luisant qui balayaient son dos en vagues souples et encadraient un visage aux pommettes saillantes, à la bouche sensuelle – également d'un rouge éclatant –, aux yeux noirs que voilaient de lourdes paupières.

Elle franchit la sécurité, le scanner – le sac, le corps de pied en cap – sans la moindre anicroche, et s'éloigna en ondulant des hanches vers les ascenseurs qui l'emmèneraient à l'étage du Dr Icove.

Aucune hésitation, nota Eve, pas de hâte. Elle n'essayait pas d'éviter les caméras. Pas la plus petite gouttelette de transpiration, d'anxiété, sur son joli minois. Elle était aussi fraîche qu'une magarita sirotée sous un parasol agréablement coloré, sur une plage tropicale.

Eve passa aux images filmées dans l'ascenseur. La dénommée Dolores affichait toujours une absolue sérénité. Elle n'ébauchait pas un mouvement avant d'émerger de la cabine.

Elle s'approchait du comptoir de l'accueil, parlait à la réceptionniste, se présentait, puis parcourait la courte distance qui la séparait des toilettes pour femmes.

Là où les caméras étaient interdites. Soit elle y récupérerait l'arme qu'on y avait cachée pour elle, soit elle la retirerait de son sac ou de la partie de son anatomie où elle était assez bien camouflée pour échapper à la vigilance du scanner.

Vraisemblablement, elle avait récupéré l'arme. Par conséquent, elle avait un complice à l'intérieur du Centre. Peut-être la personne qui voulait la mort d'Icove.

Près de trois minutes s'écoulaient ainsi, après quoi Dolores reparaissait pour se diriger droit vers la salle d'attente. Elle s'asseyait, croisait les jambes, consultait la sélection d'ouvrages et de magazines disponibles sur écran.

Avant qu'elle ait pu en choisir un, Pia l'appelait et la conduisait jusqu'au bureau d'Icove.

Eve regarda la porte à double battant se refermer, l'assistante se rasseoir à sa table. Elle fit défiler le film en accéléré jusqu'à midi, moment où l'assistante prit son sac, enfila une veste et s'en fut déjeuner.

Six minutes plus tard, Dolores sortait aussi nonchalamment qu'elle était entrée. Son visage ne trahissait ni excitation ni satisfaction, remords ou peur.

Elle traversait la réception sans un mot, descendait, franchissait de nouveau le poste de sécurité et quittait l'immeuble. Pour s'évaporer dans la nature...

Si elle n'était pas une professionnelle du meurtre, elle possédait toutes les qualités requises pour le devenir.

Personne d'autre ne pénétrait dans le bureau d'Icove ou n'en sortait jusqu'au retour de l'assistante.

Eve se servit une deuxième tasse de café, puis se plongea dans la masse d'informations concernant Wilfred B. Icove Senior.

La pluie s'était calmée, elle n'était plus à présent qu'un crachin exaspérant, d'un gris cafardeux.

— Ce type est quasiment un saint, dit Eve à Peabody. Ses parents étaient médecins, ils dirigeaient des dispensaires dans des zones ou des pays défavorisés. Sa mère a été grièvement brûlée en tentant de sauver des enfants prisonniers d'un immeuble bombardé. Elle a survécu, mais elle était défigurée.

— Voilà pourquoi il s'est orienté vers la chirurgie réparatrice.

— On peut le supposer. Lui-même dirigeait un hôpital de campagne pendant la Guerre urbaine. Il a sillonné l'Europe pour aider les habitants blessés dans le conflit. Il était là-bas quand sa femme, qui l'accompagnait et le secondait, a été tuée. Le fils n'était encore qu'un gamin, mais déjà déterminé à devenir médecin. Il a d'ailleurs décroché son diplôme de la fac de médecine de Harvard à l'âge de vingt et un ans.

— Eh bien, il n'a pas traîné en route.

— Effectivement. Icove Senior travaillait avec ses parents, mais n'était pas avec eux quand sa mère a été blessée, ce qui lui a permis d'échapper à la mort ou à de sévères blessures. Lorsque sa femme a été mortellement blessée à Londres, il était également dans un autre secteur de la ville.

— En résumé, soit il a vraiment de la veine, soit il a vraiment la poisse.

— Oui… Au moment où il s'est retrouvé veuf, il œuvrait déjà dans la chirurgie réparatrice. À cause de sa mère, comme vous disiez. À propos de la maman, j'ai imprimé une photo de son dossier, et elle m'a paru drôlement gironde. Il y a aussi des photos d'elle après l'explosion – là, c'est moche. Bref, ils ont réussi à la garder en vie et à la rafistoler, mais elle n'a plus jamais été comme avant.

— La princesse transformée en crapaud, commenta Peabody.

Eve la considéra d'un air ahuri.

— Peu importe, ajouta Peabody.

— Hum… Trois ans après, elle se suicidait. Icove Senior se consacre à la chirurgie réparatrice, reprend le flambeau transmis par ses parents, offre ses services pendant la Guerre urbaine. Il perd sa femme, élève son fils, voue son existence à la médecine, crée des centres de soins, des fondations, se charge de cas a priori désespérés – en renonçant souvent à ses honoraires –, enseigne, donne des conférences, accomplit des miracles et dispense aux affamés son inépuisable manne.

— Ces deux dernières remarques sont de votre cru, je présume ?

— Ouais… ce tableau est trop idyllique. Aucun médecin n'exerce pendant une soixantaine d'années sans avoir sur le dos des procès pour faute. Pourtant lui se situe très au-dessous de la moyenne, surtout dans sa spécialité.

— Dallas, je crois qu'en matière de chirurgie esthétique, vous avez des préjugés.

— Absolument pas. J'estime juste que c'est de la crétinerie. N'empêche, c'est la spécialité médicale où les procès sont les plus nombreux. Or lui échappe à cette règle. Il n'y a pas une seule ombre pour ternir sa réputation. Je ne lui ai pas trouvé d'accointances politiques susceptibles de le fourrer dans les pattes d'un tueur à gages ; il ne jouait pas, ne fréquentait pas les putes, ne se droguait pas et n'escroquait pas ses patients. Rien, que dalle !

— Certains êtres humains sont tout simplement la bonté incarnée, pontifia Peabody.

— Non, non… Un type aussi bon que ça aurait des ailes dans le dos et une auréole sur la tête. Il y a forcément quelque chose à déterrer. Tout le monde a un secret bien honteux à cacher.

— Lieutenant, vous êtes cynique.

— J'ai quand même déniché un détail intéressant : il était le tuteur légal de celle qui est devenue sa belle-fille. Elle n'avait plus personne au monde. Sa mère, un médecin elle aussi, a été tuée au cours d'une émeute en Afrique. Son père, un artiste, a abandonné femme et enfant peu de temps après la naissance d'Avril Hannson Icove, puis a été tué par un mari jaloux à Paris.

41

— Ça fait beaucoup de tragédies pour une seule famille.

Eve se gara devant l'hôtel particulier de l'Upper West Side où le Dr Icove Junior habitait avec les siens.

— N'est-ce pas ? rétorqua Eve. Ça donne à réfléchir.

— Parfois, certaines familles semblent maudites. Comme si elles avaient un mauvais karma.

— Les adeptes du Free-Age croient au karma ?

— Évidemment, répondit Peabody en descendant de voiture. Mais nous, nous appelons ça «l'équilibre cosmique».

Elle monta la volée de marches du perron, menant à une porte qui paraissait très ancienne. Elle en caressa le bois, tandis que le système de sécurité leur demandait le motif de leur visite.

Eve brandit son insigne.

— Lieutenant Dallas, inspecteur Peabody. Police de New York. Nous voulons parler au Dr Icove.

— *Un instant, je vous prie.*

— Ils ont aussi une résidence secondaire dans les Hamptons, continua Peabody. Une villa en Toscane, un pied-à-terre à Londres et un bungalow à Maui. Avec la mort d'Icove Senior, ils ajouteront deux autres magnifiques propriétés à leur patrimoine. Pourquoi McNab n'est pas un riche médecin ?

Ian McNab, le crack de la DDE, était le colocataire de Peabody et, apparemment, le grand amour de sa jeune existence.

— Vous n'avez qu'à le laisser tomber pour un docteur, suggéra Eve.

— Non, je suis trop dingue de mon petit maigrichon. Regardez ce qu'il m'a offert.

Peabody extirpa de son col de chemise une chaîne et un pendentif en forme de trèfle à quatre feuilles.

— En quel honneur ?

— Pour fêter la fin de ma rééducation et ma guérison officielle. Il m'a dit que ça m'éviterait d'être blessée de nouveau.

— Une combinaison pare-balles serait plus efficace.

Eve remarqua la moue de Peabody, se remémora que le fait d'être coéquipières et amies entraînait quelques obligations.

— C'est joli, articula-t-elle, prenant le talisman dans sa main pour l'examiner de près. Et c'est gentil de la part de McNab.

— Dans les moments importants, il est à la hauteur, déclara Peabody en glissant la chaîne sous son col. Porter ce bijou, ça me… je ne sais pas… ça me tient chaud.

Eve songea au diamant – gros comme le poing d'un nourrisson – qu'elle aussi dissimulait sous sa chemise. Elle avait l'impression d'être une bécasse, ça l'embarrassait atrocement, cependant cette pierre lui réchauffait effectivement le cœur. Du moins depuis qu'elle s'était habituée à son poids.

Pas à son poids physique, mais à son poids psychologique. Il fallait du temps pour s'accoutumer à avoir sur soi la preuve de l'amour qu'on vous portait.

Au début, du moins en ce qui la concernait, cela avait été infiniment lourd…

Soudain, la porte s'ouvrit. La femme dont le portrait trônait dans le bureau de son époux apparut sur le seuil, se découpant sur un fond de lumière dorée.

Malgré ses yeux gonflés et rougis par les larmes, elle était d'une beauté stupéfiante.

3

— Pardonnez-moi de vous avoir fait attendre, sous la pluie de surcroît.

Sa voix douce et mélodieuse – qui allait bien avec son physique d'ange – était éraillée par le chagrin.

— Je suis Avril Icove. Entrez, je vous en prie. Mon mari est en haut, il prend enfin un peu de repos. Cela m'ennuie de le déranger.

Elle recula pour leur permettre de pénétrer dans un vaste hall dont les généreuses proportions étaient accentuées par un lustre imposant dont chaque pendeloque de cristal brillait d'une lueur dorée.

— Nous sommes navrées d'arriver à cette heure, dit Eve.

— Je comprends que vous n'avez pas le choix, répliqua Avril avec un sourire triste. Mes enfants sont là. Nous sommes allés les chercher à l'école. C'est tellement atroce pour eux, pour nous tous. Mon Dieu… soupira-t-elle, pressant une main sur sa poitrine. Si vous voulez bien monter avec moi…

Eve opina.

— Les pièces du rez-de-chaussée sont plutôt réservées aux réceptions. Celles de l'étage sont plus intimes. Puis-je vous demander si… avez-vous des informations sur l'assassin de Wilfred ?

— L'enquête débute à peine, mais croyez bien que nous mettrons tout en œuvre pour résoudre cette affaire, répondit Eve.

Avril, qui gravissait les marches du grand escalier, lui jeta un regard par-dessus son épaule.

— Ainsi, vous prononcez vraiment ces formules-là. J'adore les romans policiers, expliqua-t-elle. Mais je croyais que ce genre de phrase sortait tout droit de l'imagination des auteurs.

Elles atteignirent le palier, Avril les précéda dans un salon où dominaient les tons lavande et vert jade.

— Mettez-vous à votre aise. Puis-je vous offrir du thé ou du café, ou ce que vous désirez?

— Non, merci, rétorqua Eve. Soyez aimable de prévenir le Dr Icove, nous aimerions vous parler à tous les deux.

— D'accord. Cela risque de prendre quelques minutes.

— C'est agréable, commenta Peabody lorsqu'elles furent seules. On s'attendrait à un décor luxueux, élégant, comme au rez-de-chaussée, mais ce salon est simplement douillet et agréable.

Eve considéra les divans, les fauteuils profonds, les étagères où l'on avait disposé des souvenirs et des photos de famille. Un mur entier était quasiment occupé par un tableau représentant Icove Junior, sa femme et deux beaux enfants souriants – presque grandeur nature.

Eve s'en approcha pour déchiffrer la signature, en bas à droite de la toile.

— C'est elle qui a peint ça.

— Belle et talentueuse – je ne vais pas tarder à la détester.

Eve torniqua dans la pièce, étudiant les détails, jaugeant, disséquant. Atmosphère résolument familiale, conclut-elle, avec des touches féminines. De vrais livres en papier plutôt que des versions informatiques, un écran télé dissimulé derrière un anneau décoratif.

Tout cela impeccablement rangé, net, comme un décor de théâtre.

— D'après son dossier, elle a étudié l'art dans une école chic, dit Eve, fourrant les mains dans ses poches. Sa mère avait stipulé dans son testament que, au cas où il lui arriverait malheur, Icove Senior devrait se voir confier la tutelle légale de la petite. Avril avait alors six ans. Son diplôme en poche, elle a épousé Junior. Ils ont vécu leurs six premiers mois de couple à Paris, où elle a exercé son métier de peintre et exposé ses œuvres. Avec succès.

— Avant ou après la mort de son père ?

— Après. Ils sont revenus à New York, se sont installés dans cet hôtel particulier et ont eu leurs deux gamins – quand le premier est né, elle a opté pour la profession de mère au foyer. Elle continue à peindre, surtout des portraits. Elle se fait rarement payer et, quand cela lui arrive, elle verse cet argent à la fondation Icove.

— Eh bien, en si peu de temps, vous avez récolté un sacré paquet de renseignements.

— Ce n'était pas compliqué, répliqua Eve en haussant les épaules. Pas de casier judiciaire, aucun délit à son actif, pas même une contravention. Pas d'ex-mari ni d'ex-concubin, aucun autre enfant connu.

— Si on excepte la mort des parents et celle du beau-père, c'est une vie presque idéale.

Eve embrassa de nouveau le salon du regard.

— Effectivement, ça en a l'air.

Quand Icove entra, elle était face à la porte, sinon elle ne l'aurait pas entendu. Il foulait une épaisse moquette qui étouffait le bruit des pas. Il avait enfilé un pantalon ample et un pull, pourtant il semblait aussi élégant et imposant qu'en costume.

Connors aussi avait ce don-là, songea Eve. Même dans la tenue la plus décontractée qui soit, il pouvait dégager une impression d'autorité rien qu'en claquant les doigts.

— Lieutenant, inspecteur… Ma femme revient dans un instant, elle s'occupe des enfants. Nous avons désactivé les domestiques droïdes.

Il s'approcha d'un meuble qui renfermait un mini-autochef.

— Avril m'a dit qu'elle vous avait proposé quelque chose à boire, mais que vous aviez refusé. Personnellement, je vais prendre un café, et si vous avez changé d'avis…

— Ma foi, oui, rétorqua Eve. J'accepterais volontiers un café. Noir et serré, s'il vous plaît.

— Léger et sucré pour moi, renchérit Peabody. Merci de nous recevoir, docteur Icove. Nous savons combien ce moment est difficile.

— Irréel, plutôt. Au Centre, dans son bureau, c'était épouvantable. Le voir comme ça, être impuissant à le ranimer. Mais ici, à la maison… c'est une espèce de cauchemar bizarre. Je n'arrête pas de penser que mon père va m'appeler et suggérer que nous dînions tous ensemble dimanche.

— Vous faisiez ça souvent? interrogea Eve. Dîner ensemble.

— Oui, répondit-il en leur tendant leur tasse. Une ou deux fois par semaine. Ou bien il passait voir les enfants. Et la femme… avez-vous retrouvé la femme qui…

— Nous la recherchons. Docteur Icove, d'après les dossiers, tous les membres du personnel, au Centre, travaillaient à son côté depuis trois ans au moins. Y a-t-il quelqu'un – qui que ce soit – qu'il aurait congédié ou qui serait parti à contrecœur?

— Non, pas à ma connaissance.

— Il collaborait avec d'autres médecins, d'autres équipes…

— Absolument. Chirurgiens, psychiatres, services d'aide aux familles, etc.

— Voyez-vous quelqu'un parmi eux avec qui il aurait eu un différend ou qui aurait eu un problème avec lui?

— Non… Il travaillait avec les meilleurs parce qu'il aspirait à la perfection et tenait à offrir à ses patients les techniques les plus perfectionnées.

— Il avait malgré tout des clients, des patients mécontents, j'imagine.

Icove esquissa un petit sourire désabusé.

— Il est impossible de satisfaire tout le monde, particulièrement les avocats des uns et des autres. Cependant mon père et moi avons avec nos patients des entretiens approfondis afin d'exclure ceux qui expriment des exigences déraisonnables ou manifestent un tempérament procédurier. De toute manière, comme je vous l'ai déjà dit, mon père était en semi-retraite.

— Il avait rendez-vous avec cette femme qui se fait appeler Dolores Nocho-Alverez. J'aurai besoin de ses notes.

— Très bien, rétorqua-t-il, poussant un lourd soupir. Nos avocats rouspètent, ils me conseillent d'attendre qu'ils aient pris certaines dispositions. Mais Avril m'a convaincu qu'il était stupide de penser à ces formalités. Je leur ai donc ordonné de s'adresser à vous. Cependant, lieutenant, je me dois de vous rappeler qu'un dossier médical est strictement confidentiel et que nous sommes tenus au secret professionnel.

— À moins que cela n'ait un rapport avec le meurtre, je me moque de savoir qui s'est fait rafistoler la figure.

— Pardon d'avoir été si longue, déclara Avril en entrant d'un pas pressé. Il me fallait rester auprès des enfants. Ah, vous avez finalement accepté un café, tant mieux !

Elle s'assit à côté de son mari, lui prit la main.

— Madame Icove, vous avez passé des années avec votre beau-père.

— Oui, il était un tuteur et un père pour moi, répliqua-t-elle en se mordant les lèvres pour ne pas pleurer. Il était extraordinaire.

— Voyez-vous quelqu'un qui aurait pu vouloir sa mort ?

— Non… Qui pourrait tuer un homme pareil ?

— Vous a-t-il paru perturbé ces derniers temps ? Soucieux, angoissé ?

Avril secoua la tête, regarda son époux.

— Nous avons dîné ensemble ici, avant-hier soir. Il était en pleine forme.

Eve sortit la photo de son porte-documents, la tendit à la maîtresse de maison.

— Vous reconnaissez cette femme ?

— Elle...

La main d'Avril tremblait, remarqua Eve.

— Elle l'a tué ? C'est cette femme qui a assassiné Wilfred ? ajouta-t-elle, les larmes aux yeux. Elle est belle, jeune. Elle ne ressemble pas à quelqu'un capable de... Je suis désolée.

Elle rendit le cliché à Eve, s'essuya les joues.

— J'aimerais pouvoir vous aider. Quand vous la retrouverez, j'espère que vous lui demanderez pourquoi elle a...

Elle s'interrompit de nouveau, un poing pressé sur sa bouche, luttant pour se ressaisir.

— ... pourquoi elle a commis cette atrocité. Nous avons le droit de savoir. Le monde a le droit de savoir.

L'appartement de Wilfred Icove Senior était situé au soixante-cinquième étage, à trois cents mètres du domicile de son fils et à cinq cents du centre qui portait son nom.

Elles furent reçues par la concierge de l'immeuble qui se présenta : Donatella. Une quadragénaire raffinée, vêtue d'un strict tailleur noir.

— Je n'en suis pas revenue, quand j'ai appris la nouvelle, et je ne m'y fais toujours pas. Le Dr Icove était la crème des hommes, chaleureux, attentionné. Je travaille ici depuis dix ans, et il y a trois ans que je suis concierge. Je n'ai jamais entendu un seul commentaire désobligeant à son sujet.

— Il y a pourtant quelqu'un qui ne s'est pas borné à le dénigrer. Avait-il beaucoup de visites ?

Leur interlocutrice hésita.

— Vu les circonstances, je suppose qu'on ne m'accusera pas de colporter des ragots. Il ne vivait pas en ermite, c'est vrai. Naturellement, il recevait fréquemment les membres de sa famille. Il lui arrivait d'organiser des dîners pour des amis ou des confrères, quoique, le plus souvent, il préférait la résidence de son fils pour ce genre de réception. Et il adorait les femmes.

Eve fit signe à Peabody de montrer la photo.

— Celle-ci, par exemple ?

La concierge étudia longuement le cliché.

— Non... Mais elle ne lui aurait pas déplu, si vous voyez ce que je veux dire. Il aimait la beauté. Dans le fond, c'était son métier. Embellir les gens, les aider à conserver leur jeunesse. Et, pour les victimes d'accidents, il réussissait des prouesses. Des miracles, vraiment.

— Vous obligez les personnes qui entrent dans l'immeuble à signer un registre ? questionna Eve.

— Non, je suis désolée. Nous vérifions évidemment que le visiteur est attendu, mais nous n'avons pas de registre. Sauf pour les livraisons.

— Il en avait beaucoup ?

— Pas plus que la normale.

— Il nous faudrait une copie de ce registre, pour les soixante derniers jours, et les films de vidéosurveillance pour les deux dernières semaines.

Donatella sourcilla.

— Je vous les procurerais plus vite et plus facilement si j'avais une requête en bonne et due forme émanant de la direction du building. Je peux les contacter tout de suite, d'ailleurs. Il s'agit de la société Management New York.

Une sourde sonnette d'alarme retentit dans l'esprit d'Eve.

— À qui appartient cet immeuble ?

— Eh bien, au groupe Connors Enterprises et...

— Dans ce cas, ne vous en occupez pas, coupa Eve, tandis que Peabody, dans son dos, émettait un discret ricanement. Je me débrouillerai. Qui se charge d'entretenir l'appartement ?

— Le Dr Icove n'avait pas de domestiques attachés à son service. Il avait recours aux employés de l'immeuble – des droïdes. Quotidiennement.

— Très bien. On va jeter un coup d'œil. Je crois que son fils vous a prévenue.

— En effet. Donc, je vous laisse faire.

— Il est drôlement chouette, ce building, déclara Peabody lorsque la concierge eut disparu. Vous savez, vous auriez intérêt à ce que Connors vous fasse la liste de ses possessions. Une espèce de carte géographique...

— Ouais, ça marcherait du tonnerre, vu qu'il achète et revend des propriétés toutes les cinq minutes, maugréa Eve. À propos, on ne ricane pas devant un témoin.

— Désolée.

La victime habitait un duplex. Chaque niveau ne comportait qu'une seule et immense pièce, un espace ouvert, selon l'expression des architectes. Pas de portes, hormis pour fermer ce qui était probablement la salle de bains. Le niveau supérieur servait de chambre, chambre d'amis, bureau. Il était possible, si l'on souhaitait un peu d'intimité, de cloisonner l'ensemble grâce à des panneaux mobiles qui s'enfonçaient dans les murs.

Pour rien au monde, Eve n'aurait voulu vivre dans un endroit pareil.

— On commence par le bas, décréta-t-elle. Vérifiez les communications, passées et reçues, au cours des trois derniers jours, les mails, la boîte vocale. Si nécessaire, les gars de la DDE creuseront davantage.

L'espace et la hauteur, pensa Eve tout en s'attelant à ses propres tâches. Voilà ce qui comptait pour les riches, apparemment. En ce qui la concernait, elle n'était pas du tout enchantée de devoir travailler à un soixante-cinquième étage, avec tout un mur vitré – unique barrière qui la séparait du trottoir où se bousculaient les piétons, des kilomètres plus bas.

Tournant le dos aux fenêtres pour ne pas risquer un accès de panique dû au vertige, elle s'attaqua à une penderie. Elle y trouva trois manteaux de prix, plusieurs vestes, six écharpes – en soie ou en cachemire –, trois parapluies noirs et quatre paires de gants – deux noires, une marron, une autre grise.

Le communicateur du premier niveau ne leur apprit pas grand-chose. La petite-fille du Dr Icove l'avait appelé pour lui demander de la soutenir, car elle bataillait pour avoir un petit chien ; lui-même avait contacté sa belle-fille, sans motif particulier, simplement pour prendre de ses nouvelles.

En haut, ce qu'Eve avait pris pour un salon ou une deuxième chambre d'amis, derrière des cloisons en verre granité, s'avéra être le dressing du maître des lieux.

— Nom d'une pipe…

Eve et Peabody, bouche bée, contemplèrent l'énorme pièce remarquablement bien aménagée, avec étagères, placards, porte-cravates, porte-chaussures, tringles escamotables et tout ce qu'on pouvait imaginer.

— C'est presque aussi grand que celui de Connors, marmonna Eve.

— Ce monsieur avait une vraie passion pour les fringues. Je parie qu'il y a là au moins une centaine de costumes.

— Et regardez comment tout ça est impeccablement rangé. Les couleurs, les tissus, les accessoires. Un type aussi maniaque avec sa garde-robe… Mira se régalerait.

Bonne idée… Eve consulterait la psychiatre et profileuse de la police new-yorkaise au sujet du Dr Icove Senior. Connaître la victime pour connaître son meurtrier, telle était la règle d'or.

Elle pivota, vit que le dos de la paroi en verre granité était recouvert d'un miroir.

— L'apparence, dit-elle. Pour lui, c'était l'essentiel. Personnellement et professionnellement. Et son salon… La moindre petite chose est à sa place, et tout est dans la même harmonie de couleurs.

— Quel magnifique endroit… L'appartement new-yorkais parfait – pour les privilégiés, évidemment.

— Ouais... beauté et perfection, ça résume notre bonhomme.

Eve revint dans l'espace qui faisait office de chambre, ouvrit le tiroir d'une des tables de chevet. Il y avait un lecteur de disques laser, trois livres informatiques, plusieurs mémos inutilisés. Le tiroir de l'autre table de chevet était vide.

— Pas de sex toys, commenta-t-elle.

— Flûte alors ! se plaignit Peabody avec une moue dépitée.

— Un homme en bonne santé, séduisant, qui avait encore devant lui quarante ans de vie, environ.

Eve pénétra dans la salle de bains attenante à la chambre de maître. Elle comportait une volumineuse baignoire à remous, une grande cabine de douche dallée de carreaux immaculés ainsi qu'une cabine séchante, des meubles bas gris ardoise, ornés d'un jardin miniature de fleurs rouge vif dans des pots d'un noir luisant.

Il y avait également deux statues représentant deux femmes grandes et fines, au visage splendide.

Là aussi, un miroir tapissait un mur entier.

— Il aimait se regarder, se contempler, s'assurer que rien ne clochait, dit Eve.

Elle entreprit de fouiller les placards, les tiroirs.

— Produits cosmétiques de luxe, lotions, potions, des médicaments ordinaires et des traitements ruineux pour prolonger la jeunesse. Un homme extrêmement soucieux de son aspect physique. Obsédé.

— Ça, c'est votre interprétation, objecta Peabody. Pour vous, quiconque passe plus de cinq minutes à se pomponner est obsédé.

— « Pomponner »... un mot ridicule, qui veut tout dire. Mais bref, mettons qu'il s'occupait beaucoup de lui-même, de sa santé, de son apparence. Et il appréciait d'avoir autour de lui des femmes nues – par amour de l'art. Ce n'était cependant pas sexuel, ou ça ne l'était plus. Pas de vidéos pornos, ni de sex toys, ni de magazines bien dégoûtants.

— Il y a des gens qui, à une certaine période de leur existence, remisent leur sexualité aux oubliettes.

— Dommage pour eux !

Eve sortit de la salle de bains pour faire le tour d'un autre espace consacré à l'exercice physique et qui débouchait sur un bureau. Elle tripota l'ordinateur.

— Code d'accès, mot de passe… La DDE s'en chargera et embarquera tous les disques.

Elle s'interrompit, balayant le décor des yeux.

— Ici aussi, chaque chose est à sa place. De l'ordre, de la propreté, de l'élégance. On se croirait dans un décor virtuel, un hologramme.

— Oui, comme quand on imagine la maison de ses rêves. Ça m'arrive, quelquefois. Figurez-vous que c'est vous qui habitez dans la maison de mes rêves.

— Hum… On regarde ce décor et on voit comment il vivait. À mon avis, il se levait tôt le matin. Une demi-heure d'exercice, pour bien se réveiller, une bonne douche, on se tartine de pommade en s'examinant à trois cent soixante degrés dans les miroirs pour vérifier que rien ne pendouille. Ensuite on avale ses médicaments, et on descend prendre un petit-déjeuner diététique, on lit le journal ou une quelconque revue médicale à la noix. On suit peut-être les infos du matin à la télé, tout en remontant choisir sa tenue du jour. On s'habille, on se bichonne, on consulte son agenda. En fonction de ça, on reste éventuellement ici pour régler la paperasse, ou on sort pour aller au bureau. Le plus souvent, on y va à pied, sauf s'il fait trop mauvais.

— Ou bien on prépare un sac de voyage, un attaché-case, on saute dans un taxi, enchaîna Peabody. Il donnait des conférences, il consultait à l'extérieur du Centre. Par conséquent, il se déplaçait.

— Oui, quelques rendez-vous ici et là, des réunions de conseils d'administration, des trucs dans ce genre. On passe du temps en famille. Parfois on dîne ou on boit un verre avec une dame ou un confrère. Ensuite, on rentre dans son superbe appartement, on se couche pour lire un peu, et on dort comme un bien-heureux.

— La belle vie, quoi.

— Oui, apparemment. Mais qu'est-ce qu'il faisait ?

— Hein ? Vous venez de dire…

— Ce n'est pas suffisant, Peabody. Ce type a été un grand ponte, un cerveau, il a créé des centres, des fondations, il a été le maître d'une spécialité médicale qui a progressé largement grâce à lui. Et maintenant ? Il se chargeait parfois d'un cas, assurait des consultations, parlait en public, s'amusait avec ses petits-enfants. Non, ce n'est pas suffisant, répéta Eve, butée. Quel carburant le faisait fonctionner ? Il n'était pas sexuellement actif, pas vraiment. Il ne se passionnait pas pour un sport, un hobby. Il ne jouait pas au golf ni aux cartes, comme beaucoup d'hommes de son âge. Rien n'indique qu'il avait des sujets d'intérêt particuliers. Alors il se bornait à compulser du papier et à acheter des costumes ? Non… il avait besoin de plus que ça.

— C'est-à-dire ?

— Je l'ignore. Quelque chose. Contactez la DDE, je veux savoir ce que cet ordinateur a dans le ventre.

Plus par habitude que par réelle nécessité, Eve se rendit ensuite à la morgue. Elle y trouva Morris, le légiste en chef, dans le hall des distributeurs.

À première vue, il était en train de flirter avec une blonde dotée par la nature d'une opulente poitrine et de cils pareils à des ailes de papillon. Ils s'interrompirent, visiblement avec difficulté, à l'approche d'Eve.

Elle en fut toute désarçonnée.

— Salut, Morris.

— Dallas… Vous venez rendre visite à votre macchabée ?

— Non, j'adore l'ambiance festive qui règne dans ce lieu.

Il eut un sourire ravi.

— Lieutenant Dallas, inspecteur Coltraine récemment mutée de Savannah dans notre belle cité.

— Inspecteur…

— Je ne suis ici que depuis une quinzaine de jours, et j'ai déjà entendu parler de vous, lieutenant.

Elle avait une voix onctueuse, des yeux d'un bleu qui invitait à la noyade.

— Enchantée de vous rencontrer, ajouta-t-elle.

— De même, grommela Eve. Ma coéquipière, l'inspecteur Peabody.

— Bienvenue à New York, dit gentiment Peabody.

— C'est très différent de chez moi, mais je m'habitue. Bon, il faut que j'y aille. Merci pour ce bon moment, docteur Morris, et pour le Pepsi.

Elle agita le tube de soda, battit des cils, puis s'éloigna en ondulant dans le couloir des morts.

— Une fleur de magnolia, soupira Morris. Dans toute sa splendeur.

— Vous devez avoir la tête qui tourne, non ? Vous avez butiné trop de nectar.

— Juste un avant-goût. En principe, je vous le signale, j'interdis ce secteur aux flics. Je vais peut-être devoir faire une exception, à l'avenir.

— Je ne sais pas battre des cils, rétorqua Eve, ce qui ne vous empêche pas de me payer un coup.

Le légiste gloussa.

— Un café ?

— J'ai envie de vivre, moi, or votre café, c'est du poison. Pepsi, et même chose pour ma camarade qui ne battra pas non plus des cils. Pepsi light pour Peabody, qui est sempiternellement au régime.

— Elle s'appelle Amaryllis, leur dit-il en commandant deux tubes.

— Seigneur…

— Elle préfère le diminutif : Amy…

— Morris, vous me rendez malade.

— Eh bien, allons voir votre mort. Ça vous requinquera.

D'un geste, il les invita à le suivre. Il portait un ensemble couleur coquille de noix sur une chemise bronze. Ses cheveux noirs étaient coiffés en arrière et tressés avec une cordelette dorée.

Morris aimait les vêtements chics, ce qui allait fort bien avec son visage aux traits aigus et son regard avide.

Ils franchirent les portes de ce qu'on surnommait le Frigo, et Morris se dirigea vers la rangée de compartiments. Il déverrouilla un tiroir, d'où s'échappa un panache de vapeur glacée.

— Dr Wilfred B. Icove, alias Icône. Un homme brillant.

— Vous le connaissiez ?

— Seulement de réputation. J'ai assisté à certaines de ses conférences, au cours des années. Fascinant. Comme vous le constatez, nous avons là un individu de sexe masculin, âgé d'environ quatre-vingts ans. Remarquable tonus musculaire. La mort a été provoquée par la perforation de l'aorte à l'aide d'un scalpel chirurgical des plus ordinaires.

Il alluma un écran pour leur montrer un agrandissement de la plaie et de son pourtour.

— Un seul coup, en plein dans le mille. Pas la moindre lésion prouvant qu'il s'est défendu, débattu. L'analyse toxicologique confirme qu'il n'avait ingéré aucune drogue, seulement des vitamines. Son dernier repas, consommé approximativement cinq heures avant le décès, se composait d'un petit pain complet, d'un jus d'orange – du vrai jus –, d'une banane, de quelques framboises, et de thé à la rose. Votre victime était un fan de la spécialité chirurgicale qu'il pratiquait, il s'était fait refaire la figure et le corps. Un boulot fabuleux. Bref, tout indique qu'il croyait à la nécessité de se donner du mal pour garder la santé et une apparente jeunesse.

— Il est mort en combien de temps ?

— Une minute ou deux. Mais, en réalité, on peut considérer qu'il est mort instantanément.

— Même avec un instrument aussi coupant qu'un scalpel, il faut porter un coup violent pour transpercer le tissu du costume, la chemise, puis la chair avant d'atteindre le cœur. Et il faut être précis pour tomber pile sur l'aorte.

— Exact. Le meurtrier était tout près et savait ce qu'il faisait.

— Les gars de l'Identité judiciaire n'ont rien trouvé sur la scène de crime. Tous les soirs, ce fichu bureau est complètement aseptisé. Et pas d'empreintes sur l'arme, évidemment.

Eve croisa machinalement les bras, étudiant le cadavre et se parlant à elle-même – les deux autres n'eurent pas l'imprudence de l'interrompre.

— Je l'ai regardée évoluer dans l'immeuble, elle n'a touché à rien. Et on n'a pas non plus son empreinte vocale. Son identité est bidon. Feeney a lancé une recherche par Interpol mais, comme il ne se manifeste pas, j'en déduis que ça ne donne pas grand-chose.

— Un meurtre bien exécuté, donc, commenta le légiste.

— Oui, c'est ça. Merci pour le soda, Morris.

Et, pour le faire rire, elle battit des paupières.

— Amaryllis… C'est quoi, ce prénom ? grogna-t-elle lorsqu'elle fut de nouveau dans la voiture avec Peabody.

— Une fleur magnifique. Vous êtes jalouse.

— Pardon ?

— Il y a un truc, entre Morris et vous. La plupart d'entre nous ont un petit faible pour Morris qui est étrangement sexy. Mais entre vous deux, il y a un truc spécial, et voilà qu'arrive Barbie, tout droit venue du Sud profond pour nous chambouler notre légiste.

— Allons voyons, il n'y a rien entre Morris et moi, protesta Eve. Juste une relation cordiale entre collègues. Et elle s'appelle Amaryllis, pas Barbie.

— La poupée, Dallas. La poupée Barbie. Bon Dieu… vous n'en avez jamais eu ?

— Les poupées ressemblent à des êtres humains miniature. On dirait qu'elles sont mortes. Or figurez-vous que j'ai suffisamment de morts comme ça dans mon environnement. Mais je comprends ce que vous voulez dire. Et ce diminutif ridicule… Amy. Comment peut-on fréquenter un flic qui a un nom pareil, hein ? Bonjour, je m'appelle Amy et je vous arrête. Pff… grotesque !

— Il y a vraiment un truc entre Morris et vous.

— Rien du tout, Peabody.

— Vous jureriez que vous n'avez jamais eu l'idée de vous envoyer en l'air avec lui sur une table d'autopsie ?

Comme Eve, qui buvait son Pepsi, s'étranglait et postillonnait, Peabody haussa tranquillement les épaules.

— Ah bon, alors ce fantasme m'est réservé. Oh, regardez, il ne pleut plus ! La météo est drôlement sympa de me permettre de changer de sujet avant que je m'humilie davantage.

Eve reprit son souffle, regarda droit devant elle.

— Nous ne reparlerons plus jamais de… de ce fantasme.

— C'est en effet préférable, lieutenant.

Lorsque Eve regagna son bureau, chargée d'une partie des CD de la victime, le Dr Mira était là.

Ce devait être la journée des médecins élégants, songea Eve.

Mira était splendide dans l'un des tailleurs qui étaient son signe distinctif. La veste, rose tendre, pincée et boutonnée jusqu'au cou, mettait en valeur le chignon brun roulé sur la nuque de la psychiatre. Deux petits triangles d'or brillaient à ses oreilles.

— Eve, j'allais vous laisser un mot.

Eve fut aussitôt frappée par la tristesse qui ternissait les doux yeux bleus, le joli visage.

— Que se passe-t-il ?

— Vous avez une minute ?

— Bien sûr. Vous voulez…

Eve s'interrompit. Elle allait offrir du café, mais Mira était une buveuse de tisanes, or l'autochef ne disposait pas de ces breuvages qu'Eve aborrhait.

— … quelque chose ?

— Non merci, non. Vous menez l'enquête sur le meurtre de Wilfred B. Icove ?

— Oui, j'étais déjà sur les lieux pour une autre affaire. J'envisageais d'ailleurs de vous transmettre ce que j'ai sur la suspecte et… Vous le connaissiez ?

— Oui… et je suis atterrée, murmura Mira en s'asseyant dans le fauteuil des visiteurs. Je ne pense plus qu'à ça. Vous et moi, pourtant, nous devrions être habituées, n'est-ce pas ? La mort frappe chaque jour, et elle n'épargne pas toujours ceux que nous connaissons, que nous aimons ou respectons.

— Quel sentiment éprouviez-vous pour lui ? De l'amour ou du respect ?

— Je le respectais infiniment. Nous n'avons jamais eu de relation amoureuse.

— Il était trop vieux pour vous, décréta Eve, péremptoire.

L'ombre d'un sourire joua sur les lèvres de la psychiatre et profileuse de la police new-yorkaise.

— Merci. Je l'ai rencontré il y a des années. Oui, il y a longtemps, à l'époque où je commençais tout juste à exercer. L'une de mes amies avait une liaison avec un homme violent. Elle a fini par rompre et reconstruire sa vie. Pour se venger, il l'a kidnappée, violée de toutes les manières possibles. Il l'a rouée de coups puis jetée de sa voiture, inconsciente, près de l'hôpital Grand Central. Elle a survécu par miracle. Elle avait le visage démoli, les dents brisées, les tympans éclatés, le larynx écrasé. Elle souffrait le martyre et risquait de rester défigurée. Je me suis adressée à Wilfred, je lui ai demandé de s'occuper d'elle. Il avait la réputation d'être le meilleur de New York, voire de toute l'Amérique.

— Et il a accepté.

— En effet. Mieux, il a été d'une gentillesse incroyable et d'une patience inépuisable avec cette femme détruite sur tous les plans. Wilfred et moi avons passé beaucoup de temps au chevet de mon amie, et nous-mêmes sommes devenus des amis. Sa mort, de cette façon… c'est très dur à admettre. L'affection que j'avais pour lui risque de m'influencer, et je comprendrais que vous me teniez à l'écart de cette enquête. Cependant... je vous prie de ne pas le faire.

Eve réfléchit un instant.

— Il vous arrive de boire du café ?

— À l'occasion.

Eve commanda deux tasses à l'autochef.

— J'ai besoin d'aide pour cerner la personnalité de la victime et celle de l'assassin. Si vous m'affirmez que vous serez capable de travailler sur cette affaire, alors je considère que vous l'êtes.

— Merci.

— Durant ces dernières années, vous avez souvent vu le Dr Icove ?

— Pas vraiment, répondit Mira en prenant sa tasse. Trois ou quatre fois par an, pour dîner ou lors d'une réception, d'un cocktail, d'un séminaire médical. Il m'avait proposé de diriger le service psychiatrique du centre Icove. Mon refus l'avait déçu, peut-être même un peu vexé. Nous n'avions donc pas collaboré profession-nellement depuis un certain temps, cependant nous n'avions pas coupé les ponts.

— Vous connaissez la famille ?

— Oui, son fils est également un homme brillant, celui qu'il faut pour poursuivre l'œuvre du père. Sa belle-fille est une artiste pleine de talent.

— Un talent qu'elle laisse à présent en jachère.

— C'est vrai. Je possède l'une de ses premières toiles. Le couple a deux enfants, un garçon et une fille. Neuf et six ans, il me semble. Wilfred les adorait, il avait toujours de nouveaux hologrammes d'eux à montrer. Il aime les enfants. Le Centre a le meilleur service de chirurgie réparatrice pédiatrique au monde, selon moi.

— Le Dr Icove avait des ennemis ?

Mira s'adossa au fauteuil. Elle paraissait fatiguée, songea Eve. Le chagrin vous vidait de votre énergie, Eve le savait.

— Certains le jalousaient – ils enviaient son talent, son caractère visionnaire –, et certains l'ont toujours critiqué. Mais non, je ne connais personne dans la communauté médicale qui lui aurait voulu du mal. Ni dans le cercle social où nous évoluons, lui comme moi.

— D'accord. J'aurai peut-être besoin d'un coup de main pour les dossiers de ses patients. Votre jargon m'échappe.

— Comptez sur moi, je vous consacrerai tout le temps qu'il faudra. La chirurgie esthétique n'est pas ma spécialité, mais je crois être en mesure de vous aider.

— J'ai l'impression qu'il s'agit d'un crime de professionnel. Un contrat.

Mira reposa sa tasse – elle n'avait pas bu une goutte de son café.

— Cela semble impossible. Et même ridicule.

— Je n'en suis pas si sûre. Des docteurs qui bâtissent des empires médicaux lucratifs… ça implique beaucoup d'argent, de la stratégie politique, du pouvoir, de l'influence. Quelqu'un a peut-être souhaité l'éliminer. La suspecte s'est présentée sous une fausse identité, elle a prétendu être espagnole. Ça vous dit quelque chose ?

— L'Espagne, murmura Mira en passant une main sur son visage, ses cheveux. Non, a priori non.

— Pas loin de la trentaine, superbe.

Elle pêcha dans son sac une copie de la photo qu'elle tendit à Mira.

— Elle n'a même pas bougé un cil quand le dispositif de sécurité l'a scannée. Elle a poignardé Icove en plein cœur avec un scalpel. Elle s'était organisée pour que l'assistante soit dehors, en train de déjeuner, et pour avoir le temps de quitter le bâtiment – ce qu'elle a fait, là encore, sans sourciller. J'ai envisagé que ce soit une droïde, mais le scanner corporel l'aurait détecté. N'empêche que cette fille a été aussi insensible et froide qu'une machine – avant, pendant et après.

Mira opina, apparemment moins accablée. La profileuse se réveillait, constata Eve.

— Une opération parfaitement planifiée. De la méthode, un sang-froid à toute épreuve. Peut-être avons-nous là des tendances sociopathes. Le fait qu'elle ait frappé une seule fois indique également qu'elle se contrôle parfaitement, qu'elle est efficace et dénuée d'émotions.

— L'arme du crime était vraisemblablement déjà sur place. Cachée dans les toilettes des dames. Donc, il y a un complice dans les lieux, ou quelqu'un qui y a accès. Toutes les semaines, l'immeuble est nettoyé de fond en comble, et les locaux sont stérilisés chaque soir. Par conséquent, l'arme n'était pas dissimulée depuis longtemps.

— Vous avez le fichier des entrées ?

— Oui, j'ai commencé à l'éplucher. Deux ou trois patients, ses collaborateurs. Mais les employés des autres départements ne sont pas enregistrés s'ils passent par là. Ensuite on a l'équipe de nettoyage, de la maintenance. Je compte visionner les films de vidéo-surveillance couvrant les quarante-huit heures qui ont précédé le meurtre, à tout hasard. Je serais surprise qu'on ait planqué l'arme avant. En admettant que ce scalpel était bien dans les toilettes. Peut-être que notre suspecte avait simplement une envie pressante.

Eve s'interrompit, haussa les épaules, embarrassée.

— Je suis navrée pour votre ami, docteur Mira.

— Moi aussi. Heureusement, vous êtes chargée de l'enquête, c'est une consolation.

La psychiatre se leva.

— Si vous avez besoin de quoi que ce soit, vous n'avez qu'à demander.

— Votre autre amie, celle que son amant avait tabassée et défigurée, comment va-t-elle ?

— Wilfred lui a rendu son visage, ce qui, joint à plusieurs années de thérapie, lui a permis de revivre. Elle s'est installée à Sante Fe où elle a ouvert une petite galerie d'art. Elle est mariée avec un aquarelliste, ils ont une fille.

— Et le salaud qui l'a démolie ?

— Arrêté, jugé et condamné, grâce notamment à Wilfred qui a témoigné durant le procès. Ce monstre est toujours derrière les barreaux, à Rikers.

Eve esquissa un sourire féroce.

— J'aime les histoires qui se finissent bien.

4

Tel un boulet de canon, Eve entra dans les locaux de la DDE où, selon elle, les flics s'habillaient comme des clients d'un club privé et des vedettes de cinéma, plutôt que comme des policiers en civil. Ici, les fringues étaient à la dernière mode, les chevelures bariolées et les gadgets omniprésents.

Plusieurs inspecteurs paradaient, tortillaient des hanches ou gambadaient littéralement d'un bout à l'autre de la salle, débitant dans le micro de leur casque des séries de codes incompréhensibles. Les rares personnes assises dans leur box semblaient sourdes au perpétuel brouhaha de voix, de machines cliquetantes et bourdonnantes.

Une bande d'abeilles ouvrières, pensa Eve. Pour sa part, elle serait devenue cinglée au bout d'une seule journée dans cette brigade.

Feeney pourtant – à son avis le flic le plus sensé et équilibré de toute la police – paraissait s'épanouir dans cet environnement. Il était en train de travailler dans son bureau en s'imbibant de café.

Au moins, certaines choses en ce monde ne changeaient pas. Il était tellement concentré qu'il ne remarqua la présence d'Eve que quand elle contourna la table pour jeter un œil à l'écran de l'ordinateur.

Elle sursauta.

— Ce n'est pas du boulot, ça! accusa-t-elle.

— Mais si. Fin de...

Implacable, elle le bâillonna d'une main pour l'empêcher de parler.

— Non, non… C'est un jeu vidéo avec des flics et des voleurs. Je le reconnais, Connors a le même.

Il repoussa sa main, rajusta sa chemise fripée – un effort louable pour recouvrer sa dignité.

— On peut considérer que c'est effectivement un jeu. Mais c'est d'abord une excellente façon d'améliorer la coordination des mouvements, les réflexes et la lucidité. Ça me maintient en forme.

— Ben voyons… Et tu comptes me faire avaler une couleuvre pareille ?

— Fin de la session, commanda-t-il à l'ordinateur.

Il dévisagea Eve d'un air boudeur.

— Tu devrais te souvenir que tu es dans mon bureau et que j'ai un grade supérieur au tien.

— Tu devrais te souvenir que certains d'entre nous essaient de retrouver de vrais méchants, en chair et en os.

Il pointa le doigt vers l'écran mural.

— Tu vois ça ? On a balancé ta bonne femme au système électronique d'Interpol – le nom, la photo, le *modus operandi*. Rien. McNab a mené une recherche comparative à partir du cliché. Zéro. J'ai des gars qui s'occupent de l'équipement récupéré sur la scène de crime, et on va m'apporter le matériel personnel de la victime. Y aurait-il encore une petite chose que je puisse faire pour toi aujourd'hui ?

— Ne sois pas si susceptible.

Elle s'assit sur le coin de la table, rafla quelques-unes des amandes dont Feeney raffolait et qu'il avait toujours à portée de main, dans un bol.

— Qui est cette fille ? Elle tue froidement et elle n'apparaît sur aucun écran radar, nulle part ?

— C'est peut-être une espionne, rétorqua-t-il en puisant lui aussi une poignée de fruits secs. Possible qu'il y ait eu un contrat sur ta victime.

— Pas avec les renseignements que j'ai sur Icove, et pas avec cette méthode. Si tu étais un agent secret du gouvernement, pourquoi t'exposerais-tu à un système de sécurité hypersophistiqué ? Pourquoi exhiberais-tu ta figure ?

Ce serait bien plus facile de l'éliminer dehors, dans la rue. Ou chez lui, dans son immeuble, puisque le système de sécurité est beaucoup plus léger qu'au centre Icove.

— Une mercenaire ?

— Dans ce cas, elle n'aurait surtout pas montré son visage.

Il haussa les épaules, mastiquant ses amandes.

— Je me borne à te soumettre des hypothèses, ma grande.

— Elle prend rendez-vous, elle utilise des documents d'identité qui lui ouvrent les barrières. Elle sait à quelle heure l'assistante ira déjeuner, ce qui lui donnera le temps de déguerpir avant la découverte du corps. L'arme est déjà sur place – forcément. Tous les rouages sont parfaitement huilés. Pourtant…

Feeney ne pipa mot, attendant la suite.

— … pourquoi là ? Le tuer dans son bureau était beaucoup plus compliqué que le descendre chez lui. Ou dehors, je le répète, puisqu'il se rendait au Centre à pied. Quand on est aussi aguerri, on poignarde sa cible dans la rue et on continue tranquillement à marcher. Et même s'il avait pris sa voiture. Le parking de son immeuble, au sous-sol, est surveillé mais pas comme le bureau.

— Elle avait donc une raison de le liquider dans cette pièce.

— Oui. Et elle avait peut-être quelque chose à lui dire avant de le refroidir. Ou bien elle voulait qu'il lui dise quelque chose. Enfin bref, si c'était pour elle une première, elle a eu la chance des débutants. Aucun faux pas, Feeney. Pas la moindre gouttelette de sueur sur son joli front après avoir poignardé ce type. En plein cœur, comme s'il y avait un mode d'emploi sur la poitrine : enfoncer la lame suivant le pointillé.

— Elle s'était entraînée.

— Sûr et certain. Mais frapper un droïde ou un mannequin, ou même s'exercer en réalité virtuelle… ce n'est pas comme planter une lame dans de la chair. Tu le sais, *nous* le savons.

Eve s'interrompit, pensive, croqua une amande.

— Et la victime ? Il est presque aussi irréel que cette fille. Quatre-vingts ans d'existence, plus de cinquante ans de pratique médicale, et pas une ombre pour ternir sa réputation. Il a eu quelques procès, évidemment, mais ils ne font pas le poids par rapport à son prestige et à ses exploits professionnels. Son appartement ? Un décor de théâtre. Pas un poil qui dépasse. Et je crois que ce bonhomme possède plus de costumes que Connors.

— Ah non, ça, c'est impossible !

— Je te jure. Note qu'il avait un demi-siècle de plus que Connors, ceci explique peut-être cela. Ce n'était pas un flambeur ni un escroc, il ne forniquait pas avec la femme de son voisin – du moins à première vue. Le fils héritera, mais cette considération ne mène pas très loin. Junior n'est pas démuni et tient déjà quasiment les rênes du Centre. Quant aux membres du personnel que nous avons interrogés, ils chantent tous les louanges de la victime. Un saint, je te dis.

— Ouais… Il y a fatalement un squelette dans son placard, des saletés sous son tapis.

Un grand sourire illumina la figure d'Eve. Elle pinça le bras de Feeney.

— Merci ! Tu es de mon avis. Personne n'est aussi parfait. Ça n'existe pas. Pas dans mon univers. Ce type gagnait un fric fou, il aurait pu graisser la patte qu'il fallait pour effacer une tache de son dossier. En plus, selon moi, il avait beaucoup trop de loisirs. Je ne comprends pas ce qu'il en faisait. À son bureau ou à son domicile, rien n'apparaît. D'après son agenda, il avait au moins deux jours et trois soirs par semaine complètement libres. Qu'est-ce qu'il fabriquait, où est-ce qu'il allait ?

Elle consulta sa montre.

— Bon, il faut que je tienne le commandant au courant. Ensuite j'embarque mes joujoux à la maison, pour m'amuser avec. Si tu as du nouveau, préviens-moi.

Elle s'enfonça dans le dédale du Central, jusqu'au bureau du commandant Whitney où on l'introduisit immédiatement. Il était assis à sa table – un colosse à l'imposante carrure, bâti pour porter les écrasantes responsabilités qui lui incombaient. Au fil du temps, l'autorité qu'il assumait avait creusé de profonds sillons sur son visage d'ébène et saupoudré ses cheveux de gris.

Il lui indiqua un fauteuil, et elle dut se raidir pour réprimer un mouvement d'agacement. Elle était sous ses ordres depuis plus de dix ans, il savait pertinemment qu'elle préférait rester debout pour lui faire son rapport.

Elle s'assit, néanmoins.

— Avant que vous commenciez, je souhaiterais aborder avec vous un sujet délicat.

— Oui, commandant.

— Durant le cours de votre enquête, vous serez probablement obligée de consulter le listing des patients du centre Icove, d'établir des recoupements avec la victime et avec son fils.

Aïe ! gémit intérieurement Eve.

— Oui, commandant, j'en ai l'intention.

— Vous découvrirez donc que le jeune Dr Icove...

Oh, merde !

— Le jeune Dr Icove, disais-je, assisté par la victime, a pratiqué quelques interventions mineures sur Mme Whitney.

Mme Whitney, se répéta mentalement Eve dont l'estomac reprit sa place normale. Elle avait eu la frousse que son supérieur ne lui avoue qu'il s'était fait opérer.

— Je, euh... oui, commandant ?

— Ma femme, comme vous vous en doutez, préférerait que cela ne s'ébruite pas. Aussi, à moins que vous ne trouviez un lien entre Mme Whitney... enfin, entre ce qu'elle appelle ses « retouches » et votre enquête... je vous demande comme un service de garder cette question et cette conversation pour vous, bredouilla-t-il.

— Oui, commandant. Je ne vois absolument aucune relation entre ces… « retouches » et le meurtre de Wilfred Icove Senior. Si vous le souhaitez, vous pouvez garantir à Mme Whitney que je serai muette comme une tombe.

— Et comment que je vais le lui garantir ! soupira-t-il en se massant les paupières. Elle me harcèle depuis qu'elle a entendu la nouvelle aux infos. La coquetterie, Dallas, est une plaie. Alors… qui a tué le Dr Parfait ?

— Pardon ?

— Anna m'a raconté que certaines infirmières le surnommaient comme ça – affectueusement. Il avait la réputation d'être un perfectionniste et d'exiger aussi la perfection chez ses collaborateurs.

— Intéressant. Et cela corrobore ce que j'ai appris sur lui jusqu'ici.

Sur quoi, décidant que le chapitre personnel de l'entretien était clos, elle se leva pour exposer la situation au commandant.

Il était tard lorsqu'elle quitta le Central. Ce n'était pas inhabituel et, Connors étant absent, elle n'était pas pressée de rentrer à la maison. Personne ne l'y attendait, hormis l'abominable Summerset, le majordome.

Il rouspéterait quand elle arriverait, lui reprocherait de ne pas l'avoir prévenu qu'elle serait en retard – comme si elle avait envie de lui adresser la parole autrement que par nécessité. Il reniflerait, la détaillerait de la tête aux pieds et, d'un ton fielleux, la féliciterait de ne pas avoir barbouillé sa chemise de sang.

Si jamais il lui disait ça, elle tenait déjà sa réplique. Oh, oui. Elle lui répondrait : « J'ai encore le temps, face de rat. Je vais vous arracher les boyaux, histoire de me tacher un peu. Quoique… à la réflexion, je ne suis pas sûre que vous ayez du sang dans les veines. »

Peaufiner cette riposte, avec les diverses intonations possibles, l'occupa durant tout le trajet.

Les grilles du manoir s'ouvrirent, les projecteurs s'allumèrent, éclairant l'allée qui serpentait dans le parc.

Cette extraordinaire résidence, à la fois château et forteresse, était désormais la sienne. Pignons, tours, bow-windows et terrasses se découpaient contre le ciel crépusculaire. La somptueuse demeure, percée d'innombrables fenêtres illuminées, semblait lui tendre les bras, elle qui n'avait jamais eu de chez-elle avant que Connors ne fasse irruption dans sa vie.

Et jamais elle n'avait imaginé avoir un jour une maison.

Ce spectacle – la puissance et la beauté de ce royaume qu'il avait édifié et qu'il lui avait offert – lui déchira soudain le cœur. Connors lui manquait atrocement.

Elle pourrait aller voir Mavis. Son amie, qui était maintenant une star de la chanson, se trouvait à New York. Enceinte jusqu'aux yeux. Si Eve allait la voir, elle ne couperait pas au rituel – il lui faudrait effleurer le ventre énorme, écouter le bébé se trémousser à l'intérieur, admirer les minuscules vêtements, et tout le bataclan.

Ensuite, Mavis redeviendrait normale.

Mais Eve était trop fatiguée pour supporter les mièvreries préalables. D'ailleurs, elle avait encore du travail.

Elle se gara au pied du perron, surtout parce que cela horripilait Summerset, saisit ses affaires et poussa la porte en bois massif.

Dans le grand hall régnaient une douce chaleur, une atmosphère embaumée. Eve ôta sa veste qu'elle balança sur la rampe de l'escalier – toujours pour embêter le majordome.

Mais il ne se montra pas, surgi de nulle part tel un fantôme. Où était-il ? Elle fut d'abord surprise, puis frustrée, ensuite un brin inquiète.

Alors soudain, un étrange frisson la parcourut. Elle leva le nez et vit Connors en haut des marches.

Il n'avait pas pu devenir plus beau qu'il ne l'était la semaine précédente, pourtant, dans la lumière chatoyante, Eve le trouva encore plus magnifique.

Son visage, à damner une sainte, ses épais cheveux noirs, ses yeux si bleus, sa bouche sensuelle qui souriait… elle en eut un étourdissement.

Il lui donnait le vertige. Folle, espèce de folle, se tança-t-elle. Il était son mari, elle le connaissait mieux que quiconque. Pourtant ses genoux flageolaient, son cœur battait la chamade. Il lui suffisait de le regarder pour perdre la tête.

— Qu'est-ce que tu fais ici ? murmura-t-elle.

Il s'immobilisa, haussa les sourcils.

— Aurions-nous déménagé durant mon absence ?

Elle laissa tomber son sac et lui sauta au cou.

Son odeur, son corps souple et musclé… Ses bras qui l'étreignaient… c'était dans ces bras-là qu'elle se sentait chez elle, à l'abri.

— Tu m'as manqué, souffla-t-elle. Tu m'as terriblement manqué.

— Eve chérie, chuchota-t-il d'une voix rauque teintée de cet accent irlandais qui lui revenait quand il était ému. Je suis désolé que ce voyage ait duré plus longtemps que je ne le souhaitais.

— Tu es là… Moi qui m'attendais à être accueillie par le squelette ambulant. Où est-il, au fait ?

Il caressa la fossette qu'elle avait au menton.

— Si tu parles de Summerset, je l'ai encouragé à passer la soirée en ville.

— Oh, alors tu ne l'as pas trucidé !

— Eh non !

— Je peux m'en charger, quand il rentrera.

— Je suis heureux de constater que les choses n'ont pas changé en mon absence. Galahad s'est ennuyé de moi, lui aussi, ajouta-t-il, désignant le matou qui s'entortillait autour de leurs jambes. Il a déjà réussi à me soutirer une tranche de saumon.

— Si le chat est nourri et le majordome sorti, je propose de monter et de jouer à pile ou face.

— À quel propos ? questionna-t-il, l'enlaçant par la taille pour gravir les marches.

— Pile, je te saute dessus. Face, tu me sautes dessus.

Il éclata de rire, se pencha pour lui mordiller l'oreille.

— Je n'ai pas le temps de jouer à ces bêtises...

Il la plaqua contre le mur ; aussitôt, elle noua les jambes autour de ses hanches. Brûlante, avide.

— Le lit est trop loin, on a trop de vêtements, et tu sens trop bon, balbutia-t-elle contre sa bouche.

Habilement, il la débarrassa de son holster.

— Je vais te désarmer, lieutenant.

— Et je vais me laisser faire.

Il pivota pour la soulever de terre, faillit trébucher sur le chat. Eve s'esclaffa. Dieu que c'était bon de rire ! Heureuse, elle nicha sa tête au creux de l'épaule de Connors.

— Il y a une semaine que je ne t'ai pas touché, je t'aime encore plus qu'avant.

Il pénétra dans leur chambre, se dirigea vers l'estrade où trônait leur immense couche et étendit Eve sur les draps aussi satinés que des pétales de rose.

— Tu as déjà préparé le lit ? s'étonna-t-elle.

— J'ai mis toutes les chances de mon côté.

Elle lui arracha sa chemise, l'attira contre elle, grisée, en proie à une fièvre dévorante. Le caresser, le modeler de ses mains, savourer le poids de son corps sur le sien... Tout son être chantait de bonheur, de désir et d'amour.

Il était de retour.

Il promenait ses lèvres sur la gorge d'Eve, ses seins. Jamais il ne se rassasierait du goût de sa peau, jamais la faim qu'il avait d'elle ne s'apaiserait. Tous ces jours et ces nuits sans elle, malgré un travail acharné et d'innombrables obligations mondaines, avaient été un désert.

Il adorait ses yeux en amande, couleur d'ambre, leur lumière qui vacillait quand elle était dans ses bras, qu'elle tremblait.

Il la déshabilla, la posséda avec sa bouche, sa langue. Elle vibrait, ronronnait, se cambrait pour mieux s'offrir. Et lui la buvait, l'explorait. Inlassable, impérieux et tendre.

Quand elle murmura son nom, de cette voix rauque qui le bouleversait, il la pénétra d'un coup de reins.

Ils s'aimèrent, lentement, puis de plus en plus vite, au rythme de leurs deux cœurs qui battaient à l'unisson.

Il plongeait en elle, se noyait en elle, comme lui seul pouvait le faire avec elle. Éperdument, en oubliant tout ce qui n'était pas eux.

Il lui baisait l'épaule, elle caressait ses cheveux. Ils dérivaient sur une mer étale, repus et sereins. Pour Eve, ces moments qui suivaient la passion étaient particulièrement précieux. Il y avait là une sorte de perfection magique qui l'aidait – ou peut-être les aidait tous deux – à surmonter la laideur du monde qu'ils devaient affronter jour après jour.

— Tu as réussi à aller au bout de ce que tu voulais faire ? murmura-t-elle.

— À toi de me le dire, répondit-il avec un sourire malicieux.

Amusée, elle le pinça.

— Je te parle du travail.

— Eh bien, nous aurons notre ration de fish and chips quotidienne. À ce propos, j'ai une faim de loup. Je suppose que tu n'as pas l'intention de dîner au lit et de refaire l'amour en guise de dessert ?

— Non, désolée, j'ai du boulot.

Il se pencha pour lui poser un petit baiser sur la bouche.

— Ne t'excuse pas, Eve chérie. Je propose de prendre notre repas dans ton bureau. Tu m'expliqueras tout.

Elle pouvait toujours compter sur sa compréhension, songea-t-elle en enfilant un pantalon ample et un vieux sweat orné de l'emblème de la police de New York. Non seulement Connors tolérait ses horaires impossibles, le fait qu'elle soit accaparée par son métier, mais il semblait partager sa passion. Il était toujours disponible pour l'aider quand elle le lui demandait.

Et même, d'ailleurs, lorsqu'elle le lui interdisait.

Au début, durant leur première année de vie conjugale, elle avait bataillé pour l'empêcher de fourrer son nez dans ses dossiers. En vain. Cependant ce n'était pas cet échec qui l'avait incitée, peu à peu, à recourir à son mari.

Connors raisonnait comme un flic. Résultat, sans doute, d'un passé où il avait souvent été en délicatesse avec la loi. Eve, de son côté, devait se glisser dans la tête des criminels pour les pister et les arrêter.

Ils étaient complémentaires. Les deux moitiés d'un même fruit.

Elle avait épousé un homme à l'intelligence brillante, qui n'était pas un ange et possédait à lui seul plus de moyens que le Conseil pour la sécurité internationale. À quoi bon s'en priver?

Ils avaient donc installé le bureau privé d'Eve dans le manoir. Connors avait fait en sorte que cet espace ressemble à l'appartement où elle vivait avant lui. C'était ce genre d'attention qui la liait viscéralement à lui depuis leur rencontre.

— Alors, lieutenant… Qu'allons-nous déguster pour notre dîner? L'affaire en cours réclame-t-elle une belle viande rouge?

— Fish and chips, rétorqua-t-elle. C'est toi qui m'as fourré cette idée dans le crâne, se justifia-t-elle comme il éclatait de rire.

— Vos désirs sont des ordres, madame.

Il passa dans la kitchenette, tandis qu'elle sortait de son sac les disques de données.

— Qui est la victime?

— Wilfred B. Icove – médecin et canonisable pour cause de sainteté.

— J'ai appris ça en rentrant. Je me demandais justement si tu serais chargée de l'enquête.

Il revint avec deux assiettes fumantes, où étaient disposés des filets de colin et des frites croustillantes à souhait.

— Je le connaissais un peu, ajouta Connors.

— Tu ne me surprends pas. Il vivait dans un de tes immeubles.

— Ça, je ne le savais pas, dit-il nonchalamment, tout en repartant chercher les condiments. Je les avais rencontrés, lui et son fils, à l'occasion de manifestations caritatives. D'après les médias, il a été tué dans son bureau du centre qui porte son nom, ici à New York.

— Exact.

Il rapporta le vinaigre pour les pommes de terre, la salière – sa femme répandait des nuages de sel sur tous ses aliments – et de la sauce pimentée.

— Il a été poignardé, n'est-ce pas ?

— Un seul coup en plein cœur.

Eve s'assit à son côté, mangea avec appétit et lui exposa la situation en détail – un rapport aussi précis et concis que celui qu'elle avait fait au commandant Whitney.

— Je ne vois pas le fils là-dedans, commenta Connors. Si tu veux mon avis.

— Je le veux. Pourquoi ?

— Le père et le fils étaient passionnés par leur métier – ils en étaient fiers, et ils étaient fiers l'un de l'autre. Je n'imagine pas que, dans leur cas, l'argent soit un mobile. Le pouvoir, peut-être ?

Il piqua du bout de sa fourchette un morceau de poisson qu'il engloutit. Ça lui rappelait sa jeunesse à Dublin.

— D'après ce que je sais, le père cédait de plus en plus la place au fils. Ta suspecte te paraît être une professionnelle ?

— Le crime me semble pro. Bien organisé, rapide, net et sans bavure. Mais...

Il esquissa un sourire, but une gorgée de bière.

— Mais, enchaîna-t-il, n'oublions pas le symbolisme – la blessure au cœur, dans le centre fondé par Icove, le cran nécessaire à la tueuse dans un endroit doté d'un tel système de sécurité. Tu marques un point.

— On n'a rien sur elle, ni par Interpol ni par la DDE. Mais si elle a été engagée, le mobile était personnel et lié, selon moi, au métier de la victime. On aurait pu l'abattre n'importe où ailleurs et plus facilement.

— À l'heure qu'il est, je présume que tu as vérifié le pedigree de ses plus proches collaborateurs.

— Tous blancs comme neige. Personne n'a la moindre critique à formuler. Quant à son appartement, on croirait un holo-room.

— Pardon ?

— Tu sais, un de ces programmes qu'utilisent les promoteurs immobiliers pour te vendre leurs salades. L'appartement idéal, propre et rangé à faire peur. Tu détesterais.

Il inclina la tête de côté, intrigué.

— Vraiment ?

— Tu mènes la grande vie, comme lui. Vous vous êtes enrichis par des biais différents, mais vous croulez sous le fric.

— Ma foi, rétorqua-t-il, désinvolte, je ne me plains pas.

— Toi, tu en profites, tu t'amuses. Lui, il avait un duplex où tout était au cordeau, avec les serviettes de la salle de bains assorties au carrelage, ce genre de chose. Aucune créativité, tu vois. Toi, tu as cette maison où on pourrait loger une armée, mais… c'est vivant, original. Ça reflète ta personnalité.

— Je suppose que c'est un compliment, dit-il en levant sa chope pour lui porter un toast.

— C'est une constatation. Vous êtes tous les deux des perfectionnistes, chacun à votre manière, mais lui frisait l'obsession. Alors peut-être que son besoin de perfection l'a conduit à froisser quelqu'un, à le virer ou à le refuser comme patient.

— Il fallait avoir une sacrée dent contre lui pour commander son exécution.

— Les gens tuent pour un ongle cassé, mais tu as raison. Il fallait une bonne raison pour commettre un acte aussi spectaculaire. Parce que, sous l'efficacité, la précision, il y a de l'esbroufe.

Eve rafla une frite.

— Regarde-la. Ordinateur, commanda-t-elle, affiche la photo de Dolores Nocho-Alverez.

Lorsque le portrait apparut sur l'un des écrans muraux, Connors arqua un sourcil appréciateur.

— La beauté est souvent une arme mortelle.

— Pourquoi une fille comme elle consulterait un plasticien ? Et pourquoi ce chirurgien accepterait de la traficoter ?

— La beauté va également de pair, souvent hélas, avec une bonne dose d'irrationalité. Elle a peut-être convaincu Icove qu'elle voulait quelque chose de mieux, de différent. Elle a réussi à piquer sa curiosité, et il lui a accordé un rendez-vous. Tu as dit qu'il était quasiment retraité. Il pouvait donc consacrer une heure à une femme dotée d'un physique pareil.

— Justement, c'est un des points qui me chiffonnent. Il avait trop de temps libre. Un homme qui a passé toute sa vie à travailler, à écrire l'Histoire – dans son domaine… –, qu'est-ce qu'il devient quand il n'a plus son métier pour l'accaparer ? Je ne lui trouve pas de loisirs particuliers. Toi, à quoi tu te consacrerais ?

— À ma tendre épouse. Je l'emmènerais loin, je lui ferais découvrir le monde.

— Lui n'a ni femme ni maîtresse attitrée. Du moins à ma connaissance. Il y a des blancs dans son agenda, qu'il comblait d'une façon ou d'une autre. L'explication doit figurer sur ces disques. Quelque part.

— Eh bien, nous n'avons plus qu'à nous y mettre.

Il finit sa bière, hésita.

— Eve… comment as-tu dormi pendant mon absence ?

— Bien. Très bien.

Elle se leva – puisqu'il avait servi le repas, c'était à elle de débarrasser. Il l'en empêcha, une main posée sur la sienne.

— Eve…

— Bon, d'accord, soupira-t-elle. Je me suis quelquefois installée ici, sur la chaise longue. Ne t'inquiète pas de ça. Quand tes affaires te réclament, tu dois partir. Je suis une grande fille, je peux rester toute seule.

— Tu as eu des cauchemars, murmura-t-il en lui baisant le creux de la paume. Je suis navré.

Elle était hantée par les mauvais rêves, en permanence, cependant ils la tourmentaient avec une cruauté singulière lorsque Connors n'était pas auprès d'elle.

— Je me débrouille, je t'assure, insista-t-elle.

Elle se dandina d'un pied sur l'autre. Elle s'était juré d'emporter son secret dans la tombe mais, si elle n'avouait pas la vérité, Connors serait rongé par la culpabilité.

— J'ai mis ta chemise, marmonna-t-elle. Comme elle a ton odeur, j'ai mieux dormi.

Il se redressa, lui prit le visage entre ses mains.

— Mon lieutenant adoré…

— Ne sombre pas dans le sentimentalisme, s'il te plaît. Ce n'est qu'une chemise.

Dignement, elle se dirigea vers la cuisine. Cependant, sur le seuil, elle pivota.

— N'empêche, je suis drôlement contente que tu sois rentré.

— Moi aussi, répondit-il avec un irrésistible sourire.

5

Ils se répartirent les disques, Eve s'installa à sa table, Connors dans son bureau attenant. Elle passa dix minutes exaspérantes à cajoler son ordinateur pour le convaincre de lire ce qui s'avéra être des données codées.

— Tout est verrouillé ! dit-elle d'une voix forte. Cette fichue machine refuse de forcer le barrage.

— Mais non, elle ne refuse pas.

Eve sursauta. Connors était derrière elle, il s'était approché à pas de loup. Il lui tapota l'épaule, souriant, et scruta l'écran.

— Voyons voir...

De ses doigts légers et habiles, il pianota sur le clavier. Aussitôt, ce qui ressemblait à du texte s'inscrivit sur l'écran.

— C'est toujours codé, fit remarquer Eve.

— Patience, lieutenant. Ordinateur, passe en mode déchiffrage et traduction. Affiche le résultat.

En cours...

Eve poussa un faible gémissement.

— Cette machine est équipée pour déjouer les codes, mon bien-aimé flic dépassé par la technique. Tu n'as qu'à lui dire ce qu'elle doit faire. Et...

Terminé. Texte disponible.

— Génial, grommela Eve en parcourant les données. Maintenant, je n'ai plus qu'à comprendre ce foutu jargon médical.

Connors lui ébouriffa les cheveux.

— Bonne chance, dit-il, et il regagna son bureau.

— Il avait tout crypté, marmonna-t-elle, donc il avait des raisons pour ça.

Elle s'adossa à son fauteuil, tambourinant distraitement sur la table. Cela s'expliquait peut-être par le caractère perfectionniste d'Icove. Obsessionnel. Compulsif. Le secret médical.

Non, ça ne suffisait pas...

Le premier texte était énigmatique, sibyllin. Pas de noms. La patiente dont il était question était, de bout en bout, désignée sous l'appellation Sujet A-1.

Dix-huit ans. Un mètre soixante-dix. Cinquante-sept kilos.

Venaient ensuite sa tension, son pouls, un bilan sanguin, un électrocardiogramme et un électroencéphalogramme – tout cela paraissait normal.

Apparemment, ces données étaient donc un dossier médical, comportant une batterie de tests, d'examens. Et de notes, réalisa Eve, surprise. Le sujet A-1 avait d'excellentes notes en ce qui concernait le tonus physique, le quotient intellectuel, les facultés cognitives.

Mais pourquoi Icove se souciait-il de ces paramètres ?

Acuité visuelle corrigée pour atteindre vingt dixièmes. Suivaient d'autres tests. Audition, capacité respiratoire, densité osseuse.

Puis de brefs commentaires sur l'esprit logique, le langage, les dons artistiques – concernant notamment la musique – et... la vitesse à laquelle la jeune fille reconstituait un puzzle.

Eve passa une heure sur le cas A-1, correspondant à trois années de bilan.

Le texte s'achevait par ces simples mots :
Traitement A-1 achevé. Placement réussi.

Elle parcourut en diagonale cinq autres disques. Elle y trouva le même type de données. Parfois on mentionnait des interventions chirurgicales : rhinoplasties, implants dentaires, mammaires.

Sa lecture terminée, Eve se renversa dans son fauteuil, posa les pieds sur la table et fixa le plafond.

Des patientes dont l'identité se résumait à des numéros, des lettres – pas un seul nom –, et dont le traitement était soit « achevé », soit « annulé ».

Il y avait forcément d'autres éléments. Des dossiers plus complets qu'il fallait chercher ailleurs. Dans un bureau, un laboratoire, un lieu quelconque.

En outre, la majeure partie des opérations mentionnées dans ces textes étaient sans grande importance. Or la chirurgie esthétique était la spécialité d'Icove.

Là, il s'agissait de banales retouches.

L'essentiel était plutôt une sorte d'évaluation globale : physique, mentale, cognitive, artistique.

Et cette histoire de placement. Où plaçait-on les patientes après la fin du traitement ? Et où allaient-elles s'il était annulé ?

Qu'est-ce que le bon docteur Icove trafiquait avec plus de cinquante jeunes filles ?

— Des expériences, décréta-t-elle, lorsque Connors s'encadra dans la porte. Ça ressemble à des expériences, non ? Tu n'es pas de cet avis ?

Il opina.

— Des cobayes anonymes. J'ai également l'impression que ces textes ne sont qu'un aide-mémoire.

— Exact. Des notes rédigées à la va-vite, qu'il pouvait compulser pour vérifier un détail, un résultat. Alors les avoir codées, cryptées… C'est prendre beaucoup de précautions pour un truc bien vague. D'où je conclus qu'il y a là-dessous quelque chose de beaucoup plus fumant.

Eve s'interrompit, pensive.

— Néanmoins, ça confirme l'opinion que j'ai de lui. Dans chaque cas, il vise la perfection. La morphologie, la structure du visage – ça, c'était son domaine. Et puis voilà qu'il se préoccupe de leurs facultés cognitives, de leur aptitude à jouer du tuba…

— Du tuba, vraiment ?

— Ce n'est qu'un exemple, s'énerva-t-elle, agitant la main. La question est : qu'est-ce qu'il en a à fiche ? Quelle importance que la patiente soit bonne en calcul, parle ukrainien, ou Dieu sait quoi ? Il ne travaillait pas sur le cerveau. Oh... et elles sont toutes droitières, figure-toi. Toutes, ce qui ne correspond statistiquement pas à la moyenne nationale. Et elles ont toutes entre dix-sept et vingt-deux ans, âge du « placement » si le traitement n'est pas annulé.

— Placement... Un terme intéressant, n'est-ce pas ? rétorqua Connors en s'appuyant contre l'angle du bureau. On pourrait penser à un emploi. Si on n'était pas enclin au cynisme...

— Ce que tu es, comme moi. Certains individus paieraient une fortune pour avoir une femme parfaite, n'est-ce pas ? Finalement, Icove avait peut-être un petit hobby : un harem d'esclaves. Il dirigeait un réseau de traite des femmes.

— Possible. Mais où se procurait-il la marchandise ?

— Je vais lancer une recherche. Recouper les dates indiquées dans ces pseudo-dossiers médicaux et les affaires de disparition, de kidnapping.

— C'est un début de piste. Toutefois, garder autant de femmes sous contrôle, dissimuler un tel trafic... c'est une opération d'envergure. Peux-tu envisager que les « esclaves », pour reprendre ton expression, soient éventuellement consentantes ?

— Elles accepteraient d'être vendues au plus offrant ? s'insurgea Eve.

— Réfléchis à cette hypothèse, insista-t-il. Une jeune fille qui n'est pas satisfaite de son apparence ou de son sort, ou simplement qui espère une vie plus agréable. Peut-être même qu'il les payait. « Nous vous rendons belle, et en plus vous gagnez de l'argent. Ensuite, nous vous trouverons un partenaire suffisamment fortuné qui vous choisira, vous entre toutes les autres. » Pour quelqu'un d'impressionnable, de fragile, c'est grisant.

— Alors selon toi, il façonnait des prostituées, en quelque sorte, avec leur consentement?

— Ou des compagnes, ou des épouses. Les deux, éventuellement. Ou bien encore – cette idée vient juste de traverser mon cerveau fertile – des hybrides.

Eve écarquilla les yeux.

— Comment ça? Une nana mi-bobonne et mi-putain? C'est un fantasme de mec?

— Tu es fatiguée, lieutenant, se moqua-t-il. Je pensais à quelque chose de plus classique, de plus ancien. Frankenstein.

— Le monstre?

— Tu mélanges. Frankenstein était le docteur fou qui créa le monstre.

Eve se redressa sur son séant, ôta ses pieds du bureau.

— Des hybrides. En partie droïdes et en partie humaines? Tu crois qu'il enfreignait la loi pour mener ce genre de recherches? Tu pousses loin le bouchon, Connors.

— D'accord, mais voici quelques décennies il y a eu des essais. Militaires, surtout. Et nous voyons ça tous les jours, sur un autre plan. Des cœurs, des membres, des organes artificiels. Icove a forgé sa réputation dans le secteur de la chirurgie réparatrice, où l'on recourt à des techniques de pointe.

— Il aurait fabriqué des femmes? murmura-t-elle.

Elle se remémora le film de vidéosurveillance, Dolores et son calme absolu, avant comme après le meurtre.

— Et l'une d'elles se serait retournée contre lui. L'une d'elles, qui n'était pas satisfaite de son «placement», est revenue tuer le créateur. Il a accepté de la recevoir parce qu'elle était son œuvre. Oui, oui, oui… voilà une théorie qui n'est pas mauvaise.

Elle s'interrompit, hocha la tête.

— Gonflée, mais pas mauvaise.

Elle se coucha sur ces bonnes paroles et, le lendemain, se réveilla à l'aube. Connors, tout juste levé, enfilait un survêtement.

— Oh, tu es réveillée ! Viens faire quelques exercices et nager un peu.

— Hein ? bredouilla-t-elle, fixant sur lui des yeux ensommeillés. On n'est pas encore le matin.

— Il est 5 heures. Allez, debout, ajouta-t-il en l'extirpant des draps. Ça t'éclaircira les idées.

— Pourquoi y a pas de café ?

— Tu en auras, promit-il, et il la poussa dans la cabine d'ascenseur qui descendit vers la salle de gymnastique.

— Pourquoi je me fatiguerais à 5 heures du matin ? ronchonnait toujours Eve.

— Parce que c'est excellent pour toi. D'ailleurs, il est 5 h 15.

Il lui lança un short.

— En tenue, lieutenant !

— Quand est-ce que tu repars en voyage d'affaires ?

Il lui jeta un tee-shirt à la figure. Elle s'habilla, puis régla les appareils pour un jogging sur la plage. Si elle devait se martyriser dès potron-minet, autant se croire sur une plage. Elle aimait le contact du sable sous ses pieds, le fracas des vagues, le goût salé des embruns.

Connors adopta le même programme et la rejoignit dans la même réalité virtuelle.

— Après les vacances, nous pourrions faire ça pour de vrai, suggéra-t-il.

— Quelles vacances ? grogna-t-elle, accélérant l'allure.

— On approche de Thanksgiving. Et justement, je souhaitais en discuter avec toi.

— Je connais Thanksgiving, imagine-toi. C'est toujours un jeudi et on mange de la dinde, qu'on aime ce volatile ou pas.

— C'est aussi une fête typiquement américaine. Une fête… familiale, traditionnellement. Je me disais que ce serait peut-être bien d'inviter à dîner mes parents irlandais.

— Les faire venir ici, à New York, pour bouffer de la dinde ?

— En gros, oui.

Du coin de l'œil, elle remarqua qu'il était embarrassé. Un phénomène rarissime chez lui.

— Ils sont combien, à propos ?

— Une trentaine…

— Une trentaine ? répéta-t-elle d'une voix sifflante.

— Plus ou moins, je ne sais pas exactement. D'ailleurs, je doute que tous acceptent l'invitation. Ceux qui ont des fermes, par exemple, et tous ces enfants… Mais j'ai pensé que Sinead, au moins, et sa petite famille pourraient prendre un jour ou deux. Et ça m'a paru le moment de l'année idéal. On n'aurait qu'à inviter aussi Mavis et Leonardo, Peabody, etc. Qui tu veux. Bref, donner une grande fête.

— Il nous faudra un éléphant, pas une dinde.

— Ce genre de détail se réglera facilement. Qu'est-ce que tu éprouves à la perspective de les avoir tous ici ?

— Je me sens un peu bizarre, mais je suis d'accord. Et toi, tu éprouves quoi ?

Il réprima un soupir, se décontracta.

— Comme toi. Merci, Eve.

— Bof, du moment que je ne suis pas forcée de faire un gâteau.

— Nous n'irions pas jusqu'à de pareilles extrémités.

Après le jogging, Eve acheva de se réveiller avec quelques exercices de musculation et vingt longueurs de bassin. Elle comptait aller jusqu'à vingt-cinq, mais Connors l'attrapa par la taille, et la séance d'entraînement s'acheva par une gymnastique aquatique des plus voluptueuses.

Quand Eve se fut douchée et qu'elle eut vidé sa première tasse de café, elle débordait d'énergie et avait une faim de loup.

Elle opta pour des gaufres, fusilla des yeux Galahad qui essayait de lui chiper son petit-déjeuner.

— Il a besoin d'espace, décréta-t-elle de but en blanc.

— Ce chat dispose de toute la maison.

— Pas lui, Icove.

— Mum… marmonna distraitement Connors qui consultait les derniers cours de la Bourse sur l'écran mural du coin salon de leur chambre.

— Ça ne se passait pas dans l'appartement, poursuivit Eve sur sa lancée. Il y aurait eu trop d'allées et venues. Un labo. Peut-être au Centre, ou ailleurs. La discrétion s'imposait. En admettant qu'il ne s'agisse pas d'une activité illégale, c'est néanmoins étrange. Icove ne pratiquait pas cette multitude d'examens ou d'expériences au vu et au su de tous, pour ensuite se donner le mal de verrouiller l'accès à son équipement électronique et aux dossiers.

— Le Centre est immense, Icove aurait pu s'y aménager un secteur privé. En prenant des précautions. Mais, à mon avis, c'était plus sage de prévoir un autre lieu pour ce travail particulier.

— Le fils est forcément au courant. S'ils étaient vraiment proches, personnellement et professionnellement – ce que je crois –, ils étaient tous les deux impliqués dans ce… projet.

Eve émit un reniflement de mépris.

— Pour l'instant, soyons aimables et appelons ça un « projet ». Peabody et moi, on va interroger de nouveau le fils, voir s'il répond à nos questions sans détour. On analysera sa situation financière de façon plus approfondie. Je suis prête à parier que le « projet » rapporte un paquet d'argent. Je chercherai une propriété enregistrée au nom d'Icove Senior, ou à celui de Junior, de la belle-fille, des petits-enfants, du Centre ou de je ne sais quoi. Si ce lieu existe quelque part, on le trouvera.

— Tu vas vouloir les sauver. Les filles, précisa Connors comme elle se taisait. Empêcher qu'on les… disons qu'on ne les embellisse, si tel est le cas. Tu les considères comme des victimes.

— Elles ne le sont pas, selon toi ?

— Pas comme tu l'étais, répondit-il en lui prenant la main. Je serais très surpris que le traitement qu'on leur inflige ressemble à ce que tu as enduré. Malheureusement, je doute que tu puisses t'empêcher de faire la comparaison. Tu vas encore récolter des bleus à l'âme.

— Chaque victime est une souffrance pour moi. Même quand ça n'a aucun rapport avec ce que j'ai vécu. C'est toujours douloureux.

— Je sais, murmura-t-il en lui baisant les doigts. Mais certaines enquêtes sont plus dures que d'autres.

— Toi, tu as l'intention d'inviter ta famille ici pour Thanksgiving, et ce sera aussi une blessure. Parce que ta mère ne sera pas parmi nous et que tu penseras à elle. Tu songeras fatalement à ce qui lui est arrivé quand tu n'étais qu'un bébé. Ton cœur saignera, mais tu inviteras quand même tes Irlandais. Nous faisons ce que nous devons faire, Connors. Toi comme moi.

— Tu as raison, ma chérie.

Elle se redressa, saisit son holster.

— Tu pars au travail ?

— Puisque je me suis levée de bonne heure, autant en profiter.

— Alors, laisse-moi t'offrir mon cadeau.

Connors scruta le visage de sa femme, observa les expressions qui s'y succédaient – contrariété, résignation. Il éclata de rire.

— Tu espérais t'en tirer comme ça, n'est-ce pas ?

— Donne, qu'on en finisse.

— Charmante créature... ironisa-t-il.

Elle fut étonnée de le voir se diriger vers sa propre penderie, où il prit une grande boîte qu'il posa sur le divan.

Encore une jolie robe, supposa-t-elle. Comme si elle n'avait pas déjà de quoi vêtir une légion de mannequins. Hélas pour elle, Connors adorait la couvrir de fanfreluches !

— Eh bien, ouvre, dit-il.

Elle s'exécuta à contrecœur.

— Oh... wouah ! s'exclama-t-elle.

— Une réaction inhabituelle chez vous, lieutenant, commenta-t-il avec un grand sourire.

Elle ne l'écoutait pas. Elle sortit de sa boîte le long manteau en cuir noir, y enfouit le nez.

— Ce que ça sent bon !

Elle l'enfila, virevolta dans la chambre pour aller se planter devant le miroir. Connors, ravi, la contemplait. Le manteau, pourvu de profondes poches, tombait presque jusqu'aux chevilles et était aussi souple qu'un gant.

La coupe en était résolument masculine, ainsi qu'il l'avait voulu pour plaire à Eve.

— Tu es magnifique…

Dans ce vêtement, elle avait l'air sexy, dangereuse, et étrangement lointaine.

— Ça, c'est un cadeau ! Je l'abîmerai vite, mais il sera encore mieux avec quelques éraflures.

Elle pivota, le manteau s'enroula autour de ses jambes.

— Merci.

— Tout le plaisir est pour moi.

Il se tapota les lèvres, réclamant un baiser qu'elle s'empressa de lui donner. Puis il glissa les bras sous le manteau, autour de la taille fine de son flic bien-aimé.

Mon Dieu, songea-t-il, quel bonheur !

— Tu as de nombreuses poches intérieures, s'il te faut cacher une arme.

— Génial ! Baxter va être vert de jalousie. J'adore ton cadeau. Bon, maintenant, il faut vraiment que j'y aille.

— À ce soir…

Il la regarda s'éloigner, le cœur gonflé d'amour. Elle avait l'allure d'une guerrière.

Eve avait une heure à tuer avant le début de son service. À tout hasard, elle mit le cap sur le bureau de Mira. Ainsi qu'elle l'espérait, la psychiatre était déjà là. En revanche, le dragon qui lui servait de secrétaire n'était pas encore à son poste.

Eve tapa à la porte entrebâillée.

— Je peux ?

— Eve… nous avions rendez-vous ?

Mira paraissait épuisée et triste.

— Non, mais je sais que vous arrivez souvent très tôt. Excusez-moi de débarquer comme ça.

— Ce n'est pas grave, entrez. Votre visite a un rapport avec Wilfred ?

— Je… je voulais vous poser une question, bredouilla Eve qui se sentait soudain lamentable. À propos de la relation médecin-patient. Vous constituez des dossiers pour les cas dont vous vous chargez ?

— Naturellement.

— Vous êtes attachée à la police new-yorkaise et, en plus, vous avez une clientèle privée. Il vous arrive de suivre des patients pendant… mettons, plusieurs années ?

— Absolument.

— Comment conservez-vous les dossiers, les renseignements ?

— Je ne comprends pas bien votre question.

— Vous bloquez l'accès à votre ordinateur, par mesure de sécurité ?

— Absolument. En ce qui concerne ma clientèle privée, les dossiers sont strictement confidentiels. Même chose pour mon travail ici.

— Vous cryptez les données ?

— Les crypter ? répéta Mira avec un petit sourire. Ce serait un brin paranoïaque, vous ne trouvez pas ? Mais… craindriez-vous des fuites émanant de mon service, Eve ?

— Non, pas du tout. Si on exclut la paranoïa, pourquoi un docteur bloquerait-il l'accès à son équipement électronique, à ses disques, puis coderait les données engrangées sur ces disques ?

Le sourire de Mira s'évanouit.

— Je répondrais que la structure au sein de laquelle travaillait ce docteur exigeait un maximum de précautions, ou que les informations elles-mêmes étaient particulièrement sensibles. On peut imaginer que ce médecin soupçonnait quelqu'un de vouloir en prendre connaissance, ou bien pensait-il que son travail était expérimental.

— Illégal.

— Je n'ai pas employé ce terme.

— Le feriez-vous si vous ne vous doutiez pas que je parle d'Icove ?

— Je le répète, il y a de nombreuses raisons justifiant que des dossiers soient pourvus de solides boucliers.

Eve s'assit sans y être invitée, plongea son regard dans celui de Mira.

— Ses patientes étaient étiquetées, en quelque sorte. Une lettre et un numéro, pas de nom. Elles avaient toutes entre dix-sept et vingt-deux ans. Il ne pratiquait quasiment pas sur elles le genre d'interventions qui ont forgé sa réputation. Elles étaient toutes testées et évaluées dans divers domaines : facultés cognitives, langage, dons artistiques, performances physiques. En fonction de leur niveau et de leurs progrès, le « traitement » – qui n'est jamais clairement précisé – était poursuivi ou arrêté. Dans le premier cas, ça se concluait par un « placement » qui mettait aussi un point final au dossier. Qu'est-ce que cela signifie ?

— Je l'ignore.

— Je m'en doutais, figurez-vous.

— Ne me faites pas ça, Eve, protesta Mira d'une voix légèrement tremblante, s'il vous plaît.

Eve se releva.

— Oui… OK, je suis navrée.

Muette, Mira secoua la tête. Eve pivota et sortit du bureau.

Tout en regagnant la Criminelle, elle extirpa son communicateur de sa poche. Il était très tôt, mais elle estimait que les médecins et les flics se devaient d'être toujours sur le pont. Elle n'eut donc aucun scrupule à réveiller le Dr Louise Dimatto.

Celle-ci avait l'air d'une enfant, avec ses grands yeux gris tout embrumés de sommeil et ses cheveux blonds ébouriffés.

— J'ai des questions à vous poser, déclara Eve. À quelle heure on peut se voir ?

— Ce matin, je suis en congé. Je dors. Allez au diable!

— Bon, j'arrive. Dans trente minutes.

— Je vous hais, Dallas.

L'image sur l'écran du communicateur vacilla, puis un visage masculin, séduisant et également ensommeillé, apparut à côté de l'adorable tête de Louise.

— Moi aussi, je vous hais.

— Salut, Charles.

Charles Monroe était un compagnon licencié, un prostitué de haut vol, et la moitié d'orange de Louise.

— Trente minutes, répéta Eve, et elle coupa la communication avant qu'ils ne protestent davantage.

Décidant qu'il serait plus simple de prendre Peabody au passage, elle l'appela aussitôt. Sa coéquipière répondit sur-le-champ, vêtue d'un drap de bain, les cheveux humides.

— Je vous embarque dans un quart d'heure.

— Quelqu'un est mort?

— Non, je vous expliquerai. Je...

Elle manqua s'étrangler. McNab émergeait de la douche et, Dieu merci, elle ne discernait que son torse nu.

— Un quart d'heure! aboya-t-elle. Et un peu de décence, nom d'un chien, bloquez la fonction vidéo quand vous répondez à un coup de fil!

Peabody réussit à être fin prête en quinze petites minutes. Elle franchit la porte de son immeuble à toute vitesse, chaussée des baskets à semelles aérodynamiques qu'elle affectionnait. Aujourd'hui, elle était en tenue vert sombre et veste rayé vert et blanc.

Elle s'engouffra dans la voiture, écarquilla des yeux luisant de convoitise.

— Le manteau! Le manteau! glapit-elle en tendant la main pour tâter le cuir.

Eve lui asséna une tape sur le poignet.

— Pas touche.

— Je peux le renifler? S'il vous plaît, s'il vous plaît!

— Le nez à deux centimètres de la manche. Et vous reniflez une seule fois.

Peabody obéit, poussa un soupir extatique.

— Alors comme ça, Connors est rentré plus tôt que prévu ?

— Pourquoi cette remarque ? Je me le suis peut-être acheté toute seule.

— C'est ça. Et, depuis ce matin, les poules ont des quenottes. Bon... puisqu'on n'a pas d'autre cadavre, qu'est-ce qu'on fabrique dehors à l'aube ?

— Il nous faut l'avis d'un médecin. Avec Mira, c'est délicat – la victime était son ami –, donc je me suis rabattue sur Louise. On y va.

Peabody opina et entreprit de se farder les lèvres.

— Je n'ai pas eu le temps, se justifia-t-elle, comme Eve lui lançait un regard écœuré. Je suppose que Charles est chez Louise. Je veux être présentable, vous comprenez.

— Rassurez-moi... Vous vous intéressez quand même à l'enquête ?

— Évidemment. Je peux écouter, analyser et tirer des conclusions tout en me pomponnant.

Eve se força donc à ignorer le rouge à lèvres, la brosse à cheveux, le vaporisateur de parfum, et résuma ses dernières trouvailles à sa coéquipière.

— Des expériences secrètes, peut-être illégales... murmura Peabody. Son fils doit être au courant.

— D'accord avec vous.

— L'assistante ?

— A priori, elle n'a pas de formation médicale, mais on utilisera cet angle d'attaque pour l'interroger. D'abord, j'ai besoin qu'un toubib jette un œil à ces dossiers. Mira était trop proche de ce bonhomme.

— Vous dites qu'il avait une cinquantaine de patientes. Ça me paraît beaucoup pour lui tout seul.

— Les éléments dont je dispose couvrent plus de cinq ans, et divers stades de l'évaluation ou de la préparation, ou de Dieu sait quoi. Il y avait des espèces de groupes – A-1, A-2, A-3. Mais là aussi, je suis d'accord avec vous : il avait vraisemblablement des collaborateurs. Son fils, à coup sûr. Sans doute des techniciens de laboratoire, d'autres docteurs. Si cette affaire de «placement» s'opérait moyennant finances, il y a fatalement un gestionnaire.

— La belle-fille? Il était son tuteur, au départ.

— On creusera cette piste, même si elle n'a pas de formation médicale ou comptable. Nom d'un chien... pourquoi on ne peut jamais se garer par ici?

— Je n'ai malheureusement pas la réponse, lieutenant.

Eve envisagea de s'arrêter en double file. Elle se ravisa, de crainte que son véhicule, dans un état relativement correct, ne soit cabossé par un automobiliste furieux. Elle fit donc le tour du quartier jusqu'à ce qu'une minuscule place se libère, à deux cents mètres de chez Louise.

Marcher un peu ne la dérangeait pas, surtout avec son beau manteau tout neuf sur le dos.

6

Ils se prélassaient, pareils à deux matous alanguis, prêts à se lover l'un contre l'autre pour une petite sieste au soleil.

Louise portait une sorte de longue tunique blanche qui la faisait ressembler à une déesse païenne. Elle était pieds nus, les ongles de ses orteils peints en rose chatoyant. Charles était également vêtu de blanc – ample pantalon et chemise trop grande.

Il émanait d'eux une telle impression de bien-être qu'Eve se demanda s'ils ne venaient pas de faire l'amour. Elle s'empressa de chasser cette pensée gênante de son cerveau.

Elle les aimait beaucoup tous les deux, elle s'était même habituée à les considérer comme un couple. Cependant elle ne voulait pas laisser son imagination s'aventurer plus loin sur ce terrain miné.

— Matinale et superbe, mon lieutenant en sucre, commenta Charles en l'embrassant sur la joue avant qu'elle ait pu se dérober.

Il prit Peabody par les épaules, lui effleura les lèvres d'un baiser.

— Délicieuse Delia...

Peabody rougit et se trémoussa jusqu'à ce qu'Eve lui plante un index dans les côtes.

— On est en service.

Louise se laissa choir sur le canapé, leva le mug qu'elle tenait.

— Il y a du café. Ne me demandez rien tant que je n'aurai pas avalé ma première gorgée. Entre la clinique et le foyer, hier, j'ai fait quatorze heures. Aujourd'hui, je flemmarde et je ne tolérerai pas qu'on perturbe ce repos bien mérité.

— Vous connaissiez Wilfred Icove Senior ?

Louise soupira.

— Asseyez-vous, au moins. Buvez un peu de ce café que mon bel amant a si galamment préparé. Mangez un bagel. Ils sont succulents.

— J'ai déjà pris le petit-déjeuner, s'impatienta Eve.

— Eh bien, pas moi, déclara Peabody qui s'installa dans un fauteuil et choisit un bagel. Elle m'a sortie de sous la douche.

— Vous êtes splendide, la félicita Louise. Cohabiter avec McNab vous va bien. Comment vous sentez-vous, physiquement ?

— En forme. J'ai terminé la rééducation.

Louise lui tapota le genou.

— Vous vous êtes rétablie à une vitesse incroyable. Vos blessures étaient pourtant très graves, et ça ne date que de quelques semaines. Vous n'avez pas ménagé vos efforts pour remonter la pente si rapidement.

— J'ai une solide constitution, ça aide.

Secrètement, Peabody aurait souhaité être plus délicate, plus menue, comme Louise.

Eve trépignait littéralement.

— On pourrait peut-être entrer dans le vif du sujet ?

— Oui, je connaissais le Dr Icove, répondit Louise. Et je connais un peu son fils, professionnellement. Ce meurtre est une tragédie. Il était un pionnier dans son domaine, et il avait encore devant lui des dizaines d'années de travail et de vie.

— Donc, vous le connaissiez personnellement ?

— Oui, par ma famille, répliqua Louise (elle était issue d'un milieu fortuné et aristocratique). J'admirais son œuvre. J'espère que vous ne tarderez pas à arrêter son assassin.

— Pour l'instant, je suis en train de consulter ses dossiers. Je me concentre surtout sur ceux qu'il gardait à son domicile. Il avait verrouillé l'accès à son ordinateur, ses disques, et les textes étaient cryptés.

Louise eut une petite moue.

— Ah... il était très prudent.

— Dans ces dossiers, il désigne ses patients par une lettre et un nombre. Jamais de nom.

— Oui... extrêmement prudent... Il avait dans sa clientèle des gens très importants, des célébrités, des magnats des affaires, des gros bonnets de la politique qui exigeaient l'anonymat le plus absolu.

— En réalité, les patients dont je vous parle étaient toutes des filles âgées de dix-sept à vingt-deux ans.

Le front haut et noble de Louise se plissa.

— Vraiment ?

— J'en ai recensé plus de cinquante. Leur traitement semble s'être prolongé durant quatre ou cinq ans.

— Quel genre de traitement ?

— À vous de me le dire.

Eve, qui avait imprimé les données, lui tendit un paquet de feuillets.

À mesure qu'elle lisait, Louise se mit à marmonner entre ses dents, à secouer la tête.

— Un travail expérimental, sans aucun doute, des comptes rendus fort peu détaillés. Ces documents ne sont pas de vrais dossiers. Ce sont des abrégés. Il traitait le patient dans sa globalité, c'était sa méthode. Je partageais son point de vue. Mais là, par exemple... sujet de sexe féminin, jeune, excellente condition physique, quotient intellectuel élevé, corrections mineures de la structure faciale. Quatre ans d'étude et de soins résumés en quelques pages. Un résumé, forcément.

— Le sujet en question est-il humain ? demanda Eve.

Louise lui lança un bref regard, relut les notes.

— Les fonctions vitales et les analyses pratiquées indiquent qu'il s'agit d'un être humain. Il était régulièrement testé, de manière approfondie, non seulement pour rechercher des défauts et des maladies, mais pour évaluer ses progrès et ses performances mentales et artistiques. Cinquante patientes, vous dites ?

— Pour le moment.

— Et ce placement… Une formation ? Un emploi ?

— Dallas a une autre idée, intervint Charles qui observait Eve.

— Qu'est-ce que…

Louise s'interrompit, déchiffrant soudain le regard qu'échangeaient son amant et Eve.

— O mon Dieu…

— Il faut subir certains tests pour obtenir une licence de prostituée, n'est-ce pas ? demanda Eve.

Charles saisit sa tasse de café.

— En effet. Avant d'entrer dans la prostitution légale, professionnelle, on subit naturellement des examens physiques ainsi qu'une évaluation psychiatrique – dans l'espoir d'éliminer les déviants sexuels et les prédateurs. Ensuite, pour conserver sa licence, il faut repasser régulièrement un bilan.

— Et il existe divers niveaux correspondant à une échelle de rémunérations.

— Bien sûr. Ce niveau est déterminé par vos préférences, mais surtout par vos capacités. Intelligence, culture, style… cela dit en toute modestie. Une prostituée de rue, par exemple, n'a pas besoin de discuter histoire de l'art avec son client, on ne lui demande pas des connaissances encyclopédiques.

— Plus le niveau est élevé, plus les honoraires sont juteux.

— Effectivement.

— Et plus, dans ce cas, la commission de l'agence qui forme, teste et attribue leur licence aux prostitués est importante.

— Vous avez raison.

— C'est absurde, coupa Louise. Icove, avec son talent et ses ressources, se serait amusé à ça ? Dans quel but ? En outre, il ne faut pas des années pour former des compagnes licenciées et leur délivrer leur permis d'exercer. Sa commission aurait été insignifiante comparée à ce que lui rapportait son activité de médecin.

— Un homme a besoin d'un violon d'Ingres, commenta Peabody qui se tâtait – un autre bagel ou pas ?

Charles caressa les cheveux de Louise.

— Elle ne pense pas à des compagnes licenciées traditionnelles, mon cœur. N'est-ce pas, Dallas ? On ne se borne pas à monnayer certains services, on vend tout le package.

Louise écarquilla les yeux, pâlit.

— Dallas, mon Dieu.

— C'est une théorie, une piste. En tant que médecin, vous convenez que le cryptage de ces données est une mesure de sécurité quelque peu excessive.

— Oui, mais…

— Que les notes elles-mêmes sont inhabituellement succintes.

— Il faudrait que j'en voie d'autres pour me faire une opinion à leur sujet.

— Où sont les scanners, par exemple ? Si, en tant que médecin, vous assuriez le suivi d'une patiente pendant des années, vous n'en auriez pas dans son dossier ? Notamment avant et après les interventions chirurgicales ?

Louise resta silencieuse un long moment avant de soupirer :

— Si… Je décrirais également chaque intervention, sa durée, qui était présent au bloc. Je citerais le nom de la patiente, comme je mentionnerais tous mes assistants et collaborateurs participant aux tests. J'ajouterais des observations personnelles, des commentaires. Ce que vous m'avez donné là… non, j'en conviens, ce ne sont pas des dossiers médicaux.

Eve tendit la main pour récupérer les documents.

— D'accord. Merci.

— Vous croyez qu'il était peut-être impliqué dans une sorte de… trafic d'êtres humains. On l'aurait tué à cause de ça.

Eve se redressa.

— C'est une piste, répéta-t-elle. Beaucoup de docteurs se prennent pour Dieu.

— Certains, rectifia Louise, pincée.

— Même Dieu n'a pas réussi à créer la femme parfaite. Alors Icove se pensait peut-être capable de Le surpasser. Merci pour le café.

Sur quoi, Eve quitta l'appartement comme une tornade et s'engouffra dans l'ascenseur.

— Pauvre Louise, soupira Peabody, vous lui avez pourri sa journée.

— Et maintenant, tant qu'on y est, on pourrait pourrir celle du Dr Will.

Une domestique droïde leur ouvrit la porte de l'hôtel particulier. Elle avait été calquée sur le modèle d'une femme âgée d'une bonne quarantaine d'années, bien faite et agréable à regarder.

Elle les introduisit directement dans le grand salon, les invita à s'asseoir, leur offrit du café puis se retira. Icove apparut quelques instants plus tard.

Il avait les yeux cernés, le teint blafard.

— Il y a du nouveau ?

— Malheureusement, docteur Icove, nous n'avons rien à vous annoncer pour l'instant, mais nous avons des questions à vous poser.

Il se massa le front.

— Ah… oui, bien sûr.

Comme il s'approchait pour s'asseoir, Eve aperçut un jeune garçon sur le seuil, qui les espionnait. Ses cheveux étaient si blonds qu'ils paraissaient blancs. Ainsi que la mode l'exigeait, ils étaient coiffés en une brosse pareille à des piquants de hérisson. Son beau visage enfantin évoquait celui de sa mère, de même que ses yeux presque violets.

— Je crois qu'il vaudrait mieux discuter en tête à tête, dit Eve à Icove.

— Ma femme prend le petit-déjeuner avec les enfants.

Eve ébaucha un signe, et Icove se retourna juste à temps pour capter le mouvement de son fils qui se rencognait dans l'ombre.

— Ben !

Le ton était sec. Le garçon se montra, le nez baissé. Mais, en dépit de son apparente contrition, son regard brillait de curiosité.

— Je ne t'ai pas interdit d'écouter aux portes ?

— Si, père.

— Lieutenant Dallas, inspecteur Peabody, je vous présente mon fils Ben.

Celui-ci redressa aussitôt les épaules.

— Wilfred B. Icove III. B, c'est l'initiale de Benjamin. Et vous, vous êtes de la police.

Connaissant Dallas, Peabody s'empressa de répondre au gamin :

— Exactement. Nous sommes désolées pour ton grand-père, Ben. Nous sommes venues parler avec ton père.

— Quelqu'un a assassiné grand-papa. On l'a poignardé en plein cœur.

— Ben…

— Mais elles *savent*. Maintenant, elles doivent poser des questions, trouver des indices et des pistes pour rassembler des preuves. Vous avez des suspects ?

— Ben, allons…

Icove entoura de son bras les épaules de son fils.

— Mon fils ne souhaite pas suivre la tradition familiale et opter pour la médecine. Il rêve d'être détective privé.

— Les policiers sont obligés de respecter trop de lois, expliqua le garçonnet. Les détectives privés font ce qui leur chante, ils gagnent beaucoup d'argent et ils fréquentent des gens louches.

— Il adore les livres et les jeux qui ont des détectives pour héros, dit Icove, amusé et attendri.

— Puisque vous êtes lieutenant, enchaîna Ben, vous commandez les autres, vous leur criez dessus et tout.

— Effectivement, répondit Eve qui esquissa un sourire. C'est d'ailleurs l'aspect de mon métier qui me plaît le plus.

Soudain, ils entendirent des pas pressés dans le hall. Avril apparut, l'air gêné.

— Ben ! Je suis désolée, Will. Il a échappé à ma surveillance.

— Ce n'est pas grave. Ben, maintenant tu retournes dans la salle à manger avec ta mère.

— Mais je veux…

— Pas de discussion.

— Viens, Ben, dit Avril.

Sa voix n'était qu'un doux murmure, qui produisit pourtant un effet spectaculaire. Le gamin baissa de nouveau le nez et quitta la pièce en traînant les pieds.

— Excusez-nous, ajouta Avril.

Elle leur adressa un sourire qui n'éclaira pas ses yeux, puis s'en fut à son tour.

— Nous gardons les enfants à la maison durant quelques jours, déclara Icove. Les médias ne respectent pas toujours le chagrin ni l'innocence.

— Vous avez là un superbe petit garçon, docteur Icove, commenta Peabody. Il ressemble à votre épouse.

— Oui, en effet. Nos deux enfants ressemblent à Avril, rétorqua-t-il, de nouveau attendri. Nous avons eu de la chance. Bien… que désiriez-vous savoir ?

— Nous avons quelques questions à vous poser concernant des disques que nous avons trouvés dans le bureau de votre père, chez lui.

— Ah ?

— Les données en étaient cryptées.

Il y eut sur le visage d'Icove un imperceptible et très bref changement – de la perplexité qui céda la place à une lueur de stupéfaction vite masquée sous un semblant de curiosité.

— Ah oui ? Pour le profane, le jargon médical est souvent incompréhensible.

— C'est vrai, mais là il s'agissait d'un codage destiné à interdire l'accès à ces informations. Même décryptés, les textes sont étonnants. Votre père semble avoir réuni des notes concernant le traitement d'une cinquantaine de patientes, toutes âgées de dix-sept à vingt-deux ans.

Cette fois, l'expression d'Icove resta neutre.

— Vraiment?

— Que savez-vous de ces patientes et de ces... traitements, docteur Icove?

— Je ne puis vous répondre. Pas sans lire ces notes. Je n'étais pas au courant de tous les cas dont s'occupait mon père.

— J'ai l'impression qu'il s'agit d'un projet spécial, et qu'il l'a entouré de mesures de sécurité extrêmement rigoureuses. Je pensais pourtant qu'il œuvrait dans la chirurgie réparatrice et esthétique.

— Oui, évidemment. Pendant plus d'un demi-siècle, mon père s'est consacré à ce domaine et a ouvert la voie à...

— Je connais les prouesses qu'il a accomplies, l'interrompit Eve d'un ton délibérément plus dur. Je vous demande quels étaient ses centres d'intérêt, ses activités en dehors de la spécialité médicale où il s'est forgé sa réputation. Je vous demande quels étaient ses travaux annexes, docteur Icove. Ceux qui impliquaient de tester et «former» de jeunes femmes.

— Je crains de ne pas comprendre.

Eve lui tendit les documents qu'elle avait montrés à Louise Dimatto.

— Ces notes vous donneront peut-être une idée?

Il toussota, parcourut les textes.

— Eh bien... non. Vous dites les avoir trouvées chez lui?

— Exact.

Il releva la tête, évitant toutefois le regard d'Eve.

— Ce sont peut-être des éléments transmis par un collègue. Je ne vois rien ici qui indique que ces notes aient été rédigées par mon père. Elles sont très incomplètes, même si l'on peut supposer que ce sont des études de cas. Honnêtement, je ne saisis pas le rapport avec vos investigations.

— C'est moi qui décide ce qui est ou non en rapport avec l'enquête. Nous avons là plus de cinquante jeunes femmes sans identité, qui ont subi certaines interventions chirurgicales, ont été soumises à des tests et à des évaluations pendant plusieurs années. Qui sont-elles, docteur Icove ? Et où sont-elles ?

— Je n'aime pas votre ton, lieutenant.

— Tant pis.

— Je présume que ces femmes ont participé volontairement à des essais thérapeutiques. Si vous connaissiez un tant soit peu la chirurgie réparatrice ou esthétique, vous sauriez que le corps n'est pas seul en cause. Quand il est sérieusement abîmé, cela affecte le fonctionnement cérébral, le psychisme.

Il prit une inspiration, poursuivit comme s'il donnait un cours.

— L'être humain doit être traité dans sa globalité. Un patient qui perd un bras dans un accident ne perd pas seulement un membre. Il faut le soigner pour cette perte, le traiter et l'aider à s'adapter pour qu'il puisse mener ensuite une vie pleinement satisfaisante. Peut-être mon père s'intéressait-il à l'étude de cas que vous m'avez montrée afin d'observer l'évolution d'individus testés et évalués sur tous les plans durant une longue période.

— Si cette « étude » était effectuée au Centre, vous en seriez informé ?

— Assurément.

— Votre père et vous étiez très proches, intervint Peabody.

— Nous l'étions.

— Si un projet de cet ordre l'intéressait suffisamment pour qu'il garde tous ces disques chez lui, il en aurait discuté avec vous à un moment ou un autre. De père à fils. Entre confrères.

Icove ouvrit la bouche pour répondre, se ravisa.

— Il en avait peut-être l'intention. Il ne m'est plus possible de l'interroger à ce sujet. Il est mort.

— Assassiné, rectifia Eve. Par une femme. Une créature douée de remarquables capacités physiques, comparables à celles dont il est question dans ces notes.

Elle entendit son interlocuteur étouffer une exclamation, vit la stupeur et l'ombre de la peur dans ses yeux.

— Vous... vous croyez qu'une de ces patientes a tué mon père?

— Je le répète: physiquement, la suspecte correspond à la plupart des sujets évoqués dans ces textes. La taille, le poids, la morphologie. Une ou plusieurs de ces jeunes femmes n'ont peut-être pas apprécié ce qui, dans les notes, est désigné par le terme «placement». C'est éventuellement un mobile. Cela expliquerait aussi que votre père ait accepté de la recevoir.

— Ce que vous suggérez est ridicule, inenvisageable. Mon père était au service de ses semblables. Il les sauvait, améliorait leur vie. Le président des États-Unis m'a contacté en personne pour me présenter ses condoléances. Mon père était un saint homme. Mieux, il était respecté et aimé de tous.

— Quelqu'un lui a pourtant manqué de respect au point de lui planter un scalpel dans le cœur, rétorqua Eve. Réfléchissez à ça, docteur Icove. S'il vous vient une idée, je suis à votre disposition.

— Il sait quelque chose, décréta Peabody quand elles furent dehors, devant l'hôtel particulier.

— Oh oui... À votre avis, quelles sont nos chances d'obtenir un mandat pour fouiller le domicile du Dr Icove Junior?

— Avec les éléments qu'on a, elles sont minces.

— Alors, voyons si on peut récolter d'autres indices avant d'actionner ce levier.

De retour au Central, Eve rendit une petite visite à Feeney, dont la figure de cocker cafardeux se fronça.

— J'ai réussi à ouvrir le bide de son ordinateur. Je n'y ai trouvé que des trucs médicaux. Rien de fracassant, d'après moi. À part que les seins de Jasmina Free ne lui ont pas été donnés par le bon Dieu, ni d'ailleurs ses lèvres, son menton. Ni même ses fesses sublimes.

— Qui est cette Jasmina Free ?

— Enfin quoi, Dallas ! La déesse du cinéma. Elle était la vedette de l'énorme succès de cet été, *La Fin du jeu*.

— Cet été, hélas, j'ai été relativement occupée.

— Elle a reçu un Oscar l'année dernière pour *Sans dommage*.

— Je suppose que j'étais aussi un peu débordée.

— Cette fille est une splendeur. Seulement, maintenant que je sais que ses formes sont dues au bistouri, je suis affreusement déçu.

— Navrée d'anéantir tes fantasmes érotiques, Feeney, mais j'ai encore du boulot sur les bras. Je te rappelle que j'essaie de boucler une enquête.

— Et moi, je t'explique ce que j'ai, bougonna-t-il. Une foule d'autres clients de la jet-set. Certains ont subi quelques retouches, d'autres sont complètement refaits.

— Leur nom est mentionné ?

— Oui, bien sûr. C'est le listing de sa clientèle.

— Intéressant. Et ensuite ?

— J'ai creusé un peu sous la surface, pour vérifier si le toubib ne s'amusait pas à changer le faciès de certains individus pour leur permettre de prendre une nouvelle identité.

— Excellente initiative. Et alors ?

— Que dalle ! Dis donc, tu sais combien Jasmina a payé pour ses nénés ? Vingt mille dollars chacun.

Un sourire rêveur joua sur la bouche du capitaine de la DDE.

— Franchement, il faut admettre que c'est de l'argent dépensé à bon escient.

— Feeney, tu me fais peur.

Il haussa les épaules.

— Ma femme pense que je suis en pleine crise de la cinquantaine, mais ça ne la dérange pas. Un homme qui n'apprécie plus une belle femme – que ses formes soient naturelles ou artificielles – n'a plus qu'à se suicider.

— Si tu le dis… Revenons à nos moutons, si ça ne t'ennuie pas. Tu as donc récupéré sur le système informatique du Centre le listing de sa clientèle de célébrités. En revanche, les fichiers cryptés étaient soigneusement rangés chez lui. Voilà qui me semble intéressant…

Elle lui expliqua de quoi il s'agissait et lui remit des copies des disques, au cas où il y dénicherait un détail qu'elle aurait loupé.

Feeney avait néanmoins réussi à l'intriguer suffisamment pour que, après l'avoir quitté pour regagner son antre, elle cherche dans les dossiers d'Icove celui de Jasmine Free.

Elle reconnut la star quand elle eut son portrait sous les yeux. Dans le métier de cette dame, la chirurgie esthétique était sans doute un moyen de s'assurer du travail.

Beaucoup de jeunes filles rêvaient de devenir des vedettes de l'écran ou de la musique, comme Mavis.

Placement.

Façonner des créatures parfaites puis les « placer » au cœur de leur rêve. Mais quelle adolescente disposait de l'argent nécessaire pour ça ?

Des parents fortunés. La toute nouvelle façon – clandestine – de combler les désirs de leur fifille adorée.

« Joyeux anniversaire, ma chérie ! Nous t'avons offert une somptueuse paire de seins. »

Ce n'était pas si éloigné de la théorie de Connors à propos de Frankenstein.

Eve ouvrit le dossier officiel de Free.

Née vingt-six ans plus tôt à Louisville, Kentucky, dans une famille de trois enfants. Son père était retraité, ancien policier municipal.

Les flics ne gagnaient pas assez d'argent pour payer les honoraires d'un grand ponte de la médecine.

Certes, comme Icove était généreux et engagé dans des actions caritatives, il aurait pu s'occuper de certains patients gratuitement.

Mais cela n'apparaissait pas dans le dossier de Jasmina Free.

Néanmoins, c'était une piste à suivre. Par curiosité, elle passa ensuite au dossier de Lee-Lee Ten. Will Icove et elle lui avaient en effet semblé être des amis.

Née à Baltimore, fille unique. Élevée par sa mère, après sa séparation d'avec le père. Elle avait décroché son premier contrat de mannequin à l'âge de six mois.

Eve écarquilla les yeux. Quel genre de job pouvait bien faire un bébé?

Présenter des vêtements, tourner dans des pubs, jouer des rôles de bébé dans des films...

Seigneur, songea Eve en continuant sa lecture, Lee-Lee travaillait quasiment depuis sa naissance! Pas de possibilité de «placement» dans son cas. Les patientes figurant dans les notes cryptées d'Icove n'étaient jamais placées avant l'âge de dix-sept ans.

Elle remarqua cependant qu'au fil du temps, Lee-Lee avait subi un certain nombre de «retouches».

Aucune femme n'était donc satisfaite de son physique?

Eve lança un calcul de probabilités, essaya divers scénarios. Ça ne donnait rien. Elle se servit du café et s'installa confortablement pour étudier les nombreuses propriétés d'Icove, les diverses branches de son empire, cherchant des endroits assez discrets pour ses projets annexes.

Elle en découvrit des dizaines: maisons, hôpitaux, bureaux, centres de soins et de remise en forme, laboratoires de recherche, centres de rééducation – physique, psychiatrique ou les deux. Certains de ces lieux faisaient partie de son patrimoine personnel, d'autres appartenaient à sa fondation. Pour d'autres encore, il possédait une part du capital.

Eve se concentra d'abord sur ceux dont il avait le contrôle total.

Elle se leva et se mit à marcher de long en large. Elle ne pouvait pas écarter les sites construits à l'étranger, voire sur une autre planète. Il lui était également impossible d'affirmer avec certitude qu'elle ne s'engageait pas dans une impasse en se focalisant sur ce seul angle d'attaque.

Elle s'approcha de sa minuscule fenêtre, contempla le ciel lugubre de novembre.

Non, elle ne se fourvoyait pas.

Le bon docteur avait un secret. Les secrets... voilà ce qui hantait les humains, ce qui les meurtrissait.

Elle le savait mieux que quiconque.

Il avait étiqueté ses patientes. Refuser de donner un nom à quelqu'un était une façon de le déshumaniser.

À sa naissance, Eve n'avait eu ni nom ni prénom. Elle n'en avait pas eu pendant huit ans de sa vie, période durant laquelle on avait abusé d'elle. On l'avait réduite à l'état d'objet. Entraînée – à force de la battre, de la violer et de la terroriser – à devenir une putain. Elle avait été un investissement, pas une enfant.

Et c'était cette créature pas tout à fait humaine qui avait craqué. Oui, qui avait enfin craqué et tué le bourreau qui la retenait captive.

Un frisson la parcourut. Elle ne devait pas tout confondre. Connors le lui avait dit à juste titre. Dans les notes d'Icove, il n'était pas question de viol, ni de maltraitance de quelque nature que ce soit. Au contraire, on semblait avoir déployé énormément d'efforts pour maintenir ces filles au sommet de leur perfection physique.

Mais il existait de multiples formes de maltraitance, dont certaines apparemment bénignes.

Le mobile était là, quelque part dans ces notes. Il y avait quelque part des documents plus précis. Et c'est là qu'Eve trouverait Dolores.

— Eve...

Celle-ci pivota au son de cette voix douce qu'elle connaissait si bien. Mira se tenait sur le seuil, des cernes bistre creusait ses paupières.

— Je viens vous présenter mes excuses. Ce matin, je n'ai pas fait preuve d'un esprit très coopératif.

— Pas de problème.

— Si, pour moi c'en est un. Puis-je entrer et fermer la porte ?

— Bien sûr.

— J'aimerais voir ce que vous vouliez me montrer.

— J'ai consulté un autre expert. Vous n'êtes pas obligée de…

Mira s'assit, croisa les jambes et joignit les mains sur son genou.

— S'il vous plaît.

Sans un mot, Eve prit les feuillets et les lui tendit.

— Des notes sibyllines, dit Mira après plusieurs minutes de silence. Incomplètes. Wilfred était méticuleux, sur tous les plans. D'une certaine façon, ces textes sont méticuleusement sibyllins.

— Pourquoi les patientes ne sont-elles pas désignées par leur nom ?

— Pour l'aider à garder ses distances, son objectivité. Il s'agit de traitements au long cours. Selon moi, il ne voulait pas risquer de s'attacher. Ces jeunes femmes sont formées, préparées.

— À quoi ?

— Je l'ignore, mais il s'agit bien d'une formation. Elles sont testées, éduquées, on leur offre la possibilité d'exploiter leurs atouts et leurs dons, d'améliorer leurs points faibles. Pour celles qui se situent dans le bas du tableau, une fois qu'on a décidé qu'elles ne réussiront pas à progresser, on annule le traitement. Il met la barre très haut, ce qui ne me surprend pas de lui.

— De quelles installations avait-il besoin pour mener ce projet ?

— En réalité, je ne sais pas vraiment en quoi consiste ce projet. Mais, a priori, il lui fallait une infrastructure médicale, un laboratoire, des chambres ou des dortoirs pour les patientes, des cuisines, des salles de gymnastique, de cours. Connaissant Wilfred, il aurait exigé ce qui se fait de mieux. S'il s'occupait vraiment de ces jeunes filles, il aurait tenu à ce qu'elles soient bien traitées, confortablement installées et qu'elles ne s'ennuient pas.

Mira leva les yeux vers Eve.

— Il n'aurait pas abusé d'une enfant, ce n'était pas un homme cruel. Je ne dis pas ça parce que j'étais son amie, Eve. Je parle en tant que criminologue, profileuse de la police new-yorkaise. C'était un médecin dans l'âme.

— Aurait-il pratiqué des expériences au-delà des limites fixées par la loi ?

— Oui.

— Vous n'avez pas eu l'ombre d'une hésitation.

— En effet. Il aurait considéré que la science, les progrès de la médecine étaient plus importants que la loi. D'ailleurs, souvent, ils le sont. D'une certaine manière, il se serait estimé au-dessus de la loi. Je vous le répète, il n'était ni violent ni cruel. En revanche, il ne manquait pas d'arrogance.

— S'il était le moteur d'un projet – ou même s'il y était simplement impliqué – destiné à former des jeunes filles pour en faire des femmes parfaites, son fils en aurait-il été informé ?

— Sans aucun doute. Leur affection était profonde, ils étaient très fiers l'un de l'autre.

— Le type d'installation que vous décrivez, le traitement à long terme, les équipements, le système de sécurité... Tout cela coûte une fortune.

— Je le suppose.

Eve se pencha vers la psychiatre.

— Aurait-il accepté de recevoir une... disons une « lauréate » de son projet ? Pour lui, elle n'était qu'un numéro, un sujet d'étude, cependant il l'avait suivie durant plusieurs années. Si elle l'avait contacté à un moment ou un autre, après avoir été « placée », lui aurait-il donné rendez-vous ?

— Son instinct professionnel l'aurait incité à refuser, néanmoins son ego et sa curiosité auraient livré bataille

113

au médecin. Je crois qu'il aurait pris le risque, pour la satisfaction de voir une de ses œuvres. Si elle était bien cela.

— C'est vraisemblable, non ? Elle était obligée de se tenir tout près pour le poignarder au cœur. Et avec un instrument chirurgical, de surcroît. Sans violence ni cruauté, mais avec une parfaite maîtrise. Comme lui...

Mira ferma les yeux.

— Oui, murmura-t-elle. Ô Seigneur, qu'a-t-il bien pu faire ?

7

Eve alla récupérer Peabody dans son box de la salle des inspecteurs.

— Mira rédige un profil pour ajouter un peu de poids à ce qu'on a déjà et nous permettre d'obtenir notre fameux mandat de perquisition.

— En ce qui concerne la situation financière, je n'ai rien de spécial.

— La belle-fille, les petits-enfants?

— Rien de particulier.

— Il y a de l'argent planqué quelque part. Forcément. Un type avec autant de cartes dans son jeu a forcément du fric à l'abri quelque part. Bon… pour l'instant, on retourne au Centre et on interroge les gens, l'assistante, pour commencer.

— Vous me prêtez votre manteau neuf?

— Mais volontiers, ma chère Peabody.

Le visage de celle-ci s'illumina.

— C'est vrai?

Eve roula les yeux, fouetta les jambes de sa coéquipière avec le cuir souple de son manteau et s'éloigna à grands pas.

— Ce n'était pas nécessaire de me donner de faux espoirs, se plaignit Peabody qui la suivit en boudant.

Eve s'écarta pour laisser passer deux agents en uniforme, lesquels s'échinaient à pousser dans le couloir un malabar qui braillait des obscénités à tue-tête.

— Eh bien, il a de la voix, celui-là, remarqua Eve.

— Un beau timbre de baryton. Dites, je pourrai essayer votre manteau quand vous ne le porterez pas?

— Mais bien sûr, Peabody.

— Vous recommencez à me donner de faux espoirs, hein ?

— Continuez à apprendre aussi vite, et vous aurez bientôt le grade d'inspecteur principal.

Eve fronça le nez, renifla tel un chien de chasse.

— Je sens une odeur de chocolat. Vous avez du chocolat ?

— Si j'en avais, je ne vous en offrirais pour rien au monde, ronchonna Peabody.

Eve renifla de nouveau et, suivant des yeux la piste délicieusement odorante, repéra Nadine Furst sur l'escalator bondé. La journaliste vedette de Channel 75 avait relevé ses cheveux méchés en une sorte de torsade. Vêtue d'un trench-coat jaune canari sur un tailleur bleu marine, elle tenait entre ses mains une petite boîte en carton rose vif portant le logo d'un grand pâtissier.

— Si vous comptez graisser la patte aux flics de la Criminelle, lança Eve, je vous conseille de me réserver quelques friandises !

Nadine sursauta, joua des coudes.

— Dallas ? Flûte... Attendez-moi en bas. Ô mon Dieu, ce manteau ! Attendez, accordez-moi cinq minutes.

— Plus tard ! Je suis pressée.

— Non, non, non !

Quand elles se croisèrent, Eve et Peabody sur le tapis roulant qui descendait, Nadine sur celui qui montait, la journaliste agita la boîte.

— Des brownies, Dallas, susurra-t-elle. Aux trois chocolats.

— Sorcière, soupira Eve. Bon, OK. Cinq minutes.

— Je m'étonne que vous ne lui ayez pas simplement arraché le carton des mains, déclara Peabody qui boudait toujours.

— J'ai failli, mais non : trop de témoins.

Les chaussures de Nadine étaient également jaunes, pourvues de talons assez effilés pour trancher une artère. Néanmoins, la jeune femme évoluait là-dessus avec une aisance déconcertante, comme si elle avait des chaussons.

— Montrez-moi d'abord le chocolat, ordonna Eve tout à trac.

Nadine obéit complaisamment. Eve approuva d'un signe de tête.

— On marche et on parle.

— Ce manteau, s'extasia Nadine. Quelle merveille !

— Il est imperméable. Non... on ne caresse pas, ce n'est pas un toutou.

— On dirait de la crème noire. Dans un vêtement pareil, je serais capable de prouesses sexuelles.

— Merci, mais vous n'êtes pas mon type. C'est de mon manteau que vous voulez discuter pendant les cinq prochaines minutes ?

— Je pourrais en parler durant des jours, mais non. Je suis là pour Icove.

— Le mort ou le vivant ?

— Le mort. On a la biographie officielle pour faire sa nécro, et on va s'en servir, évidemment. Wilfred Benjamin Icove, pionnier de la médecine, philanthrope et penseur. Père et grand-père aimant. Scientifique et érudit, blablabla. Tous les médias de l'univers débiteront le même baratin. Maintenant, racontez-moi comment il est mort.

— Poignardé au cœur. Donnez-moi un brownie.

— Pas question, rétorqua Nadine, protégeant la boîte rose de ses bras repliés. On a la belle et mystérieuse suspecte. Il n'est pas nécessaire d'offrir des gâteaux hors de prix à des vigiles, des infirmières ou des secrétaires pour qu'ils se mettent à table. Qu'est-ce que vous savez de cette femme ?

— Rien.

— Allons donc.

Nadine souleva le couvercle de la boîte, agita la main au-dessus des brownies pour que le suave parfum du chocolat chatouille les narines d'Eve. Celle-ci ne put s'empêcher de rire.

— Celle que l'on soupçonne d'être la dernière personne à avoir vu Icove vivant a utilisé une fausse identité. L'équipe chargée des investigations ainsi que la DDE mettent tout en œuvre afin d'identifier cette femme et de l'interroger.

— Je résume : une inconnue munie de faux papiers a réussi à déjouer le système de sécurité pourtant ultra-sophistiqué du centre Icove, à s'introduire dans le bureau du Dr Icove, à le poignarder au cœur, et à repartir comme elle était venue. Compris.

— Je ne confirme aucun de vos propos. Nous désirons vivement identifier, localiser et interroger cette femme. Point à la ligne, filez-moi un brownie.

Comme Nadine lui tendait la boîte, Eve y prit deux gâteaux et en céda un à Peabody.

— En outre, dit-elle, la bouche pleine d'un chocolat si fondant qu'elle entendait presque ses papilles ronronner, nous avons adopté une hypothèse de travail : la victime connaissait son assassin.

— Il connaissait la suspecte ? Ça, c'est du scoop.

Le brownie méritait bien un petit scoop.

— L'assassin était-il une femme ou un homme ? Nous n'avons pas encore tranché. En revanche, nous savons qu'il n'y a eu ni lutte ni vol. Ce qui nous permet de conclure avec une quasi-certitude que l'individu n'était pas un étranger pour le Dr Icove. Celui-ci ne se sentait pas menacé.

— Le mobile ?

— On cherche.

Elles avaient maintenant atteint le parking du Central.

— Officieusement… dit Eve.

— Oh, ce que je déteste cet adverbe !

— Officieusement, donc, je crois que le bon docteur avait des choses à cacher.

— En rapport avec le sexe ?

— Possible. Si la piste que nous suivons mène à ça, ce sera un scandale du tonnerre. La journaliste qui s'aviserait d'en parler pourrait se brûler les ailes.

— Ne vous inquiétez pas pour moi, je ne crains pas la chaleur.

— Faites-moi gagner du temps. Au lieu d'ébruiter n'importe quoi, trouvez-moi des tuyaux. Je veux ce que vos enquêteurs ont glané sur Icove, et plus encore : tout ce qui concerne ses activités médicales et sociales.

Nadine plissa ses lèvres sensuelles.

— Je cherche dans quelle direction ?

— Partout. Apportez-moi une info utile et, quand l'affaire sera rendue publique, vous aurez l'exclusivité et une longueur d'avance sur vos chers collègues.

Les yeux de Nadine, aussi verts que ceux d'une chatte, étincelèrent.

— Vous pensez qu'il magouillait ?

— Je pense qu'un homme apparemment aussi irréprochable a planqué ses petites ordures sous le tapis.

Lorsqu'elles furent dans le véhicule d'Eve, la boîte rose calée sur la banquette arrière, Peabody sortit des lingettes de son sac.

— Vous ne croyez pas qu'on puisse être au-dessus de tout soupçon ? Fondamentalement bon, et même désintéressé ?

— Pas si on est fait de chair et d'os. Personne n'est sans tache, Peabody.

— Mon père, par exemple, n'a jamais nui à qui que ce soit.

— Votre père n'a pas la prétention d'être un saint, et il ne triche pas. Il a été arrêté deux ou trois fois, n'est-ce pas ?

— Oui, pour des délits mineurs. Des manifestations sur la voie publique. Les adeptes du Free-Age mettent un point d'honneur à manifester, à protester, et à ne pas demander d'autorisation. Mais ce n'est pas…

— C'est une ombre au tableau, coupa Eve. Anodine, certes, mais une ombre. Seulement, votre père n'essaie pas de l'effacer. Une ardoise aussi propre que celle d'Icove ? À d'autres… Quelqu'un l'a nettoyée.

Cette ardoise resta pourtant sans tache, tandis qu'Eve et Peabody interrogeaient le personnel du centre. De l'assistante aux techniciens du labo, des médecins au personnel de l'entretien, tous n'avaient que des louanges à la bouche.

Eve décida de questionner de nouveau l'assistante, avec un angle d'attaque différent.

— Il semble, d'après son agenda professionnel et personnel, que le Dr Icove avait beaucoup de temps libre. À quoi l'employait-il ?

— À visiter des patients, ici et dans d'autres établissements où il consultait.

Pia, vêtue de noir de la tête aux pieds, triturait un mouchoir roulé en boule dans sa main.

— Pourtant, objecta Eve, d'après son planning de consultations et d'inverventions, il n'avait pas énormément de clients.

— Oh, mais il voyait aussi des patients qui n'étaient pas les siens ! En réalité, il considérait comme sien chaque patient ou client qui fréquentait un de ses établissements. Il consacrait plusieurs heures par semaine à ce qu'on pourrait appeler des visites informelles. «Pour prendre la température», c'était son expression. Il lisait assidûment la presse médicale afin de se tenir au courant. Il écrivait des articles pour plusieurs revues. Il préparait également un nouveau livre – il en a publié cinq. Bref, il n'avait pas une minute de répit.

— Combien de fois par semaine étiez-vous avec lui ?

— Ça variait. Au moins deux, voire trois jours, quand il n'était pas en voyage. Nous communiquions par hologramme.

— Vous l'accompagniez en voyage ?

— À l'occasion, lorsqu'il avait besoin de moi.

— Avez-vous parfois satisfait à ses… besoins personnels ?

Il fallut un instant à Pia pour comprendre ; Eve en déduisit qu'elle n'avait pas eu de relations sexuelles avec son patron.

— Non! s'écria-t-elle. Non, absolument pas. Le Dr Icove n'aurait jamais... Non, jamais.

— Mais il aimait les femmes.

— Eh bien... oui. Mais il n'avait pas de compagne, pas de liaison sérieuse. Je l'aurais su, soupira Pia. Je le regrettais pour lui, d'ailleurs, c'était un homme tellement adorable. Il aimait toujours sa femme, voyez-vous. Nous en avons parlé, il m'a dit que certaines unions étaient de tels miracles qu'on ne pouvait pas les remplacer. Seuls son métier et sa famille lui donnaient le goût de vivre.

— Il avait des projets personnels ? Des travaux expérimentaux, par exemple, qu'il n'était pas encore prêt à exposer ? Où se trouvaient son laboratoire, ses dossiers personnels ?

Pia secoua la tête.

— Des travaux expérimentaux ? Non... Le Dr Icove recourait aux installations de recherche que nous avons ici. Les meilleures du monde, selon lui. Tout ce sur quoi lui ou ses chercheurs travaillaient était consigné. Le Dr Icove était très pointilleux sur l'enregistrement des données.

— Je n'en doute pas. Parlez-moi de la dernière cliente qu'il a reçue. Comment se sont-ils salués ?

— Lui était assis à sa table de travail quand j'ai introduit cette jeune femme dans son bureau. Il s'est levé. Je ne me souviens plus très bien...

— Se sont-ils serré la main ?

— Euh... Non, il ne me semble pas. Je me rappelle qu'il s'est levé, qu'il a souri. Elle a dit quelque chose, avant même que je l'annonce. Maintenant, ça me revient... Quelque chose du genre : « Ravie de vous rencontrer, et merci de me consacrer un peu de votre précieux temps. » Lui, si je ne m'abuse, a répondu qu'il était très heureux de la voir. Je crois bien ne pas me tromper. Il l'a invitée à prendre place dans le coin salon, lui a offert un verre, mais elle a refusé. Ensuite, le Dr Icove s'est adressé à moi :

«Tout va bien, Pia, vous n'avez qu'à aller déjeuner comme d'habitude. Profitez bien de votre pause. »

Elle s'interrompit, fondit en larmes.

— Ce sont les derniers mots que j'ai entendus de lui. « Profitez bien de votre pause. »

Eve et Peabody s'enfermèrent dans le bureau d'Icove. Les techniciens de scène de crime avaient déjà tout passé au crible, Eve avait fait diverses reconstitutions possibles, mais elle voulait être sur les lieux.

— Prenez la place d'Icove, ordonna-t-elle à Peabody. Asseyez-vous à son bureau.

Peabody s'exécuta. Eve regagna la porte, pivota.

— Qu'est-ce que vous fabriquez ? C'est quoi, cette grimace ?

— J'essaie de prendre le sourire du bon docteur.

— Arrêtez, vous me filez la chair de poule. Bien… L'assistante et Dolores entrent. Icove se redresse. La visiteuse ne lui serre pas la main, parce que la sienne est enduite de Seal-It et qu'il s'en rendrait compte. Comment elle joue la partie ?

— Ah…

Debout derrière la table du médecin, Peabody hésita.

— Timide ? Les yeux baissés, peut-être les doigts crispés sur la poignée de son sac. Nerveuse. Ou alors…

— Ou alors elle le regarde bien en face, puisqu'ils se connaissent. Et le visage de cette femme, son allure, suffisent à Icove pour éluder les politesses d'usage. Pensez à ce qu'il a dit, d'après l'assistante. Il était heureux de la voir. Pas heureux de la rencontrer ni de faire sa connaissance.

— Sous-entendu, la « revoir » ?

— Oui, c'est comme ça que je l'interprète. Il lui offre quelque chose à boire, elle refuse. Pia quitte la pièce, ferme la porte. Les deux autres s'assoient.

Eve prit place dans le fauteuil réservé aux visiteurs.

— Elle doit gagner du temps, attendre que la secrétaire soit partie déjeuner. Ils papotent. Il suggère peut-être, de nouveau, de prendre le thé dans le petit salon, mais elle veut qu'il reste là.

— Pourquoi ? s'étonna Peabody. Si elle s'était assise sur le canapé à côté de lui, ç'aurait été plus facile.

— La symbolique, Peabody, n'oubliez surtout pas cette dimension. Installé à son bureau, il est investi de son pouvoir. Or elle veut le dépouiller de ce pouvoir. Elle pense : « Vous voilà, dans cette immense pièce qui domine la ville, trônant dans votre fauteuil, régnant sur l'empire que vous avez bâti et qui porte votre nom. Vous voilà, suprêmement élégant dans votre luxueux costume. Et vous ne vous doutez pas que vous allez mourir. »

— Ça fait froid dans le dos, murmura Peabody.

— La femme qui est entrée ici était un iceberg. Bref... les minutes s'égrènent, elle se lève.

Eve joignit le geste à la parole, imitée par sa coéquipière.

— Il se serait levé, se justifia cette dernière. Comme quand elle est entrée. Il est de la vieille école, galant. Si une femme est debout, il ne reste pas assis sur son postérieur.

— Excellente remarque. Donc elle lui dit : « Non, je vous en prie, ne vous dérangez pas. » Elle doit continuer à parler, tranquillement. Ou plutôt, elle se débrouille pour qu'il soit à l'aise, et elle est obligée de contourner la table.

Eve interpréta la scène qu'elle voyait dans sa tête. Elle s'avança vers le bureau, sans se presser. Elle nota la réaction instinctive de Peabody qui pivota dans son fauteuil pour se retrouver face à elle.

— Ensuite...

Eve se pencha jusqu'à ce que son visage et celui de sa coéquipière soient à la même hauteur. Et, armée d'un stylo qu'elle avait subrepticement saisi, elle le lui enfonça dans la région du cœur.

— Bonté divine ! s'exclama Peabody en se reculant d'un bond. J'ai cru que vous alliez m'embrasser. Et vous... oh...

— Eh oui ! C'est de là où je suis, exactement, qu'elle a frappé. Elle s'est penchée, il a eu le même réflexe que vous, il a pivoté. Elle avait le scalpel dans la main. Il n'a même pas aperçu l'arme. Il regardait le visage de Dolores. Elle le poignarde, terminé.

Eve claqua des doigts.

— Il la connaissait, Peabody. Je vous fiche mon billet que c'était l'une de ses patientes « placées ». Il l'a éventuellement aidée à se procurer de faux papiers, ça fait peut-être partie du package. On peut imaginer que c'était une tueuse professionnelle, mais ça ressemble de moins en moins à un meurtre commandité.

— Le fils ne la connaissait pas. Sur ce point, c'est moi qui vous parie ce que vous voulez.

— Il ne l'a pas *reconnue*, ce qui n'est pas la même chose.

Les sourcils froncés, Eve explora la pièce.

— Pourquoi n'a-t-il aucun dossier ici, où il travaille deux ou trois jours par semaine ? Pourquoi n'a-t-il aucun de ses textes cryptés dans ce lieu où il règne en maître ?

Soudain, la porte s'ouvrit sur Will Icove.

— Que faites-vous ici ?

— Notre boulot. Je vous retourne la question : que faites-vous sur une scène de crime ?

— C'est le bureau de mon père. Je ne comprends pas ce que vous cherchez ni pourquoi vous semblez plus déterminée à ternir sa réputation qu'à appréhender son assassin et...

— Notre but est justement d'arrêter son meurtrier, objecta Eve. Pour cela, il nous faut mener des investigations qui peuvent ne pas vous plaire. La femme qui s'est présentée sous le nom de Dolores Nocho-Alverez était-elle une patiente de votre père ?

— Vous avez fouillé dans ses dossiers. L'avez-vous trouvée ?

— Je ne crois pas que nous ayons eu tous ses dossiers en main.

Eve prit, dans la sacoche de Peabody, la photo de Dolores.

— Regardez encore une fois ce visage.

— Je n'ai jamais vu cette femme, déclara-t-il sans jeter un coup d'œil au cliché. J'ignore pour quelle raison elle a tué mon père, et encore moins pourquoi vous paraissez l'incriminer, lui.

— Vous vous trompez. J'accuse la personne qui l'a poignardé, rétorqua Eve en rangeant la photo. Je m'interroge sur le mobile. Or, s'il avait un lien avec sa meurtrière, ce serait un début. Sur quoi travaillait-il depuis si longtemps, dans la plus grande discrétion ?

— L'œuvre de mon père était révolutionnaire. Tous ses travaux sont consignés dans la littérature médicale. Cette femme, qui qu'elle soit, est forcément une déséquilibrée. Si vous la retrouvez, ce dont je commence à douter, on découvrira qu'elle souffre de troubles mentaux. En attendant, ma famille et moi-même sommes en deuil. Ma femme et mes enfants sont partis pour notre résidence des Hamptons, où je les rejoindrai demain. Nous avons besoin de solitude pour nous recueillir et préparer les obsèques de mon père.

Il s'interrompit, déglutit, luttant pour maîtriser son émotion.

— J'ignore à peu près tout de votre profession. On m'a dit que vous étiez extrêmement compétente. Je vais donc patienter jusqu'à notre retour en ville. Si, à ce moment-là, vous n'avez pas progressé et que vous vous obstinez à focaliser votre attention sur mon père et non sur sa mort brutale, j'userai de mon influence pour que cette affaire soit confiée à un autre enquêteur.

— Vous en avez le droit.

Il opina, s'apprêta à sortir.

— Mon père était un grand homme, ajouta-t-il.

Sur ces mots, il quitta la pièce.

— Il est anxieux, décréta Peabody. Accablé par le chagrin – sincèrement – mais aussi angoissé. On a mis le doigt sur un point sensible.

— Il a éloigné sa femme et ses gamins, marmonna Eve. Histoire d'avoir les mains libres pour évacuer ce qui risquerait de s'avérer gênant. On n'aura pas ce mandat à temps pour l'en empêcher, pas s'il s'y met tout de suite.

— S'il efface des données de ses ordinateurs, la DDE les récupérera.

— Vous parlez comme une groupie, ironisa Eve. Néanmoins, malgré le génie de certains inspecteurs de la fabuleuse DDE – dont un en particulier que je ne nommerai pas –, je persiste à penser qu'il nous faut absolument ce foutu mandat.

À la fin de son service, elle attendait encore le document officiel. En désespoir de cause, elle apporta la boîte rose offerte par Nadine à une substitut du procureur, dans la cellule qui lui servait de bureau.

Pour ce qui concernait l'espace et le décor, les magistrats n'étaient pas mieux lotis que les flics.

Cher Reo était renommée pour avoir le bec sucré. Eve l'avait choisie car, si les brownies ne suffisaient pas à la convaincre, la perspective de jouer un rôle dans un scandale dont se repaîtraient les médias serait pour elle un irrésistible appât.

Car en dépit de ses boucles soyeuses et dorées, de ses yeux bleus de poupée et de sa bouche en cœur, Cher était aussi redoutable qu'un piranha – vêtu, pour l'heure, d'une sage jupe grise et d'une chemise blanche.

Eve entra d'un pas chaloupé et, sans un mot, posa le carton de brownies au beau milieu du fatras qui encombrait la table – dossiers, disquettes, paperasse parmi lesquels refroidissait du café dans un énorme mug.

Les narines de Cher palpitèrent.

— Qu'est-ce que c'est ? demanda-t-elle d'une voix suave, teintée d'une pointe d'accent du sud dont Eve ne savait trop s'il était naturel.

— Des brownies.

Cher se pencha, huma les biscuits, ferma les paupières d'un air de marytre.

— Je suis au régime.

— Des brownies aux trois chocolats : noir, blanc, au lait.

Soulevant brièvement le couvercle, la substitut jeta un coup d'œil à son contenu, émit un grognement.

— Vous êtes une vraie garce, Dallas. Que dois-je faire en échange ?

— J'attends toujours le mandat pour fouiller le domicile d'Icove Junior.

— Vous aurez du pot si vous l'obtenez un jour. Vous jouez aux fléchettes avec un saint, Dallas.

Cher s'adossa à son fauteuil qu'elle fit pivoter, exposant ainsi ses pieds chaussés de baskets – ses élégants talons gris étaient cachés dans un coin de la pièce.

— Mon patron refuse de vous donner le feu vert. Vos arguments ne lui suffisent pas.

Eve se percha.

— Persuadez-le du contraire. Le fils sait quelque chose. Pendant que votre patron s'amuse à faire de la politique au lieu de peser de tout son poids dans la balance, avec moi et Mira, pour fléchir le juge, des renseignements précieux risquent d'être perdus. Est-ce que le bureau du procureur a l'intention d'entraver les investigations sur un meurtre, sous prétexte que la victime est un homme de la stature d'Icove ?

— Non. Mais il ne veut pas non plus balancer du fumier sur le cercueil du défunt.

— Insistez pour le mandat, Reo. Si j'ai ce que je cherche, ce sera du sensationnel. Je n'oublierai pas qui m'a aidée, vous avez ma parole d'honneur.

— Et si vous vous plantez ? On n'oubliera pas non plus qui vous a aidée.

— Je trouverai, rétorqua Eve en se redressant. Et ce sera du tangible, Reo, comme ces brownies.

La substitut soupira.

— Ça prendra un moment. En admettant que le patron se range de mon côté – ce qui ne se fera pas tout seul –, on devra encore forcer la main au juge pour qu'il vous signe ce maudit papier.

— Eh bien, allez, ne mollissez pas. Vous n'avez pas une seconde à perdre !

Cette fois, quand elle arriva au manoir, Summerset ne la déçut pas. Il surgit dans le hall, telle une gargouille à la sinistre figure. Elle décida de le laisser tirer le premier. Elle préférait riposter, parce que ça lui permettait, en général, d'avoir le dernier mot.

Ils se mesurèrent du regard, tandis qu'elle ôtait son superbe manteau. Lancer cette splendeur – ainsi qu'elle en avait l'habitude avec sa vieille veste – sur la rampe d'escalier serait pour le majordome un impardonnable affront.

— Lieutenant, voudriez-vous m'accorder un instant ?

Elle sursauta. Il n'était pas censé prononcer des mots pareils, sur ce ton poli, inoffensif.

— À quel sujet ?

— À propos de Wilfred Icove.

— Eh bien, quoi ?

Summerset, semblable à une allumette en costume noir empesé, la fixa de ses yeux d'encre. Son expression était encore plus lugubre qu'à l'ordinaire.

— Je souhaiterais vous apporter mon aide dans votre enquête, dans toute la mesure de mes moyens.

— Ça alors, c'est la meilleure.

Elle marqua une pause, scruta son interlocuteur.

— Vous le connaissiez ?

— À peine. J'ai servi en tant qu'infirmier et souvent même médecin de fortune pendant la Guerre urbaine.

Connors descendait l'escalier. Eve se tourna vers lui.

— Tu savais ?

— Je ne l'ai appris que tout à l'heure. Je suggère de nous asseoir tous les trois.

Avant qu'elle ait pu protester, Connors la prit par le bras pour l'entraîner dans le petit salon.

— Summerset dit qu'il a rencontré Icove à Londres, et travaillé avec lui dans une clinique pendant le conflit.

— Dire que j'ai travaillé pour lui serait plus exact, rectifia le majordome. Il est venu à Londres pour aider à créer des cliniques dont nous manquions cruellement et des unités médicales mobiles qui ont été ensuite regroupées sous le label Unilab. Il a fait partie de l'équipe qui les a organisées ici à New York, où la guerre a éclaté avant de se répandre en Europe. Il y a une quarantaine d'années, ajouta-t-il. Avant votre naissance à tous les deux. Avant la naissance de ma fille.

— Combien de temps est-il resté à Londres ? interrogea Eve.

— Deux mois, peut-être trois, répondit Summerset, agitant ses mains osseuses. Il a sauvé de nombreuses personnes pendant ce laps de temps, travaillé sans relâche et risqué plus d'une fois sa vie. C'est sur ce champ de bataille qu'il a mis en pratique certaines de ses découvertes en matière de chirurgie réparatrice. À cette époque, les villes n'étaient plus que ça : des champs de bataille. Vous avez vu des images de cette période, mais vous n'imaginez pas ce que c'était en réalité. Grâce à Icove, des victimes qui auraient dû, par exemple, être amputées ont pu conserver leur intégrité physique.

— Vous diriez qu'il faisait des essais thérapeutiques, des expérimentations ?

— Il innovait. Il inventait. D'après les médias, il a peut-être été liquidé par un tueur à gages. J'ai encore des contacts dans certains milieux, lieutenant.

— Si vous souhaitez les utiliser, je n'y vois pas d'inconvénient. Fouinez ici et là, avec discrétion. Pour en revenir à Icove... sur un plan personnel, vous le connaissiez bien ?

— Pas vraiment. En temps de guerre, les gens se lient pourtant très vite, parfois même intimement. Quand ils n'ont pas de véritables affinités, ce lien s'effiloche. De plus, le Dr Icove était... distant.

— Au-dessus du commun des mortels.

La réprobation s'inscrivit sur la figure de Summerset, qui cependant opina.

— L'expression n'est effectivement pas inexacte. Nous travaillions, mangions et buvions ensemble, néanmoins il gardait ses distances avec ses subalternes.

— Décrivez-moi sa personnalité, en omettant le côté saint Wilfred.

— Il est difficile de vous répondre précisément. La guerre permet à certains individus de s'épanouir, et elle en brise d'autres.

— Vous aviez quand même une opinion sur lui, en tant qu'homme.

— Il était brillant.

Summerset eut un léger tressaillement de surprise lorsque Connors lui tendit un verre de whisky.

— Merci.

— Brillant, je sais qu'il l'était, grommela Eve. Ce n'est pas ce que je cherche.

— Vous cherchez les défauts, les failles, rétorqua le majordome en buvant une gorgée d'alcool. Qu'un jeune et remarquable médecin soit révolté par les conditions qu'on nous imposait, l'équipement et les minables installations que nous avions… ça ne me paraît pas anormal. Il exigeait beaucoup et, comme il donnait beaucoup, en principe il obtenait ce qu'il demandait.

— Vous dites qu'il était distant. Seulement envers le personnel soignant ou aussi avec les patients ?

— Au début, il mettait son point d'honneur à connaître par son nom chacun des malades et des blessés qu'il soignait, et je crois pouvoir affirmer que chaque décès le peinait. Mais… les morts s'amoncelaient, le conflit était… de plus en plus abominable. Il a alors élaboré un système plus pratique qui permettait de gagner du temps: les blessés étaient identifiés par des numéros.

— Des numéros, murmura Eve. Tiens donc…

— Neutralité et objectivité salutaires, je crois que c'était sa formule. Il s'agissait de corps qu'il fallait traiter ou reconstruire, placer sous respirateur ou débrancher. Le Dr Icove était dur, les circonstances le réclamaient. Ceux qui ne parvenaient pas à prendre du recul ne pouvaient rien pour ceux qui souffraient dans leur chair.

— Il a perdu sa femme à cette époque.

— À ce moment-là, il travaillait dans un autre secteur de la ville. Si je me souviens bien, il a quitté Londres aussitôt après avoir été averti de la mort de son épouse. Il est allé chercher son fils qui était à l'abri à la campagne.

— Vous n'avez eu aucun contact avec lui depuis la guerre ?

— Non, il ne se serait certainement pas souvenu de moi. J'ai néanmoins suivi son travail, ici en Amérique, et je me suis félicité qu'une très grande part de ce qu'il avait espéré se concrétise.

— Qu'est-ce qu'il espérait ? Il vous en avait parlé ?

— À moi ? Non, bien sûr que non... répliqua Summerset, une ombre de sourire sur les lèvres. Mais je l'entendais discuter avec d'autres médecins. Il voulait changer les choses, améliorer la qualité de la vie.

— C'était un perfectionniste.

— Pendant la guerre, lieutenant, la perfection n'existait pas.

— Et cela devait le frustrer.

— Nous en étions tous au même point. Les gens tombaient comme des mouches. Malgré tous nos efforts, il y avait sans cesse davantage de victimes que nous ne pouvions atteindre et secourir. On abattait un homme dans la rue pour la simple raison qu'il portait des chaussures en bon état. On en égorgeait un autre parce qu'il était pieds nus. Oui, nous étions bien au-delà de la frustration.

Eve réfléchissait.

— Donc... son fils était caché à la campagne, et sa femme travaillait à ses côtés.

— Non, elle n'était pas sa collaboratrice directe. Elle était bénévole dans un hôpital aménagé pour traiter les enfants blessés et héberger les orphelins.

— Il couchait?

— Pardon?

— C'était la guerre, il était seul, il risquait sa vie jour après jour. Il avait des aventures?

— Je ne vois pas l'intérêt d'une question aussi… triviale, mais la réponse est non, du moins à ma connaissance. Il se consacrait à son travail et il aimait sa femme.

— D'accord. Je vous revaudrai ça, marmonna-t-elle en se redressant. Connors?

Elle quitta le petit salon, entendit Connors murmurer quelques mots au majordome avant de la suivre. Elle attendit qu'ils soient à l'étage avant de déclarer:

— Tu ne lui as pas parlé des documents que nous avons découverts?

— Non, et cela me met dans une position inconfortable.

— Eh bien, tu devras t'en accommoder encore un petit moment. J'ignore si les racines de cet assassinat remontent aussi loin que la Guerre urbaine, mais ça mérite réflexion. Sa meurtrière n'est pas née à cette époque, à moins que la chirurgie ne l'ait délestée d'un paquet d'années. Mais…

— Elle avait une mère, un père, qui, eux, étaient nés à cette époque-là.

— Oui, c'est une autre possibilité. Des orphelins de guerre. Il aurait pu pratiquer des expériences sur eux, les traiter, les placer.

Les poings dans ses poches, Eve arpenta la chambre de long en large.

— Ça fait désordre, n'est-ce pas, de laisser des gosses errer dans les rues, pendant la guerre ou après. Certains ne survivront pas, or on est médecin. On a pour but de sauver ses semblables, on aspire à améliorer la qualité de la vie. Sur le fond, mais aussi sur la forme. Hum…

Elle consulta sa montre.

— Il arrive, mon mandat de perquisition, oui ou non ?

Elle se laissa tomber sur le divan, étudia pensivement Connors.

— Qu'est-ce que tu as ressenti, autrefois, quand Summerset t'a sorti du ruisseau ?

— J'avais de quoi manger, un lit pour dormir, et je n'étais plus battu tous les jours.

L'homme qui lui avait tendu la main, songea Connors, lui avait offert infiniment plus que des draps propres et une assiette pleine.

— Quand il m'a trouvé, j'étais à moitié mort. Le temps de me rétablir, je ne m'étonnais déjà plus de ma chance. Je me suis dit que ce type était un pigeon, alors j'ai essayé de lui vider les poches. Je m'en suis mordu les doigts, et j'ai appris la gratitude, pour la première fois de mon existence.

— Donc quand il t'a hébergé, éduqué, dirigé, tu as accepté ?

— J'étais libre. Sinon, j'aurais brisé mes chaînes. Mais oui, j'ai accepté.

— Hum… soupira-t-elle, renversant la tête pour fixer le plafond. Il est donc devenu ta famille. À la fois père, mère, professeur, médecin, confesseur.

— En gros, oui. Au fait, en parlant de famille… Plusieurs membres de la mienne arriveront bientôt de Clare. La machine est lancée, et maintenant je ne sais plus trop ce qui va se passer.

— Eh bien, comme ça, on est deux à s'inquiéter.

8

Tic tac, tic tac, pestait intérieurement Eve en regardant fixement le communicateur qu'elle avait posé sur la table.

Ils étaient dans la salle à manger, occupés à déguster un mets délicieux à base de porc, devant le feu qui crépitait allègrement dans la cheminée.

— Tu ne sais pas qu'il ne faut jamais couver du regard ce genre d'appareil ? se moqua gentiment Connors. Ça l'empêche de sonner. Allons, sois sage.

Il piqua une bouchée du bout de sa fourchette et lui donna la becquée.

— Je suis capable de manger toute seule, rouspéta-t-elle en mastiquant. À l'heure qu'il est, Icove Junior se sera débarrassé de tous les documents.

— Tu y peux quelque chose ?

— Non.

— Alors, je te conseille de savourer plutôt ton repas.

Le porc était accompagné de succulentes pommes de terre. Eve en goûta une.

— Ils ont forcément de l'argent planqué quelque part. Ça t'intéresserait de le trouver ?

Connors, tout en sirotant son vin, inclina la tête de côté.

— Lieutenant, trouver de l'argent est mon péché mignon.

— Que ce mandat arrive ou pas, je vais creuser la piste financière. Les fonds nécessaires pour ce fameux projet, quel qu'il soit, les bénéfices.

— D'accord. À propos de projet, nous prévoyons que le repas ait lieu ici, enchaîna-t-il tout à trac.

Elle fronça les sourcils, agita sa fourchette.

— Hou, hou! Ouvre les yeux, mon vieux, et tu verras qu'on est en plein repas.

— Je parle de Thanksgiving, Eve.

Il était bien obligé de l'admettre : se sentir aussi perdu le mortifiait.

Il savait pourtant organiser des réceptions, des réunions, et même manier son hérisson d'épouse. Il savait gérer un empire intergalactique et se ménager encore du temps pour prendre part à des investigations criminelles. Mais comment se comportait-on en famille ?

— Ah… grommela Eve. La dinde.

Elle jeta un regard circulaire, observant l'immense table, les meubles en bois luisant, les œuvres d'art exposées çà et là.

— Ouais, ici, ça sera bien. Alors, et cette mission ? Ce serait officiel. Pas de magouilles.

— Tu me prives de mon plaisir, lieutenant.

— Je peux obtenir une autorisation pour une analyse complète de la situation financière. En m'appuyant sur les diverses théories susceptibles d'expliquer le meurtre d'Icove. Chantage, une ancienne patiente détraquée, un contrat exécuté par un tueur à gages ou même un acte terroriste.

— Des théories qui te laissent sur ta faim.

— Je ne les élimine pas. Mais, pour moi, elles viennent en queue de peloton. J'ai aussi les données cryptées pour donner plus de poids à ma requête. Je peux déclarer que le « projet » d'Icove l'a conduit à sa perte. Je mélange le tout et j'ai cette foutue autorisation sans froisser trop de susceptibilités. Je n'affirme pas qu'Icove avait les mains sales, mais qu'un élément quelconque, en rapport avec son travail – et ses revenus, par la même occasion –, a provoqué sa mort.

— Futé, lieutenant.

— Je suis une petite futée. Pour l'instant, je passe sous silence l'éventuelle hybridation humaine ou l'histoire des esclaves sexuelles ou la formation à la prostitution. Seulement, il faut que tu m'éclaires sur ses finances.

— C'est comme si c'était fait.

Connors tenta de se détendre. La logistique de l'événement qu'il avait programmé ne l'inquiétait pas outre mesure. Il avait déjà réglé le problème du transport. Et même si tous les membres de sa famille débarquaient, le manoir était assez grand pour les accueillir.

Mais que diable allait-il faire d'eux, quand ils seraient là ? Il ne s'agissait pas de distraire des relations professionnelles ni même des amis.

Il avait des parents, des cousins, des nièces, etc. Bon, parfait. Néanmoins... comment se conduire avec eux, alors qu'il avait vécu jusqu'ici sans soupçonner leur existence ?

Or tous ces gens seraient bientôt sous son toit, et il n'avait pas la moindre idée de ce qu'ils espéraient de lui.

— On devrait peut-être prévoir un dîner séparé pour les enfants, tu ne crois pas ?

Eve se figea, la fourchette en l'air.

— Hein ? Oh, la dinde... Écoute, j'en sais rien, moi. C'est toi le spécialiste de ces machins-là.

Connors eut une grimace désemparée.

— Et comment je saurais faire une chose que je n'ai jamais faite auparavant ? s'énerva-t-il, le nez dans son verre de vin. C'est perturbant, voilà.

— Tu pourrais les contacter, leur dire qu'il y a un empêchement. Tu n'as qu'à annuler.

— Je ne suis pas un lâche, marmonna-t-il d'un ton peu convaincu. Et puis, ce serait grossier de ma part.

— Personnellement, ça ne me dérange pas d'être grossière. Je dirai même que j'adore, ajouta-t-elle après réflexion.

— Parce que tu es douée pour ça.

— Exact. Tu n'as qu'à leur expliquer que j'enquête sur un meurtre sanglant, que ça m'obsède. Par conséquent, pas de Thanksgiving, adieu la dinde. Et de cette manière, je suis la seule coupable. Ma bonne femme me rend dingo, ajouta-t-elle, prenant un accent irlandais à couper au couteau. Le lieutenant bosse toute la journée et la moitié de la nuit, elle n'a pas cinq minutes à m'accorder. Je vis un enfer, merde alors.

Il demeura un instant silencieux, la contemplant fixement.

— Je n'ai pas cet accent-là. Ni moi ni aucun Irlandais de ma connaissance.

— Tu ne t'es pas entendu quand tu es soûl, ce que tu seras forcément quand tu les avertiras, parce que, à cause de mon sale égoïsme, tu auras noyé ta déception dans le whisky ! claironna-t-elle. Et voilà, ton problème est résolu.

— Très loin de là, mais merci quand même pour ton offre généreuse, quoique assez bizarre, permets-moi ce commentaire. Et maintenant, revenons à ce meurtre. Pour toi comme pour moi, c'est un sujet infiniment moins délicat.

— Je ne te le fais pas dire.

— Pourquoi, selon toi, un personnage de l'envergure d'Icove se serait égaré, si ta théorie est juste, dans la médecine illégale ?

— D'abord, parce qu'il en avait la possibilité. Et puis… le corps humain est défectueux, n'est-ce pas ? Il se casse, on doit régulièrement le réparer et l'entretenir. C'est fragile. Dès son plus jeune âge, à cause du travail de ses parents, il a touché du doigt cette terrible fragilité. Ensuite, il y a eu l'accident de sa mère et son suicide. La mort de sa propre femme, l'atroce cauchemar de la Guerre urbaine. De là à tenter de rendre les humains plus forts, plus résistants, plus intelligents… il n'y a qu'un pas. Il avait déjà beaucoup œuvré pour atteindre ce but, on l'avait couvert de lauriers et d'argent pour ça. Pourquoi ne pas passer au niveau supérieur ?

— Seulement avec des femmes ?

— Elles représentaient peut-être pour lui quelque chose de particulier. Sa mère, son épouse. Il se focalisait sur les femmes, parce que celles de sa vie s'étaient révélées terriblement vulnérables. Et, riche ou pas, il avait besoin d'argent pour mener ses travaux. Une fille se vend toujours mieux qu'un garçon. Même en ce qui concerne la prostitution légale, il y a toujours davantage de femmes que d'hommes. Et les prédateurs, les délinquants sexuels, sont le plus souvent de sexe masculin. Pour vous, le sexe est synonyme de pouvoir, l'essence de la virilité. Pour nous, c'est d'abord du sentiment, de l'émotion. Ou bien une monnaie d'échange.

— Ou une arme.

— Oui, c'est vrai. Bref, on a un grand toubib – un cerveau, célèbre, richissime. Un ego gigantesque. Tu me suis ?

— Je te précède, répondit-il avec un sourire malicieux.

— Tout le monde est à genoux devant lui, il a une existence agréable. Mais ça ne suffit pas. Il veut en faire plus, et il ne se contente pas de le vouloir. Ton fameux Frankenstein… je suppose qu'il devait avoir un certain génie ?

Il aimait la regarder décortiquer ainsi une affaire, trier les brins de laine pour ensuite les retricoter patiemment.

— Il a utilisé des morceaux de cadavre pour façonner sa créature et lui donner la vie.

— Dégoûtant mais quand même assez génial. Le progrès médical, scientifique et technologique est souvent dû à des inventeurs un peu fous, dotés d'un ego monumental.

— Quand il n'est pas le fruit d'un heureux hasard, fit remarquer Connors.

Elle montra le chandelier, sur la table, les bougies dont la flamme dansait.

— Je suppose que le premier homme qui a allumé du feu s'est pris pour un dieu, et que ses copains des cavernes se sont prosternés devant lui.

— Ils lui ont peut-être fracassé le crâne avec une pierre pour lui voler son flambeau.

— Oui, bon... rétorqua-t-elle en riant. Je continue mon raisonnement. Donc tu inventes le feu, et ensuite tu cherches ce que tu peux en faire. Chic, terminé le mammouth cru. Et moi qui pelais de froid, je peux me chauffer la couenne. Oh zut... j'ai cramé Joe !

Ce fut au tour de Connors d'éclater de rire, pour le plus grand plaisir d'Eve.

— Oh, pardon, Joe, enchaîna-t-elle. Du coup, maintenant, il faut apprendre à soigner une brûlure. Et à maîtriser ceux qui aimeraient faire griller Joe, peut-être même incendier le patelin. Et voilà comment tu te retrouves avec des hôpitaux, des flics, des climatiseurs et – elle brandit sa fourchette – du cochon rôti à volonté.

— Ton résumé de l'histoire de la civilisation est positivement fascinant, Eve chérie.

— Je veux dire que tu accomplis une grande œuvre – universelle, essentielle puisqu'il s'agit de vie et de mort. Tu es célèbre. Et après ?

— Tu vises encore plus haut.

Soudain, le communicateur bourdonna. Eve le saisit d'un geste vif.

— Dallas.

— Vous avez intérêt à ne pas vous tromper, déclara Reo, la substitut du procureur, de sa voix suave de Sudiste, parce que nous sautons sans filet, ma chère.

— Envoyez-moi le mandat et ne vous bilez pas.

— Non, je vous l'apporte personnellement. Je vous attends dans vingt minutes au domicile du Dr Icove. Oh, Dallas... je préfère vous prévenir : si ça tourne mal, vous me servirez de parachute.

— C'est de bonne guerre, marmonna Eve en coupant la communication pour appeler Peabody.

Elle fut sur les lieux avant sa coéquipière et Reo. Elle en profita pour observer l'hôtel particulier. Il y avait une lumière allumée à une fenêtre du troisième étage. Le bureau, la chambre ? Une autre lueur blanchâtre brillait au deuxième. Sans doute le palier ou un couloir resté éclairé.

Le rez-de-chaussée était plongé dans l'obscurité, hormis les veilleuses du système de sécurité et le voyant rouge de l'entrée, indiquant que les portes étaient verrouillées.

Tout cela signifiait que le Dr Icove Junior était là, ce qui faciliterait l'accès à la demeure mais compliquerait la perquisition. Eve décida de laisser Reo se charger des subtilités diplomatiques.

Il était à présent plus de 21 heures. Il faisait nuit noire, un vent glacé soufflait dans la rue. Des voisins avaient orné leur porte d'une espèce de sculpture représentant un volatile bien gras.

Cela remémora à Eve la fête de Thanksgiving qui s'annonçait et la bande d'Irlandais qu'elle aurait dans les pattes.

La famille de Connors, rectifia-t-elle. Il lui faudrait réfléchir à la manière de se comporter avec eux – ou de les éviter. Elle avait bien aimé Sinead, la tante de Connors, la seule de la tribu qu'elle avait rencontrée. Mais cela ne voulait pas dire pour autant qu'elle saurait quoi lui raconter quand elle l'aurait sous son toit.

Les relations familiales étaient à des années-lumière de son univers.

Connors n'avait pas précisé combien de temps ces gens resteraient et, franchement, elle n'avait pas eu le courage de lui poser la question. Une journée, quarante-huit heures ?

Une semaine ?

Avec un peu de chance, un crime bien abominable lui tomberait dessus et la retiendrait loin de la maison du matin jusqu'au milieu de la nuit.

Mais Connors aussi était nerveux. Lui qui, d'ordinaire, était l'incarnation du sang-froid. Tout ce tralala était très important pour lui. Par conséquent, elle devait le soutenir, se conduire comme une épouse digne de ce nom.

Seigneur Dieu ! Si ce fameux crime bien abominable lui tombait dessus, elle n'y serait pour rien, n'est-ce pas ? Ces choses-là ne se commandaient pas.

Elle en était là de ses réflexions, quand elle aperçut Peabody qui approchait, escortée par une silhouette maigrichonne en pantalon moulant vert fluo et manteau violet – McNab, l'inspecteur de la DDE.

— Vous avez un manteau sensationnel, la félicita-t-il. Ils en font, dans des couleurs vives ?

— Je l'ignore. Peabody, je vous ai demandé d'amener votre poupon ?

— J'ai pensé qu'un génie de l'informatique nous serait sans doute utile.

McNab sourit, ses yeux verts pétillant dans son visage séduisant.

— Personnellement, je ne me plains pas du tout qu'elle poupone. À ce propos, Mavis vous embrasse. Elle s'arrondit à vue d'œil, ajouta-t-il, écartant ses bras pour indiquer la taille du ventre de Mavis. Votre manteau... c'est quelle taille ?

— Celle d'un lieutenant, McNab. Vous nous assisterez pour la perquisition. Pas de recherche électronique sur site, à moins que je vous en donne l'ordre. Puisque vous êtes là, vous superviserez, si besoin, le transport du matériel et des données jusqu'au Central.

— Très bien.

— Oh, vous avez vu la dinde ? s'extasia Peabody, montrant la porte des voisins. Chez moi aussi, quand j'étais enfant, on confectionnait des décorations comme celle-ci. Mais on ne mangeait pas la dinde de Thanksgiving, elle était considérée comme le symbole de l'oppression commerciale et politique.

Où diable était Reo ? se demandait Eve, les mains dans les poches.

— Imaginez-vous qu'on fête Thanksgiving, cette année. Si ça vous chante, bougonna-t-elle.

142

La surprise et l'émotion se peignirent sur le visage de Peabody.

— Vraiment ? Oh, ce que c'est gentil ! Malheureusement, nous allons dans ma famille. À condition qu'on ne soit pas de service. Ce sera notre première fête familiale en tant que couple.

McNab esquissa un sourire qui dissimulait mal son anxiété. Pourquoi cette notion de famille terrorisait-elle les êtres les plus courageux et sincères ?

— Et on économise pour s'offrir quelques jours en Écosse, avec le clan de McNab, après Noël, ajouta Peabody, pâlissant à son tour. Comme ça… ce sera fait.

— Eh bien, tant pis, ce n'est pas grave, mentit Eve.

Elle était déçue. Elle aurait aimé avoir quelques visages familiers autour de la table, pour affronter la meute irlandaise.

Un véhicule municipal s'arrêta dans un hurlement de freins le long du trottoir. Reo en descendit, dans son tailleur de dame et ses talons hauts assortis. Elle tendit le mandat à Eve.

— Trouvez-nous quelque chose. Inspecteur Peabody, n'est-ce pas ? Et… ? ajouta la substitut d'un ton enjôleur, fixant son regard sur McNab.

— Inspecteur McNab, répondit-il en redressant les épaules. Division de détection électronique.

Elle lui serra la main, en susurrant : « Cher Reo », avant d'onduler des hanches jusqu'à la porte. Comme McNab semblait hypnotisé, Peabody lui asséna un méchant coup de coude dans les côtes.

Eve appuya sur la sonnette, le système de sécurité se déclencha.

— *Les Icove ne reçoivent pas de visiteurs à cette heure. Si vous voulez laisser un message, la famille ou le personnel vous contactera le plus vite possible.*

Eve fourra son insigne, puis le mandat, sous l'œil de la caméra.

— Lieutenant Eve Dallas, police de New York, accompagnée des inspecteurs Peabody et McNab, ainsi que de

Mlle Reo, substitut du procureur. Nous sommes autorisés à entrer et à fouiller la résidence. Informez-en le Dr Icove ou un membre de son personnel. Si la porte ne s'ouvre pas d'ici à cinq minutes, nous prendrons des mesures plus radicales.

— *Un instant, s'il vous plaît. Votre insigne et le document sont scannés et authentifiés.*

— Grouille-toi, je chronomètre, grommela Eve.

Un pinceau lumineux vert balaya le cachet officiel du mandat. Puis on entendit une sorte de bourdonnement.

— *Encore un instant, s'il vous plaît, le temps d'activer la gouvernante droïde. Le Dr Icove n'a pas encore pris connaissance de votre requête.*

— Enregistrez, Peabody, commanda Eve, tout en branchant également son propre enregistreur.

Enfin, la porte s'ouvrit sur la gouvernante qu'Eve avait vue lors de sa précédente visite.

— Lieutenant Dallas, je suis navrée de vous avoir fait attendre, je n'étais pas en service. Le Dr Icove est dans son bureau, à l'étage. Mais j'ai reçu l'ordre de ne pas le déranger.

— Ah ouais?

Comme Eve se dirigeait vers l'escalier, la droïde se tordit les mains.

— C'est que... le Dr Icove ne tolère pas qu'on le dérange quand il est dans son bureau. Si vous devez absolument lui parler, je me demande s'il ne vaudrait pas mieux le contacter par l'interphone.

La gouvernante montra un scanner et un communicateur intérieurs, semblables à ceux qu'Eve avait chez elle.

— Reo, je vous charge de ça. McNab, occupez-vous du système de vidéosurveillance. Peabody, avec moi.

Eve gravit les marches d'un pas vif.

— Reo lui fait de l'œil, rouspéta Peabody, tandis qu'elles atteignaient le palier du deuxième. Elle a intérêt à ne pas lui faire autre chose, sinon je l'étripe.

— Je vous rappelle que tous nos gestes sont enregistrés, ainsi que nos paroles.

— Je plaisantais, grimaça Peabody en attaquant l'ascension de l'escalier menant au troisième. C'est gigantesque, ici. Et drôlement tranquille.

— La femme et les gosses sont prétendument dans leur résidence au bord de l'océan. Je suppose que le bureau est insonorisé. Il a désactivé la gouvernante droïde pour la nuit, branché le système de sécurité sur le mode « personne n'entre ». Ouais… il n'a vraiment pas envie d'être dérangé.

Le troisième étage avait été réaménagé en trois pièces. Eve embrassa du regard le domaine des enfants, équipé de jeux dernier cri, d'un écran, de fauteuils rembourrés. Cette salle donnait sur une pièce manifestement réservée à une femme, un genre de boudoir-bureau, dans des tons pastel, tout en courbes et en arcs.

En face, une porte. Fermée. Eve appuya sur le bouton de l'interphone.

— Docteur Icove, c'est le lieutenant Dallas. Je suis escortée par deux inspecteurs et par Mlle Reo, substitut du procureur. Nous avons pénétré dans votre résidence avec un mandat de perquisition. La loi vous impose d'ouvrir cette porte et de coopérer.

Elle attendit un instant. Pas de réaction.

— Au cas où vous refuseriez de coopérer, nous sommes autorisés à débloquer les serrures et à entrer. Vous pouvez demander confirmation à votre avocat et, par la même occasion, le prier d'assister à la perquisition.

Toujours pas de réaction.

— Il nous fait le coup du silence méprisant, commenta Peabody.

— À inscrire au procès-verbal : le Dr Icove a été informé de ses droits et a refusé de répondre de vive voix. Nous entrons sans son accord.

Eve introduisit le passe universel – que possédaient les officiers de la police new-yorkaise – dans la serrure intérieure standard.

— Docteur Icove, nous entrons, répéta-t-elle.

Elle poussa le battant.

Elle entendit d'abord de la musique – cette insignifiante et suave purée sonore qu'on diffuse dans les ascenseurs. La table de travail était placée devant trois fenêtres. Une autre porte, à gauche, ouvrait sur une salle de bains – d'après ce qu'Eve pouvait en apercevoir. À côté était installé un écran sur lequel ondoyait un fondu enchaîné de couleurs tendres, tout aussi mièvre que la musique ambiante.

Ici et là étaient disposés des objets d'art, des photos de famille, des diplômes encadrés, des prix et des trophées.

Des écrans masquaient les vitres, la lumière était feutrée, la température agréablement douce.

Dans l'angle droit se trouvait un élégant salon. Sur la table, un thermos d'un noir luisant, et sur un plateau une assiette de fruits et de fromages, une grande tasse blanche et sa soucoupe, ainsi qu'une serviette en tissu vert pâle.

Wilfred B. Icove Junior était étendu sur un long canapé en cuir bordeaux. Il était pieds nus, ses chaussons noirs bien rangés au bout du divan. Il portait un pantalon et un pull gris.

Une tache rouge s'épanouissait à l'endroit du cœur, là où étincelait un scalpel argenté.

— Les kits de terrain, ordonna Eve à Peabody d'un ton brusque. Appelez les renforts. Que McNab récupère immédiatement les films de vidéosurveillance et pose les scellés sur toute la maison.

— Oui, lieutenant.

— Merde... merde, marmonna Eve quand elle fut seule. Dr Wilfred B. Icove Junior, identifié *de visu* par l'officier chargé de l'enquête, déclara-t-elle dans le micro de l'enregistreur. Nul ne pénétrera dans la pièce pour examiner la victime tant que les enquêteurs ne seront pas en tenue de protection, et cela pour ne pas risquer de contaminer les lieux. L'arme du crime semble être un scalpel à usage médical, semblable à l'instrument utilisé dans le cas d'Icove Senior.

Soudain, elle entendit derrière elle un bruit de talons hauts, leva une main.

— On n'entre pas, Reo. Il faut d'abord préserver les empreintes.

— Qu'est-ce qui s'est passé ? Peabody a dit qu'Icove était mort. Je ne…

Elle s'interrompit, regardant par-dessus l'épaule d'Eve. Quand ses yeux se posèrent sur le divan, elle laissa échapper un drôle de couinement, comme un ballon qui se dégonfle. Eve n'eut que le temps de pivoter pour la retenir et la coucher, sans trop de ménagements, sur le sol du palier.

— Nous avons pénétré dans la résidence avec un mandat de perquisition, articula Eve, poursuivant le compte rendu des événements. Le système de sécurité automatique a réactivé une seule domestique droïde, la gouvernante. Sur la scène de crime, on ne remarque aucun signe d'effraction ni de lutte.

Eve saisit le kit de terrain que Peabody, essoufflée, lui tendait. Sa coéquipière enjamba la substitut.

— Qu'est-ce qui est arrivé à Reo ?

— Elle est tombée dans les pommes. Ranimez-la, si vous pouvez.

— Elles sont fragiles, ces Sudistes.

Eve s'enduisit de Seal-It, puis emporta son kit dans la pièce. Pour la forme, elle prit le pouls d'Icove.

— Décédé, confirma-t-elle. Peabody, sécurisez la gouvernante droïde.

— C'est déjà fait. J'inspecterai la résidence une fois que j'aurai réveillé la Belle au bois dormant. Il est mort comme son père ?

— Hum… depuis moins de deux heures. Et merde !

Eve se redressa, étudia la position du corps, du scalpel.

— L'assassin était tout près. Icove est allongé, quelqu'un entre, se penche sur lui. Ça ne l'inquiète pas. Il avait peut-être ingurgité des tranquillisants, l'analyse toxicologique nous le dira, mais je n'y crois pas. Il la connaissait. Il n'avait pas peur d'elle. Il ne l'a pas perçue comme une menace mortelle quand elle a pénétré dans le bureau.

Eve recula jusqu'au seuil pour mieux voir le film qu'elle avait dans la tête. Reo s'était rassise, la figure dans ses mains. Peabody, debout près de la substitut, arborait un rictus ironique.

— La perquisition, inspecteur, lui rappela sévèrement Eve.

— Oui, lieutenant. Je m'assurais seulement que Mlle Reo était remise de son évanouissement.

— Je vais bien, très bien. Un peu ébranlée, c'est tout. Ne vous occupez pas de moi, ajouta la substitut, repoussant Peabody d'un geste. Je n'avais jamais vu un cadavre. Juste des images, des photos. Alors… j'ai été surprise.

— Descendez, suggéra Eve, et attendez les techniciens du labo.

— Oui, dans une minute. Je vous ai entendue dire qu'il était mort depuis à peine deux heures.

La substitut avait encore les yeux vitreux, cependant elle planta crânement son regard dans celui d'Eve.

— Je n'ai pas pu obtenir le mandat plus vite. Je me suis démenée, pourtant.

— Je ne vous reproche rien.

— Peut-être, mais moi, je me sens coupable. Vous vous attendiez à ça ?

— Non, et moi aussi je me sens coupable. Descendez, j'ai du boulot.

Cher Reo se remit péniblement debout.

— Je peux prévenir sa femme.

— D'accord. Mais ne lui dites pas qu'il est mort. Seulement que nous lui demandons de rentrer en ville immédiatement. Arrangez-vous pour qu'on nous l'amène d'ici à une heure et que les médias n'aient pas vent de l'affaire. Dès que les journalistes seront au courant, ce sera la pagaille.

Se détournant du corps, Eve marqua le thermos, la tasse, les fruits et le fromage qui iraient droit au labo.

148

Ensuite, elle commença à vérifier les communications. Les disques et l'ordinateur seraient transportés à la DDE.

— La maison est vide, annonça Peabody. Les domestiques droïdes – trois au total – sont tous désactivés. Les portes et les fenêtres sont verrouillées. Apparemment, on n'a touché à rien. McNab m'a signalé que, sur le film de vidéosurveillance, il manque deux heures.

— Deux heures… marmonna Eve avec un coup d'œil en direction du mort.

— Affirmatif. Il n'y a aucune image de l'entrée pendant ce laps de temps. Le film s'interrompt à 18 h 30 et reprend à 20 h 42. Ensuite on nous voit arriver, faire scanner nos insignes et mandat, et pénétrer dans les lieux à 21 h 16.

L'assassin leur avait filé entre les doigts de justesse, songea Eve.

Cédant la place aux techniciens, elles regagnèrent le rez-de-chaussée.

— La femme d'Icove sera là dans vingt minutes, leur dit Reo. Le légiste est en route. Je vous ai obtenu Morris.

— Un cadeau. Il faut que je parle à l'inspecteur de la DDE. Vous pouvez rester ou vous en aller.

— M'en aller ? répéta Reo avec un rire bref. Vous rigolez ? Je n'ai jamais été en première ligne sur un homicide. Quand vous aurez bouclé l'enquête, on me retirera le siège sur lequel je suis assise. J'ai besoin de munitions pour rester à la table du banquet. Donc… je suis là, je n'en bouge plus.

— Parfait. Où sont les écrans de contrôle ? demanda Eve à Peabody.

— Dans une sorte de débarras attenant à la cuisine, à l'arrière de la maison.

— Attelez-vous au contrôle des communicateurs. Qu'on embarque tous les ordinateurs. Ceux de la femme, des gamins, des domestiques.

Eve se retourna vers Reo.

— Vous avez parlé à l'épouse en personne ?

— Oui. Au numéro que m'a indiqué la gouvernante. Dans les Hamptons.

Eve hocha la tête et partit à la recherche de McNab. Malgré son allure de gravure de mode, l'inspecteur était capable d'ensorceler n'importe quel appareil électronique. Pour l'instant, il était installé à une console, consultant plusieurs écrans à la fois et débitant des ordres incompréhensibles.

— Vous en êtes où ? questionna Eve.

Il repoussa les longs cheveux dorés qui lui balayaient le visage.

— Vous voulez vraiment le savoir ?

— Faites-moi un résumé en langage compréhensible pour la béotienne que je suis.

— J'examine un peu ce système. Un équipement sacrément performant, entre nous. Scanner intégral, détecteur vocal, visuel, capteur de mouvement. L'ouverture des portes est commandée par un code et l'empreinte vocale. Je n'ai pas tout mon matériel, mais je ne trouve rien d'anormal.

— Alors comment a-t-on franchi toutes ces barrières ?

Il se gratta la joue.

— C'est le hic, justement. On examinera ça de plus près, mais apparemment le système de sécurité a donné le feu vert. L'assassin est entré comme une fleur. Peut-être que le mort lui a ouvert la porte.

— Ensuite il est monté à l'étage, il s'est enfermé dans son bureau, allongé sur le divan, et il a attendu qu'on lui plante un scalpel dans le cœur. Ben voyons…

McNab poussa un soupir et entreprit d'entortiller ses cheveux en une tresse qu'il glissa dans un anneau d'argent pêché dans ses poches.

— Peut-être pas, d'accord, rétorqua-t-il. De toute façon, l'assassin a chipé le disque correspondant au laps de temps où la caméra l'a filmé. Je n'ai rien remarqué ici indiquant qu'il ait fouillé ou dérangé quoi que ce soit. Et j'ai utilisé mon passe pour déverrouiller la porte. Il l'avait bien refermée derrière lui.

Eve observa la pièce où ils se tenaient. Elle n'était pas plus grande que son bureau, au Central, mais beaucoup plus moderne. Sur plusieurs écrans se succédaient des vues des chambres et des diverses issues. Eve contempla en silence les images des techniciens de scène de crime qui s'affairaient, dans leurs combinaisons de protection ; au rez-de-chaussée, Reo passait un coup de fil, Peabody s'occupait du communicateur de la cuisine.

Soudain, Morris apparut dans le hall. Il échangea quelques mots avec la substitut du procureur qui lui montra l'escalier.

— Bon, j'y vais, dit Eve, et elle laissa McNab à ses manipulations.

La gouvernante droïde attendait dans la cuisine.

— Est-ce que le Dr Icove a reçu des visites après le départ de son épouse, aujourd'hui ?

— Non, lieutenant.

— Après être rentré de son travail, a-t-il à un moment ou un autre quitté la maison ?

— Non, lieutenant.

Les droïdes avaient une grande qualité, songea Eve. La concision.

— Qui a branché le système de sécurité pour interdire l'accès à la maison ?

— Le Dr Icove, à 17 h 30, juste avant de me désactiver pour la nuit.

— Et les autres droïdes ?

— Également désactivés, avant moi. J'étais la dernière. Réglée sur le mode « sommeil » à 17 h 35, avec ordre de ne pas déranger.

— Qu'a-t-il mangé pour dîner ?

— On ne m'a pas demandé de m'occuper du dîner. J'ai servi de la soupe – au poulet et au riz – à 13 h 15. Le Dr Icove n'en a consommé qu'une petite portion, avec une tasse de thé au ginseng et trois crackers.

— Il a mangé seul ?

— Oui, lieutenant.

— À quelle heure son épouse est-elle partie ?

151

— Mme Icove et les enfants ont quitté la maison à 12 h 30. Mme Icove m'a donné pour instructions de préparer de la soupe et du thé. Elle était inquiète et a dit que, si son mari ne s'alimentait pas, il allait se rendre malade.

— Ont-ils eu une discussion, tous les deux ?

— Les conversations entre les membres de la famille et les invités sont confidentielles.

— J'enquête sur un meurtre. Vous n'êtes plus tenue à la discrétion. Ont-ils eu une discussion ?

La gouvernante parut soudain aussi mal à l'aise qu'un droïde pouvait l'être.

— Mme Icove a exprimé le désir que le Dr Icove les accompagne ou qu'il lui permette de laisser la nounou droïde se charger des enfants, afin qu'elle puisse rester auprès de lui. Mais le Dr Icove a exigé qu'elle emmène les petits et il lui a dit qu'il les rejoindrait dans un jour ou deux. Il a déclaré qu'il souhaitait être seul.

— Rien d'autre ?

— Ils se sont embrassés. Il a embrassé les enfants. Je lui ai préparé et servi le déjeuner, selon les ordres de Mme Icove. Peu après, il est parti pour le Centre. Il m'a prévenue qu'il serait de retour vers 17 heures. En effet, il est rentré à cette heure-là.

— Seul ?

— Oui. Ensuite, il a commencé à désactiver les domestiques et à fermer les portes.

— Lui avez-vous servi des fruits et du fromage, ce soir ?

— Non, lieutenant.

— Très bien. Ce sera tout pour l'instant.

À l'étage, Morris achevait son examen. Il arborait une blouse claire sur une chemise d'un violet chatoyant et un pantalon noir hypermoulant. Ses cheveux étaient tirés en arrière, divisés en trois catogans dont pas un cheveu ne dépassait.

— Vous jouez les dandys rien que pour moi, Morris ?

— Non, j'ai un rendez-vous. Très prometteur, entre nous soit dit.

Il se redressa.

— Ce qu'on a là, c'est l'illustration du dicton « tel père, tel fils ». Même méthode, même catégorie d'arme, même blessure.

— Il est mort couché sur ce divan.

Morris se pencha sur le corps.

— Oui. L'assassin était à cette distance, environ, et dans cette position.

— Il me faut une analyse toxicologique.

— D'accord, répondit-il, jetant un coup d'œil au plateau. Les aliments ne semblent pas avoir été touchés. Dommage, ils ont l'air bons, ces fruits !

— D'après la gouvernante droïde, vers 13 h 15, il a consommé un peu de soupe au poulet et au riz, deux crackers et du thé. Il a désactivé les domestiques juste après 17 heures. Aucun d'eux ne lui a servi les fruits et le fromage.

— Alors, il s'est débrouillé tout seul ou bien son assassin les lui a apportés.

— Ils sont peut-être drogués. En tout cas, ce type était étendu là et il s'est fait poignarder.

— Il connaissait la personne qui l'a trucidé.

— Oui, et il ne s'en méfiait pas. Il était même suffisamment à l'aise pour s'allonger. On peut imaginer qu'il a lui-même fait entrer le loup dans la bergerie, lequel loup l'a entraîné ici, dans cette pièce.

Eve secoua la tête.

— Mais pourquoi se donner la peine de faire monter Icove à l'étage, de disposer les fruits et le fromage sur un plateau ? Pourquoi ne pas le poignarder tout simplement en bas ? Pour avoir d'abord une petite conversation ? Bon sang… ils pouvaient papoter au rez-de-chaussée, non ? En plus, le bureau était verrouillé de l'intérieur.

— Ah… une histoire dans la grande tradition des énigmes policières classiques. Et vous êtes notre Poirot – la moustache et l'accent belge en moins.

Eve savait qui était Hercule Poirot – Connors avait des romans d'Agatha Christie dans sa bibliothèque.

— Ce n'est pas si mystérieux, corrigea-t-elle. L'assassin avait les codes. Il a exécuté son boulot, refermé la porte, emporté les disques correspondant à la durée du meurtre, et il est parti. Il a même soigneusement rebranché le système de sécurité.

— Comme s'il était chez lui.

— Chez elle. Je suis prête à parier que l'assassin est une dame. Vous emmenez le corps et vous l'autopsiez. Cherchez d'autres blessures, même invisibles, des traces de piqûre, des marques de doigt, n'importe quoi, bien que je serais étonnée que vous en trouviez. Comme vous dites... tel père, tel fils.

9

Eve se hâta d'avertir Connors.

— Icove est mort. Je ne rentrerai pas de bonne heure.

— J'en suis navré, lieutenant. Comment est-il mort ?

— Comme son père.

Elle sortit, tout en parlant, afin de guetter la veuve.

— Sa femme et ses gosses étaient partis dans la journée pour leur résidence secondaire. Il était seul chez lui, la maison était bouclée comme un coffre-fort, les domestiques droïdes désactivés. Je l'ai découvert allongé sur le divan de son bureau, un scalpel dans le cœur. La pièce était fermée à clé, et il y avait un petit casse-croûte diététique, fruits et fromage, sur la table.

— Intéressant…

— Ouais. Encore plus intéressant : jusqu'ici, la DDE n'a trouvé aucune faille dans la sécurité, et le film de vidéosurveillance concernant le moment du meurtre s'est envolé. À notre arrivée, le système était branché, Icove s'en était chargé à son retour du travail. Bref, un travail impeccable.

— Tu reprends l'hypothèse du tueur professionnel ?

— Les apparences sont là, mais… je ne le sens pas. Bon, à plus tard.

— Je peux t'aider, dans l'immédiat ?

— Trouve-moi l'argent.

Elle coupa la communication, tandis qu'une limousine apparaissait, précédée par une voiture pie.

Elle s'avança pour accueillir Avril Icove. Celle-ci était vêtue d'un pantalon et d'un sweater gris clair. Elle avait aux pieds de souples bottes à talons grenat, assorties au manteau élégamment jeté sur ses épaules.

— Que s'est-il passé ? s'écria-t-elle. Will !

Eve lui barra la route, la retenant par le bras. La jeune femme tremblait.

— Madame Icove, suivez-moi, je vous prie…

— Mais que se passe-t-il ? répéta Avril Icove d'une voix étranglée, les yeux rivés sur la porte. Un accident ?

— Nous allons entrer et nous asseoir.

— On m'a contactée pour me dire que je devais revenir immédiatement. On ne m'a pas expliqué pourquoi. J'ai essayé d'appeler Will, il ne répond pas. Il est là ?

Les badauds s'attroupaient déjà derrière les barrières dressées par la police. Eve entraîna Avril à l'intérieur de l'hôtel particulier.

— Vous êtes partie dans la journée, n'est-ce pas ?

— Oui… oui, avec les enfants. Will préférait nous éloigner de… tout ça, et il avait envie d'un peu de solitude. J'étais très ennuyée de le quitter. Je… où est-il ? Il est blessé ?

Eve la poussa dans le salon.

— Asseyez-vous, madame Icove.

— Je veux voir Will.

— Je suis navrée. Votre mari est décédé. Il a été tué.

Avril ouvrit la bouche, mais aucun son n'en sortit. Elle se laissa tomber sur le canapé, agita les mains, puis les noua sur ses cuisses.

— Will…

Les larmes brillèrent dans ses yeux, soudain semblables à deux améthystes liquides.

— Un accident ?

— Un meurtre.

— Co… comment est-ce possible ? bredouilla Avril, ses larmes roulant à présent sur ses joues pareilles à du satin. Il… il devait nous rejoindre demain. Il souhaitait simplement un peu de calme.

Eve s'assit à son tour.

— Madame Icove, j'aimerais enregistrer notre entretien, pour mon rapport. Vous avez des objections ?

— Non… non.

Eve brancha l'appareil, débita les précisions de rigueur pour toute déposition en bonne et due forme.

— Madame Icove, je suis dans l'obligation de vous demander où vous étiez entre 17 h 30 et 21 heures.

— Pardon ?

— La routine, madame Icove. Pouvez-vous prouver où vous étiez durant ce laps de temps ?

— J'ai emmené les enfants… J'étais dans notre maison des Hamptons.

Machinalement, Avril repoussa le manteau de ses épaules. Dans le décor pastel, harmonieux, de la pièce, le vêtement grenat évoquait une flaque de sang.

— Nous sommes partis… juste après midi.

— Par quel moyen de transport ?

— L'avion. Notre avion privé. Nous nous sommes promenés sur la plage. Nous avions prévu de piqueniquer, mais il faisait froid. Nous nous sommes baignés dans notre piscine intérieure. Lissy, notre petite fille, est un vrai poisson. Ensuite nous sommes allés en ville déguster une glace, et nous avons rencontré nos voisins. Don et Hester. Ils sont venus boire un verre.

— À quelle heure ?

Avril avait maintenant le regard vide. Elle battit des paupières, comme quelqu'un qui s'arrache à un rêve.

— Pardon ?

— Quelle heure était-il lorsque vos voisins sont venus prendre un verre ?

— Environ 18 heures, il me semble. Ils sont restés… pour dîner. J'avais besoin de compagnie. Will, quand il est stressé ou bouleversé, se réfugie dans la solitude, mais moi… je préfère avoir de la compagnie. Nous avons mangé vers 19 heures, puis les enfants se sont couchés à 21 heures. Nous avons fait une partie de cartes. De bridge. À trois. Don, Hester et moi. Et ensuite… cette femme, je ne me souviens plus de son nom, m'a contactée pour dire qu'il me fallait rentrer à New York. Hester est restée avec mes enfants.

— Pour quelle raison votre mari était-il stressé ?

— Son père. Le meurtre de son père. Seigneur ! gémit-elle, croisant les bras sur son ventre comme pour comprimer une violente douleur. Seigneur…

— Votre mari se sentait-il en danger ? Savez-vous si on l'avait menacé ?

— Non, non… Il était bouleversé par la mort de son père. Naturellement, il était fou de chagrin, et il estimait… excusez-moi, mais il critiquait votre façon de procéder. Il était furieux, car il se demandait si vous n'aviez pas décidé de compromettre la réputation de son père.

— De quelle manière ?

— Je n'en ai pas la moindre idée. Mais il était bouleversé, alors il avait besoin d'un peu de solitude.

— Que savez-vous de son travail ?

— Son travail ? C'est un chirurgien extrêmement doué et renommé. Le centre Icove compte parmi les meilleurs du monde.

— Il en discutait avec vous ? Plus précisément de ses recherches personnelles ?

— Un homme qui exerce une profession aussi exigeante aime avoir un refuge où il peut se détendre.

— Cela ne répond pas à ma question.

— Je ne comprends pas votre question.

— Que savez-vous des projets que votre époux et votre beau-père gardaient sous le coude, si vous me permettez cette expression.

Avril, à présent, ne pleurait plus.

— J'ignore de quoi vous parlez.

— D'un projet à long terme, auquel votre mari et votre beau-père consacraient beaucoup d'efforts, qui réclamait probablement des installations assez considérables – à l'intérieur ou à l'extérieur du centre Icove. Un projet concernant des jeunes femmes.

Une fraction de seconde, les yeux lilas furent limpides, acérés ; aussitôt, cependant, de nouvelles larmes les noyèrent.

— Je suis désolée, je ne suis au courant de rien. Je ne me mêlais pas des activités de Will. Vous dites que, selon vous, son travail est en quelque sorte la cause de sa mort ?

Eve ne répondit pas, changeant brusquement de tactique.

— Qui connaît le code de sécurité de la maison ?

— Euh... Will et moi-même, bien sûr. Son père... il l'avait aussi. Et les domestiques.

— Quelqu'un d'autre ?

— Non. Will était très à cheval sur la sécurité. Les codes étaient modifiés toutes les deux ou trois semaines. Un casse-tête, ajouta-t-elle en esquissant un pauvre sourire. J'ai du mal à mémoriser les chiffres.

— Comment était votre mariage, madame Icove ?

— Mon mariage ?

— Y avait-il des problèmes ? Des frictions ? Votre époux était-il fidèle ?

— Bien sûr qu'il était fidèle, répondit Avril en détournant la tête. Votre question est... intolérable.

— L'assassin connaissait les codes de sécurité ou était attendu par votre mari. Un homme stressé pourrait expédier sa femme et ses enfants à la campagne pour voir une maîtresse.

— J'étais sa seule amante, murmura Avril. J'étais celle qu'il voulait. Will était un homme intègre. Il se donnait tout entier à son épouse, à ses enfants, à sa vocation. Jamais il n'aurait souillé notre union par de banales aventures.

— Je suis navrée, je sais combien tout cela est pénible.

— Cela paraît irréel, impossible. Que dois-je faire, à présent ? Je suis perdue.

— Il nous faudra emmener le corps de votre mari afin de...

Avril tressaillit.

— … l'autopsier, acheva-t-elle.

— En effet.

— Vous n'avez pas le choix, mais… cela m'est insupportable. Nous discutions rarement du métier de Will, justement parce que l'idée d'un bistouri ou d'un laser… dans de la chair… c'est au-dessus de mes forces.

— L'épouse d'un médecin – doublée d'une passionnée de romans policiers – qui ne supporte pas la vue du sang?

Une hésitation puis, une fois de plus, l'ombre d'un sourire sur la bouche d'Avril.

— Disons que je m'en passe volontiers. Dois-je signer des documents quelconques?

— Non, pas dans l'immédiat. Pouvons-nous prévenir quelqu'un?

— Non, il n'y a personne. Je veux retourner auprès de mes enfants, souffla Avril, pressant ses doigts sur ses lèvres tremblantes. Mes bébés. Il faut que je leur annonce l'horrible nouvelle, que je m'occupe d'eux. Comment vais-je leur expliquer?

— Souhaitez-vous l'aide d'un psychologue?

Avril hésita.

— Non… Pour l'instant, je crois que mes enfants ont simplement besoin de moi.

— Je prends les dispositions nécessaires pour qu'on vous reconduise auprès d'eux, rétorqua Eve en se levant. Je vous prierai de vous tenir à la disposition de la police, madame Icove.

— Oui, bien sûr. Naturellement. Ce soir, nous resterons dans les Hamptons. Loin de New York, du battage médiatique. Je refuse que les enfants soient la cible des journalistes. Will voudrait que je les protège.

— Désirez-vous emporter quoi que ce soit avant de partir?

— Non, nous n'avons besoin de rien.

Eve la regarda sortir, monter dans la limousine et démarrer. Cette fois, la voiture pie de la police la suivait.

— Bon, dit-elle à Peabody, je suis tout près de la maison. On y va, on s'attelle au rapport, et ensuite on vous raccompagnera chez vous.

Se dirigeant vers son véhicule, elle tendit l'enregistreur à Peabody.

— Écoutez l'interrogatoire d'Avril Icove et donnez-moi votre impression.

— D'accord.

Peabody s'installa confortablement sur le siège passager, tandis qu'Eve s'asseyait au volant et prenait la direction du manoir. Lorsqu'elle franchit les grilles, la voix d'Avril résonnait encore dans l'habitacle.

— Elle pleure, elle est ébranlée, mais elle tient le coup.

— Qu'est-ce qui manque ?

— Elle n'a pas demandé de quelle façon son mari a été tué.

— Eh oui... elle n'a pas demandé comment, ni où ni pourquoi. Elle ne m'a pas interrogé sur l'assassin, et elle n'a pas exprimé le désir de voir son mari.

— C'est étrange, je vous l'accorde. Mais le choc peut provoquer des comportements bizarres.

— Quelle est la toute première question que pose un proche en état de choc quand on débarque pour lui annoncer la mauvaise nouvelle ?

— Les premiers mots ? Sans doute quelque chose comme... « c'est vrai, vous êtes sûre ? ».

— Elle ne les a pas prononcés, elle n'a pas exigé de preuve. Elle s'est contentée de l'habituel « c'était un accident ? ». En bredouillant, d'accord. Et elle tremblait quand je l'ai entraînée dans le salon. Parfait. *Mais elle n'a pas demandé comment il était mort.*

— Parce qu'elle le savait ? Vous allez vite en besogne, Dallas.

— Peut-être. Elle n'a pas demandé non plus comment nous étions entrés, comment nous avions trouvé son mari. Elle n'a pas dit un truc du style : « Ô mon Dieu, il y a eu un cambriolage ? » Elle n'a pas demandé s'il était sorti et avait été agressé. Je ne lui ai pas précisé qu'il avait été assassiné dans la maison. Pourtant, si vous observez bien son visage pendant l'enregistrement, elle a regardé plusieurs fois en direction de l'escalier. Elle *savait* qu'il était là-haut, raide mort. Je n'ai pas eu besoin de le lui apprendre.

— On peut toujours vérifier si elle était bien dans les Hamptons à l'heure du crime.

— Je ne m'illusionne pas, elle aura un alibi en béton. Mais je vous garantis qu'elle est impliquée dans cette affaire. Jusqu'au cou.

Eve se gara devant le perron, scrutant pensivement le parc.

— Peut-être qu'il la cocufiait, suggéra Peabody. Elle s'est inspirée de ce qui est arrivé au père et a engagé quelqu'un pour éliminer le fils. Ou alors, c'est elle qui lui faisait porter les cornes. Elle a eu envie de se débarrasser de son cher époux pour mener la belle vie. Elle refile à son amant les codes de sécurité, efface ses empreintes vocales antérieures. Et il poignarde le mari en imitant le *modus operandi* du premier meurtre.

— Et d'où sort le plateau de fruits et de fromage ?

— Vous chipotez, Dallas. Icove pouvait se préparer lui-même un petit en-cas.

— Ça provenait de la cuisine, j'ai vérifié.

— Vous voyez bien…

— Mais pourquoi descendre et remonter avec le plateau ? S'il avait faim, il n'avait qu'à utiliser l'autochef du bureau.

— Souvenez-vous de Lee-Lee Ten, rétorqua Peabody. Il était peut-être pareil. Quand il était préoccupé, il aimait peut-être tripoter de la nourriture.

— Non, pas lui, pas le Dr Will.

— Il était peut-être au rez-de-chaussée, il a décidé de monter. Il a commandé son casse-croûte pour l'emporter dans son bureau. Une fois là, il s'est dit qu'il mangerait dans un moment, il s'est allongé sur le divan et assoupi. Le séduisant quoique peu recommandable amant de l'épouse se faufile dans la maison, grimpe l'escalier, entre dans le bureau, poignarde le docteur, rafle les disques de vidéosurveillance, rebranche le système de sécurité et prend la poudre d'escampette.

— Hum… On interrogera les amis, les voisins, les collègues. On revérifiera la situation financière personnelle d'Avril Icove, on étudiera ses habitudes.

— Vous, vous n'aimez pas ma théorie de l'amant séduisant quoique peu recommandable.

— Je ne l'écarte pas. Mais si c'est le cas, ils ont agi sacrément vite et bien. À mon avis, tout cela était programmé depuis longtemps, et très minutieusement. Derrière les deux meurtres, il y a les mêmes auteurs, le même mobile.

— Et si c'était Dolores, l'amante séduisante quoique peu recommandable ?

— Possible. De toute manière, on se concentre sur Avril et on finira par trouver le lien.

Eve ouvrit sa portière.

— Vous n'avez qu'à prendre cette voiture pour rentrer chez vous. Revenez à 7 heures. On travaillera ici avant d'aller au Central.

Peabody consulta sa montre.

— Chic ! Je vais enfin pouvoir m'offrir cinq heures de sommeil.

— Vous avez envie de dormir ? Changez de job.

Eve ne fut pas surprise de tomber sur Summerset, aussi impeccable qu'à l'accoutumée, dans le hall. Elle ôta son manteau, le balança sur la rampe de l'escalier.

— Le fils Icove est mort comme son père. Si vous souhaitez vraiment m'aider, fouillez votre mémoire. Icove Senior trempait forcément dans un truc pas net.

— À vos yeux, chacun aurait donc des fautes à se reprocher ?

Eve, qui gravissait les marches, tourna la tête vers le majordome.

— Oui. Et si, au lieu de faire brûler des cierges devant sa photo, vous voulez découvrir qui l'a assassiné, vous les chercherez aussi, ces fautes.

Là-dessus, elle gagna son bureau. Aussitôt, Connors s'encadra sur le seuil de la pièce voisine.

— Si j'arrivais à la maison, qu'un flic m'accueille à la porte pour m'annoncer que tu as été assassiné... je réagirais comment, d'après toi ? lui dit-elle.

— Tu t'engloutirais dans un abîme de désespoir où tu végéterais durant le reste de ta misérable existence.

— Ouais, ouais, c'est ça. Sois un peu sérieux, s'il te plaît.

— Mais je l'étais, rétorqua-t-il, narquois, en s'appuyant au chambranle. Bon... d'abord, tu assommerais le malheureux messager et tous ceux qui auraient l'imprudence d'être sur ton chemin. Tu foncerais. Pour voir par toi-même. J'espère que tu verserais un torrent de larmes amères et brûlantes sur ma dépouille. Ensuite, tel un chien enragé, tu traquerais mon meurtrier jusqu'au bout de la terre.

— Exact.

Elle se percha sur le bord de sa table, contempla longuement le visage de Connors.

— Et si je ne t'aimais plus ?

— Alors, ma vie ne valant plus la peine d'être vécue, je me suiciderais. Mais, plus probablement, mon petit cœur brisé s'arrêterait tout seul de battre.

Elle ne put réprimer un sourire. Puis elle secoua la tête.

— Elle ne l'aimait pas. La veuve. Elle a joué son rôle, mais il lui manquait des répliques. Comment dit-on quand les acteurs ne sont pas...

Eve prit une mine effarée, se frappa la poitrine.

— ... dans la peau du personnage ? Arrête, s'il te plaît. Tu es effrayante.

— Elle n'était pas dans l'émotion, voilà. Avril n'était pas convaincante. Elle avait une certaine intonation en parlant de lui, et une autre en parlant de ses enfants. Elle aime ses gamins. Mais elle n'avait pas, ou plus, de sentiments pour leur père. Peabody pense qu'elle avait un amant.

— Ça ne me semble pas idiot. Tu n'es pas de cet avis ?

— Hum… Elle serait assez futée, rapide et calculatrice pour dupliquer l'assassinat de son beau-père et, de cette façon, brouiller les pistes. Je crois que c'est un trompe-l'œil. Les deux meurtres sont étroitement liés, et elle est dans le coup.

— Pourquoi ? Argent, sexe, peur, volonté de pouvoir, rage, jalousie, vengeance ? Si je ne m'abuse, ce sont les mobiles habituels.

— Le pouvoir n'est pas étranger à cette histoire. Ces deux hommes en avaient, et on les a tués à l'aide d'un instrument symbolique de leur toute-puissance. S'il y a de la rage là-dedans, c'est de la colère froide. La peur… j'en doute. L'argent, je ne le sens pas. La jalousie me paraît peu vraisemblable. Et la vengeance – c'est l'inconnue de l'équation.

— À propos de l'argent, il y en a des montagnes. Mais je n'ai encore rien déniché de louche. Leurs comptes sont remarquablement bien tenus, leur fortune parfaitement gérée.

— Il y a un truc quelque part.

— Alors, je le trouverai.

— Maintenant, je te résume ce que j'ai.

Tout en l'écoutant, il ouvrit une porte qui dissimulait un placard encastré, prit une bouteille de cognac et se servit un verre. Comme Eve n'appréciait guère cet alcool, il lui servit une tasse de café noir en espérant que ce serait le dernier d'une longue journée.

Elle n'avait pas de sympathie pour ses victimes, les Icove, songea-t-il. Cela ne l'empêcherait pas de pourchasser implacablement le ou les coupables. Mais, exceptionnellement, elle ne récolterait peut-être pas trop de bleus.

Les morts, pour une fois, ne la hanteraient pas. En revanche, elle serait obsédée par les filles dont, selon elle, les deux hommes s'étaient servis. Et pour ces filles-là, elle s'épuiserait, brûlerait toute son énergie, jusqu'à ce qu'elle ait la clé du mystère.

— Dans ce quartier, à cette heure de la soirée, il faut être drôlement habile pour pénétrer dans une résidence sans se faire remarquer, disait Eve. D'autant plus que McNab n'a toujours pas découvert de signe d'effraction. La DDE décortiquera aussi les droïdes, à tout hasard. Si la femme d'Icove a annulé les ordres de son mari pour en donner d'autres, à un moment quelconque de la journée, un des domestiques aurait pu ouvrir la porte à l'assassin. Et ensuite on aurait effacé ce détail de sa mémoire.

Eve bondit sur ses pieds, se mit à tourner dans la pièce comme une lionne en cage.

— Icove ne mangeait plus rien. Pas d'appétit. Admettons qu'il ait eu envie de grignoter. Mais il était dans son bureau, enfermé, occupé à détruire certaines données, je te parie tout ce que tu veux.

Elle s'arrêta, balaya l'air de ses mains.

— Il ne descend pas dans la cuisine pour se servir un casse-croûte. Ce serait une perte de temps. Et puis… un joli plateau bien arrangé, avec de beaux fruits, du fromage… C'est une épouse qui fait ça.

— Je ne suis hélas pas compétent dans ce domaine, ironisa Connors. Je ne me souviens pas que *mon* épouse m'ait jamais préparé un plateau sur lequel elle avait joliment disposé des aliments, quels qu'ils soient.

— Ah, ah, je me tords de rire. Tu comprends ce que je veux dire. Tout ce tralala, c'est féminin. Le genre de chose que les bonnes femmes attentionnées font pour inciter quelqu'un à s'alimenter. Seulement, il ne s'agissait pas de l'épouse qui était dans les Hamptons, en train de se gaver de crème glacée avec ses gosses et d'offrir l'apéro aux voisins. Histoire qu'un paquet de gens puissent jurer sur la Bible qu'elle était ailleurs à l'instant où le scalpel s'est enfoncé dans le cœur d'Icove Junior. Donc… peut-être que le mari courait le jupon, et que la femme légitime et la maîtresse étaient de mèche.

— Ce qui nous ramène au sexe.

— Ouais… Il les trompait peut-être toutes les deux. Et peut-être que le père, ce saint homme, n'était qu'un pervers qui forniquait avec les trois.

Eve soupira.

— Non, non… Le mobile n'est pas là. J'en reviens toujours au projet de recherche. Quand je lui ai demandé si elle était au courant d'expérimentations à long terme, elle m'a menti. J'ai capté une lueur de rage dans ses yeux. Juste une étincelle, mais ça ne m'a pas échappé. Elle aurait pu cacher l'arme au Centre, enchaîna-t-elle en sirotant son café. Qui s'étonnerait que la femme du Dr Will se balade dans les parages ? C'était facile pour elle de subtiliser un scalpel, de le planquer. Elle est le lien entre les deux morts. Le premier avait été son tuteur, le deuxième l'avait épousée. Si ce fameux projet était assez ancien pour ça, pourquoi ne pas imaginer qu'elle en faisait partie, qu'elle était une des jeunes filles concernées ?

— Elle aurait attendu bien longtemps pour se venger, objecta Connors. Elle n'a pas été contrainte de se marier et de vivre avec Will Icove, ni de lui donner des enfants. Elle a choisi. Selon moi, si elle est impliquée, c'est plutôt parce qu'elle a eu vent de ces fameuses recherches – qui l'ont choquée, horrifiée ou mise dans une colère terrible.

— Là aussi, elle avait le choix. Quand on est à ce point scandalisé, on se remue. On alerte les autorités, anonymement au besoin, on leur fournit suffisamment d'informations pour enquêter. On ne tue pas le père de ses enfants parce qu'on n'est pas d'accord avec ses activités annexes. On le quitte. Assassiner deux hommes aussi réputés ? C'est un acte dû à des raisons personnelles, intimes.

Eve s'interrompit, haussa les épaules.

— J'en discuterai avec Mira.

— Il est tard, lieutenant. Viens te coucher.

— Je veux d'abord mettre tout ça par écrit, tant que c'est frais dans mon esprit.

Il s'approcha, l'embrassa sur le front.

— Interdiction de te resservir du café.

Demeurée seule, elle rédigea son rapport, griffonna quelques notes, des questions.

Avril Icove – parents éloignés, famille ?

À quelle date et dans quelles circonstances, exactement, Avril est-elle devenue la pupille d'Icove Senior ?

Habitudes quotidiennes, hebdomadaires ? Sorties ? Où ? Quand ?

Lien quelconque avec la dénommée Dolores Nocho-Alverez ?

Avril Icove a-t-elle subi des interventions esthétiques ?

À quand remonte sa dernière visite au Centre, avant la mort de son beau-père ?

J'étais celle qu'il voulait.

Eve se carra dans son fauteuil, relut ses notes deux ou trois fois, en regrettant de n'avoir plus de café.

Puis elle rejoignit la chambre. Connors avait laissé une lampe allumée, pour qu'Eve ne soit pas dans le noir. Elle se déshabilla, saisit une chemise de son mari en guise de pyjama. Quand elle se glissa entre les draps, Connors l'attira dans ses bras.

— Je t'ai écouté, mais j'avais drôlement envie de café.

— Tu ne m'étonnes pas vraiment. Essaie de dormir.

— Elle n'a pas voulu qu'ils souffrent.

— Très bien.

Eve se pelotonna contre lui.

— Elle voulait qu'ils meurent, mais pas qu'ils souffrent, insista-t-elle d'une voix qui devenait pâteuse. L'amour, la haine. C'est d'un compliqué !

— Absolument.

— De l'amour, de la haine, mais pas de passion, bredouilla-t-elle en bâillant. S'il fallait que je te tue, je voudrais que tu souffres. Un maximum.

Il sourit dans l'obscurité.

— Merci, ma chérie.

Eve sourit aussi, enfouit son visage au creux de l'épaule de son mari et sombra dans le sommeil.

10

À 7 heures, Eve ingurgitait son deuxième café tout en étudiant les éléments qu'elle avait récoltés sur Avril Icove.

Date de naissance, du décès des parents, et date à laquelle Icove était devenu le tuteur officiel de la fillette avant même son sixième anniversaire.

Avril avait fait tout son cursus scolaire à l'école Brookhollow – dans le New Hampshire, à Spencerville – puis, son bac en poche, ses études universitaires à la faculté Brookhollow.

Ainsi le gentil docteur avait, dès le début, mis Avril en pension. Comment avait-elle pris ça ?

Sa mère meurt – à propos, où était la gamine à cette époque, qui s'occupait d'elle pendant que la maman sauvait des vies et, par la même occasion, perdait la sienne… où donc ? En Afrique.

Donc, Avril perd sa mère, et on l'expédie en pension.

Aucun autre proche parent vivant. Vraiment pas de chance, songea Eve. Pas de frères ou de sœurs, et les parents étaient également, chacun, enfant unique. Les grands-parents étaient décédés avant qu'Avril vienne au monde. Pas de grand-oncle ou de grand-tante à l'horizon, ni de cousins au deuxième degré.

Bizarre. La plupart des gens avaient de vagues relations familiales, même très éloignées.

Certes, Eve n'en avait pas, mais elle n'était qu'une exception à la règle. Il en fallait toujours une.

Bon sang… Connors aussi avait été la fameuse exception à la règle. Toute sa vie, il s'était cru seul au monde

et… vlan ! voilà que, maintenant, il avait une famille suffisamment nombreuse pour peupler une bourgade.

Mais Avril, elle, n'avait que ses deux enfants.

Donc, récapitula Eve, Avril a presque six ans quand elle
se retrouve orpheline, dans des circonstances tragiques.
Son tuteur, le Dr Icove Senior, la met illico dans une école
huppé. C'est un chirurgien accaparé par son travail, qui
s'active à devenir très réputé. En outre, il élève son propre
rejeton qui, à l'époque, avait environ dix-sept ans.

Les ados ont une fâcheuse tendance à se fourrer dans
le pétrin, à causer des problèmes, à être eux-mêmes des
problèmes ambulants. Pourtant, le dossier du Dr Will
ne présentait pas la moindre petite salissure.

Pendant ce temps, Avril grandissait, cloîtrée dans sa
pension.

Eve s'attaqua à son troisième café.

Cette pension qui, pour elle, était forcément une
espèce de prison.

Eve avait également connu ça. Barrer les jours sur le
calendrier en attendant sa majorité, pour échapper au
système qui l'avait engloutie après qu'on l'avait découverte dans cette ruelle de Dallas. Elle était ensuite entrée
à l'Académie de police. Un autre système, d'accord,
mais, celui-là, elle l'avait choisi.

Avril avait-elle eu le choix ?

Elle avait étudié l'art et décroché sa licence qui comportait des matières mineures – théâtre et arts ménagers.
Elle avait épousé Wilfred B. Icove Junior l'été qui avait
suivi son diplôme – il avait alors trente-cinq ans, un dossier toujours immaculé, et semblait être un célibataire
endurci.

Eve demanderait à Nadine de fouiner dans les archives,
pour voir si le jeune et riche docteur n'avait pas eu, à un
moment ou un autre, une liaison sérieuse, voire une aven-
ture un rien scandaleuse.

Avril n'avait jamais eu d'employeur. Après la naissance de son premier enfant, elle avait opté pour le sta-
tut professionnel de mère au foyer.

Elle n'avait jamais commis de délit.

Soudain, Eve entendit un léger bruit – un chuintement de baskets à semelles aérodynamiques – qui précéda l'entrée de Peabody.

— Avril Icove. Définissez-moi sa personnalité.

— Ouh… je ne me doutais pas que j'allais subir un examen dès mon arrivée.

Peabody laissa tomber son sac, plissa les paupières pour mieux se concentrer.

— Bien éduquée, excellentes manières, hasarda-t-elle. Courtoise, ça j'y tiens. Si on part du principe que la maison est son territoire – ce qui est probablement le cas, vu qu'elle ne travaille pas à l'extérieur –, je dirai qu'elle a un goût très sûr et qu'elle est discrète.

— Elle portait un manteau rouge, marmonna Eve.

— Pardon ?

— Rien, ce n'est peut-être rien. Une décoration toute simple pour sa maison et… ce manteau rouge sombre, la couleur du sang. Autre chose ?

— Eh bien, j'ai aussi l'impression que c'est une femme soumise.

Eve fixa sa coéquipière.

— Pourquoi ?

— Le jour de notre première visite, Icove lui a dicté ses gestes. Évidemment, il ne lui a pas dit : « Hé, bobonne, file à la cuisine et plus vite que ça ! » Tout était dans le sous-entendu, n'empêche qu'il commandait, il décidait. Elle était *l'épouse*.

Peabody tourna vers le café un regard plein d'espoir, continua cependant :

— J'ai d'ailleurs réfléchi à cet aspect-là de la question. Elle était habituée à ce qu'il régente tout. Par conséquent, c'est relativement normal que, quand vous lui avez annoncé la mort de son mari, elle ait été à côté de ses pompes. En fait, elle n'a pas su comment réagir.

— Pendant seize ans, elle a reçu la meilleure éducation possible, dans un établissement réservé à l'élite, où elle était une excellente élève.

— Beaucoup de gens se débrouillent très bien à l'école et n'ont pourtant aucun sens pratique.

— Allez vous servir du café, vous en bavez d'envie.

— Merci, lieutenant.

— Le père s'est évaporé dans la nature, la mère est morte dans la brousse où elle était médecin humanitaire. Cette mère n'avait pas de relation spécialement intime avec Icove, c'était d'abord une consœur. Ils ont pu être amants, certes, mais je ne crois pas que ce soit très important.

Tandis que Peabody fonçait vers la kitchenette, Eve étudia la photo d'identité d'Avril, affichée sur l'écran. Élégante, commenta-t-elle *in petto*. Magnifique. A priori, elle aurait également dit : douce, mais elle avait capté cette lueur fugitive dans ses yeux. L'éclat de l'acier.

— On va retourner sur la scène de crime, décréta-t-elle. Je veux fouiller cette maison pièce par pièce. Interroger les voisins, les autres domestiques. Il nous faudra vérifier l'alibi de la belle Mme Icove. Et je veux savoir à quel moment elle s'est rendue au Centre pour la dernière fois, avant la mort de son beau-père.

— On va avoir du pain sur la planche, postillonna Peabody, la bouche pleine de beignet saupoudré de sucre glace. Ils étaient en tête de liste, ajouta-t-elle, comme Eve sourcillait.

— Hein ? Quelle liste ?

— Sur le menu de l'autochef, à la lettre B : beignet. La tentation était trop forte pour moi.

Peabody se hâta de déglutir.

— Au fait, McNab s'est chargé des appareils électroniques. Il mettra Feeney au courant, pour vous éviter de perdre du temps.

— Manifestement, bougonna Eve, Avril se fiche du système de sécurité, de communication, des ordinateurs. Soit elle a un sacré sang-froid, soit on ne trouvera rien contre elle.

— Moi, je ne renonce pas à la piste de l'adultère. Dans ce cas, Avril avait évidemment un partenaire. On tue pour quelqu'un quand on l'aime passionnément, ou quand il vous tient, d'une manière ou d'une autre, qu'il est en mesure de vous forcer la main.

— Ou qu'il vous paie.

— Oui, bien sûr, mais… C'est dégoûtant, mais imaginons que le beau-père ait été un gros cochon. Il s'intéressait aux très jeunes femmes, comme le prouvent ses travaux secrets. Avril était sa pupille. Il aurait pu coucher avec elle. Et ensuite la refiler à son fils pour… euh… la garder sous la main. Peut-être qu'ils se la partageaient.

— Cette idée m'a traversé l'esprit, figurez-vous.

— Alors je continue… Elle a été dominée, utilisée par les hommes. Donc elle se tourne vers une femme. Elles nouent des liens affectifs, voire amoureux. Et elles montent le coup ensemble.

— Dolores.

— Eh oui. Supposons qu'elles se rencontrent, qu'elles deviennent amantes, enchaîna Peabody en léchant ses doigts poisseux de sucre et de confiture. Ensemble, elles élaborent leur plan pour liquider les deux Icove sans compromettre Avril. Dolores a pu harponner Junior, le séduire.

— Quand il a vu la photo de Dolores après le meurtre de son père, il n'a même pas cillé.

— D'accord, là aussi il faut une maîtrise de soi à toute épreuve, mais ce n'est pas impossible. D'ailleurs, peut-être qu'avec lui elle avait un autre look. On sait pertinemment que Dolores a tué Senior. Pour Junior, on a la même méthode, la même arme. J'ai fait un calcul de probabilités : 98 % de chances qu'elle ait commis les deux meurtres.

— 98,7, d'après mes propres calculs. Ce qui renforce effectivement ma conviction qu'Avril est impliquée. Elle connaît personnellement Dolores, ou elle l'a engagée. Et tout ça signifie aussi que notre Dolores était toujours à New York après son premier crime et qu'elle y est peut-être encore. Je veux la pincer.

À cet instant, la porte qui séparait les deux bureaux s'ouvrit sur Connors. Il portait un costume anthracite qui mettait superbement en valeur sa silhouette élancée et avivait le bleu inouï de ses yeux. Ses cheveux noirs dégageaient son beau visage, un sourire paresseux errait sur ses lèvres. De quoi donner des palpitations à n'importe quelle femme normalement constituée, songea Peabody.

— Vous recommencez à saliver, lui marmonna Eve.

— C'est mon droit, lieutenant. On ne peut rien contre ces choses-là.

— Mesdames... Je vous dérange?

— On ne va pas tarder à partir.

— Alors je tombe à pic. Comment allez-vous, Peabody?

— Bien, merci. Et, tant que j'y suis, merci de nous avoir invités pour Thanksgiving. Nous regrettons vraiment de ne pas assister à votre dîner, mais nous passons quelques jours chez mes parents.

— Je comprends, Thanksgiving est une fête familiale, n'est-ce pas? Transmettez-leur nos amitiés. Ma chère, vous avez un très beau collier. Quelle est cette pierre?

Cette pierre, d'une taille imposante, était rouge orangé. Eve avait, à son sujet, une opinion mitigée, considérant que si un jour sa coéquipière devait se lancer aux trousses d'un malfrat, ce caillou risquait de lui crever un œil.

— Une cornaline. C'est ma grand-mère qui l'a taillée.

— Vraiment? rétorqua Connors qui s'approcha et saisit délicatement le pendentif pour l'examiner. Magnifique travail! Elle commercialise ses bijoux?

— Surtout dans le réseau Free-Age, les foires et les boutiques d'objets indiens. Pour elle, c'est une espèce de hobby.

— Tic tac, tic tac, grommela Eve.

Les deux autres la regardèrent, Peabody d'un air ahuri, Connors avec un petit sourire amusé.

— Cela vous va à ravir, poursuivit-il. Mais je dois vous avouer que je regrette un peu votre uniforme.

— Oh...

Peabody rosit jusqu'à la racine des cheveux, Eve poussa un soupir à fendre l'âme.

— Bon, je ne voudrais pas vous retarder, reprit Connors, néanmoins j'ai une ou deux informations qui pourraient vous intéresser.

Il baissa le regard sur la tasse de café que Peabody, égarée par ses hormones en folie, avait totalement oubliée.

— Je boirais volontiers une goutte de café.

— Hein ? Oh, oui... je vous en apporte.

De nouveau, Peabody se précipita dans la kitchenette.

— Quel amour ! commenta-t-il.

— Tu l'as toute chamboulée, et tu l'as fait exprès, accusa Eve.

— Je ne vois pas de quoi tu parles, ma chérie, rétorqua-t-il, angélique. En tout cas, je suis heureux que tu les aies invités, McNab et elle, pour Thanksgiving, et je suis désolé qu'ils ne viennent pas. Bref... j'ai mené quelques recherches pour toi, après ma réunion matinale.

— Tu as déjà eu une réunion ?

— Une holo-conférence. En Écosse. Avec le décalage horaire, là-bas, c'est le début de l'après-midi, et il fallait aussi que je parle à ma tante, en Irlande.

Ce qui expliquait, pensa Eve, pourquoi il n'était pas dans le coin salon de leur chambre, comme d'habitude, quand elle s'était levée à 6 heures.

— Tu as trouvé l'argent planqué des Icove ?

— En un sens.

Il s'interrompit pour sourire à Peabody qui revenait avec un plateau.

— Du café tout frais, annonça-t-elle.

— Comment ça, en un sens ? s'impatienta Eve, le regard rivé sur son mari.

Il ne se pressa pas pour répondre, remplit les tasses et les distribua.

— Eh bien, j'ai trouvé des dons et des rentes considérables canalisés par diverses branches de l'empire

Icove. Donc, en apparence, nous avons là un philan-trophe extraordinairement généreux. Mais en ajoutant un plus un, en recomptant, en grattant sous la surface, tout cela n'est pas si clair.

— C'est-à-dire ?

— Environ deux cents millions – jusqu'ici – au cours des dernières trente-cinq années, qui ne correspondent pas à ses gains officiels. Un homme qui se déleste d'une somme pareille devrait avoir, par-ci par-là, des trous dans ses poches. Eh bien, pas du tout.

— Ce qui indique l'existence d'une autre source de revenus. Une source souterraine.

— À première vue, oui. Mais je soupçonne qu'il y a plus que ça. Je n'en suis qu'au début de mes recherches. Il est cependant intéressant, n'est-ce pas, qu'un homme aux revenus douteux choisisse d'en faire don – très dis-crètement, voire anonymement – à d'honorables causes. La plupart des gens s'offriraient plutôt une jolie maison de campagne.

— Anonymement, tu dis ?

— Il a déployé beaucoup d'efforts pour superposer le maximum de paravents entre lui et ses donations. Un vrai millefeuille. Portefeuilles d'actions, associations à but non lucratif, fondations, tout cela entremêlé avec diverses sociétés et organisations.

Connors haussa les épaules.

— J'imagine que je peux t'épargner un cours sur les moyens de rouler le fisc, lieutenant ? Disons simplement qu'il était entouré de remarquables conseillers dans ce domaine, et qu'il y a un déséquilibre entre ce qu'il empo-chait et ce qu'il déboursait.

— Évasion fiscale…

— En un sens. Assurément, il y a malversation quelque part.

Eve, sa tasse à la main, arpentait le bureau.

— Donc il nous faut découvrir d'où provenait l'argent. Il y a toujours une trace.

— Non, pas toujours, objecta Connors avec un petit sourire.

Elle lui décocha un regard noir.

— Un individu qui sait comment effacer les traces devrait être capable d'en retrouver au moins une.

— En principe, oui.

— Et si on prenait le problème par l'autre bout ? suggéra Peabody. Par ceux qui recevaient l'argent.

— Fais-moi une liste des cinq plus gros bénéfiaires, dit Eve à Connors. Tu n'as qu'à me transmettre ces renseignements au Central.

— Entendu. Jusqu'à nouvel ordre, le plus gros bénéficiaire est une école privée.

Un frisson parcourut Eve – le frisson du chien de chasse qui flaire son gibier.

— Brookhollow ?

— Bravo, lieutenant, vous avez le prix d'excellence. L'école Brookhollow et son département d'études supérieures, la faculté Brookhollow.

— Tiens donc…

La mine gourmande, Eve se tourna vers l'écran mural où était toujours affichée la photo d'Avril.

— Devinez qui a fait toutes ses classes là-bas…

— Ça colle, rétorqua Peabody. Mais on pourrait aussi considérer qu'il y a envoyé sa pupille parce qu'il admirait cette institution et la soutenait financièrement, ou bien qu'il lui apportait son soutien parce que sa pupille y était pensionnaire.

— Vérifiez ça tout de suite. Qui a fondé Brookhollow, quand ? Je veux les noms des membres du corps enseignant, des directeurs, des étudiants, etc. Et le nom des filles qui étaient là en même temps qu'Avril.

— Bien, lieutenant.

Peabody s'installa à la table d'Eve et se mit à pianoter furieusement sur le clavier de l'ordinateur.

— On tient quelque chose, décréta Eve. C'est une bonne piste, ajouta-t-elle en se tournant vers Connors.

— Ne me remercie pas, tout le plaisir est pour moi.

Il lui prit le menton et, avant qu'elle ait pu protester, lui effleura la bouche d'un baiser.

— Sur un plan plus personnel, aimerais-tu que j'invite Mavis pour Thanksgiving ?

— Ce serait bien.

— Tu as quelqu'un d'autre en vue ?

— Je ne sais pas, bredouilla-t-elle, mal à l'aise. Nadine, peut-être. Feeney sera sans doute en famille, mais je lui proposerai quand même de venir.

— Et Louise et Charles ?

— Ah oui, bonne idée ! Dis... il aura vraiment lieu, ce dîner ?

— Je crains qu'il ne soit trop tard pour faire machine arrière, rétorqua-t-il en l'embrassant de nouveau. On s'appelle, d'accord ?

Là-dessus, il regagna son bureau et referma la porte.

— J'aime McNab, je l'adore, marmonna Peabody comme on récite un mantra.

Eve sentit aussitôt un nerf tressauter sous son œil droit.

— Oh non, pitié ! Contrôlez-vous.

— Oui, j'aime McNab. Il m'a fallu un certain temps pour m'en rendre compte, mais maintenant j'en suis sûre : c'est l'homme de ma vie. Si vous tombiez raide morte et que Connors me laisse entendre que je pourrais le consoler, eh bien... je ne lui sauterais pas dessus. Et même si je le faisais, j'aimerais toujours McNab.

— Je suis soulagée d'apprendre que, dans votre délire érotique, je suis morte.

— Normal. Je ne trahirais pas mon supérieur hiérarchique. Donc je ne sauterais pas sur Connors, à moins que McNab et vous ne soyez tués dans un épouvantable accident.

— Merci, Peabody. Votre sollicitude me touche.

— Et nous attendrions un petit moment avant de nous livrer aux joies du sexe. Une quinzaine de jours. À condition de réussir à nous maîtriser.

— De mieux en mieux...

— Ensuite notre liaison serait une façon de célébrer votre mémoire, d'exprimer notre amour pour vous deux – McNab et vous.

— Et si c'était le contraire? riposta Eve. Que Connors et vous disparaissiez dans un horrible accident, et que McNab et moi...

Elle eut un haut-le-corps.

— Beurk, non...

— Vous avez tort, McNab est un amant fabuleux, déclara Peabody, triomphante. L'école Brookhollow, enchaîna-t-elle. Fondée en 2022.

— À peine deux ou trois ans avant la naissance d'Avril, n'est-ce pas? Et qui en est le fondateur? Affichez les données.

— Affichage, écran 1.

— Institution privée, déchiffra Eve. École de filles, exclusivement. Créée par Jonah Delecourt Wilson. Il me faut d'autres éléments sur ce type.

— Je m'en occupe.

— Pensionnat, école élémentaire, collège et lycée. Accréditée par l'Association internationale des établissements indépendants. Classée troisième meilleure institution des États-Unis, quinzième du monde. Domaine de quatre-vingts hectares, rien que ça. Six élèves par enseignant en moyenne.

Eve poursuivit sa lecture.

— Préparation à l'université, les élèves et les profs sont logés dans l'enceinte de Brookhollow. Une vraie communauté, un environnement propice à l'étude, une atmosphère de saine émulation. Blablabla... Fondation pour la faculté Brookhollow, blablabla... Coût de... nom d'une pipe!

— Wouah! s'exclama Peabody, les yeux ronds comme des soucoupes. Vous avez vu le prix du semestre? Pour une gosse de six ans!

— Comparez-moi ça avec un autre pensionnat de premier ordre.

— D'accord. On court après quoi, Dallas?

— Je ne sais pas, mais on gagne du terrain. Regardez... Brookhollow coûte deux fois plus cher qu'un établissement de la même catégorie.

— J'ai des renseignements sur le fondateur. Jonah Dele-court Wilson, né le 12 août 1964, décédé le 6 mai 2056. Dr Wilson, précisa Peabody, médecin et professeur. Connu pour ses recherches et son travail dans le domaine de la génétique.

— Ah…

— Il a épousé Eva Hannson Samuels en juin 1999. Pas d'enfants. Samuels – également médecin – est morte trois ans avant son mari. Dans le crash de son avion privé.

— Hannson. Le nom de jeune fille d'Avril. Il y a for-cément un lien.

— Wilson a donc fondé l'école et l'a présidée pendant cinq ans, ensuite sa femme a pris le gouvernail qu'elle a gardé jusqu'à sa mort. L'actuelle présidente est une certaine Evelyn Samuels – la nièce de son prédécesseur et l'une des premières diplômées de la faculté Brook-hollow.

— Ça reste dans la famille. Je parie que, quand vous inondez de dollars une institution pareille, vous jouis-sez en échange d'un tas d'avantages. Vous pouvez y avoir un laboratoire personnel, par exemple. Peut-être y envoyer quelques-uns de vos cobayes pour leur don-ner une bonne éducation, pendant que vous continuez vos expériences sur eux. Un généticien, un chirurgien spécialisé en chirurgie réparatrice et un pensionnat de filles. Vous mélangez bien le tout, et qu'est-ce que vous obtenez ?

— Hum… Beaucoup de dollars ?

— Des femmes parfaites. Manipulation génétique, beauté parfaite grâce à la chirurgie, programmes d'édu-cation spéciaux.

— Seigneur…

— Oui, c'est assez croquignolet. Et ça devient carré-ment moche si, en allant un peu plus loin, vous vous dites que les diplômées pourraient être « placées » moyennant une somme astronomique. Avril a déclaré – hier soir, dans sa déposition – qu'elle était ce que Will

Icove voulait. Je la cite. Question : un papa débordant d'affection n'aurait-il pas le désir d'offrir à son fils unique ce qu'il désirait ?

— Dallas, votre histoire... ça fait science-fiction.

— DNA.

— Oui ?

— L'acronyme anglais pour ADN. Une petite plaisanterie d'un goût discutable... Dolores Nocho-Alverez. DNA.

Le bourdonnement du communicateur interrompit Eve.

— Dallas.

— J'ai de quoi écrire un énorme bouquin sur Icove Senior, annonça Nadine sans autre préambule. Et vu les récents événements, je bûche aussi sur Junior. Qu'est-ce qui se passe, Dallas ?

— Dans votre bouquin, il n'y aurait pas quelque chose en rapport avec un Dr Jonah D. Wilson ?

Le regard de la journaliste s'aiguisa.

— Si, si... À l'époque de la Guerre urbaine, l'un et l'autre n'ont ménagé ni leur temps ni leur peine pour sauver des vies. Ils sont devenus amis et associés. Ils ont contribué à créer des centres pour enfants pendant et après la guerre. Et ce n'est pas tout, mais il faut que je creuse davantage. J'ai le pressentiment qu'il y a une grosse anguille sous roche.

— Mon anguille à moi commence à pointer le bout de son nez et, si je ne me trompe pas, vous pourriez bien récolter le scoop de votre carrière.

— Ne vous avisez pas de vous payer ma tête, Dallas.

— Transmettez-moi tout ce que vous avez pour l'instant et continuez à fureter.

— Donnez-moi un bout de quelque chose à renifler, j'ai besoin de...

— Impossible. Oh, à propos, Connors risque de vous contacter et de vous inviter pour Thanksgiving !

— Ah oui ? Génial ! Je peux amener un petit copain ?

— C'est probablement autorisé. Bon, à plus tard.

Eve coupa la communication et lança à sa coéqui-pière :

— On va jeter un autre coup d'œil à la résidence Icove.

Peabody sauvegarda les données, bondit sur ses pieds.

— Est-ce que cette affaire nous conduira dans le New Hampshire ?

— Ça ne me surprendrait pas.

Malgré les murs de verre de la somptueuse demeure qui dominait l'océan, quiconque passait à proximité ne distinguait même pas une silhouette à l'intérieur de ce palais.

Toutes les surfaces vitrées étaient protégées par des écrans à travers lesquels on pouvait contempler les vagues gris-bleu qui roulaient jusqu'à l'horizon.

Voilà le paysage qu'elle peindrait, songea-t-elle. Un espace infini, vide et paisible, peuplé seulement d'oi-seaux qui se pavanaient sur la plage.

Car elle se remettrait à peindre, et sa peinture serait un maelström de couleurs. Plus de sages et jolis por-traits, mais de l'audace, de la violence – l'ombre et la lumière.

Et tout cela se retrouverait également dans son exis-tence – bientôt. La liberté comportait sans doute tout cela.

— Je serais si heureuse que nous puissions vivre ici avec les enfants et que nous puissions être simplement ce que nous sommes.

— Un jour peut-être, dans un endroit comme celui-ci.

Elle ne s'appelait pas Dolores, mais Deena. À présent, ses cheveux étaient auburn et ses yeux d'un vert écla-tant. Elle avait tué, elle tuerait de nouveau, et n'en avait aucun remords.

— Quand ce sera fini, que nous aurons accompli tout ce que nous avons le pouvoir de faire, il faudra vendre cette maison. Il y a d'autres plages, ailleurs.

— Je sais. Je suis simplement mélancolique.

Elle pivota avec grâce, sourit.

— Pourtant, il n'y a rien à regretter. Nous sommes libres. Du moins, nous n'avons jamais été si proches de la liberté.

Deena prit les mains de la femme qu'elle considérait comme une sœur.

— Tu as peur ?

— Je suis à la fois un peu effrayée, excitée et triste. Comment en serait-il autrement ? Il y avait de l'amour, Deena. Pourri à la racine mais, malgré tout, il y avait des sentiments.

— Oui, je l'ai regardé dans les yeux lorsque je l'ai tué, et j'y ai lu de l'amour. Malsain, égoïste, tordu, mais effectivement… de l'amour. Je me suis interdit d'y penser. Ils m'ont formée à ça, n'est-ce pas ? Étouffer les émotions et exécuter le travail. Maintenant…

Deena ferma brièvement les paupières.

— Je veux du repos. Le calme, la paix et des journées en tête à tête avec toi. Ç'a été si long. Tu sais de quoi je rêve ?

Avril étreignit les doigts de Deena.

— Dis-moi…

— Un cottage avec un jardin. Des fleurs et des arbres, le chant des oiseaux. Un grand chien un peu bête. Et un homme qui m'aime. Des jours sereins, sans être obligée de toujours me cacher. Loin de la guerre, de la mort.

— Tu auras ce que tu désires.

Cependant, si Deena regardait en arrière, elle ne voyait, année après année, qu'une existence clandestine, et toujours la mort omniprésente.

— J'ai fait de toi une criminelle.

— Non, non…

Avril se rapprocha, embrassa Deena sur la joue.

— La liberté, voilà ce que tu m'as offert. Je vais me remettre à peindre. Ça m'aidera. Je consolerai les enfants, pauvres petits choux. Nous les emmènerons loin de tout ça dès que nous en aurons la possibilité. À l'étranger, au moins pendant un certain temps. Quelque part où ils grandiront et seront libres – comme nous ne l'avons jamais été.

— La police voudra t'interroger encore.

— Ce n'est pas un problème. Nous savons que dire, que faire. Et presque tout est vrai, par conséquent ce n'est pas si compliqué. Wilfred aurait eu du respect pour ce lieutenant Dallas. Elle possède une intelligence aiguë, elle est franche et honnête. C'est une femme que nous aimerions, si c'était possible.

— Il faut se méfier d'elle.

— Oui, nous devons être très prudentes. Dire que Wilfred gardait les dossiers chez lui – quelle sottise, quelle mégalomanie ! Si Will l'avait su… pauvre Will ! Mais je me demande si c'est une bonne chose qu'elle ait connaissance du projet. Nous pourrions attendre de voir si elle est capable de démêler tout ça et d'y mettre un terme pour nous.

— Ce serait trop risqué. Nous sommes allées trop loin pour nous arrêter maintenant.

— Tu as sans doute raison. J'aimerais tant que tu restes… Je vais me sentir bien seule.

Deena la serra dans ses bras.

— Tu ne seras jamais seule. Nous nous parlerons tout les jours. Encore un peu de patience.

— C'est atroce, n'est-ce pas, de souhaiter une mort de plus, et vite de surcroît. Car, en un sens, elle est l'une de nous.

— Plus maintenant, en admettant qu'elle l'ait jamais été.

Deena embrassa sa sœur.

— Sois forte.

— Et toi, ne te mets pas en danger.

Deena se coiffa d'un chapeau cloche bleu, chaussa des lunettes noires et saisit son sac à bandoulière. Elle se glissa par la porte-fenêtre, puis traversa au pas de course la terrasse pour descendre les marches menant à la plage. Elle s'éloigna sans un regard en arrière – une femme ordinaire qui se promenait au bord de l'océan par une froide journée de novembre.

184

Nul n'imaginerait ce qu'elle était, d'où elle venait, ni ce qu'elle avait fait.

Durant un long moment, il n'y eut que les vagues et les oiseaux sur le sable. Puis on toqua doucement à la porte.

Une fillette apparut sur le seuil, aussi blonde et délicate que sa mère. Elle se frottait les yeux.

— Maman...

— Oui, mon chaton, mon bébé. Je suis là.

Le cœur gonflé d'amour, Avril courut vers son enfant qu'elle souleva dans ses bras.

— Papa...

— Oui...

Elle caressa les cheveux de sa fille, embrassa ses joues mouillées de larmes.

— Je sais, mon amour. Il me manque, à moi aussi.

Et d'une étrange manière, qu'elle ne comprenait pas, Avril disait la stricte vérité.

11

Eve fit le vide dans son esprit pour laisser travailler son imagination, reconstituer mentalement le film tel qu'il s'était déroulé.

La demeure silencieuse, familière. Elle entre, seule. Elle était allée au Centre seule. Elle avait tué seule.

Direction la cuisine. Pourquoi le plateau ? se demanda Eve, retraçant le chemin que, selon elle, la meurtrière avait suivi. Pour distraire, pour rassurer sa proie.

Il la connaissait. Elle avait assassiné Icove Senior, le fils la connaissait, et il ne l'avait pas dénoncée ?

Eve s'arrêta un moment dans la cuisine.

— La domestique n'a pas préparé ce foutu plateau, et je doute fort que Junior l'ait fait lui-même.

— Peut-être qu'il attendait cette femme, suggéra Peabody. Ça expliquerait qu'il ait désactivé les droïdes.

— Possible. Mais pourquoi boucler la maison, dans ce cas ? Quand vous attendez quelqu'un, pourquoi brancher la sécurité de nuit ? Il aurait pu tout verrouiller, désactiver les domestiques et ensuite recevoir un appel de la fille. Il descend lui ouvrir et lui propose de grignoter un morceau.

Eve secoua la tête. Cet enchaînement ne lui plaisait pas.

— Il était étendu de tout son long sur le divan du bureau. Ce n'est pas une position très correcte quand on a de la visite. Pour moi, ça veut dire : je suis vidé, j'ai envie de m'allonger. Essayons ce scénario, pour voir ce que ça donne. Donc... elle a le code ou un moyen quelconque d'entrer. Elle vient ici, dans la cuisine, dispose les fruits et le fromage sur le plateau. Elle sait qu'il est en haut.

— Mais comment elle le sait ?

— Parce qu'elle le connaît. Elle *sait*. En plus, elle pouvait facilement vérifier par le scanner intérieur. À mon avis, elle l'a d'ailleurs fait. Pour s'assurer non seulement qu'il était dans son antre, mais qu'elle était seule dans la maison. Elle a aussi vérifié que les droïdes ne risquaient pas de la déranger, et elle a monté le plateau.

Eve revint sur ses pas.

Était-elle nerveuse ? songea-t-elle. Ses mains tremblaient-elles, ou était-elle aussi impassible qu'un bloc de glace ?

Parvenue devant la porte du bureau, Eve feignit de tenir un plateau.

— S'il s'était enfermé, elle a dû recourir à la commande vocale pour déverrouiller la porte et entrer.

Eve s'avança.

— Il ne l'a pas vue, pas tout de suite. S'il ne dormait pas, il l'a entendue, mais il n'était pas face à la porte. Elle s'approche, pose le plateau. Est-ce qu'ils se parlent ? Du genre : « J'apporte un petit en-cas. Il faut manger, prendre des forces. » Une attitude d'épouse attentionnée. Entre nous, elle a eu tort de s'embêter avec ça. Elle a commis une erreur.

Eve s'assit sur le bout des fesses, au bord du divan, se représentant Icove allongé à côté d'elle.

— Si elle s'est assise de cette façon, elle l'empêchait de se lever. Toujours une attitude d'épouse, sans rien de menaçant. Ensuite, elle n'a plus qu'à…

Eve se pencha, crispant les doigts sur un scalpel imaginaire.

— … le poignarder.

— Une vraie machine à tuer.

— Hum… pas complètement. Il y a ce hic : le plateau. Peut-être qu'elle avait drogué les aliments, par précaution. Ou alors, c'était… je ne sais pas, de la culpabilité.

Servir au condamné son dernier repas. On n'avait rien de semblable pour le premier meurtre. Pas de chichis.

Eve se redressa.

— Ensuite, on est de nouveau dans l'efficacité. Verrouiller la porte, prendre les disques de vidéosurveillance, rebrancher le système de sécurité. Décidément, il n'y a que ce plateau qui me turlupine.

Elle s'interrompit, pensive.

— Connors se comporte de cette manière. Il me donne la becquée, c'est instinctif. Quand je n'ai pas d'appétit, que je vais mal, il me fourre automatiquement une assiette sous le nez.

— Il vous aime.

— Exactement. Par conséquent, l'assassin avait des sentiments pour sa victime. Il existait un lien entre eux.

Eve fit le tour de la pièce.

— Revenons à Icove. Pourquoi est-ce qu'il s'enferme ?

— Pour travailler.

— Oui, sauf qu'il se couche sur ce canapé. Il est fatigué, crevé, d'accord. Ou peut-être qu'il réfléchit mieux en étant allongé.

Tout en parlant, elle se campa sur le seuil de la salle de bains attenante.

— Un peu minable, cette salle de bains, dans cette résidence fastueuse.

— C'est le cabinet de toilette de son bureau, il n'avait pas besoin que ce soit luxueux.

— Non, non… Regardez-le bien, ce bureau. Immense, avec un mobilier élégant, des objets d'art. Au Centre, sa salle de bains privée est plus grande que celle-ci.

Intriguée, Eve s'avança.

— Les proportions sont bizarres, Peabody.

Sa coéquipière sur ses talons, Eve se précipita dans le bureau d'Avril, de l'autre côté du cabinet de toilette. Elle scruta la cloison, couverte de tableaux, le guéridon et les deux ravissantes chaises placées au milieu du mur.

— Il y a quelque chose derrière ce mur.

Retournant dans la salle de bains, elle ouvrit le placard où étaient rangées des serviettes et diverses affaires de toilette.

Du poing, elle martela le fond.

— Vous entendez ?

— Oui… manifestement, la cloison a été renforcée. Bonté divine ! On a trouvé une pièce secrète.

Elles cherchèrent le mécanisme, explorèrent les murs, les étagères. En vain. Pestant entre ses dents, Eve s'assit sur ses talons et extirpa son communicateur de sa poche.

— Je sais que tu es occupé à concocter des plans pour gouverner la planète et à acheter toutes les dindes du pays, mais… tu n'aurais pas un petit moment à m'accorder ?

— C'est possible, à condition de me motiver.

— Une pièce secrète. Je n'arrive pas à trouver comment on entre là-dedans. Le mécanisme est sans doute électronique. Je peux appeler la DDE, mais…

— L'adresse ?

Elle la lui donna.

— Je suis là dans dix minutes.

Eve s'assit plus confortablement sur le sol.

— Je vais l'attendre et en profiter pour contacter les voisins d'Avril qui lui servent d'alibi. Vous voulez bien interroger quelques personnes du quartier ?

— Pas de problème.

Eve ne fut pas surprise d'entendre les amis d'Avril, dans les Hamptons, confirmer mot pour mot les déclarations de la jeune femme. Par acquit de conscience, elle appela également la boutique où Avril avait acheté des glaces aux enfants. Même résultat, évidemment.

— Tu avais drôlement bien préparé ton coup, ma belle, marmonna-t-elle.

Elle se redressa et, en redescendant au rez-de-chaussée, composa le numéro de Morris.

— Je voulais justement vous parler, Dallas. J'ai examiné le contenu de l'estomac de votre bonhomme. Il a effectivement mangé un peu de fromage et des fruits.

L'analyse toxicologique montre qu'il a pris un antalgique et un léger tranquillisant. Il a ingéré ces substances une heure avant sa mort.

— Et ça l'a mis dans quel état ?

— Il devait être détendu, un peu ensommeillé. Rien d'anormal, le genre de cocktail qu'on avale quand on a un méchant mal de crâne et qu'on veut se reposer.

— Ça colle, rétorqua-t-elle, songeant à Icove allongé sur le divan. Oui... c'est bien ça. Autre chose à signaler ?

— Non... On a là un homme en bonne santé qui a bénéficié de soins esthétiques de premier ordre. Il était conscient au moment de sa mort, mais groggy. Il a été tué comme son père, avec une arme identique.

— Très bien, dit-elle, tandis que Connors pénétrait dans le hall. Merci, Morris.

Elle coupa la communication, fronça les sourcils.

— Tu n'étais pas obligé de crocheter les serrures.

— Je m'entraîne. Jolie maison... commenta-t-il en observant le décor du hall et du grand salon. Un peu trop classique à mon goût, pas très original, mais ce n'est pas dénué de charme.

— Je n'oublierai pas de noter tes impressions dans mon rapport. Allez, zou ! ajouta-t-elle, indiquant l'escalier.

— À propos, il n'y a rien à reprocher au système de sécurité, dit-il d'un ton anodin. La DDE m'avait mâché le travail, sinon il m'aurait fallu plus de temps pour entrer. D'ailleurs, je me suis fait remarquer par des voisins. Je crois qu'ils m'ont pris pour un flic.

Elle le considéra d'un air goguenard. Il avait l'allure d'un dieu dans son costume à dix mille dollars – un régal pour les yeux.

— Ça m'étonnerait. Le salaire d'un flic ne suffirait pas pour acheter la cravate que tu portes. Suis-moi, c'est par ici.

Ils atteignirent le bureau d'Icove. Connors embrassa la pièce du regard.

— Tout cela est plutôt banal… personnellement, je ne sauverais que les tableaux.

Il s'approcha d'un dessin au fusain, un portrait de famille qui semblait pris sur le vif. Icove assis par terre, sa femme près de lui, les jambes repliées sur le côté, la tête inclinée vers le bras de son mari, et les enfants blottis devant eux.

— Ravissant et imprégné de tendresse. Une charmante petite famille. La jeune veuve a du talent.

— De la tendresse, tu dis ?

— Oui… La pose, la lumière, le langage corporel, les lignes et les courbes. Le souvenir d'un moment de bonheur.

— Pourquoi tuerait-on ce qu'on aime ?

— Il peut y avoir une foule de raisons.

— Hum…

— Tu la penses coupable.

— Je sais qu'elle est impliquée. Je n'ai pas la moindre preuve pour l'instant, mais j'en suis certaine.

Elle le précéda dans la salle de bains, pointa le menton vers le placard.

— C'est là, de l'autre côté de ce placard.

Il prit dans sa poche un instrument projetant un mince pinceau lumineux rouge qu'il promena sur le mur et les étagères.

— C'est quoi, ce bidule ?

— Chut…

Elle perçut alors le faible bourdonnement émis par le gadget de Connors.

— Il y a de l'acier derrière cette cloison, annonça-t-il.

— Ça, figure-toi que je l'avais compris sans ton joujou.

Le sarcasme le laissa de marbre. Il introduisit une sorte de clé dans l'appareil. Le bourdonnement se mua en un signal sonore grave et cadencé. Eve ne tarda pas à grincer des dents.

— Tu ne pourrais pas…

— Chut, ordonna-t-il de nouveau.

Eve capitula et, entendant la porte d'entrée qui s'ouvrait, descendit rejoindre Peabody.

— Personne dans le quartier n'a rien remarqué. Les gens sont tous atterrés, navrés pour les Icove. Une famille si unie, d'après les voisins d'à côté. J'ai réussi à alpaguer la femme – Maude Jacobs – avant qu'elle parte au bureau. Elle fait partie du même club de santé qu'Avril Icove, et elles sortaient quelquefois ensemble. Elle décrit Avril comme une mère affectueuse, une femme adorable et épanouie. Tous les trimestres, les deux familles se recevaient pour dîner. Maude Jacobs n'a jamais senti de tension chez les Icove.

Peabody leva les yeux vers le palier de l'étage.

— Je suis revenue quand j'ai vu que Connors était là.

Elles regagnèrent le bureau.

— Il cherche l'ouverture de la pièce secrète, dit Eve. On appellera la DDE pour leur demander d'apporter… Ah non, ce ne sera pas nécessaire !

La cloison avait pivoté. La porte, plus exactement. D'une épaisseur de quinze centimètres, au moins, et équipée d'une série de verrous.

— Génial… murmura Peabody.

Connors la gratifia d'un sourire éblouissant.

— Une ancienne chambre forte convertie en poste de commandement. Une fois que vous êtes là-dedans, que vous avez verrouillé la porte, il n'y a plus moyen d'ouvrir du dehors. Tout l'équipement électronique est indépendant, ajouta-t-il en désignant les écrans qui tapissaient un mur bas, ce qui vous permet de surveiller l'intérieur et l'extérieur. Et si vous avez des réserves de victuailles, vous pourriez tenir le coup en cas d'invasion de la maison, voire d'attaque nucléaire.

— Les dossiers, dit Eve qui fixait l'écran vide de l'ordinateur.

— La machine est protégée par des codes, des mots de passe, etc. Il me serait possible de…

— On l'emporte, coupa Eve. C'est une pièce à conviction capitale.

— Malheureusement, je crains que la mémoire de cet ordinateur ait été méticuleusement nettoyée, récurée. Les disques ont également disparu.

— Il les a détruits ou bien elle les a pris. Dans ce cas, elle connaissait l'existence de ce bunker. Elle devait savoir, même si Icove ne lui en avait pas parlé. Parce que c'est une artiste. Elle a le sens de la symétrie, de l'espace, de la perspective, or les dimensions de la salle de bains sont vraiment bizarres.

Les dents serrées, Eve sortit de la pièce secrète à reculons, refit le tour du bureau.

— Non, il n'a pas détruit les disques, décréta-t-elle. Il était trop méticuleux, comme son père. Mais surtout, ce projet était l'œuvre de leur vie, leur mission. Il n'imaginait pas qu'il allait mourir, et il avait cette espèce de coffre-fort. Il se sentait en sécurité. Seulement voilà… je posais des questions, et il a réalisé que son père conservait des notes un peu trop facilement accessibles, quoique cryptées.

— S'il connaissait la meurtrière de son père, il ne craignait pas qu'elle s'attaque à lui aussi ? suggéra Peabody. C'est peut-être pour ça qu'il a expédié sa femme et ses enfants dans les Hamptons. Pour les protéger.

— Un type qui se croit en danger est anxieux. Il ne l'était pas. Il était furieux parce que je dévissais l'auréole paternelle. Il se demandait, il redoutait même que la mort de son père ne soit le résultat de leur grand projet, et qu'on ne gâche tout. Quand on a peur pour sa peau, on prend la fuite et on se planque. On ne se calfeutre pas chez soi, on ne s'étend pas tranquillement sur son divan après avoir gobé un sédatif.

Comme Peabody haussait des sourcils interrogateurs, Eve expliqua :

— Morris m'a contactée. Icove avait ingurgité un sédatif léger, tout ce qu'il y a de plus banal. Donc, s'il existe des dossiers, la meurtrière les a en sa possession. Question : qu'y a-t-il dans ces documents ? Et pourquoi tient-elle tellement à les avoir ?

Elle se tourna vers Connors.

— Envisageons une hypothèse… Tu as décidé d'éliminer une société quelconque, de l'anéantir ou de t'en emparer, peu importe. Qu'est-ce que tu fais ?

— Il y a plusieurs tactiques, mais la plus rapide et efficace serait de trancher la tête pensante. Tu arraches le cerveau, le reste du corps périclite.

— Eh oui, les Icove étaient les têtes pensantes ! rétorqua Eve avec un sourire féroce. Mais ils n'étaient pas seuls pour diriger une opération de cette envergure. Donc, tu voudrais aussi les partenaires, et la banque de données.

— Tu penses qu'elle va continuer à tuer ?

Eve opina.

— Contactez le labo, Peabody, que les techniciens passent cette chambre forte au peigne fin. On rentre au Central.

Tout en regagnant le hall, Eve lança à Connors :

— À propos, Nadine sera là pour Thanksgiving. Avec un petit copain.

— Parfait. J'ai eu Mavis, Leonardo et elle viendront aussi. Et… euh… j'ai un message à te transmettre, car j'ai la nette impression que Peabody ne t'a pas encore prévenue. Alors voilà… Mavis, Trina, Peabody et toi, vous vous retrouverez ce soir chez nous.

Eve le regarda, les yeux écarquillés d'effroi, blanche comme un linge.

— Trina ? Non, pitié.

— Du courage, mon brave petit soldat, susurra Connors en lui tapotant doucement la main.

Elle se tourna vers Peabody, toutes griffes dehors.

— Qu'est-ce que vous avez manigancé ?

— Je… rien. J'avais envie de changer un peu de coiffure, j'en ai discuté avec Mavis et…

— Espèce de traître, je vous étriperai de mes mains et ensuite je vous étranglerai avec votre gros intestin !

Peabody essaya de plaisanter.

— Avant de rendre l'âme, je pourrai avoir mes extensions capillaires ?

— Je vais vous en donner, moi, des…

Elle aurait bondi sur sa coéquipière, mais Connors la retint par-derrière.

— Partez, c'est préférable, conseilla-t-il à Peabody qui trottait déjà en direction de la porte. Tu n'auras qu'à étriper Trina, ajouta-t-il pour consoler Eve.

— Tu parles… elle est increvable, cette sorcière.

Eve frémit en se représentant la célèbre esthéticienne des stars – l'unique être humain de la galaxie qui la terrorisait.

— Allons-y, lança-t-elle. Je ne truciderai pas Peabody – pas encore, promis – parce que j'ai besoin d'elle.

Connors, amusé, l'étreignit brièvement.

— Je peux faire autre chose pour toi, lieutenant ?

— Au cas où, je te préviendrai.

Il n'y avait pas trace de Peabody dans la rue. Eve s'assit sur les marches du perron pour attendre l'équipe de l'Identité judiciaire. Sa journée était d'ores et déjà gâchée par la perspective d'une soirée où il lui faudrait endurer des soins de beauté. Pour se requinquer, elle contacta le chef du labo, Dick Berenski, surnommé Dickhead.

La maigre figure de celui-ci, à la peau grasse, s'inscrivit sur l'écran.

— Aucune substance toxique dans les fruits, qui étaient d'ailleurs délicieux. Ni dans le fromage, les crackers, le thé. Du fromage de qualité supérieure, entre nous. Chèvre et vache, le must.

— Vous avez bouffé mes pièces à conviction ?

— J'ai prélevé des échantillons, par conscience professionnelle. J'ai aussi quelques cheveux blonds – blond naturel. Un sur le sweater de la victime, deux autres récoltés sur le divan. Rien sur l'arme du crime. Pas d'empreintes non plus sur le plateau, ni sur les aliments, l'assiette, la serviette, les couverts. Rien nulle part.

— Pour remonter le moral aux gens, Dickhead, vous êtes un as, grogna-t-elle avant de couper la communication.

Néanmoins, elle n'était pas si mécontente. Tout cela étayait sa théorie car, si Icove s'était préparé cet en-cas, il aurait laissé des empreintes sur le plateau.

— Euh… lieutenant?

Peabody était plantée sur le trottoir, à une distance respectueuse.

— J'ai discuté avec une autre voisine. J'ai eu droit au même discours à la gloire des Icove, et j'ai vérifié les déclarations de la gouvernante concernant l'emploi du temps de la famille.

— Parfait. Venez donc vous asseoir ici.

— Non merci, je me dégourdis les jambes.

— Espèce de lâche…

— Absolument, rétorqua Peabody avec une grimace contrite. Vous savez, je n'ai rien fait, moi. Ce n'est pas ma faute. Je suis tombée sur Mavis, je lui ai dit – comme ça, sans réfléchir – que j'aimerais changer de coiffure. Elle a saisi la balle au bond.

— Vous ne pouviez pas la lui piquer, cette balle? Mavis est enceinte jusqu'aux dents.

— Peut-être, mais elle a une énergie invraisemblable. S'il vous plaît, lieutenant, ne m'étripez pas.

— Dans l'immédiat, je suis trop débordée pour organiser votre assassinat. Vous n'avez plus qu'à prier pour que je ne manque pas d'occupations.

De retour au Central, Eve ordonna à sa coéquipière de se plonger dans les tonnes d'archives réunies par Nadine. Qu'elle lise jusqu'à en avoir les yeux en sang! se dit Eve avec une sombre satisfaction.

Soudain, elle se retourna d'un bond et agrippa Baxter par le col de sa chemise.

— Non mais… c'est moi que tu renifles?

— Tu rêves, Dallas. Je renifle ton manteau.

— Arrête de froncer le nez comme ça, tu es hideux, grommela-t-elle en le lâchant. Pauvre malade!

Inclinant la tête de côté, elle scruta son ennemi intime.

— Tu t'es déjà fait refaire la figure ou certaines parties du corps, Baxter ?

— Mon physique éblouissant est le fruit de gènes exceptionnels. Pourquoi ? Tu me trouves des défauts ?

— Tu iras au centre Wilfred B. Icove et tu prendras rendez-vous avec leur meilleur spécialiste du visage.

— Qu'est-ce que tu reproches au mien ? Je te signale que les dames se pâment devant ma frimousse.

— Le meilleur spécialiste, répéta Eve. Je veux connaître les étapes du parcours qu'on impose à un client. Tu te renseigneras sur les tarifs, et tu me diras dans quel état d'esprit ils sont, là-bas, avec les deux Icove à la morgue.

— Je serais enchanté de te filer un coup de main, Dallas, mais sois un peu lucide. Qui pourrait croire que j'ai envie de m'arranger le portrait ?

Il tourna la tête, pointa le menton d'un air altier.

— Regarde-moi ce profil. Une pure splendeur.

— Justement, tu t'en serviras pour harponner quelques bonnes femmes du staff. Débrouille-toi pour qu'elles te laissent fureter dans les coins.

— Pigé. Mais pourquoi tu n'y envoies pas plutôt mon gars ?

Eve jeta un coup d'œil à Troy Trueheart, l'assistant de Baxter, qui travaillait sagement à la paperasse dans son cagibi vitré. Il était toujours aussi frais et tendre qu'un bourgeon, dont Baxter s'employait à accélérer l'éclosion.

— Il sait mentir, maintenant ?

— Il a beaucoup progressé.

Peut-être, mais il était bâti comme un jeune dieu et positivement ravissant. Mieux valait introduire au centre Icove un flic aguerri.

— Non, dit-elle, je préfère que tu y ailles. De toute façon, ils ne te garderont pas des heures.

Elle appela Feeney et proposa de lui offrir ce qui, au Central, passait pour un déjeuner.

Ils se casèrent tant bien que mal dans un box et commandèrent du faux pastrami sur un pain de seigle relativement frais qu'Eve tartina d'une épaisse couche de moutarde à la couleur décourageante.

— Icove Senior, attaqua Feeney en trempant une frite de soja dans du ketchup anémique. Aucune transmission dans la mémoire du communicateur de son domicile, durant la nuit précédant le meurtre, et sur son communicateur du Centre, aucune trace de la suspecte.

Il s'interrompit pour mastiquer l'ersatz caoutchouteux de bœuf fumé.

— J'ai jeté un œil aux appareils du Dr Will. Sa femme l'a appelé des Hamptons vers 15 heures.

— Elle n'a pas mentionné ce coup de fil.

— Il n'a pas duré longtemps. « Les enfants vont bien, ils ont mangé une glace, nos amis viendront boire un verre tout à l'heure. » Les banalités habituelles entre un bonhomme et son épouse.

— Je parie qu'il lui a dit qu'il comptait passer la soirée à la maison, au calme.

— Tu as gagné, rétorqua Feeney qui engloutit une autre frite. Il a dit qu'il allait essayer de travailler un peu, puis de se reposer. Il était fatigué, il avait la migraine, et tu l'avais de nouveau interrogé. Rien d'ébouriffant.

— Mais elle connaissait ses projets pour le reste de la journée. Et sur Senior, tu as autre chose ?

— J'ai chargé un de mes gars de parcourir les dossiers des patients, qui sont très détaillés. Il comprend le jargon, il a fait quelques années d'études de médecine.

Feeney avala une lampée de café pour noyer le sandwich.

— J'ai trouvé plus intéressant, à mon avis : une espèce de mémento, séparé de l'agenda que l'assistante nous a remis. C'est truffé de notes personnelles – le spectacle de l'école des petits-enfants, acheter des fleurs pour sa belle-fille, discuter avec un des médecins de son équipe, la date du conseil d'administration. Des trucs de ce genre. Et c'est là-dedans qu'il a noté son rendez-vous avec elle. Le jour, l'heure, et une initiale : D. Pour toutes les autres personnes qu'il devait voir, il inscrivait le prénom et le patronyme, et un bref commentaire sur l'objet de la rencontre. Invariablement, hormis pour ce rendez-vous. Et il y a encore un détail que je...

— Lequel ? coupa Eve, impatiente.

— Ce pense-bête couvre une année. Nous sommes en novembre. Depuis janvier, sauf quand il était en voyage d'affaires ou d'agrément, il a eu ses soirées du lundi et du jeudi et son après-midi du mercredi libres.

— J'ai remarqué ça dans son autre agenda... Oui, il y a quelque chose là-dessous. Une activité régulière. Il va falloir que tu élargisses les recherches et que tu remontes dans le temps. Examine les emplois du temps de Junior, vérifie s'il y a les mêmes blancs. Sois particulièrement attentif aux annotations concernant l'école ou la faculté Brookhollow, Jonah D. Wilson ou Eva Hannson Samuels.

Tandis que Feeney se choisissait un petit dessert sur le menu électronique, elle lui expliqua les motifs de son intérêt. Puis ils remirent sur le tapis l'aspect le plus mystérieux de l'affaire.

— Il n'y a pas cinquante solutions, dit-il. On a ouvert la porte à l'assassin, ou bien il a un laissez-passer, ou encore c'est un foutu génie.

— Non, elle n'est pas un génie. Elle est intelligente, d'accord, suffisamment pour ne pas avoir maquillé ça en cambriolage avec effraction. Histoire de nous embrouiller un peu plus, ajouta-t-elle, comme Feeney plissait le front. L'épouse est dans les Hamptons et elle a un alibi en béton. Elle affirme – déclaration entérinée par les domestiques – qu'aucune personne extérieure n'a le code ou un laissez-passer. Résultat, nous traquons un fantôme. Nous n'avons rien de concret.

— Hormis ce qui ressemble fort à des expérimentations.

— Et Brookhollow. Je sens que je vais faire un petit tour dans le New Hampshire. Seigneur... qu'est-ce que c'est que cette chose dégoûtante ?

Craché par le distributeur, le dessert de Feeney venait d'atterrir sur la table – un triangle spongieux d'un caca d'oie tirant sur l'orange.

— C'est censé être une tarte au potiron ? Ça ressemble à une tranche de…

— Tais-toi, coupa Feeney en empoignant crânement sa fourchette. Tu vas me couper l'appétit.

Après le déjeuner, Eve se rendit dans le bureau du commandat Whitney pour l'informer des progrès de l'enquête.

— Vous pensez qu'un établissement aussi réputé que Brookhollow serait une façade pour… quoi donc ? Un réseau de prostitution, de trafic d'êtres humains ?

— Je pense que ce n'est pas absurde.

Whitney glissa nerveusement les doigts dans ses courts cheveux crêpus.

— Si ma mémoire ne me trompe pas, Brookhollow figurait sur la liste établie par ma femme des universités envisageables pour notre fille.

— À propos de Mme Whitney…

Aïe, aïe, Eve s'aventurait sur un terrain plus qu'accidenté.

— J'ai envoyé Baxter en reconnaissance au centre Icove, en le faisant passer pour un client potentiel. Pour voir comment ça fonctionne. Néanmoins, je me demandais… si cela s'avérait indispensable, Mme Whitney accepterait-elle de me parler de sa… euh… de son expérience ?

Un instant, il eut l'air aussi peiné qu'Eve.

— Ça ne l'enchantera pas, mais c'est une femme de policier. Si vous avez besoin de sa déposition, vous l'aurez.

— Merci, commandant. Je ne pense pas que ce sera nécessaire. J'espère de tout cœur que ça ne le sera pas.

— Moi aussi, lieutenant, moi aussi. Plus que vous ne pouvez l'imaginer.

Ensuite, Eve rendit visite à Mira. Elle réussit, par la menace, à amadouer le dragon qui veillait jalousement sur la psychiatre et à voir celle-ci entre deux patients.

— Comment allez-vous ? s'enquit-elle, refusant d'un signe de tête de s'asseoir dans le fauteuil que lui désignait Mira.

— Je suis assez ébranlée, pour être sincère. Ils sont morts tous les deux, à présent. Je connaissais Will, je l'appréciais.

— Comment définiriez-vous sa relation avec sa femme ?

— Empreinte de tendresse, peut-être un peu démodée, mais leur union était heureuse.

— Démodée ? C'est-à-dire ?

— Will régentait la vie familiale, qui s'organisait en fonction de ses désirs et de ses besoins. J'ai l'impression que cela convenait à Avril. Elle adore ses enfants et son rôle de femme de médecin. Malgré son talent, elle ne semblait pas regretter de ne plus s'adonner professionnellement à sa carrière de peintre.

— Et si je vous disais qu'elle a joué un rôle dans les meurtres ?

Mira tressaillit, écarquilla les yeux.

— En m'appuyant sur mon évaluation professionnelle de sa personnalité, je vous répondrais que c'est impossible.

— Vous les rencontriez de temps à autre dans des dîners ou des réceptions, puisque vous évoluez dans le même milieu. Vous aviez d'eux l'image qu'ils voulaient bien vous montrer. Vous en convenez ?

— Oui, mais... Eve, mon profil de l'assassin indique un individu efficace, doté d'un sang-froid à toute épreuve et d'une absolue maîtrise de soi. Au fil des ans, il m'a semblé qu'Avril Icove était une femme sensible, douce, et satisfaite de son existence.

— Il l'a façonnée pour son fils.

— Qu'est-ce que vous me racontez là ?

— Je le sais. Icove l'a modelée, éduquée, formée afin qu'elle soit la compagne parfaite pour son fils. Il lui fallait la perfection, il n'était pas du genre à se contenter de moins.

Eve s'assit enfin dans le fauteuil, s'accouda sur ses genoux.

— Il l'a envoyée dans une petite école privée qu'il contrôlait avec son ami et associé Jonah Wilson. Un généticien.

— Attendez... coupa Mira, agitant les mains. Une minute. Vous me parlez de manipulations génétiques ? Je vous rappelle qu'Avril avait six ans quand Wilfred est devenu son tuteur.

— Peut-être, mais peut-être s'intéressait-il à elle depuis bien plus longtemps. Avril et l'épouse de Wilson portent le même patronyme, pourtant on ne trouve rien sur un éventuel lien de parenté. Il y avait forcément une relation entre la mère d'Avril et Icove puisqu'il est devenu le tuteur de la gamine. Wilson et sa femme ont fondé l'école – Icove y a expédié Avril.

— Il peut y avoir une foule d'explications. Le simple fait de connaître un généticien ne...

— Vous oubliez que les être humains et les scientifiques en veulent toujours plus. Si on est capable de soigner, de réparer un embryon, pourquoi ne pas en commander un sur mesure ? Je prendrai une fille, merci, blonde avec les yeux bleus et, tant que vous y êtes, un joli petit nez en trompette. Nos congénères sont obsédés par la perfection physique.

— Votre hypothèse est pour le moins audacieuse, Eve.

— Pas tant que ça. On a un généticien, un chirurgien et une école. Du coup, moi, je me pose des questions, articula Eve, crispant à présent les doigts sur les accoudoirs du fauteuil. Parce que moi aussi, on m'a entraînée à devenir une esclave.

— Qu'un homme comme Wilfred abuse physiquement, sexuellement, d'une enfant est tout à fait inimaginable.

— La cruauté n'est pas la seule méthode. Quelquefois, j'avais droit à des bonbons ou à un cadeau, après avoir été violée. Comme on récompense un chien qui a obéi à un ordre.

— Elle l'adorait, Eve, j'en ai été témoin. Avril considérait Wilfred comme un père. Elle n'était pas prisonnière, elle aurait pu partir si elle l'avait voulu.

— Le monde est plein de gens qui, même s'ils ne sont pas enfermés, n'ont aucune liberté. Je ne vous apprends rien. Je vous demande simplement s'il aurait pu faire quelque chose de ce genre. Si la passion de la science, du progrès l'aurait poussé à manipuler une enfant pour en faire une épouse pour son fils et une mère pour ses petits-enfants.

Mira ferma un instant les yeux.

— L'aspect scientifique l'aurait indiscutablement intéressé. Comme il avait cette tendance au perfectionnisme… oui, cela aurait pu le séduire, le tenter. Cependant, si vous avez raison, ne fût-ce qu'en partie, il aurait estimé œuvrer pour le bien de l'humanité.

Comme tous les hommes qui se prenaient pour Dieu, songea Eve.

12

Eve était sur l'escalier mécanique, quand Baxter prit lourdement le train en marche, juste derrière elle.

— Cette clinique est un vrai repaire d'escrocs, décréta-t-il, la mine sombre.

— Pourquoi ? Qu'est-ce que tu as de nouveau ?

— Un nez asymétrique qui déséquilibre les proportions de ma mâchoire, de mon menton et de mon front.

Perplexe, elle le dévisagea.

— Je ne vois rien qui cloche avec ton nez.

— Normal, il est très bien. Tout ça, ce sont des conneries.

Parvenus à leur étage, ils regagnèrent la terre ferme. Eve montra du doigt le distributeur et glissa quelques pièces dans la main de Baxter.

— Achète-toi un tube de Pepsi.

— Tôt ou tard, il faudra bien que tu te réconcilies avec les distributeurs.

— Ne me parle pas de ces engins. Revenons plutôt au centre Icove. Ils t'ont pressuré, obligé à signer un contrat ?

— Tout dépend à quel point de vue on se place. J'ai joué les abrutis friqués et je me suis donc précipité sur le diagnostic par imagerie électronique. Coût de cette petite plaisanterie : cinq billets de cent.

— Cinq ? Baxter, merde… râla Eve qui pensait à son budget, toujours étique. Redonne-moi ma monnaie, tu n'as qu'à te payer ton soda de ta poche.

— Tu voulais que je m'introduise dans la place, que je t'explique comment ils s'y prennent avec les clients.

Estime-toi heureuse que je ne sois pas passé à la phase 2, où on détaille à la loupe tout le corps, de la racine des cheveux au bout des orteils. Personnellement, la figure m'a suffi. Merci bien! Quand je me suis vu sur l'écran... Mes pores avaient la taille de cratères lunaires. Et cette technicienne qui a commencé à tracer des lignes dans tous les sens, pour me prouver que mon nez est de traviole, que mes oreilles devraient être un peu moins décollées... Mes oreilles sont très bien, non mais! s'insurgea Baxter. Et après, elle m'a parlé de dermabrasion. Il n'est pas question qu'on touche à ma peau, tu m'entends? Pas question!

Eve s'adossa au mur, laissant Baxter vider son sac.

— Ils sont malins. Une fois qu'ils ont bien démoli ta confiance en toi, ils te montrent comment tu seras après. Moi, j'ai continué à faire l'imbécile. Du genre: « Wouah, je veux à tout prix avoir cette tête-là. » Pourtant, je te jure, il n'y avait aucune différence. Ou s'il y en avait, c'était imperceptible. Je t'assure. Ça m'a permis de persuader la technicienne de me faire visiter les lieux. C'est drôlement luxueux. Ce n'est pas étonnant, tu me diras, vu les tarifs qu'ils pratiquent. Tu as une idée du coût de ce qu'ils me proposent? Vingt mille dollars. Tu te rends compte?

Baxter écarta les bras.

— Vingt mille dollars, alors que je suis superbe!

— Calme-toi, Baxter. À part ça, tu as eu quelle impression?

— On se croirait dans un tombeau. Tous les membres du personnel, sans exception, portent un brassard noir. J'ai demandé à la technicienne ce qui se passait, et elle s'est mise à pleurer. Sincèrement, pas des larmes de crocodile. Elle m'a parlé des meurtres, et là j'ai déployé mes talents d'acteur. À son avis, l'assassin est un étudiant en médecine recalé à ses examens et devenu un serial killer qui dégomme les docteurs par jalousie.

— Tu me rappelleras de noter cette piste sur notre liste. Tu as pu parler à l'un des chirurgiens?

— Grâce à mon charme et à mon physique de tombeur, j'ai convaincu ma petite technicienne de me caser dans le planning de la dénommée Dr Janis Petrie. Moi, je l'ai rebaptisée Dr Bombe Atomique. Une réclame vivante pour la chirurgie esthétique, et réputée pour être une des meilleures spécialistes de l'établissement. J'ai remis les meurtres sur le tapis en disant que, vu les événements, me faire opérer dans cette clinique m'angoissait.

Il avala une lampée du soda à la crème qu'il avait finalement sélectionné.

— Elle aussi a eu les larmes aux yeux. Elle m'a déclaré que le centre Icove était le meilleur établissement de chirurgie plastique et réparatrice du pays et que, malgré la disparition tragique du père et du fils, le Centre était entre de bonnes mains. Pour me rassurer, deux vigiles m'ont donné un aperçu du système de sécurité – impeccable. Par contre, mon charme n'a pas suffi à m'ouvrir les portes des zones réservées au personnel ou aux médecins. Aucun patient, client ou futur client ne peut y accéder.

— Pour l'instant, on se contentera de ça. Je te tiendrai au courant des progrès de l'enquête.

Elle s'éloigna de quelques pas, se retourna.

— Ton nez est très bien, tu sais.

— Et comment !

— Mais, à la réflexion, peut-être que tes oreilles sont un tout petit peu décollées.

Ricanant sous cape, elle laissa Baxter en train de se démancher frénétiquement le cou pour tenter de distinguer son reflet dans le distributeur métallique.

Lorsqu'elle pénétra dans la salle des inspecteurs, Peabody bondit de son siège et la suivit comme un toutou jusqu'à son bureau.

— J'ai été suffisamment punie ?

— Il n'y a pas de châtiment assez sévère pour votre crime.

— Et si je vous disais que je crois avoir trouvé un lien entre Wilson et Icove susceptible d'étayer votre théorie –

à savoir qu'ils étaient associés pour mener des expériences médicales répréhensibles ?

— Eh bien, si votre tuyau n'est pas percé, vous pourriez éventuellement avoir une remise de peine.

— Alors je suis sauvée, parce que le tuyau est solide. Nadine est sacrément consciencieuse – à force de lire ses dossiers, j'ai la cervelle en feu. Elle nous aura fait économiser beaucoup de temps et de sueur.

Peabody joignit les mains, faussement suppliante.

— Lieutenant, je peux avoir du café ?

Pour toute réponse, Eve désigna l'autochef.

— Je me suis penchée sur les débuts d'Icove, poursuivit Peabody. Sa formation, ses recherches dans le domaine de la chirurgie réparatrice, ses innovations. Il a beaucoup travaillé avec les enfants. Du bon boulot, Dallas. Il a grimpé les échelons et épousé une femme de la haute société dont la famille était renommée pour ses actions philanthropiques. Ils ont eu un fils.

Peabody s'interrompit pour boire une gorgée de café.

— Ah... soupira-t-elle. Bref, là-dessus éclate la Guerre urbaine. Le chaos, la violence. Icove offre son temps, son talent et des fonds considérables aux hôpitaux.

— Je vous signale que vous ne m'apprenez rien que je ne sache déjà.

— Patience... Je remets les éléments dans leur contexte. Icove et Wilson ont contribué à la création d'Unilab – qui fournissait et fournit toujours des structures de recherche et des laboratoires mobiles à des organisations comme Médecins de l'Univers et Droit à la santé. Unilab a reçu le prix Nobel pour son œuvre. Juste après que la femme d'Icove a été tuée dans une explosion, à Londres, où elle travaillait bénévolement dans un foyer pour enfants. Il y a eu plus de cinquante victimes, surtout des gamins. Mme Icove était enceinte de cinq mois.

Eve tressaillit.

— Enceinte... Le fœtus était de quel sexe ?

— Féminin.

208

— La mère, l'épouse, la fille… Icove a donc perdu trois femmes qui comptaient sans doute beaucoup pour lui. C'est dur.

— Très. On a énormément écrit sur la mort tragique et héroïque de l'épouse, sur le couple Icove. Une grande et belle histoire d'amour qui a une fin tragique. Apparemment, après ça, il s'est coupé du monde pendant un certain temps. Il a travaillé pour Unilab et a vécu quasiment cloîtré avec son fils. Wilson, de son côté, voyageait à travers le monde et menait campagne pour l'abrogation des interdictions visant certains courants eugéniques.

— Je le savais, murmura Eve.

— Wilson donnait des conférences, publiait des articles et ne lésinait pas sur l'argent. L'une de ses plates-formes était la guerre elle-même. Grâce à certaines modifications génétiques, les enfants naîtraient plus intelligents et moins violents. Puisqu'on utilise la génétique pour soigner ou éliminer des tares congénitales, pourquoi ne pas créer une race plus pacifique et dotée d'un QI plus élévé? Une race supérieure, en d'autres termes. Un débat vieux de plusieurs décennies, continua Peabody. Wilson, à une époque où l'on était fatigué de la guerre, a fait des convertis – des individus puissants. Mais reste la question majeure : qui décide du niveau d'intelligence convenable ou du degré de violence tolérable, par exemple quand elle s'avère nécessaire pour se préserver ? Et qui fait partie ou non de cette « race supérieure » ? Les petits Blancs, les petits Noirs, les blonds, les rouquins ?

— Il n'y a pas un sale type, au XXᵉ siècle, qui a chanté le même refrain ? marmonna Eve.

— Si, d'ailleurs les détracteurs de Wilson ne se sont pas privés de le comparer à Hitler. Mais voilà que soudain Icove sort de son trou pour lui prêter main-forte. Il brandit des images de bébés et d'enfants qu'il a opérés et demande si prévenir ces malformations avant la naissance ou les réparer après fait une quelconque différence.

Puisque la loi, la science et l'éthique ont autorisé la recherche et certaines manipulations jugées acceptables, le moment n'est-il pas venu d'élargir le rayon d'action de la science ? C'est largement grâce à Icove que la législation s'est assouplie dans ce domaine. Ensuite des rumeurs ont circulé, selon lesquelles Unilab travaillait dans des champs d'expérimentation illégaux – bébés sur mesure, notamment, sélection et programmation génétiques, et même clonage.

Eve se redressa dans son fauteuil.

— Simples rumeurs ou réalité ?

— Il n'y a jamais eu de preuve tangible. D'après les infos de Nadine, les deux hommes ont fait l'objet d'une enquête. Cependant les médias ne se sont pas emparés de l'affaire. Je présume que personne ne voulait noircir deux lauréats du prix Nobel, dont l'un était un héros de guerre, un veuf qui élevait seul son fils. Quelques tombereaux d'argent là-dessus, et les rouspéteurs ont fermé leur clapet. Et puis le vent a tourné – l'après-guerre est arrivée et avec elle l'ère du retour à la nature, qui a marqué l'apogée du Free-Age. Icove et Wilson se sont mis en retrait. Wilson et sa femme avaient déjà fondé Brookhollow, Icove s'est concentré sur sa spécialité, la chirurgie réparatrice, à laquelle il a ajouté la dimension esthétique. Il a ouvert une clinique et un foyer à Londres, qui portent le nom de sa femme. Il a continué à édifier son empire médical et entrepris d'en construire le cœur, ici à New York.

— Donc au moment où Brookhollow sort de terre et où Icove crée divers établissements, il devient le tuteur de la fille d'une de ses consœurs, une gamine âgée d'environ cinq ans. Ça tombait pile pour qu'elle soit intégrée dans le projet. Unilab a des installations dans le monde entier.

— Et deux en dehors de la planète. Je précise qu'une de ces structures se trouve dans l'enceinte du centre Icove, ici à New York.

— C'est très pratique pour travailler, commenta songeusement Eve. Risqué, mais commode.

Elle demeura figée dans son fauteuil, silencieuse, pendant si longtemps que Peabody, inquiète, finit par claquer des doigts.

— Vous êtes toujours là ?

— Ouais. Contactez Louise, voyez si ça lui dirait de se faire peler la peau ou arracher les cheveux… bref, de participer à la séance de torture organisée par Trina, ce soir à la maison. Insistez.

— D'accord, mais qu'est-ce que…

— Exécution ! ordonna Eve qui composa le code de la boîte vocale privée de son mari. Connors, rappelle-moi dès que possible, enchaîna-t-elle. J'ai un boulot assez délicat à effectuer qui est dans tes cordes. Je vais rentrer bientôt, je t'expliquerai.

Elle était à deux cents mètres du manoir, quand elle le repéra dans son rétroviseur. Réprimant un sourire amusé, elle décrocha son communicateur de bord.

— Qu'est-ce que tu crois, mon vieux ? Quand on me file le train, je m'en aperçois.

— Filer ton mignon petit arrière-train est toujours un plaisir, lieutenant. Ton message ne m'a pas paru urgent, mais il m'a intrigué.

— Tu sauras tout dans quelques minutes. Tu as un planning chargé, demain ?

— Ni plus ni moins. Je poursuis ma conquête de l'univers et ma chasse à la dinde.

— Tu pourrais te libérer deux ou trois heures ?

— Ma mission comprendra-t-elle des rapports sexuels torrides, voire, avec un peu de chance, tout à fait répréhensibles ?

— Pas du tout.

— Dans ce cas, il me faudra consulter mon agenda.

— Si tu m'aides à boucler cette affaire, tu auras droit à tous les rapports sexuels torrides et répréhensibles de ton choix, déclara-t-elle d'une voix de gorge.

— Ah, voilà qui me plaît davantage ! Figure-toi que, le hasard faisant bien les choses, j'ai du temps à t'accorder demain.

Hilare, elle franchit les grilles du manoir, toujours sui-vie par Connors. Ils descendirent de leurs véhicules res-pectifs.

— Je crois que c'est la première fois qu'on arrive au même moment, dit-elle.

— Eh bien, profitons-en pour marcher un peu. Ça aussi, nous le faisons rarement.

— La nuit va tomber.

— On y voit encore suffisamment, rétorqua-t-il en lui entourant les épaules d'un bras rassurant.

Eve opina, régla son pas sur celui de son mari.

— Qu'est-ce que tu sais exactement sur Unilab? s'en-quit-elle.

— C'est une organisation qui a de multiples branches et qui plonge ses racines dans la Guerre urbaine. La branche humanitaire fournit des laboratoires perma-nents et mobiles aux groupes médicaux – Médecins de l'Univers, Peace Corps, etc. Sa branche de recherche, dont le siège se trouve ici à New York, passe pour l'une des plus pointues du pays. Unilab a aussi des cliniques dans le monde entier, en zone urbaine et rurale, pour apporter des soins aux démunis. Ta première victime, Icove Senior, en était l'un des fondateurs.

— Et comme le cofondateur est mort lui aussi, et que le fils Icove a été tué comme son père, Unilab pourrait voir d'un bon œil un outsider qui aurait les poches pleines d'oseille.

— L'oseille est toujours bien vue, mais – si c'est bien ce que tu suggères – pourquoi penses-tu que le conseil d'administration d'Unilab s'intéresserait particulière-ment à la mienne?

— Parce que, outre ton argent, tu as un cerveau, des relations et que tu es un stratège. Il me semble que, si tu tendais la main, ils accepteraient de te rencontrer et de te faire faire le tour du propriétaire.

— Je serais sans doute encore plus chaleureusement accueilli si je leur agitais une carotte sous le nez, en l'oc-currence la promesse d'une généreuse donation.

— Dans ce cas, il ne paraîtrait pas anormal que tu sois accompagné d'un expert médical.

— Au contraire, si je n'avais pas mon aréopage de conseillers, ce serait louche.

À mesure qu'ils s'enfonçaient dans le parc, les lampadaires s'allumaient au bord de l'allée, diffusant alentour une douce lueur. Connors se demanda soudain s'il ne devrait pas prévoir, pour la réunion familiale de Thanksgiving, des activités de plein air pour les enfants, et donc des équipements – toboggans, balançoires, et Dieu savait quoi encore.

Il allait devenir fou.

— Que devrons-nous rechercher exactement ? demanda-t-il à Eve.

— Tout, n'importe quoi. C'est gigantesque, jamais je n'obtiendrai de mandat pour fureter dans tous les recoins. D'ailleurs, s'il y a quelque chose à trouver, s'ils travaillent sur un projet illégal de manipulation génétique, le boulot sérieux a probablement lieu ailleurs. Dans une propriété privée.

— Comme l'école.

— Oui, ou dans quelque bunker souterrain d'Europe de l'Est, ou encore sur une autre planète. Ce n'est malheureusement pas la place qui manque, dans l'univers. J'ai l'impression que les deux Icove tenaient à leur confort et avaient un grand sens pratique. Donc, je dirai que le Centre sert sans doute de cadre à ces expériences.

Tandis qu'ils contournaient la demeure, dans la fraîcheur du crépuscule, elle lui exposa les derniers progrès de l'enquête.

— Des enfants parfaits… murmura-t-il. Tu suis donc cette piste.

— C'est à mon avis l'idéal qui l'animait. Au début de sa carrière, il travaillait avec les enfants. Il avait un fils. Il a perdu sa femme et, en même temps, un bébé à naître. Une petite fille. Par le truchement de la chirurgie, il avait la capacité non seulement de reconstruire ou de réparer, mais de modifier, d'améliorer, de parfaire. Son ami intime et associé était un généticien aux opinions radicales. Je parie qu'à son côté, Icove en avait beaucoup appris sur la recherche et la thérapie génique. Les deux bons docteurs devaient avoir sur le sujet des conversations passionnées.

— Et là-dessus, il hérite d'une autre enfant.

— Oui, une fillette qui a un lien avec Samuels. Bizarre que Wilson et son épouse n'aient pas été désignés comme tuteurs – c'est d'ailleurs un point qu'il me faut creuser. Mais ils la contrôlent quand même, la petite Avril. Les adultes contrôlent toujours les enfants, surtout quand ils les isolent.

Avec douceur, Connors lui effleura les cheveux d'un baiser – un message muet de compréhension et de réconfort.

— Wilson aurait pu bricoler Avril avant même sa naissance, reprit Eve à qui cette idée donnait la nausée. Et s'ils ont attendu qu'elle naisse, je suis sûre qu'ils ont pratiqué des expériences sur elle, d'une manière ou d'une autre. Peut-être que les enfants d'Avril étaient également concernés par le projet. Ce pourrait être la goutte d'eau qui l'a fait craquer – qu'on touche à ses gosses.

Lorsqu'ils eurent achevé leur tour du parc – l'équivalent, d'après les estimations d'Eve, d'une randonnée autour de quatre blocs new-yorkais en terrain accidenté –, elle vit les phares d'une voiture qui pénétrait dans le domaine.

— Flûte! grommela-t-elle. Voilà le cirque qui s'amène.

Elle eut envie de courir se cacher quelque part, au moins pour un moment. Hélas, Summerset se dressa soudain devant elle, sur les marches du perron, telle la statue du Commandeur.

— Les amuse-gueule sont servis dans le petit salon. Vos premières invitées arrivent.

Comme les lèvres d'Eve se retroussaient sur un grognement féroce, Connors l'entraîna rapidement dans le salon.

— Viens, ma chérie, je vais te servir un peu de bon vin.

— C'est ça... le verre du condamné, rétorqua-t-elle, lugubre.

Il lui tendit un verre, lui planta un baiser sur la bouche.

— Tu as encore ton arme, remarqua-t-il.

Le regard d'Eve s'illumina un instant.

— Ah oui... Et si je menaçais Trina de la zigouiller ?

Ce faible espoir s'évanouit aussitôt. Dans le hall résonnaient la voix de la redoutable esthéticienne, du majordome, et celle – flûtée et joyeuse – de Mavis.

— Ça ne servirait à rien, soupira Eve. Cette bonne femme n'a pas de système nerveux, elle n'aurait même pas peur.

Eve ne savait plus comment ni pourquoi elle se retrouvait ainsi au milieu d'un gang de nanas, ni pour quelle raison toutes semblaient surexcitées par la perspective d'avoir la figure, le corps et les cheveux tartinés de crèmes et d'onguents puants. Ces créatures n'avaient pourtant, au départ, pas grand-chose en commun – la doctoresse aristocratique qui se consacrait aux défavorisés, la journaliste ambitieuse et perspicace, la vaillante jeune femme flic issue d'un milieu d'adeptes du Free-Age. Sans oublier Mavis Freestone, l'ancienne voleuse à la tire devenue une star de la musique, ni la terrifiante Trina et sa malle de mixtures prétendument magiques. Un bien étrange cocktail.

Pourtant elles étaient toutes là, assises, debout ou vautrées dans le somptueux petit salon de Connors, transformé en une volière peuplée de perruches.

Et, naturellement, elles jacassaient allègrement. Eve ne comprendrait jamais comment les femmes pouvaient autant parler. Elles semblaient avoir d'inépuisables réserves de *trucs* à se dire. Les régimes, les hommes, les copines, les mecs – encore et toujours –, les fringues, et même les chaussures. Eve ne voyait pas ce qu'il y avait à raconter sur des souliers, d'autant que ça n'avait strictement jamais aucun rapport avec le fait de marcher avec.

En outre, Mavis étant enceinte, les bébés arrivaient donc en bonne place sur la liste des sujets de papotage.

— Je me sens génialement bien ! clamait Mavis.

Elle engloutissait fromage, crackers, légumes farcis et tout ce qui lui tombait sous la main avec une voracité surprenante, comme si la nourriture ne tarderait pas à disparaître de la surface de la terre.

— On entre dans la trente-troisième semaine, vous vous rendez compte ? On nous a dit que le bébé, dans mon ventre, voyait et entendait. Il a la tête en bas, il s'est retourné, prêt pour l'accouchement. Il me flanque de ces coups de pied !

Où donc ? se demanda Eve. Dans les reins, le foie ? Cette pensée la dissuada de goûter au pâté… de foie, justement.

— Comment Leonardo gère-t-il la situation ? interrogea Nadine.

— Il est formidable. On a commencé les cours. À propos, Dallas, Connors et toi, vous devez vous inscrire pour vos cours de coaching.

Eve émit un son plaintif.

— C'est vrai que vous allez soutenir les jeunes parents ! s'exclama Louise, attendrie. Quelle merveille ! Pour la maman, c'est tellement mieux d'avoir près d'elle, pendant le travail et l'accouchement, les êtres qu'elle aime et en qui elle a confiance.

Eve n'eut heureusement pas à répliquer, car Louise enchaîna aussitôt, interrogeant Mavis sur la méthode et la clinique qu'elle avait choisies.

Elle ne se priva cependant pas de marmonner un « lâche » vengeur quand elle repéra Connors qui se faufilait hors du salon.

Pour se redonner du courage, elle se servit un autre verre de vin.

Malgré son corps volumineux, Mavis était sans cesse en mouvement. Elle avait troqué ses habituels talons vertigineux contre des chaussures aux semelles plus confortables qui devaient cependant être de la hauteur prescrite par la mode. Il s'agissait en l'occurrence de bottes ornées d'un motif abstrait rose et vert.

Elle portait une jupe d'un vert scintillant et un haut de la même couleur, très moulant, qui accentuait son ventre protubérant au lieu de le dissimuler. Le motif des bottes se répétait sur les manches, lesquelles étaient ourlées de plumes rose et vert. Ses cheveux, relevés sur le sommet du crâne, étaient entrelacés de tresses rose et vert, des plumes voletaient à ses oreilles, et un minuscule cœur étincelait au coin de son œil.

— Il faudrait s'y mettre...

Trina, qui avait transformé sa propre chevelure en une cascade d'un blanc aveuglant qui lui battait le dos, sourit à Eve qui en frémit jusqu'à la moelle des os.

— Nous avons beaucoup de travail. Où allons-nous nous installer ?

— Connors nous a fait préparer le bungalow de la piscine, répondit Mavis qui continuait à s'empiffrer. Je le lui avais demandé. Nager est excellent pour moi et le bébé.

— J'ai besoin de parler à Nadine et à Louise. Séparément, grogna Eve. Un entretien officiel.

— Oh, que c'est impressionnant ! pépia Mavis. Allez, en route ! Chacune prend un plateau, ce serait dommage de laisser tout ça.

Drôle d'entretien officiel, pensa Eve, installée dans le sauna en compagnie de Louise.

— Je suis partante, hoqueta Louise qui, armée d'une bouteille d'eau, buvait au goulot. J'irai là-bas avec Connors et, si je remarque quoi que ce soit de suspect, je vous préviendrai. Je doute cependant que ça se produise. Si des essais illégaux sont en cours, ce doit être dans des locaux bien protégés. On ne sait jamais, je peux flairer quelque chose.

— Vous avez accepté bien vite cette mission, s'étonna Eve.

— Ça mettra un peu de piquant dans mes journées. Et puis… pour les médecins, les scientifiques, il y a – ou plutôt il devrait y avoir – des bornes à ne pas dépasser. Or je considère que, dans cette affaire, les limites sont largement dépassées. Pourtant, franchement, l'illégalité ne me fait pas peur. N'oubliez pas que dans notre beau pays, au siècle dernier, le contrôle des naissances était interdit par la loi. Sans la recherche et les mouvements clandestins, les femmes auraient encore un bébé par an et seraient totalement épuisées à la quarantaine. Merci, pas pour moi !

— Alors qu'est-ce qui vous dérange dans le fait de bricoler les gènes jusqu'à ce que tout soit parfait ?

Louise secoua la tête.

— Vous avez regardé Mavis ?

— Ce serait difficile de ne pas la voir, elle a la taille d'une baleine.

Louise éclata de rire, avala une autre lampée d'eau.

— Ce qui lui arrive est merveilleux. En dehors de toute considération anatomique ou biologique, donner la vie est un miracle. Or cela devrait le rester. Oui, nous avons le pouvoir – et c'est notre vocation – d'utiliser nos connaissances et notre technologie pour que la mère et l'enfant soient sains et saufs, pour éliminer les tares et les maladies congénitales chaque fois que c'est possible. Mais aller plus loin, créer des bébés sur mesure ? Modifier l'affect, l'aspect physique, les facultés mentales et même la personnalité ? Ce n'est plus un miracle. C'est l'œuvre d'un ego démesuré.

Soudain, la porte du sauna s'ouvrit ; Peabody passa par l'entrebâillement une figure barbouillée d'une espèce de bouillie bleue.

— À vous, Dallas !

— Non, non… Il faut que je briefe Nadine.

— Bon, moi, j'y vais ! dit Louise, sautant sur ses pieds avec un enthousiasme qu'Eve jugea des plus malsains.

— Envoyez-moi Nadine dans mon bureau, ordonna Eve à Peabody.

— Impossible. Elle en est au premier stade de l'élimination des toxines, emmaillotée comme une momie dans des algues.

— C'est dégoûtant !

Révoltée, Eve enfila un peignoir. Les alentours de la piscine, cette oasis de plantes luxuriantes et d'arbustes tropicaux, s'étaient transformés en un centre de soins esthétiques. Çà et là étaient disposées des tables rembourrées, sur lesquelles des corps féminins se prélassaient. Le tout baignait dans des parfums bizarroïdes, une musique encore plus étrange et prétendument relaxante. Trina était affublée d'une blouse blanche, à présent maculée de taches aux couleurs de l'arc-en-ciel. Eve, à tout prendre, aurait préféré des éclaboussures de sang. Ça, au moins, elle connaissait.

Allongée sur l'une des tables, Mavis avait la chevelure bariolée, protégée par un bonnet transparent, le corps tartiné de substances qu'Eve refusait d'identifier.

Son ventre était… prodigieux.

— Regarde mes seins, Dallas, dit-elle en levant les bras. On croirait des mangues, non ? Être enceinte, c'est…

— Oui, oui, coupa Eve qui tapota gauchement la tête de son amie avant de s'approcher de Nadine.

— Je suis au paradis, souffla la journaliste.

— Non, vous marinez dans un paquet d'algues. Maintenant, écoutez-moi attentivement.

— Les toxines me sortent des pores, même si je parle. Donc, quand j'en aurai fini, j'aurai droit à une double dose de vin.

— Écoutez-moi attentivement, répéta Eve. Ce que je vais vous dire reste entre nous tant que je ne vous aurai pas donné le feu vert.

— Ça reste entre nous, articula Nadine, les yeux toujours fermés. Je demanderai à Trina de vous tatouer ces foutus mots sur les fesses. Je crois que je serais prête à lui verser mille dollars pour ça.

— Ha, ha… Bon, je pense que les Icove dirigeaient un projet de manipulation génétique, ou au moins y participaient activement. Les fonds nécessaires à ces recherches provenaient peut-être du trafic de jeunes femmes qui avaient été conçues puis avaient reçu la formation requise pour assouvir les désirs des clients potentiels.

Nadine rouvrit brusquement les paupières. Ses yeux de chat paraissaient encore plus verts qu'à l'accoutumée, dans son visage enduit d'une pâte jaunâtre.

— Vous vous fichez de moi.

— Pas du tout et, toujours entre nous, vous avez l'air d'un poisson pas très frais. D'ailleurs, vous en avez aussi l'odeur. Bref… je crois également qu'Avril Icove pourrait avoir été un objet d'expérimentation et qu'elle a joué un rôle dans la mort de son beau-père et de son mari.

— Sortez-moi de ce machin, siffla Nadine qui tentait de se redresser sous la mince couverture chauffante attachée à la table.

— Ne comptez pas sur moi pour toucher à « ce machin ». Contentez-vous d'écouter. J'explore plusieurs pistes à la fois. Pour certaines, je suis peut-être à côté de la plaque, pourtant je sais que, sur le fond, je suis dans le vrai. Je veux que vous vous penchiez sur Avril Icove.

— Si jamais vous vous avisiez de m'en empêcher, Dallas, vous en seriez pour vos frais.

— Persuadez-la de vous accorder une interview, vous êtes douée pour ça. Amenez-la à parler du travail qui a fait la réputation des deux types. Tournez autour de la génétique. Vous avez découvert le lien avec Jonah Wilson, donc vous pouvez aborder le sujet. Soyez tout sucre et tout miel, mettez l'accent sur ce qu'ils ont apporté à l'humanité, et autres foutaises.

— Je connais mon boulot, imaginez-vous.

— Vous savez tricoter un reportage, admit Eve. Là, je vous demande d'obtenir des renseignements. Si je ne me trompe pas, si elle est complice de deux meurtres, et si elle croit que vous vous approchez trop de ce filon… pourquoi hésiterait-elle à vous liquider ? Vous travaillerez sans filet Nadine, je n'ai rien contre elle, aucun élément tangible qui me permette de la traîner dans une salle d'interrogatoire.

— Mais elle pourrait faire quelques confidences à une sympathique journaliste qui ne se priverait pas de vous casser du sucre sur le dos.

— Quelle petite futée vous êtes ! Voilà justement pourquoi je vous charge de cette mission, même si pour l'instant vous avez l'air d'une grosse truite mutante.

— Je lui soutirerai des informations et, quand je rendrai publique cette histoire, le monde des médias me déroulera le tapis rouge.

— Pas un mot jusqu'à ce que l'enquête soit bouclée. Les Icove n'étaient certainement pas les seuls à tremper dans cette affaire. J'ignore si le fait de les avoir éliminés tous les deux suffira à Avril. Quand vous l'aurez face à vous, insistez sur le côté affectif. Son tuteur et son mari, le père de ses enfants, victimes d'une violence aveugle, inexplicable. Interrogez-la sur ses études, sur la peinture. Traquez la femme, la fille, la veuve, la mère.

Nadine plissa ses lèvres jaunes et craquelées.

— Oui, les diverses facettes de sa personnalité... Pour qu'elle arrive à parler de sa relation avec les hommes, sans que j'aie besoin de la questionner là-dessus. Très bien.

À ce moment, un doux signal sonore retentit.

— Ah, ça y est, je suis prête ! dit Nadine.

— Je vais chercher l'assaisonnement, ricana Eve, battant précipitamment en retraite.

Hélas, il n'y avait pas moyen d'échapper à la torture ! Flanquée de Mavis – assise près d'elle, les mains et les pieds dans un mousseux liquide bleu – et de Peabody affalée sur une table et tellement relaxée qu'elle en ronflait, Eve endura stoïquement les soins de Trina. Celle-ci commença par lui étaler sur le cuir chevelu un produit blanchâtre positivement ignoble.

— Vous voulez changer de coiffure ? demanda l'esthéticienne.

— Ah non ! s'écria Eve.

Instinctivement, elle posa une main sur sa tête, sursauta.

— Beurk, quelle horreur !

— On pourrait essayer une petite teinture ou des extensions, suggéra Mavis. Pour s'amuser.

— Je n'ai pas le temps de m'amuser davantage. Et, surtout, je ne veux pas qu'on me change mes cheveux.

— Vous n'avez pas tort, déclara Trina.

Eve entrouvrit un œil soupçonneux.

— À quel sujet ?

— Il n'y a rien à reprocher à vos cheveux. Malheureusement, vous ne prenez pas soin d'eux ni de votre peau. Si vous le faisiez chaque jour, ça ne vous réclamerait pourtant qu'un moment.

— Je prends soin de moi, protesta Eve.

— Oui, de votre corps, qui d'ailleurs est superbe. Vous êtes musclée, athlétique. Certains de mes clients ont du chewing-gum sur les os.

Cette fois, Eve battit des paupières. La terreur que lui inspirait la redoutable Trina l'avait empêchée de comprendre que l'esthéticienne représentait une excellente informatrice.

— Dans votre clientèle, vous avez des gens qui sont passés par le centre Icove ?

Trina renifla.

— Un sur deux, minimum. En ce qui vous concerne, croyez-moi, vous n'avez pas besoin d'une intervention chirurgicale.

— Vous avez déjà eu la femme d'Icove ? Avril ?

— Elle fréquente le salon Utopia. J'y ai travaillé il y a environ trois ans. C'était Lolette qui s'occupait d'elle, mais je l'ai remplacée un jour. Lolette avait un coquard, un cadeau de son amant. Ce type était un abruti, je n'arrêtais pas de le dire à Lolette qui, évidemment, ne m'écoutait pas jusqu'à ce que…

— Avril Icove, l'interrompit Eve. À votre avis, elle avait subi des opérations de chirurgie esthétique ?

— Vous mettez une cliente nue sous le scanner, vous voyez tout. Oui, elle avait été opérée. Des interventions mineures – le visage, les seins. Un travail de premier ordre, comme il se doit.

Le mari d'Avril avait déclaré que la beauté de sa femme était totalement naturelle, se remémora Eve.

— Vous êtes sûre de ce que vous affirmez ?

— Dites donc, je connais mon job, comme vous connaissez le vôtre. Mais pourquoi ces questions ?

— Simple curiosité, répondit Eve qui referma les yeux et songea que, dans le cadre d'une enquête sur deux meurtres, se livrer aux griffes de Trina était presque supportable.

13

Après une soirée interminable, plus copieusement arrosée de vin qu'il n'était raisonnable – mais c'était indispensable –, Eve regagna d'un pas lourd son bureau, à l'étage. Peut-être que du café bien noir annulerait les effets de l'alcool et lui permettrait de travailler un peu.

Elle comptait d'abord jeter un coup d'œil au dossier médical officiel d'Avril Icove. Pour voir quelles « retouches » elle avait subies.

Ensuite elle se pencherait sur l'école Brookhollow.

Elle ingurgitait sa première rasade de café, lorsque Connors apparut sur le seuil de son bureau voisin.

— Espèce de lâche ! accusa-t-elle.

— Pardon ? Excuse-moi, ma chérie, je ne comprends pas ce que tu veux dire.

— Tu t'es carapaté, tu m'as laissée toute seule avec cette bande de femelles.

Il fixa sur elle un regard où n'importe qui aurait lu la plus totale innocence.

— Les festivités de ce soir étaient, à l'évidence, exclusivement réservées aux dames. J'ai simplement respecté ces rituels féminins et je me suis fait discret.

— À d'autres ! Tu as décampé dès que Mavis a parlé des cours qu'on est censés suivre pour la soutenir pendant son accouchement.

— Bon, d'accord... Je suis coupable, et je n'ai même pas honte. De toute façon, ma fuite n'a servi à rien.

Saisissant la tasse d'Eve, il lui but son café.

— Elle a réussi à me dénicher.

— Ah oui ?

— Ah oui, et ne prends pas cette mine réjouie, mon amie, parce que tu es dans la même panade que moi. Enfin bref, elle m'a donné le numéro à contacter pour avoir les informations et le planning de ces fameux cours. Nous ne pourrons pas y échapper.

— Je sais… on est foutus.

— Eh oui, foutus ! répéta-t-il avec un abattement qui ne lui ressemblait guère. Eve, il nous faudra regarder des vidéos.

— Oh non…

— Si, si. Et il y a aussi les simulations.

— Arrête, grogna-t-elle, récupérant son mug d'un geste brusque. On a encore des mois devant nous.

— Quelques semaines, rectifia-t-il.

— En tout cas, ce n'est pas tout de suite. Il faut que je pense à autre chose. J'ai du travail, moi. D'ailleurs, il peut se produire tellement de choses d'ici là… imagine par exemple qu'on soit kidnappés juste avant qu'elle ait les premières douleurs…

— Quelle bénédiction ce serait !

Le sourire aux lèvres, à présent, Eve s'assit à son ordinateur pour consulter le listing des clients d'Icove.

— Il se trouve, expliqua-t-elle, qu'Avril Icove est tombée une fois entre les mains de Trina, laquelle affirme avoir décelé chez elle la trace d'opérations de chirurgie esthétique. Donc je présume que l'un des Icove a pratiqué les interventions, ou au moins y a assisté.

— La deuxième hypothèse me semble plus vraisemblable. Il me semble qu'opérer un membre de sa famille serait… délicat.

— En tout cas, elle doit figurer sur les fichiers. C'est la procédure standard. Ordinateur, recherche Avril Icove, consultatations médicales et/ou interventions chirurgicales.

En cours… Avril Icove n'est pas répertoriée dans les fichiers sélectionnés.

— Et voilà… Ça ne colle pas. Tu es dans une famille de toubibs – top niveau – et tu n'as pas recours à eux pour te faire rafistoler ? Ton mari adoré n'assiste pas à l'opération, dans un domaine où il excelle ? Moi, si j'avais une tonne d'argent à investir, je m'en remettrais à toi, pas à un étranger. Si je voulais rouler le Trésor public…

— Ce serait amusant, non ?

— … c'est à toi que je m'adresserais, acheva-t-elle d'un air sévère.

— Merci, ma chérie, de cette confiance qui m'honore. Ils ont peut-être préféré ne rien enregistrer dans les archives du Centre, par discrétion.

— Mais pourquoi ? Le Dr Will m'a dit, en confidence, que le visage et le corps parfaits de sa femme sont un cadeau de Dieu. D'un autre côté, on m'affirme qu'elle a subi des interventions mineures. Si elle a été opérée au centre Icove – ce qui paraît logique –, pourquoi ne pas archiver la consultation et la suite ? Ne serait-ce que remplir les formalités indispensables pour rester dans la légalité.

— Donc, à ton avis, ces opérations auraient eu lieu dans un autre de leurs établissements, et de manière officieuse.

— Effectivement, ce qui me conduit à reposer la question : pourquoi ? Il me faut des images d'Avril. Anciennes, pour comparer. Ensuite, il y a Brookhollow. Si Avril et Dolores sont complices, c'est très probablement à l'école qu'elles se sont rencontrées. Or il n'y a pas de Dolores sur leur registre ni parmi les diplômées de la faculté. Je vais réunir les photos de toutes les condisciples d'Avril, ensuite je ferai des recoupements avec le cliché que j'ai de notre meurtrière.

— Ça prendra un petit moment, et tu sens divinement bon…

Passant derrière elle, Connors lui mordilla la nuque.

— Hum… soupira-t-il. Je suis vaincu, l'industrie cosmétique compte une victime de plus.

Eve, qui frissonnait sous les lèvres brûlantes de son mari, lui asséna un coup de coude dans les côtes.

— Il faut que je me mette au boulot.

— Moi aussi. Ordinateur, ouvre le registre de l'école Brookhollow et de la faculté…

— Hé, c'est *ma* machine !

Sourd aux protestations d'Eve, il lui entoura la taille de ses bras.

— Recherche et signale les photos d'identité des élèves, de l'équipe…

— Des femmes et filles des membres du personnel, corrigea-t-elle, et de toutes les employées, ou épouses et filles des employés.

— Voilà qui est précis.

— Il faut de la précision.

— Message reçu, dit-il en glissant les mains sous le sweat-shirt d'Eve.

— Ne fais pas le malin, s'il te plaît. Et si elle avait rencontré Dolores à une réunion d'anciennes élèves, par exemple ? Ordinateur, recoupe les… Arrête, Connors ! protesta-t-elle, tandis que les mains de son mari, de plus en plus fiévreuses, couraient sur ses seins.

— Tu as la peau douce… du satin. Donne-moi le nom du produit que Trina a utilisé, que j'en achète un wagon.

— Je ne sais plus ce que je disais, moi, bougonna-t-elle. Ah oui… Ordinateur, compare toutes les images récoltées avec la photo d'identité de Nocho-Alverez et le cliché de vidéosurveillance.

Commandes multiples… En cours…

— À moins qu'Avril l'ait connue ailleurs, marmonna Eve, les sourcils froncés. Au Centre, au salon de beauté. Ou qu'elle l'ait engagée. Il y a des dizaines de possibilités.

— Tu es obligée de prendre l'écheveau par un bout ou un autre.

Il fit pivoter le fauteuil d'Eve pour qu'elle soit face à lui.

— Tes cheveux ont le parfum des feuilles d'automne, murmura-t-il.

— Des feuilles mortes ?

— Dorées. Et tu as le goût de… attends que je vérifie.

Il promena sa bouche sur la tempe de sa femme, sa joue, le coin de ses lèvres.

— Sucre et cannelle. Hum, un régal…

Il l'embrassa et, subrepticement, lui dégrafa son pantalon.

— Il faut que je mène moi aussi mon enquête, pour voir si Trina ne m'aurait pas laissé une jolie petite surprise…

— Je lui ai dit que je lui casserais les bras si jamais elle me collait de nouveau des décalcomanies sur la couenne.

Connors lui titillait la pointe des seins. Le cœur d'Eve se mit à galoper dans sa poitrine.

— Ma pauvre chérie, tu n'aurais pas dû. Ce genre d'interdiction, pour Trina, est le pire des défis. Tu le sais bien, pourtant.

Il la débarrassa de son sweat-shirt, de son soutien-gorge.

— Jusqu'ici, je ne vois rien d'inhabituel. Seulement les seins nus et adorables de ma femme.

Eve rejeta la tête en arrière.

— Ceux de Mavis sont énormes.

— Oui, j'ai remarqué.

— Elle a demandé à Trina de lui peindre un téton en bleu et l'autre en rose. Pour le bébé.

— Seigneur… Eh bien, personnellement, je préfère qu'on me laisse trouver mon chemin par mes propres moyens.

— Ouais, ronronna Eve. J'ai trop bu de vin, sinon je me chargerais de te compliquer la tâche.

Elle sentit son pantalon glisser sur ses hanches. Soudain, elle eut le vertige.

— Viens, ordonna-t-il d'une voix sourde, rauque.

— Tu es encore tout habillé, s'insurgea-t-elle mollement.

— Viens, répéta-t-il en lui prenant les mains. Tu es nue, tu as le goût d'un sucre d'orge, et je vais te lécher de haut en bas, et de bas en haut, jusqu'à ce que... oh, tiens, tiens. Mais qu'est-ce que nous avons là ?

Eve, qui n'avait déjà plus l'usage de son cerveau, baissa les yeux sur l'endroit de son corps que fixait Connors.

Là, à l'orée et de chaque côté de sa toison, brillaient trois minuscules cœurs rouges percés d'une flèche argentée pointée vers... le cœur de la cible.

— Nom d'un chien ! pesta-t-elle. Tu te rends compte si quelqu'un voyait ça ?

— Si quelqu'un d'autre que moi découvrait cette œuvre d'art, je préfère te dire que tu aurais de sérieux ennuis.

Il effleura l'un des cœurs, arrachant une faible plainte à Eve. Il esquissa un sourire.

— J'apprécie tout particulièrement ces flèches qui me remettraient sur le droit chemin si, par malheur, je m'égarais...

Il la regarda droit dans les yeux et, très doucement, introduisit un doigt en elle.

Elle se cramponna à ses épaules pour ne pas tomber.

Connors la contemplait, bouleversé. Elle était si prompte à s'ouvrir à ses caresses, à le retenir dans sa moiteur brûlante.

— J'aime voir ton visage quand je te prends, quand je te possède, quand le plaisir t'emporte...

Elle vacillait, s'abandonnait à la musique de cette voix grave qui l'enjôlait.

Sa soumission, qui contrastait tellement avec sa force et sa volonté coutumières, était pour Connors terriblement excitante, mais surtout c'était un fabuleux cadeau. Eve s'offrait corps et âme à lui, à leur couple.

Quand il la coucha par terre, elle glissa dans ses bras comme une liane soyeuse. Alors il la pénétra, et il n'y eut plus rien au monde, hormis leur passion et leur volupté.

Elle aurait pu rester pelotonnée sur le sol et dormir comme une bienheureuse. Tout son être était repu et détendu. Mais quand la torpeur la gagna, elle se secoua, se rassit… et poussa un cri de surprise en découvrant le chat perché sur le bureau, qui la considérait fixement de ses yeux vairons.

Connors, tout en caressant doucement le dos de sa femme, étudia rêveusement Galahad.

— À ton avis, il approuve ou désapprouve ? On ne sait jamais ce qu'il pense.

— Je m'en fiche éperdument, mais… j'estime qu'il ne devrait pas nous regarder faire l'amour. Ce n'est pas convenable.

— On devrait peut-être lui offrir une fiancée.

— Je te rappelle qu'il est castré.

— Sans doute qu'il serait quand même content d'avoir une petite copine.

— Pas assez pour partager ses croquettes au saumon.

Eve, qui commençait à se sentir mal à l'aise sous le regard du chat, remit hâtivement son pantalon pour cacher les cœurs percés d'une flèche. Elle était en train de se recoiffer – c'est-à-dire de fourrager dans ses cheveux pour mater les mèches rebelles – quand l'ordinateur émit un bip. Galahad eut un léger sursaut puis, tendant une patte arrière méprisante en direction de la machine, entreprit de se toiletter minutieusement l'échine.

Recherche terminée…

— Ça, c'est du timing ! approuva Eve qui bondit sur ses pieds et enfila son sweat. En plus, j'ai l'impression que le sexe a éliminé tout l'alcool que j'ai ingurgité.

— Si je peux te rendre d'autres services de ce genre, lieutenant, n'hésite pas.

Il riait, mais en une année de mariage Eve avait appris certaines choses.

— Tes caresses… murmura-t-elle. Pour me guérir du traumatisme Trina, je ne connais pas mieux.

À ces mots, une infinie tendresse réchauffa les yeux bleus de Connors.

— N'empêche que les cœurs devront disparaître, décréta-t-elle. Bon… ordinateur, affiche les recoupements sur l'écran mural.

Un seul résultat…

— Bingo! s'exclama Eve quand les images apparurent, côte à côte. Bonjour, Deena.

Deena Flavia, née le 8 juin 2027 à Rome, Italie. Père : Dimitri Flavia, pédiatre. Mère : Anna Trevani, psychiatre. Fille unique. Célibataire. Sans enfant. Pas de casier judiciaire. Dernière adresse connue : Faculté Brookhollow. Aucune donnée postérieure au 19-20 mai 2047. Un seul cliché disponible : photo d'identité prise en juin 2046.

— Une ravissante créature, commenta Connors.

— Elle était bien jeune quand elle a décroché son diplôme. Ordinateur, cherche un avis de disparition au nom de Deena Flavia. Aux États-Unis et à l'étranger.

En cours…

— Recherche annexe : ses parents sont-ils encore en vie et, si oui, où habitent-ils et quelle profession exercent-ils ?

Enregistré. En cours…

— Elle résidait à la faculté, elle n'avait donc pas de domicile personnel. Pas de casier judiciaire, pas de mariage ni de concubinage, et elle s'évanouit dans l'espace avant son vingtième anniversaire…

— Pour refaire surface une dizaine d'années plus tard, enchaîna Connors, et tuer les Icove.

— Elle est un tout petit peu plus jeune qu'Avril, mais elles ont dû fréquenter Brookhollow à la même époque. Dans un pensionnat aussi sélect, on se connaît forcément.

— Des camarades d'école qui deviendraient complices de meurtre ? Tu ne vas pas un peu loin ?

— Il y a quelque chose entre elles. J'ai montré à Avril le cliché pris par les caméras du Centre et elle n'a pas dit : « Eh, mais c'est Deena de Brookhollow ! » D'accord, ajouta Eve, anticipant les objections de Connors, un avocat de la défense rétorquerait qu'Avril est en droit d'avoir oublié certaines de ses condisciples. Elle est sortie de la faculté il y a une dizaine d'années – ce qui, au passage et comme par hasard, coïncide avec la disparition de Deena. N'empêche qu'elles se sont obligatoirement croisées.

Recherche annexe terminée. Dimitri Flavia et Anna Trevani résident à Rome, Italie. Tous deux font partie du personnel de l'Institut de l'enfance de la ville…

— Vérifie s'il y a un rapport quelconque entre cet Institut de l'enfance et Wilfred B. Icove Senoir, Junior, et aussi Jonah Delecourt Wilson.

En cours…

— Pour t'éviter de perdre du temps, déclara Connors, il se trouve que j'ai apporté ma contribution à cette institution par l'intermédiaire de mes sociétés italiennes. Je sais que, à un moment, Icove Senior siégeait au conseil d'administration.

— De mieux en mieux. Il avait donc un lien avec les Flavia, et par conséquent Deena, alias Dolores, laquelle est elle-même liée à Avril, qui est passée par Brookhollow. Le schéma commence à tenir debout.

Recherche principale terminée. Aucun avis de disparition enregistré par les autorités compétentes à l'échelle internationale, concernant Deena Flavia…

— Ils n'ont pas signalé sa disparition, soit parce qu'ils savent où elle est, soit parce qu'ils ne veulent pas que les flics fourrent leur nez là-dedans. Dans le second cas, ils ont eu recours à des détectives privés. D'une manière ou d'une autre, elle est surveillée depuis une décennie. Et…

Recherche supplémentaire terminée. Wilfred B. Icove Senior a siégé au conseil d'administration de l'Institut de l'enfance en tant que chirurgien et professeur honoraires de 2025 – date de création de l'organisation – à sa mort. Jonah Delecourt Wilson a été également membre de ce conseil d'administration de 2025 à 2048.

— OK, maintenant on a…

Une question…

— Quoi ? fit Eve d'un ton sec.

Voulez-vous poursuivre le visionnage des images de la promotion de Brookhollow faisant l'objet de la recherche ?

— Il y en a d'autres ? Tu avais annoncé un seul résultat.

Deuxième image, promotion actuelle de l'école Brookhollow, en rapport avec Deena Flavia.

— Affiche, bon sang, au lieu de pérorer !

Affirmatif…

Le cliché qui occupa alors l'écran mural était le portrait d'une créature plus ronde, plus douce que Deena Flavia. Une enfant.

Eve sentit sa gorge se nouer.

Diana Rodriguez, née le 17 mars 2047, Argentine. Fille de Hector Rodriguez, technicien de laboratoire, et Magdalena Cruz, kinésithérapeute.

— Trouve-moi où ils travaillent.

En cours… Hector Rodriguez employé par la société Genedyne Research. Magdalena Cruz employée au centre de rééducation Sainte-Catherine.

— Relation entre ces deux organismes et Icove Senior, Junior, Jonah Wilson et Eva ou Evelyn Samuels.

— Elle n'est pas leur enfant, intervint Connors. Pas biologiquement. C'est le portrait de Deena Flavia.

— Ils les font naître, ils les élèvent et ils les vendent, articula Eve entre ses dents. Les salauds ! Ils bricolent les gènes pour qu'elles soient parfaites, conformes à la commande. Ils les entraînent, les éduquent, les programment, et ils les vendent !

D'instinct, Connors la saisit par les épaules, massa ses muscles tétanisés.

— Qu'est-ce qu'elle veut, selon toi ? s'enquit-il. L'enfant ? Ou simplement une vengeance.

— Je ne sais pas, tout dépend de ce qui compte le plus pour elle. Les deux, peut-être.

L'ordinateur se manifesta de nouveau, listant les quatre noms cités par Eve et divers lieux situés en Argentine.

— Maintenant, fais les recoupements entre les diplômées du lycée ou de la faculté Brookhollow et les élèves de l'école. Classe tous les résultats, toutes les données.

En cours…

— Laissons-le travailler tranquillement et allons dormir un peu, murmura Connors. Demain, il te faudra avoir les idées claires, car je suppose que tu pars pour le New Hampshire.

— Tu as tout compris.

Elle se leva à l'aube, pourtant Connors était déjà debout et habillé. Le gratifiant d'un grognement en guise de bonjour, elle se traîna dans la cabine de douche et dissipa les brumes du sommeil sous des flots d'eau bouillante. Quand elle fut séchée et eut vidé sa première tasse de café, elle se sentit de nouveau presque humaine.

— Mange quelque chose, ordonna Connors, se détournant des cours de la Bourse qu'il était en train de consulter comme tous les matins.

— Hum… marmonna-t-elle, engloutie dans les profondeurs de son dressing.

Lorsqu'elle en ressortit, il jeta un coup d'œil aux vêtements qu'elle avait pris au hasard, secoua la tête.

— Non.

— Comment ça, non ?

— Pas cette tenue.

Eve grimaça.

— Oh, mais je m'en fiche !

— Tu comptes rendre une visite officielle à une école privée des plus huppées. Ton allure doit respirer l'autorité.

Elle asséna une tape amicale au holster suspendu au dossier d'un fauteuil.

— Mon autorité, elle est là, mon vieux.

— Un tailleur.

— Un quoi ?

Il poussa un soupir accablé, s'approcha.

— Tu connais ce mot, ma chérie, et tu possèdes plusieurs tailleurs. Nous voulons donner une impression de pouvoir, de prestige et de simplicité. Nous voulons avoir l'air important.

— Une minute… moi, je veux juste me couvrir le popotin.

— Ce qui est infiniment regrettable, je te l'accorde, car il est bien plus mignon tout nu, mais ce sera préférable. Alors voyons… Ah, celui-ci ! Une coupe impeccable, nette. Ce rouille t'ira à ravir. Dessous, tu mettras ceci, poursuivit-il en lui tendant un sous-pull à col roulé, bleu pétrole. Et pour fignoler le chef-d'œuvre, soyons fous… des bijoux !

— Je te signale que je ne vais pas au bal, rouspéta-t-elle, enfilant toutefois le pantalon. Tu sais ce qu'il te faudrait ? Une droïde, une poupée à habiller. Je t'en achèterai peut-être une pour Noël.

— À quoi bon, puisque je t'ai, ma chérie ?

Il ouvrit le coffre-fort à bijoux, dans la penderie, et choisit des anneaux d'or pour les oreilles et un collier orné d'un saphir en cabochon pour sa femme.

Pour gagner du temps, Eve se plia aux directives de Connors qui, visiblement, se régalait. Mais, lorsqu'il décrivit un petit cercle, elle se cabra.

— Ah non, stop ! Je ne suis pas un mannequin.

— Ça valait la peine d'essayer. Rassure-toi, tu as toujours l'air d'un flic, lieutenant, un flic très élégant.

— Ouais, c'est certainement mon look qui fera peur aux voyous. Allez zou, maintenant j'ai du boulot !

— Tu peux consulter les résultats de la recherche en prenant ton petit-déjeuner. Si une machine est capable de faire deux choses à la fois, toi aussi.

Levant les yeux au ciel, elle commanda un bagel à l'autochef.

— Ce n'est pas assez nourrissant, lieutenant, commenta sévèrement Connors qui pianotait sur le clavier de l'ordinateur.

Eve se mit à arpenter la pièce de long en large, grignotant son petit pain.

— Pas faim, bougonna-t-elle. Je suis trop excitée.

— Affichage des données.

Enregistré. Premier résultat sur cinquante-six…

236

— Cinquante-six ? répéta Eve qui s'immobilisa. Ce n'est pas possible. Même en tenant compte du nombre d'années, d'élèves, on n'aurait pas autant de...

Elle s'interrompit, contemplant l'écran mural.

Brianne Delaney, née le 16 février 2024, à Boston, Massachusetts. Fille unique de Brian et de Myra Delaney, née Copley. Mariée à George Alistar le 18 juin 2046. Deux enfants : Peter – 12 septembre 2048 ; Laura – 14 mars 2050. Réside à Athènes, Grèce.

Analogie avec Bridget O'Brian, née le 9 août 2039, Ennis, Irlande. Fille unique de Seamus et de Margaret O'Brian, née Ryan, tous deux décédés. Tutelle légale confiée à Eva Samuels puis Evelyn Samuels. Actuellement inscrite et domiciliée à la faculté Brookhollow, New Hampshire.

— Pause, ordonna Eve. Brianne Delaney a eu un bébé à douze ans ?

— Ce sont des choses qui arrivent, mais...

— Oui... mais, comme tu dis. Ordinateur, affiche seulement les images. Côte à côte.

En cours...

Eve s'approcha de l'écran, à présent divisé en deux parties.

— La même carnation, murmura-t-elle. Les cheveux roux, la peau très blanche, les taches de son, les yeux verts. Ces caractéristiques pourraient être héritées, d'accord, mais il y a le nez, la bouche, les traits du visage. Je te parie ce que tu veux que, si on comptait ces foutues taches de rousseur, on trouverait exactement le même nombre. La gamine est la copie conforme de la femme. Comme un...

— ... clone, articula Connors. Seigneur Dieu !

Eve inspira à fond, plusieurs fois.

— Ordinateur, images suivantes.

Cela prit une heure entière, pendant laquelle l'horreur se répandit dans les veines d'Eve, se tapit au creux de son ventre comme une tumeur maligne.

— Ils ont cloné des filles. Ils ne se sont pas contentés de trafiquer leur ADN pour améliorer leur intellect ou leur aspect. Ils ont créé des bébés. Au mépris de la loi internationale. Ils ont vendu ces filles, continua Eve, incapable de détacher son regard de l'écran. Ils en ont marié certaines. D'autres ont été conçues pour poursuivre le travail. Médecins, professeurs, techniciennes biologistes. Moi qui croyais qu'ils les destinaient à la prostitution. C'est pire, bien pire.

— De temps à autre, on a vent de rumeurs à propos de recherches clandestines sur le clonage reproductif, voire d'essais concluants, mais la législation est tellement stricte, et l'enfreindre tellement ruineux, que personne ne s'est encore levé pour dire : « Ça y est, j'ai réussi. »

— Comment ça marche ? Tu le sais ?

— Pas précisément. Les laboratoires de mon groupe travaillent – sans outrepasser les limites fixées par la loi, je te rassure – dans le domaine du clonage thérapeutique. Organes, tissu organique. Une cellule est implantée dans un ovule artificiel, stimulé électriquement. Dans le secteur privé, les cellules sont données par les clients prêts à débourser des sommes rondelettes pour des tissus de remplacement qui leur permettront de subir des greffes sans craindre de rejet. Je suppose que, pour le clonage reproductif, l'œuf modifié est implanté dans une matrice.

— La matrice de qui ?

— C'est une des questions.

— Il faut que je fasse mon rapport au commandant et que j'obtienne le feu vert pour me rendre à Brookhollow. Tu peux mettre Louise au courant.

— Très bien.

— Il a dû gagner des milliards.

— Ça a aussi, probablement, coûté très cher. Faire tourner les labos, mettre au point la technologie, gérer l'école, le réseau. Le bénéfice doit être juteux, d'accord, mais... le coût, le risque ? Nous avons affaire, je crois, à un acte d'amour, de passion.

— Ah, tu crois ça ?

Elle secoua la tête.

— On a près de soixante filles actuellement pensionnaires à l'école. Il doit y en avoir des centaines déjà diplômées. Qu'est-il arrivé à celles qui n'étaient pas tout à fait comme il fallait ? Jusqu'à quel point, à ton avis, aimait-il celles qui n'étaient pas parfaites ?

— Ce que tu suggères est atroce, Eve.

— Ouais. Et des suggestions atroces dans ce goût-là, j'en ai des tonnes.

Elle se contraignit à les résumer par écrit, puis contacta Whitney pour lui demander une entrevue matinale. Un peu plus tard, en route pour le Central, elle appela Peabody et lui ordonna de se dépêcher – elle passait la prendre.

Peabody s'engouffra dans la voiture, secouant sa chevelure, plus longue de dix bons centimètres et dont les mèches s'ornaient à leur extrémité d'une sorte de tortillon.

— McNab a adoré ma coiffure, ça l'a mis dans un état... Un peu de changement, de temps en temps, stimule la libido.

Eve lui jeta un regard oblique.

— Ça vous donne l'air plus... féminin, grommela-t-elle.

— Je sais ! soupira Peabody, ravie, en se pelotonnant voluptueusement sur son siège. Et hier soir, quand je suis rentrée à la maison, je vous garantis que je n'ai pas regretté d'être une femme. Cette crème à la papaye pour les seins... McNab en est dingue.

— Silence, je ne veux pas en savoir plus. Nous avons une enquête sur les bras, au cas où vous l'auriez oublié.

— Je me doutais bien que vous n'aviez pas proposé de passer me prendre pour m'épargner le trajet en métro.

— Je vais vous expliquer les derniers événements avant d'en informer le commandant. Je brieferai toute l'équipe – y compris nos copains de la DDE – à 10 heures.

Eve relata ce qu'elle avait appris à Peabody qui l'écouta sans l'interrompre une seule fois et garda le silence jusqu'à ce qu'elles pénètrent dans le parking du Central.

— Pas de questions, de commentaires ?

— Je... je digère. C'est tellement à l'opposé de tout ce qu'on m'a enseigné, de l'éducation qu'on m'a donnée. Créer la vie est l'œuvre de forces supérieures. La préserver, la respecter est pour nous, simples mortels, un devoir et une joie. Vous me direz que ces principes empestent la philosophie Free-Age, mais...

— Rassurez-vous, c'est très proche de ce que je pense. Et, de toute façon, le clonage reproductif est interdit par les lois interplanétaires qui régissent la science et le commerce. Il semble que les Icove aient enfreint ces lois, et leur assassinat est manifestement une conséquence directe de leurs actes.

— Est-ce qu'on va devoir abandonner l'enquête à – qui s'occupe de ce genre d'affaire ? Le FBI ? Global ?

Eve crispa les mâchoires.

— Je ferai tout pour que le dossier reste entre nos mains. Je veux que vous rassembliez le maximum d'éléments sur le clonage humain : la technique, les controverses, les essais revendiqués par tel ou tel, les textes concernant le sujet, les mythes et les légendes. On doit savoir de quoi on parle avant de se rendre à Brookhollow.

— Dallas, vu ce que vous avez découvert, là-bas on va trouver des... des clones. Certaines ne sont que des petites filles, des enfants.

— Nous aviserons en temps utile.

Whitney se montra beaucoup plus loquace que Peabody. Tandis qu'Eve lui faisait son rapport, il la bombarda de questions pour déclarer ensuite d'un ton sévère :

— Il s'agit d'un lauréat du prix Nobel, lieutenant. Des chefs d'État du monde entier assisteront à ses obsèques qui se dérouleront aujourd'hui à 14 heures. Le fils, qui était en passe d'égaler son père, d'être aussi réputé et admiré, aura droit aux mêmes honneurs la semaine prochaine. Ces deux événements se produiront à New York et nous sommes déjà en plein cauchemar avec les mesures de sécurité, les médias, etc. Si par malheur il y avait la moindre fuite, le cauchemar pourrait bien se transformer en un épouvantable pataquès international.

— Il n'y aura pas de fuite.

— Je vous conseille d'y veiller et d'apporter des preuves tangibles.

— Cinquante-six sujets, commandant, rien qu'à l'école Brookhollow. Je pense que la plupart, sinon tous, correspondent aux fichiers cryptés qu'Icove Senior avait chez lui. Ses dossiers en cours, pour ainsi dire. De plus, il travaillait en étroite collaboration avec un généticien et a été, à une époque, un partisan déclaré de la manipulation génétique.

— Là, vous avancez sur un terrain mouvant, une forêt ténébreuse et dont les ramifications...

— Commandant, nous avons déjà deux meurtres.

— ... et dont les ramifications iront bien au-delà de vos deux homicides. Nous touchons à la politique, à la morale, à la religion, à la médecine. Si vos allégations sont avérées, il y a des clones humains actuellement en vie, et dont beaucoup sont mineurs. Certains les considéreront comme des monstres, d'autres comme des victimes.

Whitney s'interrompit, se frotta les yeux.

— Nous aurons besoin de l'opinion d'experts en la matière. Toutes les agences gouvernementales vont se jeter sur cette histoire.

— Si vous leur transmettez ces renseignements, ils nous retireront l'enquête et ils étoufferont l'affaire.

— En effet. Vous avez des objections ?

— C'est mon enquête, commandant.

Il la dévisagea longuement, en silence.

— Exprimez clairement vos objections, lieutenant.

— Je... il faut que ça cesse. Si les autorités gouvernementales – n'importe lesquelles – mettent le nez là-dedans, elles voudront exploiter le filon. Il y aura d'autres recherches souterraines, d'autres expérimentations. Ils planqueront ça sous le tapis et s'empareront de nos découvertes pour les décortiquer sous l'objectif d'un microscope. Ce sera classé top secret, plus personne n'y aura accès. Les Icove seront portés aux nues, et la sale besogne qu'ils ont accomplie remisée aux oubliettes. Les… les sujets, bafouilla-t-elle – elle ne trouvait pas de meilleur terme –, seront rassemblés, examinés, débriefés et enfermés. Ce sont des clones, mais aussi des êtres de chair et de sang, comme nous tous. Malheureusement, ils ne seront pas traités comme tout un chacun. Il n'y a peut-être pas moyen d'arrêter ça, de l'empêcher, néanmoins je veux essayer. Jusqu'au bout.

Whitney posa les mains à plat sur son bureau.

— Je dois informer Tibble.

Eve hocha la tête. Ils ne pouvaient certes pas court-circuiter les instances supérieures sans l'aval du chef de la police new-yorkaise.

— Je pense que la substitut du procureur Reo pourrait nous être utile, sur un plan juridique, dit Eve. Elle est intelligente et suffisamment ambitieuse pour garder la boîte de Pandore fermée le temps nécessaire. J'ai également eu recours au Dr Mira et au Dr Dimatto en tant qu'experts médicaux. Il me faudra un mandat pour consulter les dossiers de l'école. Enfin, j'aimerais emmener Feeney ou un inspecteur de son choix pour analyser la banque de données.

— Cette enquête est désormais top secret, lieutenant. Code bleu. Réunissez votre équipe. Briefing dans vingt minutes.

14

Elle avait modifié son apparence, elle était extrêmement douée pour ça. Au fil des douze dernières années,
elle avait incarné tant de personnages. Et elle n'avait
été… personne. Ses papiers d'identité étaient irrépro-
chables – impeccablement élaborés, sans le moindre
défaut. Il le fallait.

L'école Brookhollow n'était que lierre et brique rouge.
Ici, pas de dômes en verre contemporains ou de tours
d'acier, mais la plus pure tradition aristrocratique –
magnifiques jardins, arbres noueux, vergers luxuriants.
L'immense domaine comptait des courts de tennis et un
centre équestre – les deux sports que pratiquaient les
élèves de Brookhollow. L'une des filles avait remporté
la médaille d'or de dressage aux jeux Olympiques. Elle
avait seize ans. Trois ans plus tard, on l'avait envoyée
en Angleterre pour épouser un jeune aristocrate, lui
aussi remarquable cavalier.

Elles étaient créées dans un but précis. Pourtant, songea Deena, sa camarade avait été heureuse de partir. La
plupart l'étaient.

Deena ne leur en voulait pas et s'efforcerait de préserver les existences que ses congénères avaient bâties.

Mais toute guerre avait fatalement un coût. Certaines
de ses semblables risquaient d'être mises en danger,
cependant beaucoup goûteraient enfin à la liberté qu'on
leur avait toujours refusée.

Car qu'était-il advenu de celles qui avaient résisté ou
échoué ?

Qu'en avait-on fait ?

Pour elles, et les autres à venir, elle était prête à tout.

Ici, à Brookhollow, il y avait trois piscines – dont deux d'intérieur –, trois laboratoires de sciences, une salle de holographie, deux auditoriums et un théâtre qui pouvait rivaliser avec ceux de Broadway. On trouvait également un dojo et trois centres de fitness, ainsi qu'une clinique où l'on soignait et enseignait. Brookhollow comportait aussi un studio d'enregistrement pour les élèves destinées à des carrières médiatiques, auquel s'ajoutait un autre studio réservé à la musique et à la danse.

Vingt salles de cours, des enseignants automates.

Les repas, savoureux et parfaitement équilibrés, étaient servis dans l'unique salle à manger. Trois fois par jour, à 7 heures, 12 h 30 et 19 heures tapantes.

À 10 heures et 16 heures, des en-cas étaient à la disposition des élèves dans le solarium.

Elle avait adoré les scones. Se remémorer les scones était pour elle un authentique plaisir.

Le pensionnat était spacieux et joliment décoré. Si, à l'âge de cinq ans, on réussissait les tests, on vous installait là. On rectifiait vos souvenirs de vos cinq premières années.

Avec le temps, il était possible d'oublier – ou presque – la sensation d'être une souris dans un labyrinthe.

On vous fournissait un uniforme et la garde-robe qui vous convenait, correspondant à votre type de personnalité et de milieu social.

Vous aviez pourtant un autre milieu social, quelque part. Vous étiez issue de quelque chose, mais ce n'était pas ce qu'on vous attribuait. Jamais.

L'éducation était stricte. Une élève de Brookhollow avait le devoir d'être brillante, de décrocher son bac pour continuer ses études supérieures.

Jusqu'au « placement ».

Deena parlait couramment quatre langues, ce qui d'ailleurs lui avait rendu service. Elle excellait en mathématiques, connaissait l'archéologie, était capable d'exécuter un saut périlleux parfait et d'organiser un dîner de gala pour deux cents personnes.

Pour elle, les appareils électroniques étaient des jouets. Elle pouvait tuer de diverses manières sans jamais manquer son coup. Au lit, elle savait combler un homme et discuter politique interplanétaire avec lui au petit-déjeuner.

Elle avait été conçue non pour le mariage mais pour assurer des opérations clandestines. Sur ce plan, son éducation était sans doute une réussite.

Elle était belle, dénuée de la plus infime défectuosité génétique. Elle avait une espérance de vie de cent cinquante ans – probablement beaucoup plus, grâce aux progrès constants de la médecine.

À vingt ans, elle s'était enfuie et avait vécu cachée durant une dizaine d'années, continuant d'avancer et de peaufiner les talents qu'on lui avait conférés. La perspective de vivre encore un siècle comme elle l'avait fait jusqu'ici était pour elle un cauchemar.

Elle ne tuait pas de sang-froid, malgré sa redoutable efficacité. Elle tuait par désespoir et avec la ferveur d'une guerrière volant au secours de l'innocence.

Pour le meurtre qu'elle s'apprêtait à commettre, elle portait un tailleur noir confectionné spécialement pour elle en Italie. L'argent n'était pas un problème. Elle avait volé un demi-million de dollars avant sa fuite. Depuis, cette somme avait fait des petits.

Elle aurait pu mener une existence paisible et confortable, mais elle avait une mission. Dans sa vie, elle n'avait eu que ça, sa mission.

Et elle était bien partie pour l'accomplir.

La coupe sévère de son tailleur soulignait encore son extrême féminité, le cuivre de sa chevelure, le vert insondable de ses yeux. Ce matin, elle avait passé une heure à modifier subtilement le modelé de son visage. Un menton légèrement moins pointu, un nez plus charnu.

Elle avait ajouté quelques kilos à sa silhouette, quelques rondeurs.

Ces changements suffiraient… ou pas.

Elle n'avait pas peur de mourir, cependant être capturée la terrifiait. Au cas où on l'identifierait, elle avait donc prévu le nécessaire dans une capsule.

Le père l'avait autorisée à se présenter devant lui, il lui avait accordé l'entretien qu'elle implorait. Il l'avait crue quand elle lui avait parlé de sa solitude, de ses remords. Il n'avait pas vu la mort dans son regard.

Mais ici, dans cette prison, ils sauraient ce qu'elle avait fait. S'ils la reconnaissaient, ce serait fini pour elle. Heureusement, si elle tombait, d'autres se lèveraient. Elles étaient si nombreuses.

L'angoisse lui nouait la gorge, néanmoins son expression demeurait calme, sereine. Ça aussi, elle savait le faire. Ne rien montrer, ne rien céder.

Ses yeux rencontrèrent ceux du chauffeur, dans le rétroviseur. Elle esquissa un sourire, hocha la tête.

La grille et le scanner de sécurité furent la première barrière. Deena sentait à présent son cœur cogner. Si c'était un piège, elle ne ressortirait pas vivante d'ici – ni morte, d'ailleurs.

Et puis ce premier obstacle fut franchi. La voiture roula dans l'allée qui sinuait dans le splendide parc. Deena reconnaissait tout, les arbres, les jardins, les statues.

L'aile centrale se dressait devant elle, quatre étages de brique d'un rouge sourd, patinés par les ans, percés de fenêtres aux vitres étincelantes. Parés de lierre et d'une colonnade qui luisait dans la lumière.

Et les filles… Deena dut soudain refouler une envie de pleurer. Jeunes, fraîches et ravissantes, elles marchaient seules, par deux ou par groupes vers les autres bâtiments. Pour s'instruire ou se distraire. Subir des tests, des évaluations.

La voiture stoppa. Deena en descendit. Le chauffeur lui offrit sa main, qu'elle prit. La sienne était tiède, sèche.

246

Quand Evelyn Samuels s'avança pour l'accueillir, elle n'eut d'autre réaction qu'un petit sourire poli.

— Madame Frost, soyez la bienvenue à Brookhollow. Je suis Evelyn Samuels, la directrice.

— Enchantée de vous rencontrer enfin. Les bâtiments et le campus sont impressionnants.

— Nous vous les ferons visiter, mais d'abord entrons boire une tasse de thé, voulez-vous ?

— Avec plaisir.

En franchissant la grande porte à double battant, Deena eut une crampe à l'estomac. Elle s'obligea néanmoins à regarder autour d'elle avec curiosité, comme une mère qui visite le pensionnat où elle envisage d'inscrire sa fille.

— J'avais espéré que vous nous amèneriez Angel, pour que nous fassions connaissance, dit Evelyn Samuels.

— C'eût été prématuré. Comme je vous l'ai expliqué, mon mari n'est pas enthousiasmé par l'idée d'envoyer notre fille suivre ses études si loin de la maison. Aussi, pour cette fois, j'ai préféré venir seule.

— Je suis sûre qu'à nous deux, nous le persuaderons qu'Angel s'épanouira dans notre établissement, qu'elle y recevra une instruction de tout premier ordre et aura en outre l'expérience de la vie en communauté. Voici le grand hall, enchaîna Evelyn avec un geste circulaire. Ces magnifiques plantes ont été bouturées et cultivées dans nos serres, ainsi que toutes celles de nos divers jardins – nous enseignons en effet l'horticulture. Quant aux objets d'art que vous voyez, ils ont été créés par nos élèves au fil du temps. Ici, au rez-de-chaussée de l'aile centrale, nous avons l'administration, la salle à manger, le solarium, l'une de nos six bibliothèques, les cuisines et les locaux réservés à l'enseignement pratique des sciences culinaires.

Dans l'esprit de Deena, une petite voix hurlait : « Sauve-toi, fuis. » Elle pivota vers son interlocutrice, sourit.

— Si cela ne vous ennuie pas, j'avoue que je prendrais volontiers cette tasse de thé que vous m'avez proposée.

— Mais bien entendu. Un instant, je vous prie, ajouta Evelyn en tapant un numéro sur son communicateur de poche. Abigail, pouvez-vous faire servir le thé pour Mme Frost dans mes quartiers privés ? Immédiatement.

Après quoi, Evelyn, sans cesser de parler, d'expliquer, lui montra le chemin.

Elle était toujours la même, songea Deena. Soignée et séduisante, chantant les louanges de son école de sa voix à l'accent distingué. Économisant ses gestes, ses mouvements. Efficace, toujours. À présent, ses cheveux étaient courts et soyeux, châtains. Elle avait les yeux noirs, acérés. Les mêmes yeux que ceux de Mlle Samuels.

Les yeux d'Eva Samuels.

Deena ne prêtait qu'une oreille distraite aux propos de son cicérone. Elle avait déjà entendu tout ça, quand elle était captive entre ces murs. Elle regardait les filles, mignonnes comme des poupées dans leur uniforme bleu et blanc, qui parlaient à voix basse, ainsi qu'il était de règle dans le grand hall.

Et soudain elle se vit – un corps si mince, un visage d'une exquise douceur – qui descendait gracieusement l'escalier de l'aile est. Un tremblement la secoua – une fraction de seconde –, elle se força à détourner le regard.

Elle fut pourtant obligée de croiser la fillette, si près qu'elle sentit le parfum suave de sa peau, et elle dut l'écouter dire :

— Bonjour, mademoiselle Samuels. Bonjour, madame.

— Bonjour, Diana, répondit Evelyn. Comment s'est passé ton cours de cuisine ?

— Très bien, merci. Nous avons confectionné des soufflés.

— Parfait. Voici Mme Frost, qui nous rend visite aujourd'hui car elle a une fille que nous accueillerons peut-être bientôt à Brookhollow.

Deena se força à scruter ces yeux noisette, qui étaient les siens. Y avait-il au fond de ce regard du calcul, comme il y en avait eu dans le sien? Y avait-il de la révolte et de la détermination bouillant derrière ces prunelles qui reflétaient une absolue sérénité? Où avaient-ils trouvé le moyen d'étouffer chez cette enfant toute velléité de rébellion?

— Je suis certaine que votre fille se plairait beaucoup à Brookhollow, madame Frost. Nous aimons toutes notre école.

Ma fille, songea-t-elle. Seigneur!

— Merci, Diana.

Celle-ci eut un sourire charmant. Elles s'observèrent encore un instant, puis la petite les salua et s'en fut.

Le cœur de Deena cognait. Elles s'étaient reconnues. Comment le contraire aurait-il été possible? Comment se mirer dans ses propres yeux et ne pas se reconnaître?

Tandis qu'Evelyn l'entraînait plus loin, elle tourna brièvement la tête. Diana fit de même. Leurs deux regards s'accrochèrent de nouveau l'un à l'autre. Et, de nouveau, Diana lui sourit – un grand sourire, brusque, lumineux et indomptable.

On s'en sortira, lui promit Deena en silence. Ils ne nous garderont pas prisonnières ici.

— Diana est l'un de nos plus précieux trésors, dit Evelyn. Brillante et toujours avide de progresser. C'est aussi une véritable athlète. À Brookhollow, si nous avons pour mission de donner à toutes nos élèves l'éducation la plus complète, nous les soumettons également à des tests et à des évaluations pour nous faire une idée précise de leurs points forts et de leurs centres d'intérêt.

Diana, Diana… Ce nom résonnait en elle au rythme de son cœur qui battait à se rompre, même si rien dans son comportement ne trahissait les violentes émotions qui l'habitaient.

Un moment après, elle pénétrait dans les pièces qu'occupait Evelyn Samuels durant la journée. Les élèves n'étaient reçues dans ce sanctuaire que quand elles étaient particulièrement brillantes ou avaient commis une faute gravissime. Jamais Deena n'y avait mis les pieds.

Elle avait toujours eu soin de se fondre dans la masse.

Cependant on lui avait décrit la topographie et les caractéristiques des lieux. À présent, elle se concentrait sur ce qu'il allait falloir faire. Bandant toute sa volonté, elle chassa de son esprit l'image de l'enfant.

La suite était décorée dans l'harmonie de couleurs que l'on retrouvait dans toute l'école – bleu et blanc. Murs et plancher blancs, tissus et tapis bleus. Deux fenêtres donnaient à l'ouest, une baie vitrée au sud.

L'ensemble était insonorisé, dépourvu de caméras de surveillance.

Mais les issues – la porte et les fenêtres – étaient évidemment équipées d'un système de sécurité, et Evelyn avait au poignet une montre pourvue d'un communicateur miniaturisé comportant une ligne privée et une deuxième pour l'école.

Derrière un écran mural, le coffre-fort qui renfermait les dossiers de toutes les élèves.

Le thé était servi sur une table basse, immaculée. Tasses, soucoupes et assiettes bleues, petits gâteaux blancs.

Deena s'installa dans le fauteuil qu'on lui désignait, attendit qu'Evelyn ait achevé de remplir les tasses.

— Si vous me parliez d'Angel, madame Frost ?

Malgré elle, Deena pensa à Diana.

— Elle est ce que j'ai de plus cher au monde.

— Je m'en doute, répliqua Evelyn avec un sourire. Vous avez mentionné, me semble-t-il, ses dons artistiques.

— Oui, elle adore dessiner, c'est l'un de ses plus grands plaisirs. Or, par-dessus tout, je veux qu'elle soit heureuse.

— Naturellement. Mais est-ce que…

— Oh, quel collier original vous avez !

Maintenant, s'exhorta-t-elle, agis maintenant, avant de flancher.

— Vous permettez ?

Alors même qu'Evelyn considérait machinalement son pendentif, Diana se leva et se pencha vers son interlocutrice, feignant d'étudier la pierre précieuse. Le scalpel était dissimulé dans sa main.

Et, une fraction de seconde après, planté dans le cœur d'Evelyn.

— Vous ne m'avez pas reconnue, articula-t-elle, tandis que sa victime la contemplait, les yeux écarquillés, et que le sang imbibait son corsage blanc. Vous avez seulement vu ce que vous vous attendiez à voir, comme nous l'avions prévu. Vous perpétuez cette monstruosité, Evelyn. Mais, bien sûr, vous avez été créée pour ça, aussi on ne peut peut-être pas vous blâmer. Je suis désolée, ajouta-t-elle en regardant Evelyn mourir. Il faut que ça s'arrête.

Elle se redressa, enduisit prestement ses mains de Seal-It et s'approcha de l'écran mural. Elle trouva la télécommande là où on le lui avait indiqué, puis utilisa le décodeur caché dans son sac pour débloquer le coffre.

Elle emporta tous les disques. Elle ne fut pas surprise ni mécontente de découvrir également une coquette somme d'argent liquide. Si elle préférait alimenter ses comptes par le truchement de l'électronique, elle ne dédaignait pas les billets de banque.

Elle reverrouilla le coffre, remit l'écran en place et rebrancha le système d'alarme.

Elle quitta la pièce sans un regard en arrière, non sans avoir tout refermé.

D'un pas tranquille, malgré le sang qui martelait ses tempes, elle sortit du bâtiment pour rejoindre le véhicule dont le chauffeur patientait.

Elle ne laissa échapper un soupir – un imperceptible soupir – que quand la voiture rebroussa chemin. Lorsque les grilles s'ouvrirent, le poids qui lui écrasait la poitrine s'allégea quelque peu.

— Tu as fait vite, murmura le chauffeur.

— C'est préférable. Elle ne m'a pas reconnue. Mais… j'ai vu Diana, et elle a compris qui j'étais.

— J'aurais dû me charger de cette mission.

— Non. Même avec un alibi solide, tu n'aurais pas trompé les caméras. Moi, je ne suis qu'un fantôme. Désirée Frost a disparu, mais Avril Icove, enchaîna Deena en pressant l'épaule de son chauffeur – l'épaule fine d'Avril –, a encore du travail à accomplir.

Le pouvoir de son nom et le nombre considérable de milliards que ce nom évoquait valurent à Connors d'obtenir, à la vitesse de l'éclair, un entretien avec le conseil d'administration du centre Icove.

— Ce ne sera qu'une rencontre informelle, une sorte de préambule, déclara-t-il à Louise, tandis que la limousine se faufilait dans les embouteillages vers dix heures du matin. Cela nous permettra toutefois de mettre un pied dans la place.

— Si Dallas est sur la bonne piste, les répercussions seront terribles. La réputation des Icove volera en éclats, ainsi que celle du Centre et des autres établissements impliqués dans cette épouvantable affaire. Mais ça, je dirai que ce n'est rien. Il y a ces... clones, le problème éthique et légal qu'ils représentent. Cette histoire va déclencher une véritable bataille médicale, juridique, politique et religieuse. À moins qu'on ne puisse l'étouffer.

Il haussa les sourcils.

— C'est la solution que vous choisiriez ?

— Je ne sais pas, je vous avoue que je suis partagée. En tant que médecin, je suis... épatée par la prouesse scientifique. Les progrès de la connaissance, même appliqués fit mauvais escient, suscitent l'intérêt, pour le moins.

— Ils sont même irrésistiblement alléchants.

— Oui, en effet. La question du clonage humain se pose depuis longtemps, par intervalles. J'y suis fondamentalement opposée, néanmoins c'est un sujet incontournable. Et redoutable. Dupliquer des êtres humains dans un laboratoire, sélectionner certaines caractéristiques, en éliminer d'autres. Qui décide des paramètres à adopter ? Et les ratages, car il y en a dans toute procédure expérimentale ? Sans parler, si Eve ne se trompe pas, de la tentation à laquelle aurait cédé un homme aussi respecté qu'Icove – utiliser ces clones comme des… accessoires, des objets.

— Quand la vérité éclatera, enchaîna-t-il, en supposant qu'elle éclate, les gens seront épouvantés et fascinés. Ils se diront : « Est-ce que mon voisin de palier ne serait pas un clone ? Si oui, puisqu'il m'a marché sur les pieds, n'ai-je pas le droit de le détruire ? » Les États se disputeront cette technologie. Et pourtant, peut-on accepter que les responsables de cette infamie entrent dans l'Histoire couronnés de leurs lauriers ? Il faut un châtiment. La justice. Voilà quelle sera l'opinion d'Eve.

— Eh bien… ne mettons pas la charrue avant les bœufs. Nous arrivons.

— Saurez-vous que chercher ?

Louise haussa les épaules.

— J'attends de voir pour savoir.

— Auriez-vous envie de ça ? De vous recréer ?

— Seigneur, non ! Et vous ?

— Pour rien au monde. Nous sommes enclins à nous… réinventer, n'est-ce pas ? Nous sommes en perpétuelle évolution, ou nous devrions l'être. Et cela suffit amplement. Nous changeons, c'est normal. Les aléas de la vie, l'expérience et les êtres qui nous entourent nous transforment. En mieux ou en pire.

— Mon milieu social, mon patrimoine génétique et mon éducation étaient censés – d'après ma famille – me prédisposer à un certain genre d'existence, de profession. J'ai emprunté une autre voie. Rencontrer Dallas m'a de nouveau orientée vers une autre direction et permis de travailler à Duchas. Vous connaître tous les deux m'a conduite jusqu'à Charles, et notre relation m'a encore métamorphosée. Elle m'a ouvert l'esprit. Quel que soit notre ADN, c'est ce que nous vivons qui nous façonne. Il faut aimer, je crois, pour être pleinement humains. C'est peut-être un cliché éculé, mais c'est vrai.

— Eve et moi avons été réunis par la mort. Souvent il me semble que je suis venu au monde le jour où je l'ai connue – si éculé que soit aussi ce cliché.

— Moi, je le trouve fabuleux.

Connors eut un petit rire.

— Maintenant nous menons ensemble une vie compliquée. Nous traquons des tueurs et des savants fous – et nous sommes en pleine organisation du dîner de Thanksgiving.

— Auquel Charles et moi sommes ravis d'être conviés. Nous attendons cette fête avec impatience.

— Ce sera la première fois que nous aurons une réunion de... de famille à la maison. Vous ferez la connaissance de mes parents d'Irlande.

— Je m'en réjouis d'avance.

— Ma mère avait une sœur jumelle, murmura-t-il, plus pour lui-même que pour Louise.

— Vraiment?

— Oui et, avec toute cette histoire, je me demande ce que ma tante a en commun avec elle, hormis la ressemblance physique.

— Les liens familiaux sont très particuliers, souvent difficiles à analyser. Voilà, nous y sommes.

Louise prit un miroir dans son sac, vérifia son maquillage et fit bouffer ses cheveux, tandis que la limousine s'arrêtait le long du trottoir.

Ils furent accueillis par trois personnages en costume, ensuite scannés par le système de sécurité et escortés jusqu'à un ascenseur privé. Connors aurait parié que la femme, Mlle Poole – brune, la trentaine, le regard perçant –, tenait les rênes.

Il aurait gagné, car elle déclara:

— Nous vous remercions de l'intérêt que vous portez au centre Icove. Comme vous le savez, nous avons récemment vécu une terrible tragédie. Les obsèques du Dr Icove auront lieu aujourd'hui, ici dans la chapelle. Nos services administratifs, techniques et scientifiques seront fermés à midi.

— Je comprends, bien sûr, et je vous suis reconnaissant de nous avoir accordé si vite ce rendez-vous, dans des moments aussi douloureux.

— Durant votre visite, je serai à votre disposition pour répondre à vos questions – ou trouver les réponses, rectifia-t-elle avec un sourire éclatant. En tout cas, pour tenter de me rendre utile.

Connors ne put s'empêcher de s'interroger, se comportant du même coup comme, selon lui, le ferait le commun des mortels si l'affaire éclatait au grand jour.

Était-elle l'une d'elles ? pensa-t-il. Un clone ?

— J'ai une première question, dit-il. Quelles sont exactement vos fonctions, mademoiselle Poole ?

— Je suis la directrice générale.

— Vous êtes bien jeune…

— En effet, rétorqua-t-elle sans se départir de son sourire. J'ai été engagée au Centre dès ma sortie de l'université.

— Et où avez-vous fait vos études supérieures ?

— À la faculté Brookhollow où j'ai pu accomplir mon cursus de manière accélérée. Après vous, je vous prie, ajouta-t-elle, lorsque les portes s'ouvrirent. Je vais vous conduire directement auprès de Mme Icove.

— Mme Icove ?

Ils suivirent Poole qui traversa la réception.

— Oui. Le Dr Icove était le P-DG, et depuis son décès le Dr Will lui avait succédé. À présent… Mme Icove occupe ce poste jusqu'à ce qu'un successeur permanent soit nommé. En dépit des événements, le Centre sera géré comme il l'a toujours été, afin de satisfaire au mieux les besoins des patients. C'est pour nous une priorité absolue.

La porte de ce qui avait été le bureau d'Icove était ouverte. Mlle Poole se campa sur le seuil.

— Madame Icove ?

Celle-ci était immobile, face aux larges fenêtres d'où l'on avait vue sur New York et son ciel maussade. Elle se retourna. Elle avait roulé ses cheveux blonds en chignon sur la nuque. Elle était vêtue de noir, et dans ses yeux lilas se lisaient la lassitude et la tristesse.

— Oui, Carla.

Elle s'avança, se força à sourire et tendit la main à Connors puis à Louise.

— Je suis enchantée de vous rencontrer tous les deux.

— Je vous présente mes plus sincères condoléances, madame Icove.

— Merci.

— Mon père connaissait votre beau-père, intervint Louise. Moi-même, j'ai assisté à plusieurs de ses séminaires quand j'étais étudiante en médecine. Nous le regretterons tous.

— Oui, en effet. Carla, pourriez-vous nous laisser un moment, je vous prie ?

Une expression de surprise se peignit sur le visage de Mlle Poole, vite réprimée.

— Bien entendu. Je serai dans le couloir, si vous avez besoin de moi.

Elle sortit, referma la porte.

— Nous nous asseyons ? proposa Avril. Le bureau de mon beau-père m'a toujours paru intimidant. Désirez-vous une tasse de café ? Autre chose ?

— Non merci, ne vous dérangez pas.

Ils prirent place dans le coin salon. Avril joignit les mains sur ses cuisses.

— Je ne suis pas une femme d'affaires, et je n'ambitionne pas de le devenir. Pas du tout. Je suis là – et cela restera ainsi – uniquement pour la forme. Parce que je porte le nom d'Icove.

Elle regarda ses doigts, et Connors remarqua qu'elle frottait nerveusement son alliance avec le gras du pouce.

— J'ai néanmoins jugé nécessaire de vous rencontrer personnellement lorsque vous avez manifesté votre intérêt pour Unilab et le Centre. Je vais aller droit au but.

— Oui, s'il vous plaît.

— Carla – Mlle Poole – pense que vous avez l'intention d'acquérir la majorité des actions d'Unilab. En tout cas, que votre visite d'aujourd'hui est un premier pas vers cet objectif. Est-ce exact ?

— Y verriez-vous une objection ?

— Pour l'instant, j'estime important d'évaluer et de remanier, si besoin est, le Centre et ses diverses installations. En tant que chef de famille, je m'impliquerai dans ce processus autant que possible. À l'avenir, peut-être même dans un futur très proche, je souhaiterais qu'une personnalité dotée de votre réputation et de votre compétence soit en mesure de superviser le travail qui se fait ici. Cependant j'aimerais avoir du temps pour cette évaluation et cette refonte. Vous le savez sans doute mieux que moi, le Centre est une organisation complexe à multiples facettes. Mon mari comme son père ne déléguaient pas vraiment leurs responsabilités, sur aucun plan. La restructuration ne sera pas facile.

Directe, songea Connors. Logique, et très bien préparée pour cette entrevue.

— Vous ne désirez pas prendre une part active et permanente dans la gestion d'Unilab ou du Centre ? s'enquit-il.

Elle sourit. Réservée, courtoise, rien de plus ni de moins.

— J'accomplirai mon devoir, ensuite je passerai le flambeau à qui me semblera capable de le tenir.

Elle se leva, sourit de nouveau.

— Je vous laisse avec Carla. Elle saura vous piloter bien mieux que moi, et répondra à vos questions avec beaucoup plus d'intelligence.

— Elle paraît en effet extrêmement compétente. Elle nous a dit être diplômée de la faculté Brookhollow. Vous vous doutez que j'ai pris quelques renseignements avant de vous rencontrer. Vous avez également fait vos études à Brookhollow, n'est-ce pas ?

Avril Icove ne cilla pas.

— En effet. Bien que je sois plus âgée qu'elle, Carla a décroché son diplôme avant moi. Elle a suivi un cursus accéléré.

Au Central, Eve orchestra le briefing dans une salle de réunion. Y assistaient le chef de la police, le commandant Whitney, la substitut du procureur Reo, Mira, Adam Quincy – le directeur juridique de la police new-yorkaise – ainsi que Peabody, Feeney et McNab.

Quincy, comme toujours quand Eve et lui s'affrontaient – ce qui, Dieu merci, était rare –, jouait l'avocat du diable.

— Vous prétendez que les Icove, le centre Icove, Uni-lab, l'école et la faculté Brookhollow, ainsi que certains voire tous les organismes avec lesquels les deux médecins étaient associés seraient impliqués dans des pratiques médicales illégales : clonage humain, conditionnement psychologique et trafic de femmes.

— Merci d'avoir résumé la situation pour moi, Quincy.

— Lieutenant, intervint Tibble – un homme grand et très mince dont le visage sombre avait parfois la dureté indéchiffrable d'un roc –, ainsi que le fait remarquer notre directeur juridique, vous portez des accusations stupéfiantes et très graves.

— Oui, chef, j'en ai conscience et je ne parle pas à la légère. Nos investigations nous ont fourni la preuve que Wilfred Icove Senior collaborait avec le Dr Jonah D. Wilson – un éminent généticien qui réclamait l'abrogation des lois interdisant les manipulations génétiques et le clonage reproductif. Après la mort de son épouse, Wilfred Icove a publiquement soutenu les positions de son confrère et associé. Après quoi, s'il ne s'est plus exprimé ouvertement sur ce point, il n'est jamais revenu sur ses déclarations. Et, ensemble, les deux hommes ont édifié... – ... des cliniques, coupa Quincy. Des laboratoires. Unilab, la prestigieuse organisation qui leur a valu de remporter le prix Nobel.

— Je ne dis pas le contraire, rétorqua Eve d'un ton sec. Mais ils ont aussi contribué à fonder Brookhollow. Wilson en était le président. Sa femme lui a succédé, puis la nièce de sa femme.

— Brookhollow aussi est une vénérable institution.

— Avril Icove, la pupille d'Icove Senior, qui par la suite s'est mariée avec Junior, était pensionnaire dans cette «vénérable institution». La mère d'Avril était une associée de Senior.

— Ce qui explique pourquoi il a été désigné comme tuteur.

— Deena Flavia, que nous avons identifiée visuellement et qui est notre suspecte numéro un dans le meurtre d'Icove Senior, a également fait ses études à Brookhollow.

— Primo, et je vous cite, nous n'avons qu'une identification visuelle. Deuzio…

— Quincy, l'interrompit Tibble d'une voix suave, épargnez-nous votre démonstration. Continuez, lieutenant.

— Peabody, affichez les photos.

— Oui, lieutenant.

— Voici un extrait de la vidéosurveillance, en l'occurrence l'image de la dénommée Dolores Nocho-Alverez en train de quitter le bureau d'Icove Senior quelques instants après l'heure de la mort déterminée par le légiste. À côté de ce cliché, vous voyez la photo d'identité de Deena Flavia, prise voici treize ans, peu avant sa disparition. Une disparition qui n'a d'ailleurs jamais été signalée, nulle part.

— Pour moi, c'est la même femme, déclara Reo avec un coup d'œil dédaigneux à Quincy. On peut reproduire des images, d'accord, ou modifier son apparence – de façon provisoire ou définitive. Mais pourquoi ? Et si Dolores s'est approprié la photo d'identité de Deena, on peut également présumer qu'elle était sûre de sa coopération ou de sa mort. Ce qui, là encore, établit un lien entre elles.

— Feeney ? lança Eve.

— Les données enregistrées au nom de Dolores Nocho-Alverez sont fabriquées de toutes pièces. Le nom, la date et le lieu de naissance, les informations sur les parents, l'adresse. Un paravent qui n'a pas été conçu pour durer.

— Image suivante, Peabody, ordonna Eve avant que Quincy ne lui coupe de nouveau la parole. Voici la photo d'identité d'une élève de Brookhollow. Elle est âgée de douze ans.

— Oui, nous savons que Deena Flavia a fréquenté cette école, pérora Quincy.

— En effet. Cependant ce n'est pas Deena Flavia, mais Diana Rodriguez, actuellement âgée de douze ans, pensionnaire à l'école Brookhollow et identifiée grâce au logiciel de morphing comme le sosie parfait de Deena Flavia.

— Ce pourrait être sa fille, murmura Quincy, désarçonné.

— Deena Flavia aurait été fécondée et aurait accouché – clandestinement – dans cette « vénérable institution » qu'est Brookhollow ? Non… d'après l'ordinateur, nous avons affaire à une seule et même personne. Nous avons donc cinquante-six élèves qui ont donné naissance à cinquante-six enfants de sexe féminin qui leur ressemblent trait pour trait ? Selon vous, cela peut-il être une coïncidence ?

Eve attendit une réponse, qui ne vint pas.

— Dans les dossiers de ces cent douze créatures, et particulièrement ceux des enfants, il n'est jamais fait mention de parents biologiques ou adoptifs, de tuteurs, de familles d'accueil.

— Vous avez déterré une bombe, lieutenant, murmura Tibble. Nous avons intérêt à trouver le moyen de ne pas exploser avec elle. Quincy ?

Celui-ci se massait l'arête du nez.

— Il nous faut examiner chaque cas. Impérativement, ajouta-t-il, comme Eve ouvrait la bouche pour protester. Nous devons tout vérifier si nous voulons aller jusqu'au bout.

— D'accord, rétorqua Eve, bouillant d'impatience car elle sentait le temps lui couler entre les doigts. Image suivante, Peabody.

15

Pendant ce temps, Connors et Louise suivaient sagement Carla Poole qui les cornaquait dans le Centre.

Il nota les caméras, dont certaines sautaient aux yeux, le système de sécurité qui équipait les moindres issues. Il formula quelques commentaires, posa quelques questions mais laissa Louise mener la danse.

— Vos salles de consultation sont superbes, déclara celle-ci, balayant du regard un vaste espace pourvu d'appareils de morphing, de scanners corporels et faciaux.

— Nous avons douze salles de ce genre, modulables afin de satisfaire au mieux les exigences des clients ou des malades. Les fonctions vitales du sujet, l'activité cérébrale et cardiaque sont contrôlées durant toute la consultation.

— Et les options de réalité virtuelle ?

— Vous ne l'ignorez pas, docteur, n'importe quelle intervention – même bénigne – engendre du stress. Nous proposons une sélection de programmes de relaxation. Nous pouvons aussi personnaliser un programme en sorte que le client visualise l'apparence qu'il aura après le traitement et ressente le bien-être qui sera alors le sien.

— Vous avez aussi un partenariat avec l'hôpital voisin et le service des urgences, n'est-ce pas ?

— Effectivement. En cas de traumatisme, si la chirurgie réparatrice est nécessaire ou souhaitée, le patient sera conduit ici après un séjour dans notre service de soins intensifs où son état aura été stabilisé. Une équipe lui est alors affectée, en fonction de sa situation et de ses besoins.

— Mais je présume que le client est libre de choisir son médecin ?

— Naturellement, répondit Carla Poole sans hésiter.

— Les confrères, les étudiants en médecine sont autorisés à observer votre travail ?

— Oui, pour certaines consultations ou opérations. Dans les limites de la confidentialité et si le sujet y consent.

— Toutes les procédures sont enregistrées, je suppose ?

— Ainsi que la loi l'exige, répliqua tranquillement Carla Poole. Ces enregistrements sont ensuite scellés et ne sont accessibles que sur requête du patient ou s'il y a litige. À présent, si vous voulez bien, je vais vous faire visiter un de nos blocs opératoires.

— Très volontiers, mais j'ai tellement d'admiration pour ce que les Icove ont accompli en matière de recherche scientifique, surtout ici, entre ces murs… Pour nous, médecins, leur œuvre est légendaire. J'aimerais beaucoup voir les laboratoires.

Carla Poole, une fois de plus, n'eut pas l'ombre d'une hésitation.

— Bien sûr. Certaines zones sont strictement réservées au personnel, pour des raisons de sécurité. Mais il m'est possible de vous montrer plusieurs secteurs qui vous intéresseront.

Louise fut effectivement intéressée, et même sidérée par l'espace et l'équipement. Le labo que leur guide leur fit visiter évoquait un soleil dont les rayons se déployaient à partir d'un cœur où six personnes travaillaient devant un écran. Les rayons étaient encadrés par des plans de travail, des consoles électroniques et de hautes cloisons colorées. Les techniciens étaient vêtus de blouses de la couleur des murs qui flanquaient l'espèce de canal où ils s'affairaient.

Il n'y avait pas de passage d'un rayon à l'autre, remarqua Connors.

Carla Poole les conduisit jusqu'à l'extrémité du rayon bleu et utilisa son passe pour ouvrir une porte à double battant.

— Chaque section abrite son propre domaine de recherche et ses spécialistes. Ici, comme vous le voyez, des droïdes subissent des analyses et certains traitements. C'est grâce à une procédure similaire qu'on a développé la technologie communément appelée *derma*. Comme vous le savez, docteur Dimatto, son application sur les grands brûlés a été une révolution.

Connors n'écoutait plus, tout en feignant la plus totale attention. Lui-même possédait des laboratoires de recherche, où les mêmes tests et simulations étaient en cours. Aussi, pour l'instant, il s'intéressait surtout à la topographie des lieux, au système de sécurité.

Et à la technicienne en chef du rayon bleu – une ancienne étudiante de la faculté Brookhollow.

— Cinquante-six sujets et leurs copies conformes, conclut Eve. À cela, ajoutons que trente-huit pour cent des diplômées de Brookhollow sont maintenant employées dans tel ou tel établissement Icove. Cinquante-trois pour cent des étudiantes se sont mariées dès leur départ de la faculté ou se sont installées en ménage.

— Un pourcentage plutôt élevé, commenta Reo.

— Très au-dessus de la moyenne nationale, rétorqua Eve, et du même coup anormal. Les filles comme Deena Flavia, qui font partie des neuf pour cent restants, se sont évaporées.

— Aucun renseignement sur elles ? interrogea Whitney.

— Aucun. Le capitaine Feeney et l'inspecteur McNab vont s'y atteler. Bien qu'il n'y ait pas de lien officiel entre elles, Avril Icove et Eva Samuels portent toutes les deux le même patronyme : Hannson. Selon toute vraisemblance, le meurtrier d'Icove Junior a pu pénétrer dans l'hôtel particulier grâce à un complice qui se trouvait dans la place. Icove connaissait relativement bien son assassin.

— Il connaissait Deena Flavia, approuva Reo. Ça se tient.

— Non, non... Je ne crois pas que Deena Flavia ait tué Wilfred Icove Junior. Selon moi, c'est son épouse la coupable.

— Elle n'était pas à New York à l'heure du crime, objecta Reo. Elle a un solide alibi.

— Apparemment. Mais... et si elle a un clone ?

La substitut du procureur en resta bouche bée.

— Merde alors... souffla-t-elle.

Whitney s'adossa à son siège qui craqua sous son poids.

— Vous pensez qu'Icove a cloné sa bru ? Même s'il était allé jusque-là, le clone serait une fillette.

— Pas s'il l'a clonée quand elle était toute petite. Au début de sa carrière, il s'intéressait principalement aux enfants. Pendant la Guerre urbaine, c'est pour eux qu'il a fondé divers établissements. Les enfants blessés, orphelins, pullulaient à cette époque. Elle était sa pupille, depuis son plus jeune âge, ce qui la distingue de toutes les autres. Quelque chose en elle était, aux yeux d'Icove, spécial ou remarquable. Aurait-il résisté au désir de la recréer, de la reproduire ? Docteur Mira ?

— Vu les éléments dont nous disposons et ce que nous suspectons... non. Elle était, au sens réel du terme, son enfant. Elle était probablement au courant. L'affection qu'il lui portait exigeait sans doute qu'elle sache. Elle a dû être formée, programmée si vous préférez, pour accepter cette réalité, voire pour en être fière.

— Et s'il y avait eu une faille dans ce conditionnement ? demanda Eve. Si elle n'acceptait plus ?

— Elle a pu être contrainte d'éliminer ce qui l'attachait à ce secret, cette formation, cette existence. Si elle ne tolérait plus ce que, dans son enfance, lui avait infligé l'homme à qui elle aurait dû se fier aveuglément, alors oui… elle a peut-être tué.

Quincy leva une main.

— Si toutes ces hypothèses sont exactes, pourquoi n'existe-t-il pas d'autres clones d'Avril Icove à Brookhollow ?

— Si toutes ces hypothèses sont exactes, répéta Mira – et Eve eut le sentiment que la psychiatre se cramponnait encore à l'espoir que ce ne soit pas le cas –, eh bien… elle a épousé le fils de Wilfred, elle lui a donné des petits-enfants. Junior a peut-être exigé qu'il n'y ait plus de… jumelle artificielle de sa femme. À moins qu'on ait conservé les cellules d'Avril pour une procédure future. Une sorte d'assurance vie. Une sorte d'immortalité.

Tibble joignit les mains en clocher, tapotant de ses deux index sa lèvre inférieure.

— Docteur Mira… en tant que psychiatre et profileuse de notre police, pensez-vous que la théorie du lieutenant Dallas soit plausible ?

— Compte tenu des renseignements que nous avons, de la personnalité des protagonistes impliqués dans cette affaire, et des circonstances, j'aboutis aux mêmes conclusions que le lieutenant.

Tibble se redressa.

— Quincy, arrangez-vous pour que le lieutenant ait son mandat. Lieutenant, prenez les dispositions nécessaires pour le transport de votre équipe et de Mlle Reo. Jack, vous venez avec moi. Voyons ce que nous pouvons faire pour empêcher ce scandale de tout éclabousser.

Il s'interrompit, poussa un soupir.

— Pour l'instant, je n'en réfère à aucune agence fédérale. Jusqu'à nouvel ordre, il s'agit toujours d'une enquête pour homicide qui relève donc de la police new-yorkaise. Si vous trouvez ce que vous cherchez, Dallas, s'il s'avère indispensable de fermer Brookhollow, de mettre des mineures sous la protection des services sociaux… il nous faudra alerter les Fédéraux.

— Compris, chef. Merci.

Elle attendit que Tibble, Whitney et Quincy soient sortis.

— On nous donne un peu de temps, dit-elle, ne le gaspillons pas. Peabody, les kits de terrain. Feeney, tu embarques des appareils électroniques portables – scanners, décodeurs, analyseurs... tout ce que tu as de plus performant dans ton sac à malice. Moi, je contacte mon consultant civil. On se rejoint à l'héliport dans vingt minutes.

— C'est comme si j'étais déjà dans les airs, rétorqua Feeney qui, d'un geste, montra la porte à McNab. On se dépêche, mon gars.

— Je ne fais pas partie, à proprement parler, de votre équipe, commença Mira qui semblait inhabituellement mal à l'aise. Mais... si vous me permettiez de vous accompagner, vous m'accorderiez une grande faveur. Je pourrai peut-être vous aider.

— D'accord. Rendez-vous dans vingt minutes.

Eve saisit son communicateur, appela Connors sur sa ligne privée.

— Tu tombes à pic, lieutenant, nous venons juste de quitter le Centre.

— Tu me raconteras plus tard, je pars pour le New Hampshire. J'ai besoin d'un moyen de locomotion rapide, assez grand pour transporter six personnes et du matériel. Et il me le faut ici.

— Tu auras un jetcopter dans vingt minutes.

— À l'héliport du Central. Merci.

Elle avait déjà le vertige quand elle poussa la porte ouvrant sur le toit et la principale piste de l'héliport. Au sommet des tours voisines, les hélicoptères chargés de régler le trafic et les ambulances aériennes tournoyaient sans discontinuer, tremblant de toute leur carcasse. Eve croisa les doigts, priant de ne pas être trop secouée durant le voyage jusqu'au New Hampshire.

Le vent emmêla ses cheveux et décoiffa avec fureur la malheureuse Peabody.

— Exposez-moi ce que vous avez sur le clonage, lui ordonna Eve, forçant la voix pour couvrir le mugissement du vent.

— C'est long! vociféra Peabody. J'ai classé la documentation en plusieurs rubriques : histoire, controverses, théorie et pratique médicale…

— Faites-moi un résumé. Je veux avoir une idée de ce que je cherche.

— Quelque chose qui ressemble sans doute beaucoup à ce que vous verriez dans un service où l'on traite la stérilité. Des systèmes de réfrigération et de conservation des cellules et des ovules. Des équipements pour tester la viabilité d'un fœtus. Quand un homme et une femme se reproduisent naturellement, le bébé a une moitié de ses gènes qui provient de l'ovule, et l'autre du spermatozoïde.

— Ça, figurez-vous, je le savais. Je ne suis pas débile.

— Oui, d'accord… Par contre, dans la reproduction par clonage, tous les gènes proviennent de la même personne. Vous avez une cellule, vous en retirez le noyau et vous l'implantez dans un œuf fécondé dont on a également retiré le noyau.

— Mais qui peut avoir des idées pareilles?

— Les savants. Bref, ensuite il faut que l'œuf se développe. On le stimule chimiquement ou électriquement pour qu'il devienne un embryon, lequel, s'il est sain et viable, sera implanté dans une matrice.

— C'est dégoûtant.

— Si l'on oublie le fait que tout part d'une cellule unique, ce n'est pas très différent de la fécondation *in vitro*. Seulement voilà… quand la grossesse est menée à terme, on obtient le double parfait de la donneuse d'ovule.

— Où est-ce qu'ils mettent les pondeuses?

— Pardon, lieutenant?

— Où est-ce qu'ils mettent les mères porteuses? Ce ne sont pas toutes des élèves qui, par ailleurs, ne sont pas toutes des clones non plus. Il a bien fallu que ça commence quelque part. Ils ne peuvent pas se permettre d'avoir une bande de filles qui baladent sur le campus un ventre comme celui de Mavis. Ils sont obligés de les loger à l'abri des regards, de surveiller leur grossesse, d'avoir un endroit pour l'accouchement et ce qui va avec.

— Un service de néonatologie.

— Oui, ainsi qu'un système de sécurité à toute épreuve pour veiller à ce que personne ne change d'avis ou ne cause à tort et à travers. Style : « Eh, vous savez quoi ? Hier, j'ai accouché de moi-même. »

— Lieutenant... ça, c'est dégoûtant.

— Et il leur faut des hackers pour trafiquer les banques de données, des faussaires pour réaliser des documents d'identité impeccables. Et je ne parle même pas de l'argent pour financer tout ça.

À cet instant, Feeney et McNab les rejoignirent, chacun chargé d'un sac volumineux portant le sigle : DDE.

— A priori, on est parés, dit Feeney. Le mandat est arrivé ?

— Pas encore, répondit Eve qui contemplait avec inquiétude les nuages qui couraient dans le ciel, chassés par de violentes rafales – le trajet promettait d'être éprouvant.

Feeney extirpa de sa poche un sachet de cajous qu'il offrit à la ronde.

— Franchement, grommela-t-il, on se demande pourquoi, alors que cette planète est déjà surpeuplée, un imbécile fabriquerait des gens supplémentaires, juste sous prétexte qu'il sait le faire.

Eve, qui croquait une noix, ne put s'empêcher de sourire.

— En plus, dit McNab, on élimine le côté le plus agréable de la chose. « Oh, Harry chéri, minauda-t-il, regarde notre joli petit bébé. Tu te rappelles la nuit où on était complètement beurrés et où on a oublié nos contraceptifs ? » S'il faut torcher les fesses d'un môme pendant quelques années, personnellement je tiens à l'engendrer comme nos ancêtres, avec à la clé une bonne partie de jambes en l'air.

— Et on se prive de la dimension affective, renchérit Peabody. «Il a tes yeux, mon chéri…»

— «Et, étrangement, le nez de ta secrétaire», enchaîna Eve.

Hilare, Feeney manqua s'étouffer. Tous, cependant, reprirent leur sérieux en voyant Mira apparaître, flanquée de Reo. La psychiatre avait une mine de papier mâché. L'emmener dans cette expédition était sans doute une erreur.

— Mon patron, les vôtres et Quincy s'efforcent de convaincre un juge de nous délivrer un mandat, annonça Reo. Avec un peu de chance, le document sera signé et scellé pendant le voyage.

— Bien.

Eve s'approcha de Mira.

— Vous n'êtes pas obligée de venir, lui chuchota-t-elle.

— Si, je crois que si. La vérité n'est pas toujours plaisante, mais je veux la regarder en face. Quand j'étais jeune, Wilfred était un modèle pour moi. J'admirais sa compétence, sa passion pour la médecine, l'inépuisable énergie qu'il déployait pour soigner, améliorer l'existence d'autrui. En outre, il était un ami. Pourtant, aujourd'hui, je décide de vous accompagner plutôt que d'assister à ses obsèques.

La psychiatre fixa Eve, droit dans les yeux.

— Et je m'en remettrai.

— D'accord. Mais si éprouvez le besoin, à n'importe quel moment, de regagner le banc de touche, personne ne vous le reprochera.

— Le banc de touche n'est pas une place pour des gens comme vous et moi, n'est-ce pas, Eve? Parce que nous nous sommes juré de rester dans le match. Ne vous inquiétez pas pour moi, ajouta Mira en lui tapotant le bras, ça ira.

Soudain, un jetcopter brassa l'air au-dessus d'eux, avant de se poser sur l'aire qui lui était réservée. Il était grand, noir et luisant – sa silhouette évoquait celle d'une panthère. Eve ne fut pas surprise de voir Connors aux commandes.

Quand elle grimpa à bord, il la gratifia d'un sourire éblouissant.

— Salut, lieutenant.

— Je suis ravie d'aller dans le New Hampshire ! s'exclama Louise en se hâtant de quitter le siège du copilote. Je sais que c'est inconvenant, mais cette histoire m'excite à un point…

— Dans ce cas, allez vous asseoir à l'arrière, à côté de McNab, ordonna Eve d'un ton sec. Vous glousserez de concert. Connors… comment se fait-il que Louise et toi soyez dans cet engin ?

— Parce qu'il m'appartient, et que nous profiterons du trajet pour te raconter notre visite au Centre.

— Il y a quelque chose de bizarre, sûr et certain, décréta Louise, tandis que Feeney et McNab chargeaient le matériel.

— Hum, c'est doux, roucoula Reo en caressant les accoudoirs en cuir de son siège.

Comme Eve lui décochait un regard noir, la substitut haussa les épaules.

— Eh bien quoi ? Moi aussi, j'ai le droit d'être excitée. Cher Reo, substitut du procureur, ajouta-t-elle en tendant la main à Louise.

— Dr Louise Dimatto.

— Lieutenant Eve Dallas, qui ne va pas tarder à vous botter les fesses. Bon… chacun boucle sa ceinture, et on décolle.

— Mesdames et messieurs, dit Connors, les conditions atmophériques n'étant pas très bonnes, je vous prie de ne pas quitter votre place.

Il appuya sur des boutons, tripota des manettes en attendant d'avoir l'autorisation de décoller. Alors le jetcopter s'éleva à la verticale et fonça à une vitesse folle en direction de la 9e Avenue.

— Merde, merde… gémit Eve qui serrait les dents, de crainte de vomir son petit-déjeuner.

— Youpi ! s'écria McNab, heureux comme un gamin sur les montagnes russes.

— Peabody, tant que nous sommes entre nous, permettez-moi de vous complimenter pour votre nouvelle coiffure, déclara galamment Connors.

La jeune femme rougit, secoua ses extensions.

— Oh, merci… Ça vous plaît ?

— Beaucoup, répondit Connors qui réprima un sourire en entendant Eve grogner à côté de lui. Et maintenant, mon rapport sur notre visite au Centre. Avril Icove, qui occupe actuellement le poste de P-DG, nous a reçus dans le bureau de son beau-père.

— Quoi ? aboya Eve, rouvrant brusquement les yeux – elle ne se rappelait pourtant pas les avoir fermés.

Il savait s'y prendre pour lui faire oublier son vertige, sa peur du vide.

— Oui, elle aura ce titre jusqu'à ce que le conseil d'administration désigne un successeur. Elle s'est débrouillée pour s'entretenir avec nous en privé. Elle prétend ne pas être une femme d'affaires et n'avoir aucun désir de le devenir. Je la crois. Elle m'a aussi demandé, au cas où je compterais racheter assez d'actions pour avoir le contrôle d'Unilab et du Centre, de leur laisser le temps nécessaire pour se remettre de la perte de leurs deux principaux dirigeants.

— Elle semblait sincère, ajouta Louise. Triste, réservée. C'est aussi une diplomate. Elle a déclaré que le talent et l'imagination de Connors seraient un atout pour le Centre.

— Tu as eu l'impression qu'elle souhaiterait te voir prendre la direction de ces branches de l'empire Icove ?

— Oui. Mais je doute que le conseil soit de son avis, ce qui explique pourquoi elle nous a reçus seule. Pour poser les fondations d'une relation privilégiée avec le général avant le coup d'État.

— Seulement elle a besoin de temps pour obtenir ce qu'elle veut, ou assurer ses arrières, ou tout casser. Qu'est-ce qu'elle peut bien chercher, bon sang ?

— Je n'ai pas la réponse, mais la directrice, une ancienne de Brookhollow, a rondement mené la visite et fait très attention à ce que nous ne remarquions pas certains détails. Particulièrement les caméras dissimulées dans les zones réservées aux consultations et aux soins.

Eve le dévisagea.

— Si elles étaient cachées, tu les as repérées comment ?

Il esquissa un sourire à la fois suffisant et compatissant.

— Allons, lieutenant, j'avais un détecteur sur moi.

— Comment as-tu réussi à déjouer le système de sécurité ?

— Cet appareil a l'apparence et le fonctionnement d'un calepin électronique. Astucieux, n'est-ce pas ? Bref… tous les secteurs que nous avons traversés sont sous l'œil de ces caméras. En d'autres termes, au Centre, tu trouveras une masse considérable d'archives filmées.

— Ensuite, le laboratoire, enchaîna Louise. Original par son architecture, somptueusement équipé. Et remarquablement inefficace.

— Comment ça ?

Louise expliqua brièvement ce qu'ils avaient observé.

— On pourrait avoir divers degrés de sécurité, des étages ou des niveaux séparés pour des recherches et des tests spécifiques. Certains travaux confidentiels pourraient certes exiger des mesures de sécurité renforcées. Admettons… Mais il n'y a aucune logique dans l'infrastructure qu'on nous a montrée.

— Un laissez-passer, un responsable par rayon, répéta Eve à mi-voix. Et aucune communication entre les divers canaux.

Elle songea au labo de la police pareil à une ruche dont les abeilles allaient et venaient d'une alvéole à l'autre.

— Quand on veut empêcher le copinage entre employés, ce n'est pas idiot, marmonna-t-elle. C'est même sans doute très efficace si l'on cherche à limiter les papotages, les fuites. Pour couper du reste un service d'obstétrique, par exemple.

Soudain, Reo, qui avait un portable sur les genoux, poussa une exclamation.

— Ah, voilà notre mandat !

— Un timing parfait, commenta Connors. Nous sommes presque arrivés.

Eve découvrit Brookhollow à travers un rideau de pluie. Les briques rouges, les arbres, une piscine recouverte pour la mauvaise saison, le vert et blanc des courts de tennis. À travers le parc serpentaient des sentiers pour les balades en scooter, à bicyclette ou à pied. Elle vit des chevaux, des vaches dans un enclos et, à sa grande stupeur… trois voitures de patrouille et un van de la morgue.

— Des flics ? Bon Dieu… qu'est-ce qu'ils foutent là ?

La police du comté, constata-t-elle, tandis que le jetcopter amorçait sa descente. D'un geste brusque, elle saisit son ordinateur de poche et lança une recherche succincte sur le chef des autorités locales.

— Shérif James Hyer, cinquante-trois ans. Il est né et a grandi dans la région. Juste après le lycée, il a fait quatre ans de service militaire. Dans la police depuis vingt ans, il a été élu shérif il y a douze ans. Marié depuis dix-huit ans, un fils de quinze ans, James Junior.

Eve étudia la photo et relut les maigres informations qu'elle avait sur le shérif, pour essayer de cerner sa personnalité. Figure pleine, rubiconde. Il ne buvait pas que de l'eau. Cheveux châtains coupés en brosse. Des pattesd'oie autour des yeux bleu pâle. Lui au moins n'avait pas recours à la chirurgie esthétique – il faisait son âge, peut-être même un peu plus.

Dès que l'hélicoptère se fut posé, Eve sauta à terre et se dirigea vers les bâtiments. Deux policiers en uniforme se précipitèrent pour lui barrer le passage.

— Le périmètre est bouclé, vous ne…

— Lieutenant Dallas, bougonna-t-elle en exhibant son insigne. Je veux parler au shérif Hyer. Il est sur les lieux ?

— Ici, on n'est pas à New York, dit l'autre homme d'un air bravache. Le shérif est occupé.

— C'est marrant, moi aussi. Mademoiselle la substitut Reo, à vous la parole.

Reo brandit le document qu'elle avait eu soin d'imprimer.

— Nous avons un mandat qui nous autorise à fouiller les bâtiments. Nous cherchons d'éventuels indices en rapport avec deux homicides perpétrés dans l'État de New York, district de Manhattan.

— Le périmètre est bouclé, s'obstina le second policier, solidement campé sur ses jambes.

— Votre nom et votre grade, ordonna sèchement Eve.

— Gaitor, shérif adjoint du comté de James.

Il pointa le menton, ricana. Eve décida d'attendre encore un moment avant de l'écorcher vif, considérant qu'il était peut-être tout simplement bête à manger du foin.

— Je vous conseille de prévenir votre supérieur de notre arrivée, adjoint Gaitor, ou je vous inculpe pour entrave à la justice.

— Vous n'avez aucune autorité dans ce comté.

— Je vous le répète une dernière fois, je suis chargée de mener une enquête diligentée par les États de New York et du New Hampshire. Par conséquent, vous prévenez votre chef dans les dix secondes ou je vous passe les menottes et je vous enferme dans la cellule la plus proche, espèce d'abruti.

Elle capta une lueur dans les yeux de son interlocuteur, le mouvement furtif de ses doigts.

— Vous touchez votre arme, adjoint Gaitor, et je vous garantis que vous ne vous servirez plus de votre main pendant une bonne semaine. Notez que ce ne sera pas grave, vous n'en aurez même plus besoin pour vous soulager la vessie, parce que je vous aurai transformé votre petit engin en bretzel.

— Bonté divine, Max, ça suffit, intervint l'autre policier en prenant son collègue par le coude. J'ai averti le shérif, lieutenant. Il arrive, mais on peut aussi aller à sa rencontre.

— Parfait, merci.

— J'adore la regarder travailler, chuchota Connors à Feeney.

— Ouais... J'espérais que cet imbécile dégainerait son pistolet, on se serait bien amusés.

— Peut-être la prochaine fois.

Gaitor, raide comme un piquet, marchait devant eux. Il arrêta un homme qu'Eve reconnut : Hyer, lequel écouta son subalterne, souleva son chapeau pour se gratter le crâne puis désigna l'une des voitures de patrouille.

Tandis que Gaitor s'éloignait, le shérif s'avança vers Eve.

— Alors comme ça, New York nous tombe du ciel ? Et qu'est-ce que vous venez fiche par ici ?

— J'ai un mandat de perquisition, en rapport avec deux meurtres commis dans ma juridiction. Je me présente : lieutenant Dallas de la Criminelle.

— Jim Hyer, je suis le shérif du comté. C'est vrai que vous avez menacé mon adjoint de lui couper son machin, New York ?

— C'est vrai.

— Bah, je parie qu'il l'avait mérité. On a une sale histoire sur les bras. La présidente de l'école trucidée dans ses bureaux.

— S'agirait-il d'Evelyn Samuels, par hasard ?

— Tout juste.

— Et elle n'aurait pas été poignardée en plein cœur, d'un seul coup de scalpel ?

Plissant les paupières, il la dévisagea longuement.

— Tout à fait exact. Vous avez décroché le gros lot. Une médaille en chocolat, ça vous va, New York ?

— Ça me va très bien. Je suis venue avec des renforts. L'inspecteur Peabody, ma coéquipière, le capitaine Feeney et l'inspecteur McNab de notre division de détection électronique, deux médecins, une substitut du procureur et un consultant civil. Nous sommes tous à votre disposition, shérif, pour vous aider. Nous vous communiquerons les informations communes entre nos affaires et la vôtre.

— Que demander de plus ? Vous voulez voir le corps, je suppose ?

— En effet. Vous avez un endroit où mes collaborateurs pourraient attendre, pendant que ma coéquipière et moi examinons la scène de crime ?

— Freddie, occupe-toi de ces gentils touristes. C'est une drôle d'histoire, enchaîna-t-il en les entraînant vers l'aile centrale de l'école. La victime avait rendez-vous avec la mère d'une élève potentielle. Les déclarations des témoins se recoupent et sont confirmées par les images des caméras de surveillance. Les deux femmes ont fait un petit tour du rez-de-chaussée avant de pénétrer dans les quartiers privés de la victime, qui avait auparavant demandé à ce que le thé soit servi dans le salon. Onze minutes après, la visiteuse ressortait, refermait la porte, quittait le bâtiment et montait dans la voiture qui l'avait conduite ici. Terminé.

Il claqua des doigts.

— Heureusement, on a la marque du véhicule, le numéro d'immatriculation, et l'identité de la meurtrière présumée. Désirée Frost.

— Ne vous réjouissez pas trop vite, tous ces éléments se révéleront faux.

— Ah bon ?

Surmontant le malaise que les écoles ne manquaient jamais de provoquer en elle, Eve suivit Hyer dans le grand hall. Il y régnait un silence de mort.

— Où sont les élèves, le personnel ?

— J'ai mis toute la clique dans le théâtre, dans un autre bâtiment.

Ils montèrent une volée de larges marches menant à la scène de crime.

Trois personnes se trouvaient dans la pièce, dont deux étaient revêtues d'une combinaison protectrice. La troisième était penchée sur la victime.

— Je vous présente le Dr Richards, notre légiste, ainsi que Joe et Billy, nos techniciens de l'Identité judiciaire.

Eve les salua d'un hochement de tête.

— Cela vous ennuie si nous filmons et enregistrons les opérations ?

— Pas du tout, répondit le shérif Hyer.

— Alors, allons-y, ne perdons pas de temps.

16

Quand Eve eut achevé d'examiner la scène de crime ainsi que la victime, elle ressortit de la pièce.

— J'aimerais que mes experts en informatique et mon consultant civil viennent ici.

— Je peux vous demander pourquoi ?

— À New York, j'ai eu deux hommes assassinés de la même façon. Or ces victimes ont un lien avec cette institution.

— Vous parlez des Icove.

— Si vous le saviez, rétorqua Eve, irritée, pourquoi me poser la question ?

— Je veux juste avoir votre avis. J'ai une victime liquidée comme deux célèbres médecins new-yorkais. Votre suspecte, si je me souviens bien de sa photo, est une ravissante jeune créature. Ma suspecte à moi est aussi une ravissante jeune créature. Je n'ai pas l'impression qu'il s'agisse d'une seule et même personne mais peut-être que, si je passe les photos à la moulinette, mon ordinateur me répondra que c'est la même dame. Enfin bref, je m'interroge. Pourquoi une femme – ou des femmes – qui avait une dent contre des docteurs de la ville a parcouru des centaines de kilomètres pour assassiner la directrice d'une école de filles ?

— Nous avons des raisons de penser que la ou les meurtrières ont elles-mêmes été pensionnaires dans cet établissement.

Hyer émit un sifflement perplexe.

— Vous êtes shérif depuis longtemps, n'est-ce pas ? Combien de fois la direction de Brookhollow a-t-elle fait appel à la police ?

Il eut un petit sourire qui retroussa le coin de ses lèvres minces et lui donna soudain un certain charme.

— Une fois : aujourd'hui. Mais je suis venu souvent quand je n'étais pas de service. Trois ou quatre fois par an, il y a un nouveau spectacle dont les représentations sont ouvertes aux habitants de la région. Ma femme m'y traîne – elle aime ça, le théâtre. Je l'accompagne aussi pour la visite des jardins, au printemps.

— Ça ne vous paraît pas bizarre que, pendant tout ce temps, on ne vous ait jamais alerté à cause d'une gamine qui aurait fait le mur, ou d'un cambriolage, d'un acte de vandalisme… je ne sais quoi encore ?

— Si, peut-être. Je vais quand même pas rouspéter quand on me fiche une paix royale.

— On ne vous a jamais parlé d'une élève qui serait tombée amoureuse d'un garçon du coin, ou qui serait allée en ville et aurait eu des problèmes ?

— Sûrement pas. On les voit jamais en ville, et de fait, pour être complètement franc, ça m'a toujours paru bizarre. Du coup, quand j'ai accompagné ma femme par ici, j'ai fureté un peu, posé quelques questions.

Il jeta un regard circulaire, se pencha pour chuchoter :

— Aucun élément tangible. Rien qu'un pressentiment, là dans les tripes, vous comprenez ce que je veux dire ?

— Je comprends très bien.

— Seulement, c'est une école huppée, et nous, on est que des ploucs. Certains de nos jeunes gars ont essayé d'entrer, c'est naturel. Les vigiles les ont repoussés avant qu'ils aient mis le petit orteil sur le campus.

Le shérif se gratta le front, soupira.

— Et maintenant vous voilà, New York. Je sens que tout ça va me passer sous le nez.

— Je suis désolée. Et je ne suis même pas autorisée à vous en parler. L'affaire est classée top secret. Code bleu.

— Ah bon ? s'exclama-t-il, écarquillant les yeux. C'est beaucoup plus sérieux que je croyais.

— Je peux juste vous dire que nous avons de solides raisons de croire que ces bâtiments n'abritent pas seulement un établissement scolaire. Votre intuition ne vous trompe pas, shérif. Bien… maintenant, il faut que je visionne les films de vidéosurveillance et les dossiers des élèves, et que j'interroge les témoins.

Le shérif trépignait littéralement.

— Donnez-moi un os à ronger. Ayez un peu confiance en moi.

Eve hésita une fraction de seconde, scruta son interlocuteur dont le visage respirait l'honnêteté.

— Wilfred Icove Senior a été assassiné par une femme qui a fait ses études dans cette institution et qui ensuite s'est volatilisée. Or aucun avis de disparition ne la concernant n'a été enregistré par les autorités, nulle part. Nous pensons que son dossier officiel a été fabriqué de toutes pièces, par sa victime ou du moins avec son accord. Nous estimons également qu'elle a tué Wilfred Icove Junior, ou du moins participé à son meurtre, et qu'elle est l'auteur, avec sa complice, de ce dernier homicide survenu dans votre juridiction. Selon moi, elle n'en a pas encore fini. J'espère trouver ici des informations qui nous aideront tous les deux. Je vous communiquerai les éléments qu'il m'est permis de vous communiquer. Et plus si je le peux, vous avez ma parole.

— Vous croyez que cette école est une espèce de… secte ?

— Ce n'est pas si simple. J'ai deux médecins avec moi, dont une psychiatre. Elles pourraient examiner certaines élèves, les aider à surmonter cette situation traumatisante.

— Ils ont leurs médecins et leurs psy.

— Je préférerais que les nôtres s'occupent de ça.

— Pigé.

— Merci... Peabody, briefez l'équipe. Vous aiderez le shérif Hyer pour les vérifications d'identité. Que Connors me rejoigne sur la scène de crime dans dix minutes.

Eve étudia attentivement les images prises par les caméras du système de sécurité. Belle métamorphose, décida-t-elle. La coupe de cheveux attirait le regard et le visage était plus plein, plus doux. Le teint plus blanc, la couleur des yeux différente. De même que la forme de la bouche. Elle avait dû utiliser des prothèses de maquillage.

— C'est elle... Si l'on ne se méfiait pas, on ne la reconnaîtrait pas. Elle est forte. Il faut faire analyser cette image par le logiciel de morphing – à partir des mains et des oreilles –, mais je vous garantis que c'est elle.

Ou peut-être l'une d'elles, songea Eve. Comment avoir une certitude ?

— Sa dernière victime ne l'a pas non plus reconnue, ajouta-t-elle. C'est vraiment...

Elle n'acheva pas sa phrase, contemplant avec stupeur Diana Rodriguez qui, dans la vidéosurveillance, descendait le grand escalier.

Que ressentait-on en se voyant évoluer sous le masque de la fillette que l'on était autrefois ?

Eve pensa à ce qu'elle-même avait été à cet âge. Une solitaire qui attendait, souffrant de tant de blessures qu'on pouvait s'émerveiller qu'elle n'eût pas saigné à mort.

À l'époque, elle ne ressemblait en rien à cette belle enfant qui, sur les images, s'immobilisait et semblait s'adresser poliment à la visiteuse.

Eve ravala une exclamation en voyant soudain Deena et Diana échanger un regard.

Elle sait. La gamine sait.

Elles s'éloignaient l'une de l'autre, partaient dans des directions opposées. Chacune se retournait brièvement pour regarder l'autre une dernière fois.

Elle ne se contente pas de savoir. Elle comprend. Elle approuve.

Et pourquoi pas ? Après tout, elles ne formaient qu'une seule et même personne.

— On saute la suite ? suggéra le shérif Hyer, tandis que Samuels et Deena pénétraient dans le salon.

— Hein ? Euh… oui, s'il vous plaît.

— Personne s'est approché de cette porte pendant le laps de temps critique. La victime n'a reçu ou donné aucun coup de fil. Attendez que je cale le film… ah voilà, elle ressort.

— Tranquille. Comme avec Icove. Elle ne se presse pas, elle est… elle a emporté quelque chose.

Hyer sursauta.

— Comment vous voyez ça ?

— Son sac. Il est plus lourd. Regardez l'angle de son épaule. Rembobinez la vidéo, jusqu'au moment où elle est entrée… stop. Affichez les deux images côte à côte sur l'écran.

Le shérif s'exécuta, mordillant sa lèvre inférieure. Tous deux examinèrent les deux clichés.

— Mais oui, admit-il. J'avais loupé ce détail. Il est pas énorme, ce sac, elle a pas pu prendre un objet plus grand que…

— … des disques. Je vous parie ce que vous voulez qu'elle a pris des disques ou des dossiers. Elle ne tue pas pour l'argent. Sinon elle aurait dépouillé la victime de ses bijoux. Elle cherchait des informations – ce qui colle parfaitement avec le scénario de cette histoire.

Comme prévu, Connors la rejoignit sur la scène de crime.

— Qu'est-ce que tu vois ? lui demanda-t-elle.

— Un salon agréablement agencé. Féminin sans mièvrerie. Élégant, très chic.

— Et qu'est-ce que tu ne vois pas ?

— Des caméras de sécurité, comme il y en a ailleurs. Mais, poursuivit-il en saisissant ce qui paraissait être un calepin, c'est précisément ce qui constitue le caractère privé de ce lieu. Il n'y a pas d'œil électronique pour espionner ce qui s'y passe.

— D'accord. Nous sommes donc dans une pièce dépourvue de caméras et insonorisée. Samuels avait forcément un bureau, peut-être même plusieurs. Elle avait d'autres appartements. On explorera tout ça. Mais ici, c'était son sanctuaire, dans l'aile centrale. Elle devait s'en servir, je suppose. Deena a emporté quelque chose qui se trouvait ici, qu'elle a mis dans son sac. Alors... qu'est-ce que tu vois ? répéta-t-elle.

De nouveau, il balaya la pièce d'un regard inquisiteur.

— Tout est à sa place. De l'ordre, du raffinement, de l'harmonie. À plus petite échelle, ça ressemble au domicile d'Icove. On ne remarque aucune trace prouvant que cet endroit a été fouillé ou qu'on a dérobé un objet quelconque. Combien de temps est-elle restée ici ?

— Onze minutes.

— Dans ce cas, et en considérant qu'elle a également commis un meurtre durant ce bref délai, ce qu'elle a pris devait être visible. Ou bien elle savait tout simplement où le trouver.

— Je choisis la deuxième option, parce qu'elle n'aurait pas chipé un vase ou un souvenir à la noix. Et notre victime ne gardait pas certaines informations gênantes à portée de main du premier venu.

Deena n'avait pas agi à l'aveuglette. Ce n'était pas son genre.

— C'est ici que Samuels s'entretenait avec les parents ou les tuteurs des élèves potentielles. Encore qu'ils n'acceptaient pas beaucoup de filles extérieures à l'institution, juste assez pour s'assurer un peu de diversité et des revenus supplémentaires, pour entretenir aussi leur réputation. Samuels devait recevoir les futurs employés dans l'un de ses bureaux. Deena aurait pu faire semblant de poser sa candidature pour un poste quelconque, pourtant elle a préféré jouer les mères, parce qu'elle voulait accéder à cette pièce. Elle voulait liquider Samuels et s'emparer de quelque chose qui était ici. Donc, comme tout est impeccablement ordonné, on n'a plus qu'à chercher une place vide.

Eve s'approcha d'abord d'un secrétaire. Parfois, la simplicité payait.

— Je vais devoir convaincre Hyer de me laisser emmener le corps à New York, dit-elle.

Connors promenait délicatement ses doigts sur les murs, les objets d'art.

— Pourquoi ?

— Je veux que Morris l'autopsie. Seul. Pour savoir si elle avait subi des opérations faciales ou corporelles. Je veux comparer ces photos avec les images de l'épouse de Wilson, Eva Samuels.

Il s'immobilisa une fraction de seconde, la regarda.

— Tu penses qu'elle était le clone d'Eva Samuels.

— Effectivement, répliqua-t-elle en se penchant pour inspecter le dessous d'une table. Au passage, quand j'ai examiné le corps, j'ai appris un truc.

— Quoi donc ?

— Ils saignent et meurent comme n'importe qui.

— Si tu as raison à propos de Deena, ils sont aussi capables de tuer comme leurs modèles conçus par des voies naturelles. Ah, nous y voilà !

— Tu as trouvé ?

— Apparemment.

Tandis qu'Eve se redressait et le rejoignait, il tira l'écran mural qui dissimulait un coffre-fort encastré.

— Une splendeur… murmura-t-il. Une coque de duraplast doublée de titane. Triple combinaison, y compris code vocal. Une séquence inexacte le reprogramme avec une combinaison alternative, tout en déclenchant des alarmes silencieuses dans l'un des cinq emplacements sélectionnés, ou dans tous.

— Et tu sais ça rien qu'en regardant cet engin ?

— Je l'ai reconnu, Eve chérie. Nous avons là un Renoir. Un nom justifié car, à sa façon, c'est une œuvre d'art. Il va me falloir un peu de temps.

— Prends-le et préviens-moi quand tu auras fini. Moi, je dois voir le reste de l'équipe et recueillir quelques dépositions.

Elle contacta Mira qu'elle retrouva à l'extérieur du théâtre.

— Votre opinion ?

— Ce sont des enfants, Eve. De très jeunes filles. Effrayées, désemparées, surexcitées.

— Docteur Mira…

— Ce sont des enfants, répéta celle-ci d'une voix dont l'imperceptible chevrotement trahissait la tension qui l'habitait. Quelle que soit la manière dont elles sont venues au monde. Elles ont besoin d'être réconfortées, préservées, rassurées.

— Mais qu'est-ce que je compte faire, selon vous ? Les rassembler pour les exterminer ?

— Certains le souhaiteront. Elles ne sont pas comme nous, elles sont… artificielles. Sans âme. D'autres voudront les examiner, les étudier, comme ils le feraient avec des animaux de laboratoire.

— Et comme *lui* l'a fait. Cela vous blesse, j'en suis navrée, mais pendant toutes ces années, qu'est-ce qu'il a fabriqué avec elles, sinon les étudier, les tester et les former ?

— Je pense qu'il les aimait.

— Oh, de la merde !

Eve se mordit les lèvres, s'éloigna de quelques pas pour tenter de recouvrer son sang-froid.

Mira tendit les mains vers elle – un geste qui était presque une prière.

— Était-ce moralement juste ? Non, certainement pas. Pourtant je n'arrive pas à croire qu'elles n'étaient pour lui que des cobayes. Elles sont belles, brillantes, saines et…

Eve pivota vivement sur ses talons.

— Il y a veillé ! Il a pris toutes les mesures nécessaires pour qu'elles soient à la hauteur de ses critères. Mais où sont celles qui ne correspondaient pas ? Et celles-là…

288

articula-t-elle, désignant la porte du théâtre. Quels sont leurs choix ? Elles n'en ont aucun. Chacune d'elles est le fruit de ses choix à *lui*, de sa vision des choses, des normes qu'il avait fixées. En quoi est-il si différent, au fond, d'un homme tel que mon père ? Lui aussi m'a engendrée, enfermée comme un animal dans une cage, et entraînée à mon futur métier. Icove était infiniment plus intelligent, d'accord, et on peut supposer que ses méthodes pédagogiques ne comprenaient pas les coups, le jeûne et le viol. Pourtant il créait, emprisonnait et vendait ses créations.

— Eve…

— Non ! À vous de m'écouter. Deena était peut-être une adulte raisonnable quand elle l'a tué. Elle n'était sans doute pas en danger de mort. Mais moi, je *sais* ce qu'elle éprouvait. Je *sais* pourquoi elle lui a planté ce scalpel dans le cœur. Il devait mourir, sinon elle restait prisonnière dans sa cage. Ça ne m'empêchera pas de la traquer, d'accomplir mon boulot de mon mieux. Mais elle n'a pas supprimé un innocent. Elle n'a pas assassiné un saint. Si vous n'arrivez pas à mettre de côté cette image que vous avez de lui, nous ne pouvons pas travailler ensemble sur cette affaire.

— Et vous, Eve ? Êtes-vous vraiment objective quand vous le voyez comme un monstre ?

— Tous les indices le dépeignent comme un monstre, riposta Eve. Cependant, je le répète, je mettrai tout en œuvre pour identifier, arrêter et incarcérer la ou les meurtrières. À présent, j'ai près de quatre-vingts filles mineures là-dedans – sans parler des quelque deux cents étudiantes de la faculté. Elles doivent être interrogées et – ça, je vous le confirme – protégées parce qu'elles ne sont pour rien dans cette histoire. Pendant que je m'en occupe, je vous demande d'attendre dans le jetcopter jusqu'à ce qu'on rentre à New York.

— Ne me parlez pas sur ce ton, ne me traitez pas comme l'une de ces idiotes que vous adorez malmener !

— Je ferai ce qui me chante, et vous obéirez à mes ordres. Je suis chargée de mener l'enquête sur le meurtre des Icove père et fils. Vous êtes ici sous mon autorité, et vous vous comportez comme une idiote. Soit vous rejoignez le jetcopter comme une grande, soit je vous fais escorter.

Malgré son évidente fatigue, Mira ne céda pas un pouce de terrain.

— Vous êtes obligée d'interroger ces enfants en présence d'un psychiatre, moi en l'occurrence. Sinon, il vous faut l'autorisation expresse des parents ou des tuteurs légaux.

— Louise assistera aux entretiens.

— Dans ce domaine, elle n'est pas habilitée par la police new-yorkaise. Pour reprendre l'une de vos expressions favorites, lieutenant, vous l'avez dans l'os.

Sur ce, écumant de fureur, Mira s'engouffra dans le théâtre.

Eve balança un coup de pied dans la porte. Quand son communicateur bourdonna, elle manqua le briser entre ses doigts.

— Oui, quoi ? aboya-t-elle.

— J'y suis, répondit Connors. Regarde.

Il tourna son propre communicateur pour que Eve puisse voir l'intérieur du coffre-fort.

— Vide, maugréa-t-elle. Génial ! Maintenant, tu te charges de ses bureaux et tu transmets ce que tu trouves à Feeney.

— À ta disposition, lieutenant. Tu sembles en colère, quelqu'un t'a écrasé les orteils ? Quel dommage, tu as de si jolies chaussures !

— Je n'ai pas le temps de rire à tes fines plaisanteries. À plus tard.

Elle coupa la communication et, à son tour, pénétra dans le théâtre d'un pas de grenadier.

— Je veux Diana Rodriguez, annonça-t-elle à Mira. En privé.

— Il y a un petit salon en dessous.

— Très bien. Amenez-la-moi.

Eve s'éloigna, enfonça une touche sur le clavier de son communicateur.

— Peabody, votre rapport.

— J'ai le résultat du morphing : Flavia et Frost sont une seule et même personne. On s'en doutait. Je n'ai rien encore sur le véhicule. Je contrôle auprès de toutes les agences de transport, dans un rayon de cent cinquante kilomètres.

Eve s'accorda un instant pour s'éclaircir les idées.

— Vérifiez tous les vols en partance des aérodromes de la région, pour New York, les Hamptons et les autres localités où les Icove ont des propriétés.

— Oui, lieutenant.

Ensuite, Eve contacta Feeney.

— Dis-moi que tu as trouvé quelque chose.

— Je bosse. Les ordinateurs de l'école sont mieux protégés que ceux du Pentagone. Mais on leur fera cracher ce qu'ils ont dans le bide. J'ai peut-être un truc pour toi, grâce aux caméras extérieures. Un bout d'image du chauffeur.

— Envoie, je suis preneuse.

— Laisse-moi d'abord m'amuser un peu avec, au cas où je pourrais la nettoyer et te l'agrandir.

— Grouille-toi.

Elle commençait à recouvrer son calme. Tant mieux. Sa prise de bec avec Mira l'avait ébranlée et avait ranimé des émotions et des souvenirs qu'elle s'évertuait à étouffer durant cette enquête.

Elle ne pouvait pas s'autoriser ça, se dit-elle en se dirigeant vers le foyer du théâtre. Elle ne pouvait pas se permettre de se remémorer ce qu'elle avait été, les bouges où elle avait vécu, ce qu'on lui avait infligé.

Le salon était clair, gai, équipé de distributeurs bien approvisionnés, de trois autochefs, de longs comptoirs impeccables, de tables colorées et de fauteuils confortables. Un lieu de détente, pensa-t-elle, remarquant une sélection de vidéos de tout premier ordre.

Elle-même avait été enfermée dans des pièces crasseuses, souvent dans le noir. Elle avait été privée de nourriture, de compagnie.

Mais une cage tapissée de soie n'en demeurait pas moins une cage.

Elle jeta un coup d'œil à l'un des distributeurs. Elle avait besoin d'un remontant, cependant il n'y avait personne alentour pour jouer les intermédiaires entre elle et ces machines diaboliques. Hésitante, elle fit cliqueter des pièces de monnaie dans sa poche.

Elle allait craquer quand elle entendit des pas. Aussitôt, elle s'installa à l'une des tables et attendit.

La gamine était une splendeur. Des cheveux d'un noir d'obsidienne, un regard pareil à un puits sans fond. Son visage s'affinerait encore, perdrait les rondeurs de l'enfance. Elle aurait bientôt la silhouette dégingandée d'une adolescente.

— Diana, voici le lieutenant Dallas.

— Bonjour, lieutenant.

Eve posa sa monnaie sur la table.

— Dis, si tu nous prenais quelque chose à boire ? Ce dont tu as envie. Pour moi, ce sera un Pepsi. Docteur ?

— Rien, merci.

À l'évidence, pensa Eve, Mira était toujours vexée comme un pou.

— J'ai obtenu de bonnes notes, ce qui me permet de bénéficier d'un crédit, déclara Diana en s'approchant du distributeur. Je serai ravie de l'utiliser pour nos boissons. Diana Rodriguez, annonça-t-elle à la machine. Niveau bleu 505. Un Pepsi et une orange gazeuse, s'il vous plaît. J'ai une invitée.

— *Bonjour, Diana. Le coût des consommations sera déduit de votre crédit.*

— Souhaitez-vous un verre et de la glace, lieutenant Dallas ?

— Non, juste le tube.

Diana rapporta les deux tubes et s'assit. Ses mouvements étaient vifs et gracieux.

— Le Dr Mira m'a prévenue que vous souhaitiez me parler de ce qui est arrivé à Mlle Samuels.

— En effet. Sais-tu ce qui est arrivé à Mlle Samuels ?

— Elle a été tuée, répondit poliment Diana, sans le moindre tremblement d'angoisse ou d'excitation dans la voix. Son assistante personnelle, Abigail, l'a trouvée morte dans son salon privé vers 11 h 30 ce matin. Abigail a poussé un hurlement. Je l'ai vue courir et crier, j'étais dans l'escalier. Puis tout a été sens dessus dessous jusqu'à l'intervention de la police.

— Qu'est-ce que tu faisais dans l'escalier ?

— Nous avions confectionné des soufflés en cours de cuisine. J'avais une question à poser à mon professeur.

— Ce matin, tu étais aussi dans l'escalier et tu as parlé à Mlle Samuels.

— Oui, je quittais le cours de cuisine, justement, et j'allais en classe de philosophie. Mlle Samuels accueillait une visiteuse dans le grand hall.

— Tu connaissais cette visiteuse ?

— Je ne l'avais jamais rencontrée.

Diana s'interrompit, but une toute petite gorgée de son orange gazeuse.

— Mlle Samuels m'a expliqué qu'il s'agissait de Mme Frost qui envisageait de mettre sa fille en pension à Brookhollow.

— Est-ce que Mme Frost t'a parlé ?

— Oui, lieutenant. Je lui ai dit que sa fille se plairait certainement à Brookhollow. Elle m'a répondu : « Merci. »

— C'est tout ?

— Oui, madame.

— J'ai visionné les bandes de vidéosurveillance, et il m'a semblé que ce n'était pas tout. Mme Frost et toi, vous vous êtes retournées pour vous regarder.

Diana n'eut pas un tressaillement, ses yeux ne se troublèrent pas.

— Oui, madame, je l'avoue. J'ai été gênée qu'elle me surprenne en train de l'épier. Ce n'est pas poli, mais je la trouvais jolie, sa coiffure me plaisait beaucoup.

— Tu la connaissais ?

— Je ne l'avais jamais rencontrée avant aujourd'hui.

— Ce n'est pas ce que je t'ai demandé. La connaissais-tu, Diana ?

— Je ne connais pas Mme Frost.

Eve s'adossa à son siège.

— Tu es très intelligente.

— J'ai un quotient intellectuel de 188, 196 en ce qui concerne le sens pratique, 200 pour les facultés cognitives, et encore 200 pour l'aptitude à résoudre des problèmes mathématiques.

— Tu ne m'étonnes pas. Et si je te disais : cette école n'est pas ce qu'elle a l'air d'être, qu'est-ce que tu répondrais ?

— Quel air a-t-elle ?

— Innocent.

L'expression de Diana se modifia imperceptiblement, de façon fugitive.

— Quand une caractéristique ou une émotion humaine s'applique à une entité inanimée, cela soulève une intéressante interrogation. Est-ce l'élément humain qui possède cette caractéristique ou cette émotion ? Ou l'objet lui-même peut-il en être investi ?

— Ouais, tu es vraiment intelligente. Est-ce qu'on t'a fait du mal ?

— Non, lieutenant.

— Sais-tu si quiconque, ici à Brookhollow, a subi de mauvais traitements ?

Il y eut une infime étincelle dans le regard ferme et méfiant.

— Mlle Samuels. Elle a été tuée, et je présume que ça fait mal.

— Quel est ton sentiment à propos du meurtre de Mlle Samuels ?

— Le meurtre est illégal et immoral. De plus, je me demande qui, maintenant, va diriger Brookhollow.

— Où sont tes parents ?

— Ils vivent en Argentine.

— Tu veux les appeler ?

— Non, madame. Si c'est nécessaire, quelqu'un de l'école les contactera.

— Est-ce que tu as envie de quitter Brookhollow ?

Pour la première fois depuis le début de l'interrogatoire, Diana hésita.

— Je pense que ma... mère décidera si je reste ou non.

— Tu as envie de partir ?

— J'aimerais être avec elle, quand elle le jugera bon.

Eve se pencha vers Diana.

— Tu comprends que je suis ici pour t'aider ? Oui ou non ?

— Je comprends que vous êtes ici pour accomplir votre travail.

— Je t'aiderai à foutre le camp.

— Eve, coupa Mira.

— Je l'aiderai à s'en aller, dit Eve à la psychiatre. Regarde-moi, Diana. Regarde-moi, bon Dieu ! Tu es intelligente, tu sais que, si je te donne ma parole, je trouverai un moyen. Si tu es franche avec moi, tu t'en iras d'ici avec moi aujourd'hui, et tu n'auras plus jamais à revenir.

Une fraction de seconde, dans les yeux sombres brillèrent des larmes qui disparurent aussitôt.

— Ma mère me préviendra lorsqu'il sera temps pour moi de quitter l'école.

— Tu connais Deena Flavia ?

— Non, je ne connais personne qui porte ce nom.

— Icove ?

— Le Dr Wilfred B. Icove Senior était l'un des fondateurs de Brookhollow. La famille Icove est l'un de nos plus importants bienfaiteurs.

— Et tu es au courant de ce qui leur est arrivé ?

— Oui, lieutenant. Hier, nous avons assisté à un office dans notre chapelle pour leur rendre hommage. C'est une terrible tragédie.

— Tu sais pourquoi on les a assassinés ?

— Je ne vois pas comment je pourrais en avoir la moindre idée.

— Moi, je sais pourquoi, et je veux que ça s'arrête. La personne qui a tué les Icove et Mlle Samuels veut aussi mettre un terme à tout ça. Seulement voilà, elle n'a pas choisi la bonne solution. Tuer n'est pas une solution.

— En temps de guerre, c'est pourtant indispensable et souhaitable. Dans certains cas, c'est même considéré comme de l'héroïsme.

— Ne joue pas à ça avec moi, grogna Eve, ne me prends pas pour une imbécile. Elle estime peut-être qu'il s'agit bien d'une guerre, mais elle ne pourra pas les liquider tous. Moi, je suis en mesure de faire cesser tout ça. Où est-ce qu'ils vous fabriquent ?

— Je l'ignore. Vous allez nous détruire ?

— Non...

Eve saisit les mains de Diana, les serra dans les siennes.

— Non, bien sûr que non. C'est ce qu'ils vous ont raconté ? C'est de cette manière qu'ils vous gardent ici, qu'ils vous empêchent de vous révolter ?

— Personne ne vous croira. Personne ne me croira. Je ne suis qu'une petite fille.

Diana sourit en prononçant ces mots et parut sans âge – un spectacle d'une infinie tristesse.

— Je te crois, Diana. Le Dr Mira aussi.

— Les autres – des instances supérieures ou des esprits plus étriqués... s'ils sont convaincus, ils nous anéantiront ou nous enfermeront à double tour, à l'écart de tout. La vie est importante, je tiens à conserver la mienne. À présent, j'aimerais retourner auprès de mes camarades, s'il vous plaît.

— Je ferai cesser les tests, la formation, l'entraînement.

— Je ne doute pas de votre sincérité, lieutenant, mais je ne peux pas vous aider. Suis-je autorisée à me retirer ?

— D'accord. Vas-y.

Diana se leva.

— Je ne sais pas où j'ai commencé à être ce que je suis, déclara-t-elle. Je n'ai aucun souvenir de mes cinq premières années.

— À ton avis, il est possible que tu aies été créée ici ?

— Je l'ignore. Mais j'espère qu'elle, elle sait. Merci, lieutenant.

Mira se redressa à son tour.

— Je la reconduis. Désirez-vous que je vous amène une autre élève ?

— Non, je veux voir la personne qui venait tout de suite après la victime dans la hiérarchie, la vice-présidente.

— Mlle Sisler, intervint Diana. Ou Mlle Montega.

Eve hocha la tête et, d'un geste, indiqua à Mira de raccompagner Diana. Soudain, son communicateur vibra.

— Tu as quelque chose, Feeney ?

— Tu es seule ?

— Ouais, pour l'instant.

— J'ai un cliché suffisamment éloquent de l'oreille du chauffeur, de sa main gauche et de son profil pour réclamer un mandat d'arrêt contre Avril Icove.

— Tiens donc… Avril Icove a été vue par plusieurs personnes, y compris Louise et Connors, au même moment. On va se payer un interrogatoire palpitant. Bon, tu m'emballes ça, fissa. On lance une recherche à grande échelle, en collaboration avec les flics locaux. Tu diriges l'opération, et les droïdes de chez nous assurent la sécurité. Je te laisse McNab, mais j'ai besoin de Peabody. Avertis Reo, file-lui tes infos, qu'elle nous procure ce foutu mandat. Moi, je me charge de notre suspecte.

17

Il fallut du temps, et Eve rongea son frein, s'énerva, tapa du pied.

Du temps pour réquisitionner, accueillir et programmer une équipe de droïdes spécialisés dans les recherches, que Feeney superviserait.

Du temps pour danser le ballet diplomatique de rigueur avec la police locale.

Et du temps à faire les cent pas pendant que Reo négociait et parlementait avec le juge.

— Interrogez l'éventuel témoin d'un crime, annonça la substitut. C'est le mieux que vous aurez, avec le recoupement partiel établi par Feeney. D'autant que ce matin à 11 heures, au centre Icove, Avril Icove donnait une interview en direct à Nadine Furst. La première d'une série de trois. Furst jure ses grands dieux que c'était bien elle. Vous pouvez à la limite questionner Avril Icove, mais vous n'aurez pas de mandat d'arrêt.

— Eh bien, tant pis. Je me contenterai de ce que j'ai.

À cet instant, Peabody la rejoignit au petit trot.

— Pas de progrès en ce qui concerne la suspecte ou le véhicule. Aucun des pseudonymes que nous connaissons ne figure dans les fichiers des sociétés de transport. Je n'ai pas de vol privé à destination de New York. En revanche, j'en ai pour Chicago, pour Rome et Buenos Aires. Les Icove ont des propriétés ou des cliniques dans ces trois villes.

— L'Argentine. Merde.

Eve extirpa brutalement son communicateur de sa poche et contacta Whitney.

— Commandant, j'ai besoin d'Interpol. J'ai la conviction que Hector Rodriguez et Magdalene Cruz, officiellement considérés comme les parents de Diana Rodriguez, sont en danger. La menace est imminente. Il est très probable que Deena se trouve déjà en Argentine ou qu'elle est en route. Il faudrait que la police locale les mette en garde à vue pour les protéger.

— Si nous passons à l'échelle internationale, nous ne réussirons pas à tenir longtemps les rênes de cette enquête.

— Je pense que ce ne sera plus long. Je me propose de soumettre Avril Icove à un interrogatoire en règle.

Il était plus de 20 heures quand Eve atteignit la résidence Icove. Hormis les veilleuses de sécurité, l'hôtel particulier était plongé dans l'obscurité.

— Peut-être qu'elle est dans leur résidence secondaire, au bord de l'océan, hasarda Peabody. Ou alors elle a pris les gosses, et elle s'est tirée.

— Ça m'étonnerait.

Eve appuya sur la sonnette, fourra son insigne devant l'objectif du scanner. Un message « ne pas déranger » défila, elle s'obstina.

Enfin, la gouvernante droïde répondit.

— Lieutenant Dallas, inspecteur Peabody… Mme Icove et les enfants se sont retirés pour la soirée et ne souhaitent pas de visite. Je dois vous demander si ce qui vous amène peut attendre jusqu'à demain matin.

— Eh non, ça ne peut pas. Dites à Mme Icove de descendre.

— Bien, lieutenant Dallas. Voulez-vous entrer au salon ?

— Pas cette fois. Allez me la chercher.

La droïde gravissait les premières marches de l'escalier quand Avril apparut. Le système de sécurité, pensa Eve. Elle avait tout observé et écouté.

— Lieutenant, inspecteur... Vous avez du nouveau, l'enquête progresse ?

— J'ai un document légal qui vous oblige à m'accompagner au Central pour un interrogatoire.

— Mais... je ne comprends pas.

— Nous avons des raisons de croire que vous avez été témoin d'un homicide, ce matin, à l'école Brookhollow.

— J'ai été à New York toute la journée, lieutenant. J'assistais aux obsèques de mon beau-père.

— Oui, c'est passionnant de voir comment tout ça fonctionne. Nous avons identifié Deena Flavia. Je me suis personnellement entretenue avec Diana Rodriguez. Ah, ça vous fait tiquer, commenta Eve car Avril n'avait pu réprimer un sursaut. J'ai suffisamment d'éléments pour commencer à décortiquer l'école et la faculté, le Centre et d'autres établissements. Du coup, je trouverai des preuves supplémentaires. Assez pour vous arrêter, vous et Flavia, et vous coller sur le dos plusieurs meurtres. Pour l'instant, madame Icove, vous êtes un témoin. Je vous emmène pour que nous discutions de tout ça.

— Mes enfants... ils se reposent. Cette journée a été terrible pour eux.

— Je m'en doute. Si cela vous ennuie de les laisser avec leur nourrice droïde, une employée de la Protection de l'enfance n'a qu'à...

— Non, coupa Avril d'un ton plus calme. Je vais laisser des instructions à la gouvernante. Je suis en droit de contacter quelqu'un, n'est-ce pas ?

— Vous avez effectivement le droit de contacter un avocat de votre choix, lequel peut vérifier l'authencité du document produit par nous et assister à l'interrogatoire, débita Eve.

— S'il vous plaît, laissez-moi quelques minutes pour appeler quelqu'un et prendre certaines dispositions pour mes enfants.

Elle passa d'abord son coup de fil, programma le communicateur en mode confidentiel. Elle tournait le dos à Eve et à Peabody. Pendant toute sa conversation avec son invisible correspondant, sa voix ne fut qu'un murmure. Puis elle pivota. La peur s'était effacée de son visage.

Elle fit venir les trois droïdes, leur donna des directives précises quant à ce qu'ils devraient faire et dire si les enfants se réveillaient dans la nuit.

— Il est important que mes… conseillères me retrouvent ici, dit-elle ensuite à Eve, et que nous partions tous ensemble. Acceptez-vous de m'accorder… une heure ?

— Pourquoi ?

— Je répondrai à vos questions, vous avez ma parole.

Avril entrelaça ses doigts, fermement campée sur le sol comme pour y puiser calme et force.

— Vous croyez savoir, mais vous vous trompez. Une heure, ou peut-être moins d'ailleurs, ce n'est pas grand-chose. De toute manière, avant de partir, j'aimerais me changer et m'assurer une dernière fois que mes enfants dorment.

— Très bien. Peabody…

— Je vous accompagne, madame Icove.

Restée seule, Eve en profita pour appeler Feeney et lui demander où il était.

— Pour l'instant, dans un labo dépendant d'une espèce de clinique. Officiellement, il s'agit d'un centre interne de soins, d'évaluation et d'enseignement. Ils m'ont fait une réclame du tonnerre sur leur façon de surveiller la santé des gamines, leur bien-être, leur nutrition, etc. Ici, on traite les problèmes mineurs et on permet aux étudiantes d'apprendre grâce à des exercices de simulation. Le personnel se compose de six toubibs qui travaillent par roulement, et deux droïdes qui sont sur le pont vingt-quatre heures sur vingt-quatre, sept jours sur sept. Quant à l'équipement… il y a des engins tellement à la pointe du progrès que je n'en avais jamais vu avant. Je bosse sur les banques de données et les scanners. A priori, les élèves doivent se soumettre à des examens hebdomadaires.

— C'est beaucoup, mais la loi ne l'interdit pas.

— Donne-moi un peu de temps, je te trouverai quelque chose, promit Feeney.

Elle appela ensuite Connors qui avait regagné le manoir.

— Je rentrerai vraiment tard, lui dit-elle.

— Je n'en suis pas vraiment surpris, lieutenant. Et, comme j'ai en toi une absolue confiance, je parie qu'à l'aube tu auras bouclé cette affaire et que tu seras autorisée à prendre quelques heures de congé.

— Pour faire quoi ?

— L'amour... ce serait bien agréable, mais plusieurs membres de ma famille doivent arriver demain après-midi...

— Quoi ? Ce n'est pas encore Thanksgiving !

— Non, nous serons la veille de Thanksgiving, et ils resteront quelques jours. Nous en avons déjà discuté.

— Oui, mais on n'avait pas parlé de mercredi, hein ? Enfin bref, je me libérerai si je peux. Pour l'instant, j'ai un énorme étron de dinde bien gras au-dessus de la tête, qui attend de m'éclabousser.

— Tu as de drôles d'images, ces temps-ci... Si je t'annonçais que j'ai quelques éléments supplémentaires pour l'argent, ça te remonterait le moral ?

— Pourquoi tu ne l'as pas dit tout de suite ?

— J'y viens, ma chérie. Surtout ne me remercie pas de m'être torturé les méninges.

— Ce que tu es susceptible ! Merci beaucoup. Bisous, bisous. Et maintenant, explique.

— Je t'adore. Il m'arrive parfois de ne pas très bien comprendre pourquoi, mais le fait est là : je t'adore. Je te résume la situation : il existe un mécanisme financier qu'on pourrait qualifier d'entonnoir par où sortent de Brookhollow...

— Sortent ? s'exclama Eve. Ils se servaient de l'école pour débourser des fonds ? Oublie les bisous. Si c'est vrai, je te fais l'amour à t'en rendre marteau.

— Quel charmant programme, lieutenant ! Eh bien, oui, l'école leur permettait de blanchir l'argent puis de le répartir sur plusieurs comptes, sous le couvert de diverses organisations à but non lucratif – notamment Unilab – constituées pour...

— Ah, ah !

Eve esquissa un petit pas de danse.

— Ah, ah, j'en étais sûre ! Mon vieux, non seulement je t'expédie au septième ciel mais, si tu veux, je me déguise en soubrette. Ou autre chose, à toi de choisir.

— Voilà qui est *très* alléchant. Figure-toi que j'ai toujours eu un petit faible pour...

— On en reparlera plus tard. Mets-moi tout ça par écrit, avec le maximum de détails. Si je réussis à prouver qu'ils utilisaient l'école pour blanchir de l'argent sale et l'injecter dans des organisations à but non lucratif, je peux abattre mes jolies cartes sur la table – criminalité financière, fraude fiscale, etc. Et on ferme Brookhollow, qu'on trouve ou non des trucs louches sur les lieux.

— Tu seras forcée de renoncer à l'enquête pour la confier aux Fédéraux.

— Je m'en fiche. Tu as une idée du temps qu'il faudrait pour dénicher tous les endroits où ils pourraient exécuter leur besogne et sortir les filles de là ? Mais si on ferme le robinet à fric, on coupe le circuit. Ah... je te laisse, il y a quelqu'un qui arrive ! Sans doute l'avocate d'Avril.

Elle se dirigea vers la porte d'un pas guilleret. Désormais, elle comprenait comment fonctionnait le dispositif élaboré par Icove. Le puzzle était presque complet.

Alors elle entendit le déclic du système de sécurité qui passait au vert. Elle dégaina son arme à l'instant où la porte s'ouvrait.

Sa main ne trembla pas, pourtant son cœur manqua un battement.

Deux femmes se tenaient sur le seuil. Identiques – le visage, les cheveux, la silhouette. Elles portaient les mêmes vêtements, les mêmes bijoux.

Toutes deux eurent un petit sourire neutre.

— Lieutenant Dallas, nous sommes Avril Icove, dirent-elles à l'unisson.

— Les mains derrière la tête, tournez-vous, face au mur.

— Nous ne sommes pas armées.

— Face au mur, répéta froidement Eve.

Elles obtempérèrent, leurs mouvements étaient parfaitement synchronisés. Eve prit son communicateur.

— Peabody, amenez le témoin. Immédiatement.

— On descend.

Eve fouilla les deux femmes. C'était étrange, songea-t-elle de sentir sous ses doigts les mêmes muscles, la même ossature.

— Nous sommes venues répondre à vos questions, déclara celle de droite.

— Dans l'immédiat, nous renonçons à notre droit d'être assistées d'un avocat.

Les deux jetèrent un regard par-dessus leur épaule.

— Nous avons l'intention de coopérer, sans restriction.

— Trop aimables.

Soudain, elles levèrent les yeux vers l'escalier et sourirent.

— Wouah! commenta Peabody d'une voix où se mêlaient la stupeur et l'excitation. On est dans la quatrième dimension.

Eve attendit que la femme qu'escortait Peabody ait pris place près des autres.

— Laquelle d'entre vous est l'Avril Icove domiciliée à cette adresse?

— Nous sommes Avril Icove. Nous sommes une seule personne.

— Ouais… grommela Eve. Bon, on va vraiment se marrer. Par ici, ajouta-t-elle, indiquant le salon. On s'assied et on se tait.

C'était ahurissant de les regarder se mouvoir, du même pas, au même rythme.

— Et maintenant, qu'est-ce qu'on fait ? chuchota Peabody.

— Primo, on modifie le programme. Impossible de les emmener au Central. Ce serait l'attraction de l'année, or on est en code bleu, top secret. On va les conduire discrètement chez moi. Une fois là-bas, on avisera. Contactez Whitney, il ne voudra pas manquer ça.

Là-dessus, elle appela Connors.

— On passe au plan B, lui annonça-t-elle.

— C'est-à-dire ?

— Justement, je suis en train de le concocter. Je vais avoir besoin d'un espace pour procéder à un interrogatoire, et d'un autre pour les observateurs. J'amène… euh… il vaut mieux que je te montre.

Elle tourna l'appareil afin de filmer les trois femmes assises sur le divan.

— Eh bien… c'est assez fascinant, commenta simplement Connors.

— Hum… Bon, on arrive.

Elle rempocha son communicateur, rengaina son arme dans son holster.

— Voilà comment on va procéder. Toutes les trois, vous sortez d'ici et vous montez à l'arrière de mon véhicule. Si l'une de vous tente de résister ou de s'enfuir, vous dormirez toutes en cellule cette nuit. Nous vous emmenons en lieu sûr pour vous interroger. Pour l'instant, vous n'êtes pas en état d'arrestation, mais vous avez l'obligation de vous soumettre à cet interrogatoire et le droit de garder le silence. Est-ce bien clair ?

— Absolument, répondirent-elles d'une seule voix.

— Peabody, on y va.

Elles n'opposèrent aucune résistance. Chacune se glissa gracieusement sur la banquette arrière de la voiture. Puis elles joignirent leurs mains. Sans échanger un mot.

Est-ce qu'elles communiquaient par télépathie ? se demanda Eve en démarrant. Ou n'avaient-elles tout bonnement pas besoin de communiquer car leurs pensées étaient identiques ?

Quel imbroglio...

En tout cas, c'était très malin de leur part d'avoir choisi une tenue semblable. Cela rendait leur apparition encore plus spectaculaire, si possible, et choquante.

Mais, bien sûr, l'intelligence avait été l'un des critères d'Icove concernant ses créatures. Si elles n'avaient pas un QI aussi élevé, peut-être serait-il encore en vie.

D'un petit signe, elle ordonna à Peabody de rester elle aussi silencieuse et entreprit d'élaborer sa stratégie.

Peu après, la voiture franchissait les grilles du manoir.

— Vous avez une extraordinaire résidence, dit l'une d'elles.

— Nous avons toujours eu l'envie de la visiter, renchérit l'autre avec un sourire.

— Nous sommes enchantées de le faire, conclut la troisième, même dans des circonstances aussi particulières.

Sans répondre, Eve longea l'allée et se gara devant le perron. Peabody et elle encadrèrent le trio jusqu'en haut des marches.

Ce fut Connors qui ouvrit la porte.

— Mesdames, dit-il avec sa courtoisie coutumière.

— Tout est sécurisé ?

— Oui. Si voulez bien me suivre.

Il les précéda jusqu'à l'ascenseur du hall.

— Salle de réunion du second, commanda-t-il.

Eve n'était pas tout à fait sûre d'avoir déjà entendu parler de cet endroit. Cependant, lorsque les portes de la cabine coulissèrent, elle reconnut vaguement la salle que Connors utilisait occasionnellement pour des holo-conférences.

Une immense table luisante occupait le centre de l'espace, dont chaque extrémité était aménagée en salon. Un bar courait le long d'un mur tapissé de miroirs. En face se trouvait une console dernier cri.

— Asseyez-vous et attendez, ordonna Eve. Peabody, vous montez la garde.

D'un geste, elle pria Connors de sortir avec elle dans le couloir.

— Ce sont des glaces sans tain ?

— Oui, et la salle est équipée de micros et de caméras. Quant à tes observateurs, ils pourront s'installer confortablement dans la pièce voisine. J'avoue que je ne te comprends pas... tu ne les trouves pas fascinantes, toi ?

— Si, mais je n'ai pas le temps d'être fascinée. Elles sont rusées. Et, d'une certaine manière, elles ont attendu ça toute leur vie. Elles sont fin prêtes.

— Elles sont surtout rigoureusement semblables.

— Elles n'ont peut-être pas d'autre choix. Je l'ignore. Comment savoir ? Bon... montre-moi le coin des espions.

Il l'entraîna dans un vaste salon, conçu pour la relaxation, tout en teintes douces. Des baies vitrées ouvraient sur l'une des innombrables terrasses du manoir. La cloison mitoyenne avec la salle de réunion disparaissait sous un écran.

— Mode vidéo et audio, commanda Connors.

Le mur parut alors fondre et l'ensemble de la pièce voisine apparut. Peabody était immobile près de la porte, le visage figé en un masque de sévérité policière. Les trois femmes étaient installées à un bout de la table. Elles se tenaient toujours les mains.

Eve fourra les siennes dans les poches de son manteau.

— Elles ne disent pas « je » mais « nous ». Habileté ou sincérité, à ton avis ?

— Peut-être les deux. Cependant il ne faut effectivement pas négliger leur intelligence. Les vêtements, la coiffure sont identiques. Ça, c'est calculé.

Eve opina, saisit son communicateur et appela Peabody.

— Mode confidentiel, Peabody. Vous y êtes ? Laissez-les seules pour le moment, sortez et poussez la première porte à droite.

— Bien, lieutenant.

— Elles se douteront qu'on les regarde, objecta Connors. Elles ont l'habitude d'être sans cesse observées.

À cet instant, Peabody entra, considéra l'écran sur lequel se reflétait la salle voisine.

— Encore un truc dingue dans une série d'événements et de phénomènes complètement dingues. C'est moi qui suis hypersensible, ou on nage en pleine histoire rocambolesque ?

— Imaginez ce qu'elles doivent ressentir, elles, rétorqua Eve. Vous avez eu Whitney en ligne ?

— Oui, il arrive avec le chef Tibble. Il a exigé que le Dr Mira soit présente.

Eve se raidit.

— Et pourquoi ?

— J'ai pour principe de ne pas poser de questions au commandant, répondit Peabody d'un air de sainte nitouche. Mon grade d'inspecteur me plaît trop pour ça.

Eve se mit à faire les cent pas. Dans la pièce mitoyenne, on n'entendait pas un murmure. Les trois femmes semblaient d'une absolue sérénité.

— Nous allons d'abord les identifier par leurs empreintes, déclara Eve, puis leur proposer de se soumettre volontairement à des tests ADN. Il faut savoir avec certitude à quoi nous avons affaire. Nous n'avons qu'à commencer avant que les observateurs débarquent.

Eve se débarrassa de son manteau – les diverses étapes de son plan étaient maintenant clairement définies dans son esprit.

— Pour l'identification, on les sépare. Elles n'apprécieront pas.

En effet, lorsqu'elle retourna auprès des suspectes et ordonna à Peabody d'en escorter une hors de la salle, la première fissure apparut sur la façade impénétrable que lui opposait le trio.

— Nous voulons rester ensemble.

— Procédure de routine. Pour le moment, nous devons établir votre identité et vous interroger séparément.

Eve tapota l'épaule d'une des deux femmes encore assises à la table.

— Suivez-moi, s'il vous plaît.

— Nous sommes résolues à coopérer, mais nous voulons rester ensemble.

— Ce ne sera pas long.

Elle conduisit la jeune femme dans un petit salon où elle avait apporté son kit d'identification.

— Il m'est impossible de vous interroger tant que je n'ai pas vérifié votre identité. Je vous prie donc de me laisser scanner vos empreintes et prélever un échantillon de votre ADN.

— Vous savez pertinemment qui nous sommes et ce que nous sommes.

— Déclaration enregistrée. Acceptez-vous de répondre à mes questions ?

— Oui.

— Êtes-vous la personne nommée Avril Icove avec qui j'ai eu un entretien après le meurtre de Wilfred Icove Junior ?

— Nous sommes une seule et même personne.

— Certes. Mais l'une de vous était avec moi. L'autre était à la plage. Où était la troisième ?

— Concrètement, nous ne pouvons pas être souvent ensemble. Pourtant nous sommes toujours ensemble.

— Votre petit discours commence à ressembler tellement au boniment Free-Age que ça en devient écœurant. Les empreintes sont bien celles d'Avril Icove. On passe à l'ADN. Qu'est-ce que vous préférez ? Salive ou cheveu ?

— Attendez...

Avril inspira, les paupières closes. Quand elle les rouvrit, ses yeux brillaient. Elle prit un mouchoir sur lequel elle fit rouler une larme, avant de le tendre à Eve.

— Impressionnant, commenta Eve qui inséra le carré de tissu dans son scanner portatif. Toutes vos émotions sont du même tonneau ?

— Nous avons des sentiments. Nous aimons et nous haïssons, nous rions et nous pleurons. Néanmoins nous sommes remarquablement bien entraînées.

— Vous ne me surprenez pas, on a réussi à décrypter les dossiers personnels d'Icove.

Tandis que le scanner accomplissait sa tâche, elle scruta Avril.

— Et vos enfants ? C'est lui qui les a créés ?

— Non, ce sont des enfants comme les autres.

Soudain, une infinie douceur émana de la jeune femme.

— Ils se sont développés dans notre corps. Ils sont innocents et doivent être protégés. Si vous nous donnez votre parole que vous protégerez nos enfants, nous vous croirons.

— Je ferai tout mon possible pour les préserver, rétorqua Eve en déchiffrant le résultat du scanner. Je vous le promets… Avril.

Toutes les trois furent testées. Les analyses étaient formelles : elles n'étaient qu'une seule et même personne.

Eve rejoignit l'équipe d'observation, qui incluait également Reo. De nouveau, elle avait ordonné à Peabody de rester dans la salle avec le trio réuni.

— Les ADN correspondent. Les empreintes aussi, évidemment. Ces trois femmes sont Avril Icove, biologiquement, légalement.

— Incroyable, murmura Tibble.

— C'est surtout un champ de mines juridique, déclara Reo. Comment on interroge un témoin et suspect potentiel quand on l'a devant soi en trois exemplaires ?

— En s'appuyant sur le fait qu'elles sont venues ici comme un individu unique, répondit Eve. Puisqu'elles n'en démordent pas, on n'a qu'à retourner cette arme contre elles.

Mira secoua la tête.

— Il est possible que, physiologiquement, elles soient un individu unique, mais émotionnellement... non. Elles n'ont pas eu les mêmes expériences, elles n'ont pas vécu la même existence. Il y aura forcément des différences entre elles.

— Leur choix de l'échantillon d'ADN, par exemple. L'une m'a donné une larme. Elle m'a d'ailleurs fait un joli petit numéro de comédienne. Les deux autres ont opté pour la salive. Mais les trois ont demandé que les enfants soient protégés.

— La relation entre une mère et son enfant est viscérale. Comme une seule des trois a enfanté...

— Deux gamins, coupa Eve. Nous ne savons pas, à moins qu'elles n'acceptent de se laisser examiner, s'il n'y en a pas deux qui ont accouché.

Une fugace expression d'horreur se peignit sur le visage de Mira.

— En effet, vous avez raison, rétorqua la psychiatre d'une voix sourde. Quoi qu'il en soit, il existe entre elles un lien hors du commun. Elles pourraient partager un instinct maternel, ce n'est pas absurde dans leur cas.

— Elles communiquent par télépathie ?

— Je l'ignore. Génétiquement, elles sont identiques. Il est probable qu'elles ont vécu leurs premières années dans le même environnement. Ensuite, cependant, elles ont été séparées. On sait que les jumeaux monozygotes ont une relation tout à fait particulière, que chacun est capable d'éprouver les sensations de l'autre, de capter ses pensées. Y compris ceux qui ne se sont pas vus depuis très longtemps ou qui sont à des milliers de kilomètres. Il n'est pas impossible non plus qu'elles possèdent des facultés médiumniques dues à leur condition... extraordinaire.

— Bon... j'y vais.

Elles levèrent la tête, d'un seul mouvement, quand Eve pénétra dans la salle. Pour la forme, elle enclencha l'enregistreur.

— Interrogatoire d'Avril Icove concernant le meurtre de Wilfred B. Icove Senior et Wilfred B. Icove Junior. Madame Icove, avez-vous été informée de vos droits et de vos obligations ?

— Oui.

— Comprenez-vous ces droits et obligations ?

— Oui.

— Pour faciliter cet interrogatoire, il serait préférable que vous parliez à tour de rôle.

Elles s'entre-regardèrent.

— Nous ne savons pas très bien ce que vous attendez de nous.

— Disons… la vérité ? Vous, décréta Eve, désignant celle qui était assise au coin de la table. Pour l'instant, c'est vous qui répondez. Laquelle de vous habitait la résidence où Wilfred Icove Junior a été assassiné ?

— Nous avons toutes habité là, à un moment ou un autre.

— Par choix ou parce que vous y étiez incitées par votre mari ou votre beau-père ?

— C'était l'arrangement imposé par le père. Toujours. Quant à choisir, ce n'était pas toujours possible.

— Vous le qualifiez de « père » ?

— Il était le père. Nous sommes ses enfants.

— Biologiquement ?

— Non, mais il nous a créées.

— Comme il l'a fait pour Deena Flavia.

— Elle est notre sœur. Pas biologiquement, précisa Avril, mais émotionnellement. Elle est comme nous. Elle n'est pas nous, cependant elle est pareille à nous.

— Il vous a créées, et d'autres comme vous par un procédé strictement interdit par la loi.

— Il appelait cela : *Naître sans douleur*. Souhaitez-vous que nous vous expliquions ?

Eve, d'un mouvement brusque, s'adossa à son siège.

— Je vous en prie, faites donc. Je suis tout ouïe.

— Pendant la Guerre urbaine, le père se lia d'amitié avec Jonah Wilson, l'éminent généticien, et son épouse Eva Samuels.

— Je vous coupe tout de suite : quelle est votre relation avec Eva Samuels ? Vous portez son nom de jeune fille.

— Il n'y a aucune relation entre nous. Nous ne sommes pas issues d'elle. Ce nom était pour eux une commodité.

— Vos parents biologiques étaient-ils réellement ceux qui sont cités dans votre dossier officiel ?

— Cela nous paraît peu probable. Cependant, nous ignorons qui sont nos parents.

— D'accord, continuez. On en était à… Icove, Wilson et Samuels.

— Ils étaient très intéressés par leurs travaux respectifs. Même si le père était, au départ, sceptique et se méfiait des théories plus radicales du Dr Wilson et des expérimentations…

— … car même à cette époque, voyez-vous, enchaîna la deuxième Avril, il y avait bel et bien des expérimentations. Malgré son scepticisme, le père était indéniablement fasciné. Lorsque son épouse fut tuée, il sombra dans le désespoir. Elle était enceinte de leur fille. Toutes deux étaient mortes. Il avait tenté de sauver l'une et l'autre. En vain. Il était arrivé trop tard.

— Trop tard pour essayer de conserver son ADN et, éventuellement, de la recréer.

— Oui, lieutenant, rétorqua la troisième Avril en souriant. Vous commencez à comprendre. Il n'avait pas pu épargner sa femme et leur bébé. En dépit de tout son savoir et de sa compétence, il avait été impuissant, comme il l'avait été à sauver sa propre mère. Toutefois, il entrevoyait ce qui était réalisable. Combien d'êtres chers pouvaient être ramenés à la vie !

— Par le clonage.

— L'opération *Naître sans douleur*, rectifia la première. Il y avait tellement de morts, tellement de gens qui souffraient, tellement d'enfants blessés, orphelins. Il voulait les secourir.

— Le père et Wilson travaillèrent clandestinement. Tant d'enfants, n'est-ce pas, n'auraient jamais eu une existence digne de ce nom. Par conséquent, ils leur donneraient un avenir.

— Ils se sont servi des enfants qu'ils ont trouvés sur les champs de bataille ? demanda Peabody. Ils ont pris ces gamins ?

— Vous semblez effarée.

— C'est normal, non ?

— Nous étions une enfant perdue dans la guerre, agonisante. Notre ADN a été conservé, nos cellules prélevées. Aurions-nous dû mourir à cette époque ?

— Oui, articula Eve.

Toutes la regardèrent, et chacune hocha la tête.

— Oui. C'est l'ordre naturel des choses. Nous aurions dû avoir le droit de cesser de vivre, mais nous ne l'avons pas eu. Il y eut des échecs. Ces créatures ratées ont été détruites ou utilisées pour d'autres recherches. Encore et encore, jour après jour, année après année, jusqu'à ce que cinq entités soient viables.

— Vous êtes cinq en tout ? questionna Eve avec un frisson.

— Nous l'étions.

— Attendez, je reviens en arrière une minute. Où dégotait-il les femmes chez qui il implantait les embryons ?

— Il n'y en avait pas. Nous ne nous sommes pas développées dans l'utérus d'une femme. On nous a même refusé ce cadeau-là. Les matrices étaient artificielles, une remarquable réussite, ajouta Avril d'une voix à présent dure et vibrante de révolte. De cette manière, on peut monitorer la moindre seconde de la croissance. Chaque cellule est ainsi modifiée, améliorée, manipulée. Nous n'avons pas de mère.

— Où ? Où est-ce qu'ils font ça ?

— Nous l'ignorons. Nos souvenirs des premières années ont été complètement effacés. Traitements, drogues, hypnose…

— Dans ce cas, d'où tenez-vous ce que vous me racontez ? demanda Eve.

— Par Will. Il nous confiait certaines choses. Il nous aimait, il était fier de ce que nous sommes, et il était encore plus fier de l'œuvre de son père. Deena nous a également fourni des informations, et nous avons appris d'autres détails quand nous avons commencé à poser des questions.

— Où sont les deux autres Avril ?

— L'une est morte à l'âge de six mois. L'autre…

Elles s'interrompirent, joignirent leurs mains.

— Nous avons appris que l'autre avait vécu cinq ans. Nous avons vécu cinq ans. Mais nous n'avions pas assez de force, et notre intellect ne se développait pas conformément aux critères requis. Il a mis fin à notre existence. Une piqûre, comme on euthanasie un animal domestique. Donc, nous ne sommes plus que trois.

— Il y a des documents sur tout ça ?

— Oui, Deena se les est procurés. Il a fait d'elle une créature très intelligente et astucieuse. Peut-être a-t-il sous-estimé sa curiosité, son… humanité. Elle a su qu'il y avait eu deux Deena ; on a empêché son double de dépasser l'âge de trois ans. Quand elle nous l'a dit, à l'époque, nous avons refusé d'y croire. Elle s'est enfuie, elle nous a proposé de la suivre, mais…

— … nous aimions Will. Nous aimions le père. Nous ne savions pas que devenir sans eux.

— Elle a repris contact avec vous ?

— Jamais nous n'avons coupé les ponts. Nous l'aimions aussi. Nous avons gardé son secret. Nous avons épousé Will. C'était si important de le rendre heureux, ce que nous avons fait. Lorsque nous avons appris notre grossesse, nous n'avons demandé qu'une seule chose à Will et au père. Une seule. Notre enfant – tous les enfants que nous aurions ensemble – ne serait jamais recréé. Jamais. Ils ont promis.

— L'une de nous a eu un fils.

— L'autre une fille.

— Et une troisième porte une fille.

— Vous attendez un bébé ?

— L'enfant a été conçu voilà trois semaines. Will ne le savait pas. Nous ne voulions pas le lui dire, car il a trahi son serment. Cette promesse sacrée, l'unique exigence que nous avions formulée. Il y a onze mois de cela, lui et le père ont prélevé des cellules sur les enfants. Il faut que cela cesse, lieutenant Dallas. Nos enfants doivent être protégés. Nous avons fait, nous ferons tout le nécessaire pour arrêter cette infamie.

18

Eve s'approcha du bar et commanda du café pour elle et Peabody. Les trois jeunes femmes parlaient à présent à tour de rôle, l'une reprenant le récit là où l'autre l'interrompait.

— Vous désirez boire quelque chose ? leur proposa Eve.

— De l'eau, merci.

— Comment avez-vous découvert qu'ils avaient trahi leur serment ?

— Nous connaissions notre mari, nous avons deviné qu'il y avait un problème. Un jour qu'il était sorti, nous avons consulté ses dossiers et trouvé ceux des enfants. Nous voulions les subtiliser, emmener nos petits et fuir.

— Mais cela n'aurait pas protégé ceux qu'ils s'apprêtaient à recréer pour ensuite les manipuler, en faire des cobayes.

— Nos petits ont grandi en nous, bien au chaud dans notre ventre, et leur père, leur grand-père en ont prélevé des cellules pour en faire des copies conformes dans un laboratoire glacial. Will, dans ses notes, indiquait que ce n'était qu'une précaution, en cas de malheur. Mais nos enfants ne sont pas des *choses* remplaçables. Pendant toutes ces années, ç'avait été notre unique exigence, et il n'a même pas eu la décence de respecter sa promesse.

— Nous en avons parlé à Deena. Il fallait que ça cesse, nous y étions résolues, car eux ne s'arrêteraient jamais, aussi longtemps qu'ils vivraient et, tant qu'ils ne seraient pas morts, que nous ne contrôlerions pas mieux la situation, nous n'en saurions pas assez.

— Alors vous les avez assassinés, rétorqua Eve. Vous et Deena.

— Oui. Nous avons caché l'arme au Centre. Nous avions la conviction que Deena ne serait pas identifiée ou, si elle l'était, nous aurions tous les dossiers, et il nous serait possible de mettre un terme à l'opération. Nous avons mis les enfants à l'abri, puis nous avons tué Will.

Eve s'habituait à leur manière de parler, à ce récit fragmenté, à trois voix.

— Ensuite, dit-elle, vous avez conduit Deena à Brook-hollow pour assassiner Samuels.

— Elle était comme nous, façonnée à partir de l'ADN d'Eva Samuels et destinée à poursuivre le travail. Elle est Eva. Vous le savez.

— Eva qui a contribué à nous éliminer, nous et Deena, quand nous n'étions pas assez parfaites. Et tant d'autres. Regardez-nous… Nous n'avons pas droit au moindre défaut, physique ou biologique. C'est la volonté du père. Nos enfants ont des défauts comme n'importe quel enfant en a ou devrait en avoir. Nous savions qu'ils s'empareraient d'eux pour les transformer.

— Ils ne nous ont laissé aucun choix depuis l'instant où ils nous ont engendrées. Il y en a eu des centaines qui n'avaient pas le choix non plus, qui étaient entraînées jour après jour, pendant vingt-deux ans. Nos enfants à nous pourront choisir.

— Laquelle de vous a tué Wilfred Icove Junior? questionna Eve.

— Nous sommes une. Nous avons tué notre mari.

— Une seule main tenait le scalpel, objecta Eve.

Chacune leva sa main droite, et ces trois mains étaient en effet rigoureusement identiques.

— Nous sommes Avril Icove.

— Foutaises, lança Eve. Vous avez chacune deux poumons, un cœur, des reins.

Eve inclina son verre afin qu'un filet d'eau s'écoule sur la main gauche de la jeune femme la plus proche d'elle.

— Vous voyez ? Une seule de vous a la main mouillée. Une seule est entrée dans cette maison, dans la cuisine, et a préparé de quoi grignoter à votre future victime. Une seule s'est assise à côté de lui, qui était allongé sur le divan. C'est elle qui lui a planté le scalpel dans le cœur.

— Pour eux, nous étions une. L'une de nous vivrait dans la maison, serait la mère de nos enfants, l'épouse de notre mari. L'une serait en Italie, dans la campagne toscane. La villa est immense, la propriété splendide. Comme l'est le château, en France, où l'une de nous résiderait. Chaque année, le jour de notre « naissance », nous serions interverties, si bien qu'une de nous aurait la possibilité de passer un an avec nos enfants. Nous pensions ne pas avoir le choix.

À présent, toutes trois avaient les yeux brillants de larmes.

— Nous faisions ce qu'on nous disait de faire. Toujours... Une année sur trois, nous étions celle que l'on nous avait destinées à être. Et puis... deux ans à patienter. Parce que nous étions ce que Will voulait et ce que le père estimait pouvoir posséder. Il nous avait conçues pour aimer, et nous aimions. Mais si nous sommes capables d'amour, nous sommes également capables de haïr.

— Où est Deena ? interrogea Eve.

— Nous l'ignorons. Nous l'avons contactée pour lui expliquer nos intentions, ce qui devait être fait, et nous lui avons conseillé de disparaître une fois de plus. C'est sa spécialité.

— Brookhollow abrite une seconde génération de filles, dit Eve.

— Issue de beaucoup de nos compagnes. Pour notre part, nous n'avons pas de clones plus jeunes. Will l'avait demandé à son père. Mais nous savons qu'une réserve de nos cellules est conservée quelque part. À tout hasard.

— Certains... clones ont été vendus, bafouilla Eve.

— Le placement. Oui... il appelait ça «placement». Le sur-mesure rapportait des sommes astronomiques, nécessaires pour poursuivre le projet.

— Avez-vous jamais exprimé le désir de partir, de quitter Brookhollow?

— Pour aller où et pour faire quoi? Nous avions des cours, nous étions entraînées et testées chaque jour. Nous avions une raison d'être que l'on avait définie pour nous. Chaque minute de notre existence était encadrée, contrôlée. Même nos prétendus «loisirs». Nous sommes conçues, modelées pour exister, faire, savoir, agir, penser.

— Dans ce cas, comment arrivez-vous à tuer la force qui vous a créées?

— Parce que nous avons été créées pour aimer nos enfants. Nous aurions continué comme ils le voulaient, s'ils n'avaient pas touché à nos enfants. Vous cherchez un agneau du sacrifice? Prenez n'importe laquelle de nous, et vous obtiendrez de celle-là les aveux que vous désirez.

De nouveau, elles joignirent leurs mains.

— Celle-là ira en prison pour le reste de nos vies, à condition que les autres soient libres de s'en aller et d'emmener les enfants très loin, là où ils ne seront jamais des cobayes, où on ne les montrera pas du doigt, où ils ne susciteront ni peur ni fascination malsaine. Soyez franche, lieutenant... ce que nous sommes ne vous effraie pas?

Eve se leva.

— Non. Et je ne cherche pas non plus à sacrifier qui que ce soit. L'interrogatoire est interrompu pour l'instant. Ne bougez pas, s'il vous plaît. Peabody, vous venez avec moi.

Eve sortit de la salle qu'elle verrouilla et se rendit directement dans la pièce attenante. Reo était à son communicateur et parlait à un interlocuteur invisible avec véhémence.

— Elles savent forcément où est Deena Flavia, déclara Whitney.

— Oui, commandant. Du moins, elles savent comment la joindre. Je peux les séparer de nouveau, les attaquer une par une. Avec la confession que nous avons enregistrée, j'ai les moyens d'obtenir un mandat pour les soumettre à un examen médical et découvrir laquelle est enceinte. Si c'est vrai, la future mère serait la plus vulnérable. Peabody pourrait aussi s'entretenir avec chacune d'elles en mettant la pédale douce. À ce jeu-là, elle est excellente.

Eve marqua une pause.

— Car il faut localiser les laboratoires utilisés pour le projet et déterminer qui figure encore sur la liste de Deena. Elles n'ont pas terminé. Elles n'ont pas accompli tout ce qu'elles voulaient, or elles sont conçues pour réussir.

Elle lança un regard à Mira qui confirma d'un hochement de tête.

— Je suis d'accord, déclara la psychiatre. Elles ont décidé que vous les aideriez à arrêter cette infamie, et elles cherchent à gagner votre sympathie. Elles tiennent à ce que vous compreniez pourquoi elles ont agi comme elles l'ont fait et pourquoi elles sont prêtes à se sacrifier. Vous ne les briserez pas.

Eve pointa le menton d'un air de défi.

— Vous pariez ?

— Ça n'a rien à voir avec votre compétence et votre capacité à faire craquer un suspect, répliqua Mira. Elles *sont* la même personne. Leur expérience, leur vécu sont si peu différents que cela ne compte pas. Elles ont été créées pour être identiques, puis entraînées, modelées afin de s'assurer qu'elles *seraient* une seule et même personne.

— On peut les inculper toutes les trois, intervint le chef Tibble. Meurtre au premier degré et complicité de meurtre.

— L'affaire n'ira jamais devant les tribunaux, décréta Reo en rempochant son communicateur. Le procureur et moi sommes d'accord là-dessus. On se casserait le nez. N'importe quel avocat de la défense, même le plus nul, gagnerait le procès. D'ailleurs, pour être franche, j'aimerais les défendre moi-même. Ça me rendrait riche et célèbre.

— Alors on les libère ? grommela Eve.

— Essayez de les inculper, et il y aura du sang partout sur les murs. Les associations de défense des droits de l'homme s'en mêleront et, l'instant d'après, on aura sur le dos un tas d'organisations à peine écloses qui s'époumoneront pour les droits des clones. Débrouillez-vous pour qu'elles vous conduisent jusqu'à Deena. Avec un peu de chance, si elle n'a pas de clone, on pourra conclure un marché. Mais pour ces trois-là ?

Reo montra la glace sans tain.

— Réclusion, lavage de cerveau, manipulation génétique, j'en passe et des meilleures. À leur place, je plaiderais la légitime défense. Et ça marcherait, je vous le garantis. Dallas, on n'a aucun moyen de gagner dans cette affaire.

— Trois personnes ont été assassinées.

— Ces individus violaient les lois internationales depuis des décennies. Ils fabriquaient des… des créatures pour les éliminer si elles ne correspondaient pas à certains critères. Ils ont créé ce qui les a tués. C'est de la justice immanente… Vous avez entendu ce qu'elles ont dit ? « Nous avons été modelées pour exister, faire, bla-bla-bla. » C'est une ligne de défense formidable. Parce qu'elles ont agi, réagi comme prévu. On les avait programmées pour ça. Elles ont défendu leurs enfants contre ce que beaucoup de nos concitoyens considéreront comme un cauchemar.

— Obtenez d'elles le maximum, ordonna Tibble. Deena Flavia, des lieux, des détails.

— Et ensuite ? s'enquit Eve.

— Assignation à domicile. Bracelets électroniques et surveillance constante par des gardes droïdes. Jack, dit Tibble en se tournant vers le commandant Whitney, nous devrons transmettre le dossier aux sphères supérieures.

— Oui, je le crains.

— Tous les détails, répéta Tibble. Il faut mettre les points sur tous les *i*. Vingt-quatre heures maximum, et nous serons contraints de lâcher le ballon pour le passer à d'autres.

— Moi, j'ai une stratégie à élaborer au cas où on entamerait des poursuites, déclara Reo. Si vous leur extirpez quoi que ce soit d'utile, contactez-moi. À n'importe quelle heure du jour ou de la nuit.

— Je vous raccompagne, dit Connors.

Mira, elle, ne bougea pas.

— Je voulais m'entretenir avec le lieutenant. En privé, si cela ne vous dérange pas.

— Peabody, retournez auprès d'elles. Accordez-leur une pause pour se rafraîchir, donnez-leur à manger et à boire. Puis vous en prenez une et vous l'interrogez. Tout doux.

Lorsque Mira et elle furent en tête à tête, Eve prit la verseuse ventrue et remplie d'un café odorant, que Connors – qui d'autre que lui ? – avait dû poser sur un guéridon. Elle s'en servit une tasse.

— Je n'ai pas l'intention de vous prier de m'excuser pour mes réactions et les propos que j'ai tenus, commença Mira.

— Tant mieux, moi non plus. Si c'est tout ce que...

— Parfois vous êtes si dure qu'on a du mal à croire que vous ayez une sensibilité. Enfin bref... si Wilfred et son fils ont fait les choses qu'elles affirment, c'est effectivement inqualifiable.

— Regardez à travers cette glace. Vous les voyez ? À mon avis, cela confirme amplement leurs déclarations.

— Je sais ce que je vois, rétorqua Mira dont la voix trembla imperceptiblement avant de redevenir ferme et calme. Wilfred a utilisé des enfants – pas des adultes volontaires, informés et consentants, mais d'innocentes enfants souffrantes, agonisantes. Quels qu'aient été ses motivations, ses objectifs, cela seul suffit à le condamner. Mais il est très difficile, Eve, de déboulonner une statue.

— On a déjà abordé cet aspect de la question.

— Bon sang, ayez un peu de respect ! s'énerva de nouveau la psychiatre.

— Pour qui ? Lui ? Certainement pas. Pour vous, d'accord. Je vous respecte, et c'est pour ça que vous me mettez en pétard. Que vous l'admiriez encore, ça me…

— Je ne l'admire pas. Peut-être pourrais-je comprendre ce qui l'a poussé dans cette voie au début. Le deuil, le chagrin. Mais il ne s'est pas arrêté. Il s'est pris pour Dieu. Il a donné Avril à son fils comme si elle était… un trophée.

— Absolument.

— Et ses petits-enfants… souffla Mira. Il les aurait utilisés aussi.

— Ainsi que lui-même.

— Oui, soupira la psychiatre. Je me demandais si cette idée vous était venue.

— Un homme investi du pouvoir de créer la vie et qui se soumettait à sa condition de simple mortel ? Allons donc… Certaines de ses cellules sont précieusement conservées quelque part, avec ordre de les activer après son décès. À moins qu'il n'existe une version plus jeune de lui actuellement au travail, dans un labo quelconque.

— Dans ce cas, vous devez le trouver, l'arrêter.

— Avril y a déjà pensé, rétorqua Eve, désignant les jeunes femmes de l'autre côté de la glace. Avril et Deena. Or elles ont un grand avantage sur moi. Elles aimeraient qu'il y ait un procès. Oui… à condition que les gamins soient loin, à l'abri, elles adoreraient être présentées devant un tribunal et cracher toute la vérité. Elles accepteraient sans sourciller de passer toute leur vie au cachot, simplement pour que cette histoire ahurissante soit rendue publique. Elles savent pertinemment que ça n'arrivera pas, qu'elles ne resteront même pas une journée en cellule, mais… s'il le fallait, elles ne broncheraient pas.

— Vous les admirez, n'est-ce pas ?

— Elles ont un cran remarquable. Ça, oui, j'admire. Il les a mises dans un moule qu'elle ont pourtant réussi à briser.

Or Eve savait ce qu'il fallait de courage pour tuer son geôlier, son bourreau. Son père.

— Rentrez chez vous, suggéra-t-elle à la psychiatre. Demain, vous devrez vous entretenir avec elles pour que nous puissions, selon les ordres de Tibble, mettre tous les points sur les *i*. Or, ce soir, il est trop tard pour s'y atteler.

— Bien, Eve… Je ne suis pas en fer, je peux être blessée, bouleversée, en colère… j'ai le droit d'exploser, parfois, comme je l'ai fait aujourd'hui.

— Et j'ai le droit d'exiger que vous soyez parfaite, parce que je vous vois ainsi. Alors, si vous vous comportez comme nous autres, pauvres imbéciles, ça me déstabilise.

— C'est complètement injuste, Eve. Et très touchant, merci. Savez-vous que personne au monde n'est capable de me contrarier autant que vous, hormis Dennis et mes propres enfants ?

Eve fourra ses mains dans les poches de son pantalon.

— Je suppose que ces paroles sont censées me toucher, moi aussi… eh bien, justement, j'ai l'impression d'avoir reçu une gifle.

— Ça, rétorqua Mira avec un fin sourire, c'est une ruse maternelle, une de mes préférées. Bonsoir, Eve.

Campée devant la glace sans tain, Eve observait les deux femmes. Elles grignotaient une salade au poulet et buvaient de l'eau à petites gorgées.

Elles parlaient peu, et uniquement de choses anodines. La nourriture, la météo, la maison. Eve les étudiait inlassablement, lorsque la porte s'ouvrit sur Connors.

— Est-ce que discuter avec son clone équivaut à se parler à soi-même ? dit-elle.

— Ce sera l'une des innombrables questions et des commentaires sarcastiques qui seront formulés si cette affaire est révélée au grand jour.

Connors s'approcha par-derrière, posa les mains sur les épaules de son épouse et, aussitôt, trouva le nœud de tension qui lui faisait mal.

— Détends-toi un peu, lieutenant.

— Il vaut mieux que je reste debout. Encore dix minutes, et on passe à une autre du trio.

— Je crois comprendre que Mira et toi vous êtes réconciliées.

— On n'est plus fâchées à mort.

— C'est un progrès. Avez-vous évoqué le fait que Reo t'a dit ce que tu espérais entendre ? Car tu ne tiens pas à ce qu'elles soient châtiées, enchaîna-t-il, inculpées et jugées.

— En effet, tu as raison, admit-elle. Selon moi, les boucler serait injuste. Elles ont été enfermées toute leur vie. Ça suffit amplement.

Connors lui caressa les cheveux.

— Elles ont déjà un endroit où aller, où se réfugier, marmonna Eve. Deena y a certainement veillé. Je pourrais sans doute le localiser, tôt ou tard.

— Sans doute. C'est ce que tu souhaites ?

— Non... murmura-t-elle en lui prenant la main. Une fois qu'elles partiront d'ici, je ne veux pas savoir où elles seront. Du coup, je n'aurai pas à mentir. Bon... il faut que j'y retourne.

Avec douceur, il l'obligea à se retourner et l'embrassa.

— Si tu as besoin de moi, je suis là.

Elle fit son devoir. Elle les interrogea ensemble et séparément. Avec Peabody. Ensuite elle les laissa seules, avant de les soumettre de nouveau à un feu roulant de questions.

Elle exécutait son travail ainsi que l'exigeait le code de procédure. Si l'on visionnait l'enregistrement de l'interrogatoire et, même en cherchant la petite bête, nul ne pourrait brandir l'argument du vice de forme.

Elles ne réclamèrent pas d'avocat, pas même lorsqu'on les équipa de bracelets électroniques. Quand Eve les reconduisit à la résidence Icove bien après minuit, elles étaient exténuées, mais gardaient leur calme inébranlable.

— Peabody, attendez les droïdes dans le hall, OK ? dit Eve en guidant le trio jusqu'au salon. Écoutez-moi, toutes les trois. Vous n'êtes pas autorisées à quitter cette demeure. Si vous en aviez la tentation, ces bracelets émettront un signal, vous serez appréhendées et emmenées en détention au Central. Croyez-moi, ce sera moins confortable.

— Combien de temps serons-nous forcées de rester ici ?

— Jusqu'à ce que la police new-yorkaise ou fédérale vous libère de cette obligation.

Eve jeta un coup d'œil en direction du hall pour s'assurer que Peabody n'entendait pas. Ce fut cependant à mi-voix qu'elle ajouta :

— Vous n'êtes plus enregistrées. Dites-moi où est Deena. Un autre meurtre n'arrangera rien. Je peux vous aider à mettre un terme à cette histoire. Vous voulez informer le public, et là aussi je peux vous être utile.

— Vos supérieurs et toutes les structures étatiques impliquées se débrouilleront pour étouffer l'affaire.

— Je vous répète que j'ai un moyen, mais ne me coupez pas l'herbe sous le pied. Sinon, je serai impuissante – moi, mon équipe et le département de police. Ils vous récupéreront, vous et vos semblables, comme des… des hamsters, ils vous boucleront pour vous étudier, vous disséquer. Vous serez de retour dans votre cage.

— Pourquoi vous soucier de ce qu'il adviendra de nous ? Nous avons tué.

Moi aussi, songea Eve. Pour sauver ma peau, échapper à une vie ignoble et mener ma propre existence.

— Oui, et il y avait certainement une autre solution.

— Ce n'était pas une vengeance, lieutenant.

Celle qui avait prononcé ces mots ferma ses beaux yeux lilas, si étranges.

— C'était la liberté, reprit-elle. Pour nous, pour nos enfants, pour tous les autres.

— Je sais, répondit Eve. Ce n'est pas à moi de juger si vos actes étaient ou non légitimes, j'ai déjà largement outrepassé les limites de mes fonctions. Si vous refusez de me livrer Deena, contactez-la. Dites-lui de fuir. Vous aurez presque tout ce que vous vouliez. Je m'y engage.

— Et les autres, les élèves, les bébés ?

Le regard d'Eve se ternit.

— Il m'est impossible de les sauver tous. Mais vous avez le pouvoir d'en épargner davantage si vous m'avouez où est Deena, et où les Icove ont leur base d'opérations.

— Nous l'ignorons. Cependant…

Celle qui avait pris la parole regarda les deux autres qui opinèrent.

— Nous nous efforcerons de joindre Deena, nous ferons tout notre possible.

— Vous n'avez pas beaucoup de temps, rétorqua Eve avant de sortir du salon.

Dehors, le vent lui mordit le visage, les mains. L'hiver et ses journées moroses ne tarderaient plus.

— Je vous reconduis chez vous.

— Vraiment ? se réjouit Peabody. Ça fait une trotte.

— Aucune importance, j'ai besoin de réfléchir.

— Surtout, ne vous gênez pas pour moi, répliqua Peabody en montant dans la voiture. Il faut que j'avertisse mes parents qu'on arrivera plus tard que prévu. En admettant qu'on puisse fêter Thanksgiving avec eux.

— Quand deviez-vous partir ?

— Demain après-midi, répondit Peabody qui bâilla bruyamment. On espérait s'en aller avant que toute la meute new-yorkaise se mette en branle.

— Eh bien… ne changez rien à votre programme.

— Voyons, Dallas, je ne peux pas m'en aller, juste pour manger de la dinde, à ce stade de l'enquête.

— Et moi je vous ordonne d'aller la bouffer, votre dinde.

La circulation était fluide. Eve évita néanmoins Broadway et ses noctambules pour s'engager dans les rues pareilles à des canyons.

— Vous avez des projets, rien ne vous oblige à les annuler. Je fais traîner les choses, ajouta-t-elle, comme sa coéquipière rouvrait la bouche pour protester.

Peabody esquissa un sourire un brin suffisant.

— Ça, j'avais compris, merci. Mais c'est gentil de me le dire. À votre avis, combien de temps on pourra tenir ?

— Pas longtemps. Seulement voilà... ma coéquipière s'empiffre chez ses parents, parce que Thanksgiving, c'est sacré. Moi, j'ai la famille de Connors qui va s'abattre sur la maison comme une nuée de mouches. Les gens sont en congé... bref, rien n'avance.

— La plupart des bureaux fédéraux ferment demain jusqu'à lundi. Tibble ne l'ignorait pas.

— Oui, il est sur la même longueur d'ondes que nous. Il râlera, mais lui aussi cherchera à gagner du temps.

— Et l'école, les gamines, le personnel ?

— Je réfléchis.

— J'ai demandé à une des trois ce qu'elles envisageaient par rapport à leurs gosses. Comment elles leur expliqueraient qu'ils avaient trois mamans. Elles leur diront qu'elles sont des sœurs réunies après une très longue séparation. Elles ne veulent pas qu'ils sachent ce que trafiquait leur père. Elles s'évaporeront dans la nature à la première opportunité, Dallas.

— C'est certain.

— Et nous leur donnerons cette opportunité.

Eve ne cilla pas, regardant droit devant elle.

— En tant qu'officiers de police, nous ne faciliterons en aucun cas la fuite de témoins.

Les rues et le ciel étaient quasiment déserts. Parfois, un panneau publicitaire animé projetait dans la nuit couleurs et lumières criardes. « Rêvez, citoyens. Beauté et bonheur assurés à des prix défiant toute concurrence. »

— Vous savez pourquoi je suis venue à New York ? demanda Eve.

— Non, pas vraiment.

— Parce que ici on peut être seul. On peut marcher dans la rue parmi des milliers de gens et être totalement seul. C'est ce que je voulais par-dessus tout.

— Ah oui ?

— J'étais passée de l'anonymat le plus complet, puisque je n'avais même pas d'identité, au foyer d'accueil et à l'école où on me surveillait en permanence. Je voulais redevenir anonyme, décider par moi-même, être un flic. Si j'avais eu à mener cette enquête il y a – mettons, cinq ans – je ne sais pas comment j'aurais réagi. Je les aurais peut-être arrêtées. Pour moi, il n'y avait pas trente-six possibilités : coupable ou innocent, noir ou blanc. Il m'a fallu du temps pour comprendre que le gris existe.

— Moi, je crois que vous auriez réagi de la même manière parce que c'est juste. Avril Icove est une victime, quelqu'un doit être dans son camp.

Eve esquissa un petit sourire, freina devant l'immeuble de sa coéquipière.

— Essayez de vous reposer. Je vous contacterai si j'ai besoin de vous, mais pour l'instant vous allez dormir, ensuite vous bouclez votre sac de voyage et vous partez.

Peabody bâilla de nouveau, sortit du véhicule.

— Merci de m'avoir raccompagnée. Et joyeux Thanksgiving, si je ne vous revois pas d'ici là !

Eve redémarra et, dans son rétroviseur, distingua une lueur chaude – McNab avait laissé une lumière allumée dans l'appartement, pour accueillir Peabody.

Eve aussi aurait, au manoir, des lampes allumées pour lui souhaiter la bienvenue et quelqu'un pour l'écouter.

Mais pas tout de suite.

Elle enclencha le pilotage automatique, prit son communicateur personnel.

Nadine émit un grognement.

— Rejoignez-moi au Down and Dirty.

— Hein ? Quoi ? *Maintenant ?*

— Illico presto. Apportez un calepin en papier, pas d'enregistreur, Nadine, et surtout pas de caméra. Seulement vous, un bon vieux bloc-notes à l'ancienne et des stylos. Je vous attends.

— Mais…

Eve coupa la communication et continua à rouler.

Le videur à la porte du sex-club avait la taille d'un séquoia couleur d'ébène et vêtu d'or – débardeur moulant son torse massif, pantalon de cuir et cuissardes. À son cou de taureau brillaient trois épaisses chaînes qui, à l'occasion, devaient lui servir d'armes.

Un serpent tatoué rampait sur sa joue gauche.

Quand Eve apparut, il s'en prenait à deux mastodontes qu'il tenait par le col de leur chemise pour les jeter dans le caniveau.

— Salut, blanchette ! dit-il à Eve.

— Salut, Crack, comment va ?

— Oh, je ne me plains pas ! répondit-il en s'essuyant les mains comme pour en ôter de la poussière. Qu'est-ce que vous fabriquez dans le coin ? Quelqu'un est mort sans me prévenir ?

— Il me faut un salon privé, j'ai un rendez-vous. Avec Nadine.

— Vous avez sans doute pas l'intention de grimper au septième ciel – d'ailleurs, vous avez bien tort –, d'où je conclus que c'est un rancard officiel. Du coup, je suis une tombe. Entrez donc.

Eve s'engouffra dans la salle où régnaient un vacarme assourdissant, des odeurs suspectes d'alcool et de diverses substances illicites. Sur la scène et les tables se trémoussaient des danseuses nues et des musiciens affublés de pagnes fluo minuscules. La plupart des clients étaient ivres ou défoncés.

Parfait.

— Les affaires marchent bien ! vociféra Eve, tandis que son cicérone lui frayait un chemin dans la cohue pour la conduire à l'étage où se trouvaient les « salons privés ».

— C'est le pont de Thanksgiving. La vie est belle. Et pour vous, ma chère fliquette blanche et maigre comme un clou ?

— Ça va…

— Votre bonhomme vous traite bien?

— Ouais, j'ai pas à me plaindre non plus.

— Et voilà notre suite de luxe! claironna-t-il en ouvrant une porte. Mettez-vous à votre aise, je vous amènerai la belle Nadine. Ah non, pas question de me payer, protesta-t-il, alors qu'Eve fouillait dans sa poche. Je suis allé au parc ce matin dire bonjour à ma sœurette, près de l'arbre que votre mari et vous avez planté pour elle. Surtout, ne vous avisez jamais de me payer quoi que ce soit.

— Bon, répondit-elle, se remémorant Crack, blotti contre elle, et qui sanglotait devant le corps de sa jeune sœur à la morgue. Au fait… vous avez des projets pour jeudi?

Depuis la mort de sa sœur, il n'avait plus de famille.

— Ah… le Glouglou Day. Je me suis dégoté une jolie poulette pour fêter ça.

— Si vous voulez tout le tralala, il y a un dîner à la maison. Vous pouvez amener votre jolie poulette.

Le regard de Crack s'adoucit, ses inflexions de voyou s'effacèrent de sa voix.

— Je vous remercie de cette invitation qui me touche. Je serai très heureux de venir en compagnie de mon amie. Je vais guetter Nadine, bien que je ne vous aie vues ni l'une ni l'autre, conclut-il en posant la main sur l'épaule d'Eve.

— Merci.

Elle pénétra dans la pièce, embrassa d'un coup d'œil le décor. À l'évidence, la catégorie de luxe signifiait que le salon comportait un vrai lit plutôt qu'un simple matelas. Le plafond était tapissé de miroirs, ce dont Eve se serait volontiers passée. Heureusement, il y avait une petite table, deux fauteuils, un menu électronique et un guichet pour passer plats et consommations.

Eve regarda le lit et sentit ses genoux se dérober. Elle aurait volontiers jeûné quarante-huit heures pour pouvoir s'allonger vingt minutes. De crainte de céder à la tentation, elle commanda un pot de café et deux tasses.

Ce serait infect. Des produits chimiques mélangés pour produire une espèce de goudron âcre mais caféiné, de quoi donc rester éveillée.

Elle s'assit. Ses yeux se fermaient tout seuls, elle piquait du nez, sentait le cauchemar familier s'insinuer en elle, telle une horrible créature du fond des mers dont les griffes acérées lui labouraient l'âme.

Une pièce d'un blanc aveuglant. Des dizaines et des dizaines de cercueils de verre. Elle gisait dans chacun d'eux – l'enfant qu'elle avait été, ensanglantée et meurtrie après la dernière volée de coups qu'il lui avait infligée. Elle sanglotait, suppliait, luttait pour échapper à ce calvaire.

Et lui était là, debout, l'homme qui l'avait engendrée. Un sourire, un rictus plutôt, tordait sa bouche.

« Faite sur mesure », articulait-il. Et il riait, il riait. « Il y a en a une qui ne marche pas comme il faut ? On la jette et on en essaie une autre. Ça ne finira jamais. Jamais. »

Eve se réveilla en sursaut, chercha machinalement son arme, à tâtons. Elle vit le pot de café sur la table.

Un instant, elle enfouit son visage dans ses mains, pour reprendre sa respiration. Tout va bien, se dit-elle. Laisse le passé où il est, loin derrière toi.

Quels cauchemars tourmentaient Avril, lorsqu'elle était trop lasse pour les tenir à distance ?

Soudain, la porte s'ouvrit.

— Merci, Crack, susurra Nadine.

— De rien, beauté en sucre, répondit-il en gratifiant la journaliste d'un clin d'œil appuyé.

— Vous refermez la porte, Crack, et vous enclenchez le mode « ne pas déranger », demanda Eve.

— Vous avez intérêt à avoir du sensationnel, gémit Nadine en s'écroulant dans le deuxième fauteuil.

— Videz votre sac sur le lit, Nadine, ordonna Eve en lui servant une tasse de café. Ensuite je m'assurerai que vous n'avez sur vous aucun appareil électronique.

— Vous n'avez toujours pas confiance en moi, depuis le temps ?

— Je suis forcée de respecter la procédure.

Vexée, Nadine obtempéra, et Eve tria le contenu du sac. Portefeuille, cartes d'identité, de crédit, deux cigarettes dans un étui, deux calepins – en papier –, six crayons bien appointés. Deux miroirs, trois paquets de purificateur d'haleine, une petite boîte en argent renfermant des antalgiques, quatre tubes de rouge à lèvres, une brosse à cheveux, et onze autres tubes, pots, et fards divers en sticks.

— Bonté divine... Vous transbahutez tout ça pour vous le coller sur la figure ?

— Ce qui me permet d'être une « beauté en sucre » à trois heures du matin. Je n'en dirais pas autant de vous.

— C'est ça, la police. Un flic ne dort jamais.

— Vous avez vu mon interview d'Avril Icove ?

— Non, mais j'en ai entendu parler. Qu'est-ce que vous avez pensé d'elle ?

— Réservée, digne et élégante. Le chagrin l'embellit encore. Elle adore ses enfants. Elle m'a plu. Je n'ai pas pu lui poser de questions très personnelles, puisqu'elle avait exigé que l'entretien soit axé sur son beau-père et son mari. Mais je creuserai davantage. Elle m'accorde une interview en trois parties, en exclusivité.

Nadine devrait tracer une croix sur les deux autres volets, songea Eve. Elle aurait cependant une compensation de taille.

Elle promena un scanner sur les vêtements de la journaliste.

— Croyez-le ou pas, je fais tout ça pour vous protéger. Vous autant que moi, en réalité. Car je m'apprête à violer le code bleu et à dévoiler des éléments classés top secret.

— Icove...

— Je vous suggère de vous asseoir et d'écouter mes conditions – qui ne sont pas négociables. Primo, nous n'aurons jamais eu cette conversation. En rentrant chez vous, vous jetterez à la poubelle le communicateur que vous avez utilisé pour répondre à mon appel. Vous n'aurez jamais reçu cet appel, évidemment.

— Dallas… je sais comment assurer mes arrières et protéger mes sources.

— Je vous répète de m'écouter. Vous avez déjà mené des recherches approfondies sur les Icove et, de votre propre initiative, vous les avez reliés à Jonah Wilson, Eva Hannson Samuels et, par ricochet, Brookhollow. Vos informateurs au sein de la police ne le confirmeront pas et ne le nieront pas non plus. Vous allez vous rendre à Brookhollow. Il le faut pour vos dossiers. Vous établirez un lien entre le meurtre d'Evelyn Samuels et celui des Icove.

— La présidente de Brookhollow… rétorqua Nadine qui griffonnait des notes. Quand a-t-elle été assassinée ?

— À vous de trouver. Vous serez assez curieuse et maligne pour faire des recoupements entre actuelles et anciennes élèves. En réalité, vous avez déjà fait tout ça.

Eve sortit de sa poche un disque scellé.

— Mettez ça dans votre log. Attention… pas d'autres empreintes que les vôtres sur ce disque.

— Qu'est-ce qu'il y a dedans ?

— Plus de cinquante élèves ou étudiantes dont les signes distinctifs correspondent exactement – en tout point – à d'anciennes élèves. Ces données ont été trafiquées.

— Qu'est-ce que les Icove fabriquaient pour avoir besoin de falsifier des données ?

— Ils clonaient ces filles.

Nadine sursauta si violemment que la pointe de son crayon se brisa.

— Mais… vous ne plaisantez pas… souffla-t-elle.

— Cette histoire dure depuis la Guerre urbaine.

— Dites-moi, par pitié, que vous avez des preuves.

— J'en ai, et surtout j'ai trois clones répondant au nom d'Avril Icove actuellement assignées à domicile.

Nadine avait les yeux qui lui sortaient de la tête.

— Franchement, j'en suis baba.

— Je me fiche de votre état d'esprit, la journée a été trop longue. Écrivez, Nadine. Ensuite rentrez chez vous, débrouillez-vous pour laisser une trace électronique attestant que *vous* avez découvert ces informations. Vous brûlerez ces notes. Après vous irez fureter à Brookhollow. Vous pouvez me contacter pour m'interroger. Je ne confirmerai pas, je ne démentirai pas. Je préviendrai mes supérieurs que vous avez reniflé toute l'affaire. Il n'y a pas d'autre solution. Par conséquent, débrouillez-vous pour que votre long nez de fouine marche à fond.

— J'avais déjà tiré certaines conclusions. La manipulation génétique, je m'en doutais. Les bébés faits sur mesure, en quelque sorte, le marché noir bien juteux.

— C'est une partie du package, en effet. D'ici à vingt-quatre heures, peut-être un peu plus, l'alarme sonnera et le gouvernement s'en mêlera. Ils étoufferont l'affaire. Ce qu'ils ne pourront pas enterrer, ils le démantèleront. Alors dépêchez-vous de le révéler. Je vais vous donner tous les éléments que j'ai avant de quitter cette pièce. Vous n'aurez rien d'autre de moi. Et ce n'est pas un cadeau que je vous offre, ajouta Eve. Si, à cause de vous, cette histoire éclate au grand jour, vous aurez chaud aux fesses.

— Ça, je connais et je ne suis pas impressionnable, rétorqua Nadine dont les yeux verts étincelaient à présent comme des lames de rasoir. Quand la bombe explosera, je ne serai pas à New York, je me dorerai au soleil.

Il fallut une heure, un second pot de café infect pour que Nadine remplisse ses deux calepins.

Quand la journaliste fut partie, Eve, qui ne se fiait plus à ses réflexes, regagna sa voiture et enclencha le pilotage automatique. Parvenue au manoir, elle monta les marches du perron tel un automate.

Summerset l'attendait.

— Vous êtes encore debout, vous ? grogna-t-elle. Je vous signale que même les vampires dorment.

— Il n'y a pas eu de contrat sur la tête des Icove, père et fils. Mais, bien sûr, vous le saviez. Comme vous connaissez l'existence d'une opération d'envergure qui propose des jeunes femmes, éduquées à la faculté

Brookhollow dans le New Hampshire, à des clients désireux d'acquérir une épouse, une employée ou une partenaire sexuelle.

Eve battit des paupières pour forcer son esprit exténué à se concentrer.

— Comment avez-vous appris tout ça ?

— J'ai toujours certaines sources d'informations auxquelles vous n'avez pas accès. Pas plus que Connors, d'ailleurs, vu sa relation avec vous.

— Et vos informateurs ont des preuves tangibles de cette opération d'envergure ?

— Non, mais je les considère comme extrêmement fiables. Icove avait des liens avec Brookhollow. Aujourd'hui l'un des jetcopters de Connors Enterprises s'est rendu là-bas, dans cette institution dont la présidente, semble-t-il, a été assassinée. De la même façon que les Icove.

— Dites donc, vous êtes une vraie fontaine de renseignements.

— Je connais mon travail. Comme vous connaissez le vôtre. Les êtres humains ne sont pas des objets. Se servir de l'éducation comme d'un paravent, utiliser ainsi des jeunes filles est infâme, et que vous traquiez la femme qui, selon toute vraisemblance, s'est vengée est… déplorable.

— Merci pour cet avis.

— Vous êtes pourtant bien placée pour la comprendre.

Eve, qui s'apprêtait à gravir l'escalier, s'immobilisa.

— Vous aussi, poursuivit-il, vous avez été une enfant, enfermée, recluse, entraînée pour exercer un certain… métier. Vous savez ce qui peut pousser à tuer.

Eve crispa les doigts sur la rampe, pivota pour regarder Summerset.

— Vous pensez que cette affaire s'arrête là, n'est-ce pas ? Eh bien… si pervers et immonde que ce soit, ce n'est que la surface, la première couche de vernis. Oui… je connais mon boulot. Tuer ne résout rien. Le mal renaît toujours de ses cendres. Hélas !

Elle pivota de nouveau, monta les marches. Elle avait l'impression d'être un fantôme, un ectoplasme.

Dans la chambre, Connors avait – comme à l'accoutumée – laissé une lampe allumée qui diffusait alentour une lumière feutrée. Cela suffit pour que des larmes d'épuisement roulent sur les joues d'Eve.

Elle se débarrassa de son arme, de son insigne qu'elle posa sur la commode. Un jour, Connors avait dit que ce n'étaient que des symboles. Il avait raison, cependant ces symboles avaient contribué à la sauver, à lui conférer une réalité, un but.

Elle se déshabilla, se glissa dans le lit auprès de son mari, se blottit dans ses bras et, parce qu'elle le pouvait avec lui, elle pleura.

— Tu es si fatiguée, murmura-t-il. Tu es vidée, mon amour.

— J'ai peur de m'endormir. Le cauchemar est là, il rôde dans ma tête.

— Moi aussi, je suis là. Tout contre toi.

Elle leva la tête, chercha sa bouche.

— Tu n'es pas assez près. J'ai besoin de sentir qui je suis.

— Tu es Eve…

Il se mit à la caresser, en répétant son nom, à la toucher avec une infinie douceur car, cette nuit, elle était plus fragile que du verre. Et il devait lui montrer qu'elle était aimée, adorée.

— Je t'aime, Eve. J'aime tout ce que tu es.

Elle poussa un soupir. Oui, c'était de lui dont elle avait éperdument besoin. Le poids de son corps sur elle, son odeur, sa peau.

Nul ne la connaissait aussi bien que lui. Par cœur, sur le bout des doigts. Durant toutes les années qu'elle avait vécues avant lui, nul n'avait su, d'une simple caresse, atteindre et consoler l'enfant martyrisée qui restait là, tout au fond de son être.

Quand il la pénétra, les ombres et les fantômes battirent en retraite. En elle brilla la lumière.

L'aube pointait lorsqu'elle put enfin fermer les yeux. Son esprit était en repos. Connors la serrait, comme une ancre maintient le navire au port.

On n'y voyait guère quand Eve se réveilla. Elle s'en étonna, car il lui semblait avoir dormi longtemps. Hormis une vague migraine et des courbatures, elle était en forme.

Elle avait sous-estimé les vertus thérapeutiques du sexe.

Une bouffée d'émotion et de gratitude lui dilata le cœur. Elle tendit la main vers son mari. Il n'était plus là.

Elle fit la moue, demanda l'heure à la pendulette vocale.

— *Neuf heures trente-six.*

Eve se redressa d'un bond. Connors avait activé tous ses fichus gadgets pour obscurcir le dôme et les baies vitrés.

— Déconnexion du mode sommeil, ordonna-t-elle, clignant les yeux pour se protéger de la lumière.

Débitant un chapelet de jurons, elle passa sous la douche. Cinq minutes après, Connors, en jean noir et chemise blanche décontractée, lui tendait un mug de café.

— Je parie que tu en boirais volontiers.

— Tu n'as pas le droit de placer la chambre en mode « sommeil » sans me prévenir, rouspéta-t-elle. Surtout qu'on ne l'avait jamais fait avant.

— Tu dormais. Il m'a semblé que c'était le moment idéal pour modifier nos habitudes.

Elle fonça dans la cabine séchante.

— J'ai des trucs à faire, moi, des gens à voir !

— Justement, nous avons des gens qui arrivent aujourd'hui, rétorqua-t-il en lui tendant cette fois un peignoir. Enfile ça, le temps de prendre ton petit-déjeuner.

— Je dois contacter Feeney, le commandant et les droïdes qui surveillent Avril. En plus, j'ai un rapport à rédiger, sans parler de l'autopsie de Samuels.

— Tu es débordée, débordée…

Il s'approcha de l'autochef. Il était rassuré : la femme exténuée, cassée, était redevenue le lieutenant Dallas.

— Tu as besoin d'un grand bol de porridge.

— Pouah… Aucune personne saine d'esprit ne voudrait avaler du porridge. Ne change pas de sujet. Tu n'as pas le droit de décider de mon emploi du temps.

— Lorsque ma femme rentre à la maison en pleurant de fatigue, de stress, j'ai tous les droits.

Il se retourna, et Eve reconnut dans les yeux si bleus de son mari cet éclat métallique qui la dissuada d'argumenter – la discussion ne se terminerait pas par une dispute.

— Et ma chère épouse n'a qu'à s'estimer heureuse que je ne l'aie pas obligée à dormir toute la journée. Maintenant, tu t'assieds et tu avales ce petit-déjeuner fortifiant.

Elle contempla son bol de porridge, grimaça.

— Y a des trucs dedans, c'est dégoûtant.

— Pas du tout, ce sont des pommes et des myrtilles. Mange, comme une grande fille sage que tu es.

— Dès que j'aurai une minute à moi, je t'assommerai.

Néanmoins elle s'assit, contempla les morceaux de fruits qui paraissaient nager dans de la boue.

— En théorie, je suis en service depuis huit heures. Mais le règlement m'autorise, sauf ordre contraire émanant de la hiérarchie, à prendre huit heures entre deux gardes. Or il était plus de deux heures quand j'ai quitté Avril Icove.

— Tu deviens une maniaque de la pointeuse ?

— Peabody est en congé depuis ce matin, avec McNab.

— Ce qui te prive d'une moitié de ton équipe. Et cela en respectant scrupuleusement le règlement. Le rythme va donc se ralentir énormément, surtout avec le pont de Thanksgiving. Comment comptes-tu utiliser ce répit ?

— J'ai déjà commencé en enfreignant le code bleu. J'ai tout expliqué à Nadine. J'avance à une allure d'escargot pour laisser à Avril Icove le temps de comprendre comment se débarrasser des bracelets électroniques, récupérer les enfants et s'évanouir dans l'espace. En espérant avoir en échange un lieu où débusquer Deena ou, au moins, l'emplacement du site ou des sites d'opérations.

— Si tu continues à ruminer au lieu de manger ton porridge, je te préviens… tu vas avoir la fessée.

— Je n'ai pas le droit de décider de contrevenir à des ordres émanant de ma hiérarchie et d'oublier les devoirs qui m'incombent.

— Tu te trompes complètement, Eve, car tu prends cette décision en te fiant à ton instinct, ton expérience, et cet inflexible sens de la justice dont tu es pétrie.

— Ce ne sont pas les flics qui font les lois.

— Allons donc, tu les fais chaque jour en fonction des circonstances. Si la loi n'est pas un peu souple pour s'adapter à la réalité, elle n'est que lettre morte.

— Je n'ai pas tout expliqué à Peabody, mais pas loin, soupira Eve. J'ai ajouté que j'aurais été incapable d'avoir cette attitude il y a quatre ou cinq ans. Elle m'a répondu que si, que j'aurais eu la même réaction.

— Notre Peabody est la sagesse même. Te rappelles-tu le jour où je t'ai rencontrée ?

Il pêcha dans sa poche le bouton gris arraché à l'unique tailleur-pantalon qu'Eve possédait avant que Connors ne surgisse dans son existence. Il le fit tourner entre ses doigts, les yeux rivés sur sa femme.

— À l'époque, tu défendais la loi. Jamais je n'avais connu un être qui se méfie autant de ses congénères et qui soit pourtant capable d'une telle compassion. Mange, Eve…

Elle avala une cuillerée en se pinçant le nez.

— Bof… ça pourrait être pire, admit-elle.

— J'ai une vidéoconférence qui m'attend. Quant à toi, tu as une liste de messages sur ton bureau, dont trois de Nadine qui s'impatiente. Elle demande que tu la contactes pour confirmer la relation des Icove avec Brookhollow, et donc avec le meurtre d'Evelyn Samuels.

— Elle est parfaite, cette Nadine.

— Feeney, lui, est rentré du New Hampshire. Il a été d'une discrétion admirable – le code bleu, je présume. Et Whitney veut ton rapport à midi.

— Dis… tu ne cherches pas un poste de secrétaire ?

Il sourit, se leva.

— Mes Irlandais arriveront vers quatorze heures, ce qui me rend nerveux. Si tu es retardée, je t'excuserai auprès d'eux.

Elle acheva son petit-déjeuner, s'habilla. Puis elle prit son insigne et s'en fut travailler.

Elle vit d'abord Feeney. Dans son bureau, la porte soigneusement close, elle lui raconta tout, hormis son rendez-vous avec Nadine. Si elle devait tomber pour ça, elle n'entraînerait personne dans sa chute.

— Je ne m'étonne même plus qu'elles soient trois, bougonna Feeney en mastiquant ses amandes. Ça colle avec ce qu'on a découvert à l'école. J'ai récupéré les dossiers. Ils avaient deux systèmes. Le premier était nickel et servait de façade au deuxième. Chaque élève a un numéro de code correspondant aux tests, aux améliorations…

— C'est-à-dire ?

— Interventions chirurgicales, esthétiques. Ils pratiquaient ça sur des gamines de huit ans, ces salauds. Les bilans médicaux classiques dissimulaient le reste. Par exemple, les futures prostituées avaient droit à une éducation sexuelle précoce. Je t'en passe et des meilleures.

Feeney s'interrompit, avala une lampée de café.

— Et maintenant, le scoop : elles sont plus d'une dizaine à avoir disparu après le « placement ». Deena est la seule à s'être évadée de Brookhollow, mais pas la seule dont ils ont perdu la trace. Du coup, ils ont doté les nouvelles, à la naissance, d'un dispositif de radioguidage. Une idée de Samuels dont, d'après ses notes et ses dossiers, elle n'avait pas informé les Icove.

— Pourquoi ?

344

— Elle estimait qu'ils étaient trop personnellement impliqués – parce qu'ils avaient un spécimen dans la famille et lui laissaient trop de liberté. Ils n'avaient plus l'objectivité, la distance nécessaire par rapport au projet : créer une race de Supérieurs – c'est leur terme – débarrassés de toute imperfection génétique et capables d'atteindre un jour l'immortalité. D'où l'opération *Naître sans douleur*.

— On évacue la notion de couple au profit de la conception en laboratoire. Mais pour ça, la technologie ne suffit pas. Il faut les leviers politiques capables d'abroger certaines lois, d'en édicter d'autres.

— Ils ont déjà des diplômées à des postes clés de l'État, dans la médecine, la recherche, les médias. Ils considèrent que, d'ici à une quinzaine d'années, les restrictions internationales seront levées et que, dans un siècle, la conception naturelle sera obsolète.

— Ils veulent interdire le sexe ?

— Non, seulement la conception en dehors d'un « environnement contrôlé ». Le projet *Naître sans douleur* assure aux parents sélectionnés que l'enfant correspondra aux critères qu'ils ont exigés.

Eve fit la moue.

— Combien de temps dure la garantie ? Et si l'on veut renvoyer la gamine à l'expéditeur ?

Feeney ne put s'empêcher de sourire.

— Il pourrait y avoir des avantages, non ? Les femmes n'auront plus à endurer ni grossesse ni accouchement. Bref… Ils estiment que la législation sur la stérilisation sera en vigueur dans soixante-quinze ans.

Stérilisation forcée, bébés sur mesure, une humanité façonnée dans des labos. Comme dans les films de science-fiction que Connors collectionnait dans sa cinémathèque.

— Tu n'as pas localisé leur base d'opérations ?

— Non, on mentionne juste des « nurseries ». Mais j'ai encore un paquet de données à éplucher.

— Il faut que je rende compte à Whitney de ce qu'on a. L'école et la faculté sont sous contrôle ?

— Les droïdes s'en chargent. Des droïdes qui gardent des clones... le monde marche sur la tête. En tout, on a près de deux cents mineures. Et jusqu'ici, seulement six tuteurs qui se sont manifestés. La plupart s'avéreront être des fantômes.

Eve hocha la tête.

— Comment vont-elles se fondre dans la masse, Feeney ? Qui va s'en occuper ?

— Je n'ai pas assez de cervelle pour résoudre ce genre de problème.

— Quels sont tes plans pour demain ? lui demanda-t-elle comme il se redressait.

— Toute la famille se réunit dans la nouvelle maison de mon fils. Je t'ai dit qu'il s'était installé dans le New Jersey ? Eh oui... il est adulte, il vit sa vie.

À midi pile, Eve était dans le bureau de Whitney. Elle lui remit son rapport écrit, ainsi que celui de Feeney, et les renseignements extraits des fichiers de Brookhollow.

— On n'a toujours pas localisé Deena ? s'enquit-il.

— Non, commandant.

— Et ces fameuses « nurseries », à notre connaissance, ne sont pas situées dans l'enceinte de Brookhollow.

— On n'y a pas repéré l'équipement nécessaire pour conserver des cellules ou procéder à des opérations de clonage. Commandant, la loi impose que les implants introduits dans l'organisme de mineures soient retirés.

Whitney se carra dans son fauteuil, joignit les mains.

— Vous allez un peu vite, lieutenant.

— Je ne crois pas, rétorqua-t-elle avec assurance – elle avait beaucoup réfléchi à la manière de présenter les choses. Ces implants représentent une violation de la liberté de disposer de son corps. En outre, vu les preuves que nous avons, la législation impose de mettre en examen les tuteurs de toutes les élèves. Cette même jurisprudence nous interdit de confier n'importe laquelle de ces mineures à des individus qui ont contribué à falsifier l'identité de ces jeunes personnes afin d'en obtenir la tutelle.

— Vous avez bien peaufiné vos arguments, lieutenant.

— Les autorités locales ont de quoi fermer Brook-hollow – blanchiment d'argent… – jusqu'à ce que les Fédéraux s'en mêlent. Ensuite les élèves seront des cobayes.

— L'État exigera qu'on traite cette affaire discrètement. Les jeunes filles seront débriefées, et…

C'était précisément ce « et » qui inquiétait Eve.

— La discrétion ne sera peut-être pas possible, commandant. J'ai de nombreux appels de Nadine Furst. Elle me demande de confirmer ou de démentir plusieurs aspects de cette enquête. Notamment la relation avec Brookhollow, le meurtre d'Evelyn Samuels. Je ne lui ai donné que les réponses standards, mais c'est un Sioux, elle est sur le sentier de la guerre et elle a l'oreille collée au sol.

Whitney la scruta longuement.

— Que sait-elle au juste ?

— Elle a eu accès aux dossiers des élèves. Auparavant, elle avait mené des recherches approfondies sur Wilfred Icove Senior pour rédiger sa nécrologie. Elle avait à cette occasion établi le lien avec Jonah Wilson et Eva Samuels. Avant moi, pour être franche. Furst a des ressources et, quand elle plante les dents dans un os, elle ne le lâche pas.

Il joignit les doigts en clocher.

— Nous savons que livrer – avec prudence – des informations à certains journalistes peut servir une enquête et se révéler bénéfique.

— Mais le code bleu interdit expressément de…

— Certes, et si un policier passait outre, je pense qu'il aurait l'habileté d'assurer ses arrières.

— Une question purement théorique, bien sûr.

— Bien sûr. Je note, lieutenant, que vous n'avez pas annulé les congés de l'inspecteur Peabody.

— En effet, et le capitaine Feeney a fait de même pour l'inspecteur McNab. Avril Icove est assignée à domicile, et cette enquête sera bientôt confiée aux Fédéraux. Pas avant lundi, sans doute, à cause du pont. Il m'a paru inutile et injuste de priver Peabody d'un repos bien mérité.

Eve s'interrompit. Whitney resta silencieux.

— Voulez-vous que je rappelle Peabody et McNab à New York, commandant ?

— Non. Vous avez identifié les coupables, défini la méthode et le mobile des crimes. Le procureur refuse le procès. En gros, lieutenant, votre affaire est bouclée.

— Oui, commandant.

— Dallas... Si vous étiez Nadine Furst, à quel moment révéleriez-vous toute l'histoire ?

— Eh bien... il me semble que pour Channel 75, ce serait plus juteux que la dinde de Thanksgiving.

— Je partage votre opinion. Vous pouvez disposer, lieutenant.

19

La circulation était infernale, les embouteillages mons-
trueux. Les New-Yorkais, sortis du bureau plus tôt qu'à
l'accoutumée, bataillaient pour regagner leur domicile et
préparer la fête. Les étrangers assez fous pour venir assister à la parade – qu'ils auraient pu suivre à la télé – se
massaient dans les rues, sur les trottoirs et dans les airs.

Les voleurs à la tire se régalaient.

Malgré les bouchons, Eve s'arrêta chez les Icove. Elle
voulait encore tenter sa chance avec Avril.

L'un des droïdes de la police lui ouvrit la porte.

— Où sont-elles ? questionna Eve.

— Deux sont à l'étage avec les petits et mon homo-
logue. L'une est dans la cuisine. Elles n'ont pas essayé
de quitter la demeure et n'ont eu aucun contact avec
l'extérieur.

Dans la cuisine, Avril sortait du four des biscuits qui
embaumaient.

— Oh, lieutenant, vous nous avez surprises ! dit-elle
en posant le plateau sur la cuisinière.

— Vous êtes seule dans cette pièce, laissez tomber le
numéro du trio. Quand Deena doit-elle vous contacter ?

— Nous sommes inquiètes qu'elle ne l'ait pas encore
fait. Elle est pour nous comme une sœur. Nous ne vou-
drions pas qu'il lui arrive malheur à cause de nous.

— Dites-moi où la trouver.

— C'est impossible, à moins qu'elle ne nous le
demande.

— Est-ce qu'elle travaille avec les autres ? Celles qui
se sont également enfuies ?

— Certaines ont constitué un réseau clandestin. D'autres souhaitaient simplement mener une vie normale.

— Demain, à cette heure-ci, l'opération *Naître sans douleur* s'étalera à la une de tous les médias. Le scandale contribuera à ce que cette ignominie s'arrête. Aidez-moi à faire table rase. Où sont les nurseries, Avril ?

— Qu'adviendra-t-il des enfants, des bébés, des fœtus ?

— Je l'ignore. Je pense que beaucoup réclameront leur protection. Cela fait partie de la nature humaine, n'est-ce pas ? Défendre les innocents et les faibles.

— Tout le monde ne le verra pas de cet œil.

— Je sais comment cette histoire sera présentée, de quel point de vue. Vous avez ma parole. Le risque que Deena aille en prison pour ses crimes est quasiment nul. Il n'en ira pas de même si elle poursuit sa mission, maintenant que nous avons pris des mesures pour geler le projet.

— Nous lui répéterons votre promesse, dès que possible.

— Et les fichiers pris dans le bureau privé de votre mari ?

— Elle les a. Nous les lui avons remis.

— Et ceux qu'elle a récupérés chez Samuels ?

Une lueur d'étonnement vacilla dans les yeux d'Avril.

— Vous êtes un remarquable policier.

— Hum... Qu'y avait-il dans les dossiers de Samuels ?

— Deena n'a pas eu le temps de nous en informer.

— Dites-lui que, si elle m'indique où se situe la base opérationnelle, j'ai les moyens de fermer la boutique. Je ne lui demande que ça.

— Nous le lui dirons. Merci, lieutenant, nous vous sommes reconnaissantes. Un biscuit ?

— Ma foi, avec plaisir. Ils sentent drôlement bon.

Il y avait des mioches dans le parc. Eve en eut un frémissement d'anxiété, surtout quand l'un d'eux, tel un ouistiti, tomba d'un arbre. Avec un cri de guerre, il courut après la voiture jusqu'au manoir.

— Salut! s'exclama-t-il avec un accent irlandais à couper au couteau. On est en vacances à New York. Moi, je m'appelle Sean, et on est venus voir notre cousin Connors. Si vous le cherchez, Connors, il est dedans. Je peux vous montrer le chemin.

— Je le connais, le chemin. Je suis Dallas, j'habite ici.

Le garçon inclina la tête sur le côté. Il devait avoir dans les huit ans, une tignasse miel, d'immenses yeux verts, et une frimousse constellée de taches de son.

— La dame qui habite avec le cousin Connors, c'est Eve. Elle travaille dans la police et elle a une arme.

— C'est bien moi. Lieutenant Eve Dallas, rétorqua-t-elle, écartant un pan de son manteau pour montrer son holster. Ah non, on ne touche pas!

— Wouah! Vous avez tiré sur beaucoup de gens avec ça?

— Quand j'y ai été obligée.

— Vous viendrez avec nous visiter la ville?

— Je ne sais pas, répondit-elle, accélérant l'allure dans l'espoir de le distancer et de se mettre à l'abri.

Elle ouvrit la porte. Un tumulte de voix l'étourdit. Et soudain elle vit, dans le hall, une minuscule créature qui rampait à la vitesse de l'éclair... Eve recula d'un bond.

— C'est ma cousine Cassie, expliqua Sean. Elle est drôlement rapide, il vaudrait mieux fermer la porte.

Eve s'adossa au battant, affolée par la petite créature babillante qui lui fonçait dessus.

— Mais qu'est-ce qu'elle me veut?

— Que vous la preniez dans vos bras, elle aime les bisous. Pas vrai, Cassie?

Celle-ci eut un grand sourire qui découvrit deux dents blanches, et lança un « da! » tonitruant. À cet instant, un homme déboula du salon. Grand, très mince, hirsute. Lui aussi souriait et, dans d'autres circonstances, Eve l'aurait trouvé charmant.

— Ah, la voilà ! Je l'ai quittée des yeux une seconde, et elle s'est carapatée. Inutile de cafter à ta tante Reenie, dit-il à Sean. Vous êtes Eve, enchaîna-t-il en soulevant le bébé qu'il cala sur sa hanche. Je suis votre cousin Eemon, le fils de Sinead. Je suis ravi de vous rencontrer enfin.

Avant qu'elle ait pu émettre un son, il l'entoura de son bras libre, l'attira contre lui et contre la redoutable petite créature qui s'empressa de tirer les cheveux d'Eve.

— Les cheveux la fascinent, s'esclaffa Eemon. On en fera sans doute une coiffeuse.

Eve, qui avait le tournis, répliqua par un vague gargouillis.

— Ma pauvre, reprit Eemon, c'est l'invasion des barbares. Connors et quelques autres sont dans le salon, là-bas. Je vous débarrasse de votre manteau ?

— Mon manteau ? Ah non, non… Merci.

— Mamie ! s'écria brusquement Sean.

Eve fut soulagée de voir apparaître Sinead. Elle était fine et ravissante avec son teint de porcelaine, ses traits ciselés, sa chevelure blond vénitien et ses yeux vert pâle. Elle avait le visage que sa jumelle, la mère de Connors, aurait eu si elle avait vécu. Elle embrassa Eve sur la joue.

— Merci de nous accueillir dans votre demeure.

— Oh, mais c'est Connors qui…

— S'il en a été le bâtisseur, vous avez contribué à en faire votre foyer à tous deux. Comment vous débrouillez-vous pour tenir une maison aussi gigantesque ? À votre place, je serais découragée. Et, la moitié du temps, je me perdrais.

— Vous savez, moi je ne fais pas grand-chose. L'intendance, c'est Summerset.

— Il a l'air très compétent. Un peu glacial, peut-être ?

— Le mot est faible.

Le spectacle qui attendait Eve dans le salon acheva de la démonter. Ils étaient si nombreux… Tous mangeaient, bavardaient, au milieu d'une nuée d'enfants.

Connors s'affairait à servir une vieille dame qui trônait dans l'un des fauteuils à dossier droit. Sa belle tête était couronnée de cheveux blancs, son regard ferme et bleu.

Un homme se tenait debout près de la cheminée, auprès d'un autre qui aurait pu être son jumeau, avec vingt ans de moins. Ils semblaient totalement indifférents aux deux gosses, assis à leurs pieds, qui se pinçaient sauvagement.

Une jeune femme d'une vingtaine d'années, assise devant la fenêtre, contemplait rêveusement le parc, tandis qu'un nourrisson lui tétait avidement le sein.

Seigneur Dieu !

— Notre chère Eve est là, annonça Sinead. Je vous présente votre belle-famille. Mon frère Ned et son aîné Liam.

— Euh… bonjour, bredouilla Eve qui tendit une main, mais se retrouva serrée dans les bras du père et du fils.

— Maggie, la femme de Liam, qui donne la tétée au petit Devin…

— Enchantée, murmura Maggie avec un sourire timide.

Sinead poussa Eve en avant.

— Et ma mère : Alise Brody.

— Laissez-moi vous regarder, déclara celle-ci. Tu ne la nourris pas, mon garçon ? reprocha-t-elle à Connors.

— Je m'y efforce.

— Beau visage, une mâchoire volontaire. Tant mieux parce que, avec votre métier, vous devez parfois prendre des coups. Alors comme ça, vous êtes flic. Vous courez après les assassins et les bandits. Et vous êtes un bon flic ?

— Oui, répondit simplement Eve.

— Tant mieux, quand on fait quelque chose, il faut le faire bien. Et votre famille ?

— Je n'en ai pas.

La vieille dame éclata d'un grand rire.

— Ma petite, que ça vous plaise ou pas, maintenant vous en avez une. Venez ici m'embrasser. Et appelez-moi Granny.

Eve n'avait pas l'habitude d'embrasser les vieilles dames, néanmoins on ne lui laissait visiblement pas le choix. Quand ce fut fait, d'un geste vague, elle désigna la porte.

— Il faut vraiment que je…

— Connors nous a expliqué que vous êtes en pleine enquête, intervint Sinead. Si vous êtes occupée, ne vous inquiétez pas pour nous.

— J'ai juste… euh, enfin, j'en ai pour une minute.

Elle était dans l'escalier quand Connors la rattrapa. Il avait l'air si heureux qu'elle en fut encore plus désarçonnée.

— Je te remercie de supporter tout ça, Eve. Je sais que tu n'es pas très à l'aise et que ce n'est pas le bon moment.

— Ça va… grommela-t-elle. Seulement, je ne pensais pas qu'ils seraient si nombreux et qu'il y aurait autant de gosses.

— Peut-être vaut-il mieux, dans ce cas, que tu évites la piscine, répliqua-t-il en lui effleurant tendrement les cheveux. Il y en a quelques autres qui font trempette.

Eve se figea.

— Pas possible ?

— Eh si !

Elle ne paniquerait pas, non, elle serait brave.

— C'est un éléphant qu'il nous faut, pas une dinde. Comment tu t'en sors, toi ? lui demanda-t-elle, comme il l'attirait contre lui pour l'embrasser dans le cou.

— Je suis chamboulé. Tellement content qu'ils soient là… jamais je n'aurais imaginé accueillir sous mon toit cette armée d'Irlandais dont le sang coule dans mes veines. Et pourtant, ajouta-t-il avec un rire bref, je ne sais pas du tout quoi faire d'eux. Ils me sidèrent. Leur affection, leur manière de m'accepter tel que je suis. Il y a toujours en moi le rat d'égout de Dublin qui s'attend que l'un d'eux me susurre : « Mon petit Connors, si tu partageais tout ton fric avec nous ? » Je suis injuste à leur égard.

— C'est naturel, je te comprends. Dis donc… je dois vraiment l'appeler Granny ? Je vais avoir du mal.

— Pense que c'est un genre de surnom, moi c'est ce que je fais. Et maintenant, si tu as besoin de travailler, je t'excuserai auprès d'eux.

— À présent, je n'ai plus qu'à attendre que les médias et les Fédéraux s'en mêlent. Pour nous, l'affaire est bouclée. Quoique j'aie encore un service à te demander : les plans du Centre. Je parie que la base opérationnelle est là, puisqu'elle n'est pas à Brookhollow.

— Je lance une recherche, compte sur moi.

— Tant que tu y es, établis d'autres recoupements pour Deena à partir de l'image que nous avons sur les disques de Brookhollow. Elle a peut-être d'autres pseudonymes sous cette apparence physique.

— Je croyais que le dossier était bouclé, ironisa-t-il.

— Officiellement, et pour le département de police. Mais que j'aille rôtir en enfer si je n'essaie pas toutes les pistes.

Il en sortait de partout, et Eve laissait les noms et les visages – des plus ridés aux plus poupins – se mélanger dans son esprit.

Sean paraissant résolu à la suivre comme son ombre, elle en conclut que les petits garçons étaient pareils aux chats. Ils se cramponnaient à ceux qui les craignaient le plus ou les supportaient le moins. Galahad, le vrai matou du manoir, dédaigna les visiteurs, jusqu'à ce qu'il comprenne que les humains à quatre pattes avaient tendance à semer sur le sol des restes de nourriture, voire à partager leur pitance avec lui. Il termina sa journée dans une sorte de coma, gavé, les pattes en l'air sous une table.

Lorsque Connors emmena sa famille visiter la ville, Eve put enfin échapper à la cohue. Elle monta dans son bureau, afficha sur l'écran de l'ordinateur les plans du centre Icove.

— Ordinateur, supprime toutes les zones ouvertes au public.

Elle en avait la certitude : Icove Senior avait choisi pour son projet le gigantesque établissement qui portait son nom. C'était là qu'il passait ses loisirs – ses journées et ses soirées toujours libres sur son agenda. À deux pas de son appartement.

— Supprime les secteurs réservés aux patients. Ouais… il reste encore beaucoup d'espace. Je perds sans doute mon temps, marmonna-t-elle.

Soudain, un bruit à la porte la fit se retourner. Sinead, sur le seuil, sursauta.

— Excusez-moi, j'ai entendu votre voix, alors… Mais vous travaillez, je ne voudrais pas vous déranger.

— En fait, je réfléchissais à voix haute.

— J'ai la même manie que vous, rétorqua Sinead en balayant le décor du regard. Si vous me permettez ce commentaire, on se croirait dans un petit appartement plutôt que dans le bureau d'un policier.

— Vous avez raison, Connors a eu l'idée de recréer mon ancien logement. C'est comme ça, entre autres arguments, qu'il m'a persuadée de m'installer ici, au manoir.

Sinead eut un sourire rayonnant.

— Subtil et plein de tendresse. C'est bien notre Connors. Même si l'on devine chez lui de la violence et le goût du pouvoir. Eve… souhaitez-vous que nous retournions tous à Clare ? Je n'en serais pas offensée.

— Non, surtout pas. Il est si heureux que vous soyez là. Connors ne se laisse pas facilement déstabiliser, pourtant il l'est avec vous, sa famille. Et surtout vous, sa tante. Je crois qu'il pleure encore Siobhan, qu'il se sent toujours, d'une certaine façon, coupable de ce qu'il lui est arrivé.

— Pleurer n'est pas une mauvaise chose, mais Connors doit surmonter sa culpabilité. Il n'était qu'un bébé.

— Elle est morte pour lui. Aussi votre présence, vous, la jumelle de sa mère, représente énormément pour lui. Et moi, je ne sais pas comment gérer tout ça. Voilà.

— Je n'oublierai jamais le jour où il est venu en Irlande, où je l'ai vu, là dans ma cuisine. Le fils de Siobhan. Je… oh, quelle sotte je suis! balbutia Sinead en fondant en larmes.

— Ça ne va pas? rétorqua Eve, la gorge nouée. Qu'est-ce qu'il y a?

— Je ne peux m'empêcher d'imaginer à quel point Siobhan aurait aimé être ici. Combien elle serait fière de tout ce que son petit a accompli, de ce qu'il est. Je voudrais pouvoir lui donner ne fût-ce qu'une heure de mon existence pour qu'elle soit là, à bavarder avec l'épouse de son fils, dans leur magnifique demeure. Et ce n'est pas possible.

— Je n'y connais rien, mais je crois qu'elle se réjouirait que vous ayez pour son enfant un amour… maternel.

— Merci d'avoir dit les mots que j'avais besoin d'entendre. Être pour Connors une deuxième mère me remplit de fierté et de bonheur. Je nous retrouve en lui, Sinead et moi. J'espère que cela le réconforte de la voir en moi. Maintenant, je vous laisse à votre travail.

— Attendez, lança Eve dont l'esprit bouillonnait. Votre frère… Ned, n'est-ce pas? Il est bien allé à Dublin, autrefois, à la recherche de votre sœur et de son bébé?

Sinead pinça les lèvres.

— En effet, et on l'a quasiment battu à mort pour ça. Patrick Connors, cracha-t-elle. La police n'a pas levé le petit doigt. Nous savions que notre Siobhan n'était plus, mais nous n'en avions pas la preuve. Nous avons tenté de retrouver l'enfant, pour elle.

— Une hypothèse… si vous aviez su où trouver Connors, ce qu'on lui infligeait, qu'auriez-vous fait?

Les beaux yeux de Sinead étincelèrent.

— Si j'avais su où ce salopard enfermait mon neveu qu'il traitait comme un chien… J'aurais remué ciel et terre pour récupérer ce garçon et le mettre à l'abri. Il était à moi, n'est-ce pas ? Il était, il est toujours, une part de moi.

— Bon Dieu ! Pardon, ajouta Eve, comme Sinead plissait le front. Lieutenant Dallas, aboya-t-elle dans le micro de son communicateur. Amenez-moi l'officier responsable. Immédiatement !

— Officier Otts au rapport, lieutenant.

— Localisez Diana Rodriguez, douze ans. Sur-le-champ. Sécurité maximale. Je reste en ligne. Remuez-vous les fesses !

Sinead écarquillait les yeux.

— Eh bien, mais vous êtes… épatante.

— Je suis idiote. Une cruche, une vraie dinde ! rouspéta Eve en flanquant des coups de pied à la table, sous le regard médusé de Sinead. Sa mère. Elle attendait sa mère. Et qui est sa mère, je vous le demande ? Pas un clone à la noix, je vous en fiche mon billet, mais Deena. Elle parlait de Deena !

— Sans aucun doute, murmura Sinead d'un ton apaisant.

— Lieutenant, Diana Rodriguez a disparu, bredouilla l'officier Otts. J'ai ordonné de fouiller les bâtiments et le campus de fond en comble. On m'a signalé l'existence d'une brèche dans le mur d'enceinte sud-ouest. Je vérifie.

Là-dessus, Sinead, pétrifiée quoique fascinée, regarda et écouta le lieutenant Dallas dépecer et déchiqueter – verbalement – l'officier Otts jusqu'à ce qu'il n'ait plus une once de viande sur les os.

20

— J'aurais dû penser qu'ils se serviraient de l'implant de radioguidage pour localiser la gamine, répétait Eve en attendant l'arrivée de Feeney.

— Tu y as songé, objecta Connors, mais elle connaissait le système de sécurité à fond. Elle l'avait déjà déjoué une fois, et elle a de très fortes motivations.

— Je suis encore plus idiote de ne pas avoir compris que cette enfant était la clé. Deena a tué pour arrêter cette horreur, mais pour elle la petite est plus qu'un clone.

— C'est sa fille, acquiesça Connors. Or connaître l'existence de Diana était une chose. La voir face à face a déclenché un déclic.

— Deena n'a pas reçu la même formation qu'Avril. Il n'y a qu'à consulter son dossier. Informatique, arts martiaux, droit international, maniement des armes et des explosifs. Les arts ménagers et autres ne sont pas son point fort.

— Elle a plutôt été entraînée à l'art de la guerre.

— Non, à l'espionnage. J'en suis sûre. Des opérations sous couverture. Les meurtres paraissaient l'œuvre d'un professionnel parce qu'ils l'étaient. Ils semblaient avoir aussi des mobiles personnels, et c'était exact.

— Ils l'ont… modifiée… – Connors ne trouvait pas de meilleur terme – pour exécuter exactement ce qu'elle a fait.

— Et c'est justement le point sur lequel on insistera pendant le procès, s'il y en a un. Tu saisis ? Pour empêcher Diana de réitérer le même schéma, ils ont intégré dans son éducation la cuisine, le théâtre, la musique. Ça aurait peut-être marché, mais voilà que survient l'élément imprévu : elle voit la personne qu'elle considère comme sa mère.

Connors avait remonté ses manches, attaché ses cheveux en catogan, et travaillait sur sa console.

— S'ils ont installé leur base d'opérations dans ce centre, ils l'ont formidablement dissimulée, dit-il. Le moindre centimètre carré semble avoir un usage précis et légitime.

Eve pressa ses doigts sur ses tempes, comme pour activer son cerveau.

— Raisonnons… ce lieu t'appartient. Ta base, tu l'aménages où ?

— Dans un souterrain, répondit-il après réflexion. Pour le… la gestation, il faut un maximum de protection.

Elle se pencha par-dessus son épaule pour étudier l'écran.

— Comment on entre là-dedans ?

— Nous entrons par effraction, chérie ? Tu m'excites.

— Oublie. Pas d'excitation avec tous ces Irlandais dans la maison.

— Bon… d'abord, on pénètre dans une zone ouverte au public. Les urgences. C'est peut-être là que le système de sécurité est le plus vulnérable. Voyons…

— Toi, tu regardes. Moi, je réfléchis. Est-ce que Deena emmènerait la gamine ? Ce serait la tirer d'un piège pour la précipiter dans un autre. Non… elle la mettrait à l'abri. Là où Avril aurait la possibilité de venir la chercher. Donc elle a déjà contacté Avril, et elle sait que toute l'affaire va être rendue publique. Comment réagit-elle ?

Eve se mit à arpenter la pièce.

— Elle voudra aller au bout de sa mission. Elle a été créée pour réussir et elle est d'une habilité diabolique. Elle s'est déjà rendue au Centre, elle a tué Icove et n'a rien tenté d'autre à ce moment-là.

— Un travail à la fois.

— Icove Senior, Junior, puis Samuels. Ça ne suffira pas. Même si elle bousille leurs banques de données, leur équipement, si elle fait tout sauter, il y a encore des gens aux postes clés pour continuer. Par conséquent, il faut d'abord éliminer le facteur humain avant de s'attaquer au système.

Eve s'interrompit en apercevant Feeney sur le seuil. Il était, si possible, plus fripé qu'à l'habitude.

— J'ai déniché les infos sur les implants dans les dossiers de Samuels. Vous avez un appareil, ici, susceptible de repérer un implant interne ? demanda-t-il à Connors.

— J'ai quelques petits joujoux que nous pouvons...

— Dépêchez-vous, coupa Eve, sentant poindre une discussion jargonneuse entre maniaques de l'informatique. Je vais préparer l'opération.

— Quelle opération ? s'enquit Feeney.

— Je vous expliquerai, répondit Connors. Vous avez déjà travaillé avec un Alpha-5 ? La version XDX ?

— Oui, en rêve.

— Eh bien, votre rêve va devenir réalité.

Eve leur accorda vingt minutes, pas une de plus.

— Vous l'avez repérée ?

— J'ai un signal, répliqua Feeney. Brouillé, faible, mais qui correspond au code de l'implant attribué à Diana Rodriguez. Elle est dans un rayon d'un kilomètre cinq cents.

— Où ?

— En route vers le nord. À l'ouest d'ici. La carte est prête ? demanda Feeney à Connors.

— La voilà.

Un plan de la ville s'inscrivit sur l'écran.

— Le Centre, murmura Eve, crispant les mâchoires. Deena est à moins d'un bloc du Centre. Elle y conduit la gosse. Feeney, ne la perds pas. Contacte Whitney. Tu devras le convaincre d'annuler le code bleu concernant les communications. Tu le persuaderas de nous obtenir un mandat et une équipe. Parle-lui de Diana, une mineure en danger, peut-être kidnappée. Avec ou sans mandat, je fonce.

Elle se tourna vers Connors, saisit son arme et un poignard de combat.

— On y va.

Lorsqu'il la rejoignit, il portait un manteau en cuir qui lui arrivait aux genoux et dissimulait sans doute un certain nombre d'appareils électroniques et d'armes illicites.

Elle s'en fichait.

— Certains couples vont passer la soirée dans des clubs privés où ils sirotent du champagne, remarqua-t-il.

— Nous, mon vieux, on va danser la java, répliqua-t-elle avec un sourire de loup.

Diana se faufila dans le service des urgences. Elle savait prendre l'air innocent et, surtout, passer inaperçue au milieu des adultes. Il était tard, les gens étaient fatigués, furieux ou souffrants. Ils ne se souciaient pas d'une très jeune fille qui paraissait savoir où elle allait.

Car elle savait où elle allait – elle avait entendu Deena le dire à Avril.

Elle avait eu la certitude que Deena viendrait la chercher. Elle s'y était préparée et n'avait emporté que le strict nécessaire dans son sac à dos. Un peu de nourriture, son journal intime et le scalpel au laser. Elle était une voleuse hors pair. Ils ne s'en doutaient pas, eux qui croyaient tout connaître.

Deena, quand elle avait enjambé le rebord de la fenêtre, n'avait pas eu à s'expliquer. Diana l'avait suivie.

Quand elles avaient franchi le mur d'enceinte, Diana avait humé dans l'air quelque chose que jamais auparavant elle n'avait senti. Le parfum de la liberté.

Elles avaient bavardé pendant tout le trajet jusqu'à New York. Ça aussi, c'était la première fois. Parler à quelqu'un sans avoir à faire semblant. Elles étaient d'abord allées chez Avril. Celle-ci débrancherait le système de sécurité pour que Deena puisse entrer et déconnecter les deux policiers droïdes. Ça irait vite, avait-elle promis. Ensuite Deena l'emmènerait, ainsi qu'Avril et leurs enfants, dans un lieu sûr où elles attendraient qu'elle ait terminé sa mission.

Ce serait la fin de *Naissance sans douleur*. Nul ne serait plus jamais obligé d'exister de nouveau.

Une fois à l'abri, Diana avait feint d'aller au lit. Elle avait entendu Deena et Avril discuter à voix basse. Tout ce qu'elles pouvaient espérer serait fait très vite, disait Avril. Mais Deena affirmait que ça ne suffirait pas, tant qu'elle n'aurait pas arraché la racine. D'ici là, elles ne seraient jamais libres, jamais en sécurité. Cela ne finirait pas. Et ce soir, elle allait en finir.

Ensuite elle avait expliqué à Avril exactement ce qu'elle projetait.

Alors Diana attendit et, quand Deena sortit par la porte de devant, elle s'en fut par-derrière. Jamais elle n'avait marché seule dans une ville – du moins, elle ne s'en souvenait pas. C'était enivrant. Elle n'éprouvait pas la moindre crainte. Elle adorait le bruit des pas sur les trottoirs, le vent froid sur son visage. Pour trouver son chemin, elle raisonna comme s'il s'agissait d'une énigme à résoudre. Deena se rendant au centre, elle devrait se garer à distance de la cible. Si Diana, capable de courir vite et longtemps, y arrivait avant, elle n'aurait qu'à suivre Deena.

La simplicité était le plus sûr moyen de réussir.

Elle repéra très vite Deena qui avait opté pour un aspect physique très ordinaire – cheveux châtains, jeans, veste à capuche, sac à bandoulière banal. Dès qu'une ambulance se gara devant les portes, Deena profita de la confusion pour se glisser à l'intérieur.

Diana l'imita après avoir compté jusqu'à dix. Personne ne s'intéressa à elle, ne lui posa de questions, et elle en ressentit une nouvelle bouffée de liberté. Dans le couloir, Deena continuait à avancer. Nonchalamment, elle laissa tomber quelque chose dans une poubelle. Puis elle demanda son chemin à un interne. Simple et astucieux.

Lorsqu'elle atteignit un embranchement, les alarmes se mirent à sonner. Deena accéléra le pas sans toutefois trop se presser et bifurqua vers la gauche. Diana hasarda un rapide coup d'œil en arrière, vit de la fumée dans le couloir. Et, pour la première fois, s'autorisa à sourire.

Deena atteignit une porte à double battant sur laquelle était inscrit : RÉSERVÉ AU PERSONNEL. Elle inséra une carte magnétique dans le lecteur, les portes coulissèrent. Diana s'obligea à attendre qu'elles commencent à se refermer avant de piquer un sprint et de s'engouffrer à l'intérieur.

Des quantités de produits médicaux dans des vitrines verrouillées. Pourquoi ici ? s'interrogea-t-elle. Soudain, elle perçut le froissement d'un sac qu'on ouvre et se retrouva plaquée au mur, une arme paralysante sous la gorge.

— Diana ! Qu'est-ce que tu fabriques ici ?

— Je suis avec toi.

— C'est impossible. Mon Dieu, Avril doit être folle d'inquiétude.

— Alors on se dépêche, on termine le travail, et on rentre.

— Non, tu ne peux pas participer à ce que je m'apprête à faire, rétorqua Deena en la prenant par les épaules. Il n'y a rien de plus important au monde que ta sécurité, ta liberté.

Diana fixa sur elle son regard à la fois sombre et lumineux.

— Non, il y a quelque chose de plus essentiel : en finir avec tout ça.

Quand Eve se rua dans le service des urgences, la panique régnait – accentuée par le mugissement de la sirène d'alarme – malgré les efforts des infirmiers et des vigiles pour restaurer un minimum d'ordre.

— Joli travail, bougonna Eve. Où elle est ? demanda-t-elle à Connors qui ne levait pas les yeux de son scanner.

— Une centaine de mètres, au nord-ouest. Immobile.

Ils suivirent la piste, tombèrent sur un épais nuage de fumée.

— Explosif à base de soufre, hoqueta Connors. Inoffensif. Ah… quarante-six mètres, sur la gauche. On l'a toujours, déclara-t-il à Feeney dans le microphone de son casque. Comment ? D'accord… il dit que le commandant a autorisé la présence de renforts. Feeney les guidera.

— Diana n'a pas pu manigancer tout ça seule. Quel que soit son QI. Elle est forcément avec Deena.

— En tout cas, le coup est bien monté. Le point faible du Centre, en pleine nuit, une veille de congé. Moins de personnel, et ceux qui sont là sont furieux de devoir travailler pendant que leurs copains se préparent à déguster leur dinde de Thanksgiving. Attends… elle descend.

Ils étaient devant une porte blindée. Eve essaya le passe de la police que le lecteur de sécurité rejeta.

— Arrange-nous ça, ordonna-t-elle à Connors.

Il prit dans sa poche un instrument qu'il approcha du lecteur et sur lequel il tapa des chiffres. Les portes s'ouvrirent sur une sorte de chambre forte servant manifestement de réserve pharmaceutique.

— Notre cible descend toujours. Il doit y avoir un ascenseur. Mais où ?

Il lui tendit le scanner et explora les lieux à tâtons, tandis qu'Eve s'allongeait à plat ventre pour palper le sol.

— Elle s'est arrêtée, elle se dirige vers l'ouest, annonça Eve. On perd le signal. Grouille-toi.

— Deux secondes, tu veux ? rétorqua-t-il d'un ton sec, avant de pousser un cabinet vitré. Il suffisait d'un peu de patience, ajouta-t-il, alors que le mur glissait vers la gauche.

— Garde ton ironie pour plus tard, dans l'immédiat on part à la chasse au petit génie et aux savants fous.

— Pas d'emballement, ma chérie, rétorqua-t-il en maniant de nouveau son scanner. Il y a des codes, des pare-feux et autres obtacles qu'il faut neutraliser. Essayons…

— *Code erroné. Vous avez vingt-deux secondes pour vous exécuter… Reculez pour le scanning rétinien.*

— Comment on va faire ? demanda Eve.

— Je te parie que Deena nous a mâché le travail.

Le pinceau lumineux du scanner fusa du panneau puis vacilla et s'éteignit.

— *Bienvenue, docteur Icove.*

— Bravo, murmura Connors avec admiration. Si cette Deena a besoin d'un job, je l'engage.

— Bon sang, je n'ai plus de signal ! Vérifie avec Feeney.

Ils émergèrent dans un large couloir pareil à un tunnel. Haut de plafond, les murs et le sol carrelés et immaculés. Seuls tranchaient sur tout ce blanc un grand 1 face à l'ascenseur et les objectifs noirs des caméras de surveillance.

— On se croirait à la morgue, commenta Connors.

Eve secoua la tête. Ici, on ne sentait pas l'odeur de la mort ni aucune odeur humaine. Simplement de l'air vide et recyclé. Ils tournèrent à droite. Des deux côtés, on ne voyait que des arches et des codes rouges, sur les parois.

— J'ai perdu le contact avec Feeney, on est trop bas, grommela Connors. Et il y a sans doute un système pour bloquer les communications non autorisées.

Eve tendait l'oreille dans l'espoir d'entendre des voix, des pas. Rien. À un tournant, elle vit les restes d'un droïde éparpillés sur le dallage blanc.

— Je dirais qu'on est sur la bonne voie, déclara Connors.

Il avait raison car, soudain, un bruit retentit derrière eux. Trois droïdes arrivaient, semblables à des sortes d'araignées mutantes. Eve en abattit un, Connors détruisit à demi le deuxième qui émit un signal strident. Le troisième finit écrabouillé sur le mur.

— Fichues bestioles, cracha Eve.

— Ce sont les amuse-gueule. On peut s'attendre à pire.

Connors ne se trompait pas. Ils n'avaient pas parcouru dix mètres qu'un bataillon apparut, comportant une dizaine de « soldats » marchant d'un pas résolu. Ils étaient identiques : masques impassibles, regards durs, musculature imposante sous des uniformes militaires démodés.

Pourvu que ce soit des droïdes, songea Eve. Seigneur, ils étaient si jeunes, ils n'avaient pas plus de seize ans ! Des gosses.

— Police ! vociféra-t-elle. Plus un geste !

Ils continuèrent à avancer, dégainèrent leurs armes.

— Lâchez vos…

Elle ne put achever sa phrase, le coup de feu manqua lui faire perdre l'équilibre. Pistolet au poing, elle tira sur ses adversaires, décrivant un ample mouvement circulaire. Elle sentit une vive douleur lui lacérer le bras gauche. Soudain, une masse la plaqua au sol. Elle eut dans les narines une odeur de sang chaud, elle reconnut dans les yeux vides de l'ennemi… un humain. Mais, sans remords, elle l'abattit.

Elle roula sur les dalles qui, sous la mitraille, volaient en éclats, pour aller prêter main-forte à Connors qui était en mauvaise posture. Il saignait, sa respiration était laborieuse, ce qui affola Eve. À première vue, il avait une profonde entaille à la tempe, et son manteau était déchiré juste au-dessus du coude.

— Tu es blessé ? C'est grave ?

— Je n'en sais trop rien. Et toi ? Oh, ils t'ont eue ! articula-t-il avec une rage effrayante.

— Ça pique un peu, c'est tout. Les renforts sont en route, nos gars vont arriver.

Il la regarda droit dans les yeux, eut un sourire qui faillit la faire défaillir de soulagement.

— Et on va rester assis là, à attendre la cavalerie ?

— Sûrement pas !

Elle se releva, jeta un coup d'œil circulaire et en eut une crampe à l'estomac. Un massacre. Ces êtres qui les avaient attaqués étaient faits de chair, d'os et de sang. Des gosses, dont il ne restait plus que de la bouillie.

— Ils avaient été élevés pour être des enfants soldats, murmura Connors, devinant son désarroi. Ils n'avaient pas le choix, nous non plus.

— Et on s'apprête à décimer, exterminer ce dont ils sont issus, acquiesça-t-elle, tout en ramassant les armes.

— Ce tromblon date de la Guerre urbaine. Mieux équipés, ils nous auraient tués.

— Ces coups de feu… on se croirait en guerre, dit Diana.

— Pour l'instant, nous ne sommes pas menacées.

A priori Deena avait estimé avoir une chance sur deux d'en sortir vivante. Désormais, elle devait impérativement survivre. Pour mettre Diana à l'abri.

Mais elle avait les mains moites, un handicap. Elle n'avait jamais aimé qu'Avril. À présent, cette tendresse n'était plus qu'une paisible rivière par rapport au torrent d'amour qui l'emportait. Diana était à elle.

Rien n'atteindrait jamais plus son enfant.

Aussi priait-elle pour que les informations réunies par elle et Avril soient toujours valables. Elle priait pour que cette armée tapageuse, derrière elles, attende qu'elle ait franchi la porte sur laquelle on lisait : GESTATION.

Et elle espérait ne pas faiblir.

Enfin, le voyant passa au vert, la porte coulissa avec un chuintement. Ce qu'elle aperçut à travers la vitre lui glaça le sang. Elle s'obligea cependant à entrer, à regarder.

Tandis que les larmes brouillaient sa vision, le monstre, décédé depuis une décennie, s'avança en pleine lumière.

Jonah Delecourt Wilson – séduisant, athlétique – n'avait guère plus de trente ans. Il tenait dans ses bras un bébé endormi ; sur sa gorge tendre, il pressait une arme.

À ses pieds, gisait le corps d'un jeune Wilfred Icove.

— Sois la bienvenue, Deena.

D'instinct, celle-ci se campa devant Diana.

— Tu te protèges ? ricana-t-il, tournant le bébé vers la lumière. Laquelle de toi sacrifieras-tu ? Le bébé, la fillette, la femme ? Un extraordinaire dilemme, n'est-ce pas ? Bon, viens avec moi. Nous n'avons pas beaucoup de temps.

— Vous avez tué votre complice ?

— Il avait d'incurables défauts. Il s'opposait à certains de nos plus récents progrès.

— Laissez-la partir. Confiez le bébé à Diana et laissez-les s'en aller. Je viendrai avec vous.

— Deena, comprends que j'ai éliminé mon plus proche collaborateur, l'homme – enfin, les hommes, car il y en a d'autres versions que j'ai également éliminées – qui a partagé ma vision pendant des décennies. Crois-tu que j'hésiterais à détruire l'une de vous ?

— Liquider mes jeunes clones, alors que vous pouvez m'utiliser, travailler sur moi, est du gâchis.

— Mais tu es défectueuse, comme Wilfred vers la fin. Tu me causes un tort inimaginable. Deux générations de progrès anéanties. Heureusement, j'ai l'éternité devant moi, pour tout reconstruire, pour voir mon œuvre refleurir. Et vous en ferez partie, toutes, ou vous mourrez ici.

Soudain, un autre Wilson entra par la porte d'en face. Il tenait pas la main une fillette ensommeillée.

— Un avion attend les sujets sélectionnés, dit le premier.

— Et les autres ?

— Les sacrifices sont difficiles, mais inévitables. Allons, avancez.

Diana feignit d'obéir, sortit le scalpel au laser de sa poche et visa les yeux de celui flanqué de la petite fille qui hurla, tandis que l'homme s'écroulait. Deena jeta Diana à terre, plongea vers l'enfant, s'aperçut que le premier Wilson avait disparu avec le bébé.

— Emmène-la, ordonna-t-elle à Diana. Moi, il faut que j'arrête ce fou. Ne proteste pas ! Écoute-moi. On essaie de nous aider – ces coups de feu qu'on a entendus. Mets cette petite à l'abri. Je sais que tu en es capable, que tu réussiras.

Elle étreignit Diana, de toutes ses forces. Puis elle bondit sur ses pieds et se lança à la poursuite de Wilson, droit vers l'enfer.

21

Ils avançaient, aux aguets, redoutant à chaque instant d'être assaillis par une nouvelle troupe de clones armés jusqu'aux dents. Connors, renonçant aux méthodes subtiles qu'il affectionnait pour crocheter les serrures, tira carrément sur une porte portant l'inscription : ÉTUDES EXPÉRIMENTALES.

— Seigneur Dieu… murmura-t-il devant le spectacle qu'ils découvrirent.

Des compartiments de congélation remplis d'un liquide où flottaient des fœtus à divers stades d'évolution. Tous étaient difformes.

— Les tarés, articula Eve quand elle eut à peu près surmonté sa nausée. Stoppés dans leur développement une fois qu'on a repéré leurs défauts. Encore que, d'après ces tableaux… on pouvait les laisser naître comme ça, pour les étudier et pratiquer sur eux certaines expériences. Jusqu'à ce qu'ils ne servent plus à rien.

La mort régnait dans ce lieu. Seuls battaient les cœurs d'Eve et Connors.

— Eve, dit-il, tournant le dos à ce qui ne pouvait plus être modifié pour examiner les divers appareils, ils n'ont pas simplement débranché le système. C'est sur Alerte jaune.

— Et alors ?

— Je suppose que cela précède de peu l'autodestruction.

— Deena est sacrément douée, mais elle n'a pas autant d'avance sur nous. Quelqu'un d'autre a enclenché ce foutu système. Tu peux le déconnecter ?

Il s'affaira, manuellement et avec son sanncer, puis secoua la tête.

— Non, la source n'est pas ici.

— Eh bien, il ne reste plus qu'à la trouver et à alpaguer le petit malin qui nous fait son numéro, avant que tout pète.

Dehors, dans le tunnel blanc, elle vit Diana qui tenait d'une main une version plus jeune et plus petite d'elle-même. Dans son autre main brillait un scalpel au laser.

— Je sais m'en servir, déclara-t-elle.

— Je m'en doute, mais ce serait bête que tu sois blessée alors qu'on est venus te sortir de là. Où est Deena ? C'est elle qui a programmé l'autodestruction ?

— Non, c'est lui. Elle essaie de le rattraper.

— Lui ? De qui parles-tu ?

— Wilson. Il avait un bébé dans les bras, et il la tenait, elle, ajouta Diana, montrant la fillette. C'est notre petite sœur, Darby. Je l'ai tué avec le scalpel.

— Tant mieux. Où sont-ils partis ?

— Darby est fatiguée, ils ont dû lui donner un médicament. Elle ne peut pas courir.

— Ne n'inquiète pas, je la porterai, dit Connors. Je ne lui ferai pas de mal.

— Bon… Par ici, vite.

Eve s'élança derrière Diana qui filait comme le vent en direction de la zone GESTATION. Là, pour la seconde fois, Eve eut le souffle coupé.

La salle était un ensemble d'alvéoles. Chacune abritait un fœtus, dans un épais liquide, relié par une sorte de tube – un genre de cordon ombilical – à un placenta artificiel. Eve sursauta violemment lorsqu'une de ces créatures se retourna, tel un poisson extraterrestre nageant dans des eaux indéfinissables. Tous étaient soumis à de constants stimuli. Musique, voix s'exprimant dans diverses langues étrangères…

Cette sorte de ruche comptait des dizaines d'alvéoles.

— Il a tué Icove, annonça Diana, désignant les corps gisant sur le sol. Ceux-là, en tout cas. Il va tout anéantir.

— Comment ça ?

— Il prendra les clones qu'il a choisis, et il détruira les autres. Deena a été obligée de le suivre. Enfin… ils sont peut-être plus de deux. Ils sont partis par là.

— Emmène les petites, ordonna Eve à Connors.

— Non… ne me demande pas de te laisser.

— Tu es le seul à qui je puisse le demander.

Elle lui lança un dernier regard, puis courut sur les traces de Deena. Elle pénétra dans un labo – une zone de conception, réalisa-t-elle. Ensuite, un autre espace renfermait des congélateurs, chacun étiqueté. Noms, dates, codes. Puis des salles d'opération, des box d'auscultation.

Un autre couloir et, au-delà, un autre tunnel. Elle y pénétra, pivota quand un tir au laser écailla le mur. Elle riposta avec son fusil d'assaut et son pistolet. À droite, à gauche, puis elle plongea au sol, fit de nouveau feu.

Elle vit l'homme tomber, sa blouse blanche voletant comme des ailes. Elle roula sur le côté, capta un mouvement, tira à l'aveuglette. Un rugissement, de rage plus que de douleur, retentit. Elle lui avait mis du plomb dans l'aile, dans la jambe plutôt. Il rampait.

Elle s'approcha et, lâchant la bonde à sa fureur, le frappa dans le dos.

— Docteur Wilson, je présume.

— Vous ne pourrez pas l'empêcher, c'est inévitable. La révolution suprême… L'homme a le droit d'être immortel.

— Épargnez-moi vos salades, d'autant que vous allez crever, je vous le garantis. Où est Deena ?

Il sourit. Jeune, séduisant, et complètement dément.

— Laquelle ?

Alors retentit un hurlement désespéré: « Non ! » Pour gagner du temps, Eve assomma Wilson avec la crosse de son arme et arracha la carte électronique qu'il avait au cou.

Elle piqua un sprint vers l'endroit d'où venait le cri, aperçut Deena qui s'engouffrait dans la salle

NURSERY 1, où s'alignaient des nourrissons dans des caissons transparents. Wilson se tenait près de l'un d'eux. Eve se figea. Si elle tirait, il tuerait Deena, peut-être, et certainement le bébé.

Réfléchissant à toute allure, elle scruta le couloir. Sur les portes voisines, on lisait NURSERY 2, puis NURSERY 3.

La gamine était infatigable, Connors serrait les dents pour ne pas être semé. Le sang lui dégoulinait dans les yeux, imbibait sa manche, et la fillette qu'il portait lui semblait aussi lourde que du plomb.

— Je sais comment sortir, dit Diana. Il vous faudrait trop longtemps pour nous accompagner et revenir en arrière. Personne n'a essayé de nous arrêter, je crois que ça ira.

— Tu montes avec elle, acquiesça-t-il. J'ai une voiture, dehors, devant les urgences. Une ZX-5000 noire.

Un bref instant, Diana eut l'air de ce qu'elle était : encore une enfant.

— Génial...

— Jure-moi sur ta mère de t'y enfermer avec la petite.

— Vous saignez parce que vous voulez nous aider. Et le lieutenant nous a confiées à vous. Alors oui, je jure sur la vie de Deena, ma mère, qu'on vous attendra dans la voiture.

— Tiens, dit-il, lui donnant l'oreillette du talkie-walkie. Dès que tu seras en sécurité, explique au capitaine Feeney où nous sommes et comment nous rejoindre. Prends aussi ce pistolet. Ne t'en sers que si tu n'as pas d'autre solution.

— Personne ne m'avait fait confiance jusqu'à aujourd'hui, répondit-elle en empochant l'arme. Merci.

Il y avait cinq berceaux dans la NURSERY 2. Les enfants avaient quelques mois, un an peut-être. Ils dormaient, reliés à des moniteurs. Dans la salle voisine, des enfants plus âgés dormaient aussi, étendus sur d'étroites couchettes dans une sorte de dortoir. Ils étaient quinze.

Elle entendit Deena supplier.

— Ça ne sert plus à rien. Je vous en prie, donnez-la-moi...

— Plus de quarante ans de labeur, de progrès. Des centaines de Supérieurs. Tu incarnais un immense espoir, Deena. Une de nos plus belles réussites. Tu as tout piétiné, jeté aux orties. Et pour quelle raison ?

— Pour avoir le choix de vivre, de mourir. Je ne suis ni la seule ni la première. Combien de nous se sont suicidées parce que nous ne pouvions pas continuer en sachant ce que vous aviez fait de nous ?

— Tu sais ce que vous *étiez* ? Des débris, des déchets quand on vous a amenées à nous. Même Wilfred ne pouvait pas vous réparer. Nous vous avons sauvées, perfectionnées. Vous existez parce que je *l'ai permis*.

Comme il appuyait son arme sur la joue d'un bébé, Deena s'écria :

— Non ! Tout est fini, vous le savez bien. Mais vous pouvez vous en sortir, vivre encore.

— Fini ? ricana-t-il, la figure rouge de fièvre. Ça commence à peine. Dans un siècle, ce que j'ai créé sera l'existence même pour la race humaine. Et je serai là pour le voir. La mort n'est plus une limite pour moi, mais pour toi...

Eve se rua en avant. Se servant du bébé comme d'un bouclier, il plongea à terre. Elle tira, roula sur le côté pour éviter la riposte qui fit éclater la porte derrière elle. L'air s'emplit du vagissement des bébés, du hurlement des sirènes.

— Police ! cria-t-elle. Jetez votre arme, posez ce marmot.

Une nouvelle salve fit éclater l'ordinateur, au-dessus d'Eve.

— Loupé, marmonna-t-elle.

Elle ne pouvait pas tirer sur Wilson, pas tant qu'il tenait l'enfant. Soudain, derrière la paroi vitrée, elle capta un mouvement, hésita entre un juron et un hourra... Connors !

— Vous êtes cerné, Wilson, fait comme un rat. Personnellement, j'ai abattu deux de vos clones. Si vous voulez être le troisième, ça ne me dérange pas.

Il poussa un cri et, tandis qu'elle bandait ses muscles pour foncer vers les portes à l'autre bout de la salle, elle vit le bébé que tenait le monstre s'envoler littéralement. Elle se retourna, mais Deena bondissait déjà.

Wilson la visa alors que ses pieds ne touchaient plus terre, à la seconde où elle saisissait l'enfant.

— Vous connaîtrez la douleur et la maladie, vous vous traînerez jusqu'au bout de cette vie misérable qui est la vôtre. Moi, j'aurais métamorphosé les hommes en dieux. Rappelez-vous qui a arrêté ça, qui vous a condamnés à votre condition de mortels. Que le compte à rebours commence !

Il se redressa, une expression de folle ferveur sur le visage. Quand il visa Eve, elle riposta en même temps que Connors. Wilson s'écroula sous le feu de leurs deux armes.

— *Attention, vous avez dix minutes pour évacuer les lieux. Attention, les bâtiments s'autodétruiront dans dix minutes.*

— Super, maugréa Eve. Tu peux stopper ça ?

Connors ramassa un petit appareil près de Wilson.

— Un vulgaire déclencheur, commenta-t-il. Il faudrait que je trouve la source, la machinerie.

— Occupez-vous des enfants, balbutia Deena, toujours étendue par terre et qui berçait le bébé en pleurs. Il est impossible d'annuler le compte à rebours. Trop compliqué. Pas assez de temps. Je vous en prie, sauvez-les. Pour moi, c'est trop tard.

— La police et les secours médicaux arrivent, je les entends. Les gosses, dans les salles voisines, dit Eve à Connors. Vite.

— Prenez-la, s'il vous plaît, souffla Deena en tendant, avec difficulté, le bébé à Eve.

Celle-ci le fourra maladroitement sous son bras. Elle constata alors que Deena avait raison. Pour elle, il était trop tard. Le coup de feu avait brûlé la peau et la chair jusqu'aux os. Du sang s'écoulait de ses oreilles et de sa bouche. Elle n'aurait pas la force d'atteindre la porte.

— Diana et la petite...

— Saines et sauves, rétorqua Eve, regardant Connors qui acquiesça. Elles sont dehors.

Deena crispa une main sur celle d'Eve.

— Confiez-les à Avril. S'il vous plaît. Je vous en supplie, par pitié, confiez-les à Avril, laissez-les tranquilles. Je vais tout vous avouer. Ce seront les aveux d'une mourante.

— On n'a pas le temps. Connors, ajouta Eve en lui tendant le bébé d'un geste brusque, sors ces gosses de là. Grouille.

— *Attention, autodestruction dans huit minutes.*

— Avril n'était au courant de rien. J'ai assassiné Wilfred Icove Senior, Junior, Evelyn Samuels... Ô mon Dieu !

Eve entendait les enfants pleurer, crier, courir. Elle garda les yeux rivés sur le visage de Deena.

— On les sauvera tous, murmura-t-elle.

— Gestation, articula Deena d'une voix hachée par les spasmes de douleur. Si vous les enlevez des réservoirs, ils mourront. On ne peut pas...

Le sang coulait de ses paupières comme des larmes.

— On ne peut pas les sauver. Je n'ai pas eu le courage de les éliminer. Vous devez les laisser, ne penser qu'aux autres. Avril... elle s'en chargera. Elle...

— Il y a d'autres clones d'Avril, dans ce centre ?

— Non, j'espère que non. Wilson, s'il en avait, a dû les détruire. Il a liquidé les doubles d'Icove. Oh... je vais mourir là où je suis née. Dites à Diana... et à la petite...

— Elle s'appelle Darby.

— ... Darby... souffla Deena, et un sourire joua sur ses lèvres alors que son regard était déjà vitreux.

— *Attention, autodestruction dans sept minutes.*

— Eve, les nurseries sont évacuées. Les renforts font monter les enfants. Il faut y aller. Tout de suite.

Eve se redressa, pivota. Connors tenait toujours le bébé.

— La gestation. Elle a dit qu'on ne pouvait pas y toucher sans qu'ils en meurent. Prouve-nous qu'elle se trompait.

— Impossible, répliqua-t-il en la poussant hors de la salle. J'ai vérifié. Avec du temps, je réussirais peut-être à déprogrammer leur système, mais nous n'avons pas le temps, nous les tuerions.

Elle lut dans ses yeux l'horreur qui lui tordait le ventre.

— Alors on les laisse là ?

— Elle, répliqua-t-il en soulevant gauchement le bébé, on l'a tirée d'affaire. Dépêchons, sinon on sera enterrés ici.

Elle rebroussa chemin à toute allure, enjambant les corps des garçons créés pour tuer. Il y avait maintenant dans l'air l'odeur de la mort, du sang.

— *Attention, attention… quatre minutes.*

— Elle ne pourrait pas la boucler, celle-là ? grogna Eve.

Elle avait la hanche en feu, boitait. Connors était blême. Atterrée, elle aperçut l'ascenseur devant eux, ses portes closes. Connors lui refila le bébé, prit sa carte électronique.

— Saleté de saloperie ! pesta-t-il. Elle ne fonctionne plus, la puce est trempée de sueur.

Coincé sous le bras d'Eve, le bébé s'époumonait.

— *Attention, attention… trois minutes.*

Enfin, la carte magique de Connors, qu'il avait essuyée avec soin, marcha. Ils s'engouffrèrent dans la cabine.

— Rez-de-chaussée ! vociféra Connors. Quoi ? aboya-t-il, comme Eve lui rendait le bébé. Tu l'as, tu la gardes.

— Non, c'est toi qui la tiens. Moi, je dirige l'opération.

— Des nèfles ! Je suis le consultant civil.

— Tu essaies de me la refiler, je me sers de mon arme. Légitime défense.

— *Attention… deux minutes.*

— C'est court, marmonna Eve. Ce bidule pourrait aller plus vite ? Si l'on est encore là-dedans quand ça pétera, on sautera avec. Hein ?

— Selon toute vraisemblance.

— On n'avait aucun moyen de les sortir, ces… fœtus.

— Non, dit-il en lui posant sur l'épaule sa main libre.

— Si on ne s'en tire pas, je t'aime et tout ça.

— Moi aussi je t'aime, répondit-il en riant.

Lorsqu'il ne resta que quelques secondes, elle prit la main de Connors et la serra très fort.

— *Dix secondes, neuf, huit, sept…*

Les portes s'ouvrirent. Ils foncèrent ensemble. Juste avant que la cabine ne se referme, Eve entendit : *trois, deux…*

Elle sentit un grondement sous ses pieds, songea à ce qu'il y avait dans les tunnels, dont aucun employé du Centre ne soupçonnait l'existence. Les réservoirs, les alvéoles des ruches. Elle chassa ces images de son esprit. Les cauchemars viendraient bien assez tôt.

Une armée de flics envahissait le rez-de-chaussée.

— Je vais en avoir pour un moment, déclara-t-elle à Connors.

— Prends ton temps, je serai dehors.

— Tu peux confier ton fardeau à une femme policier. Les gens de la Protection de l'enfance seront bientôt là.

— Je t'attends dehors, répéta-t-il.

— Fais-toi soigner tes blessures !

— Ici ? Non merci, l'idée ne m'emballe pas.

— Hum… tu n'as pas tort.

Connors se dirigea vers sa voiture. Le soulagement lui coupa les jambes quand il vit Diana couchée sur la banquette arrière, la petite Darby blottie contre elle.

Diana ouvrit les yeux, il s'accroupit pour lui parler.

— Tu as tenu ta parole, murmura-t-il.

— Deena est morte, je le sais…

— Je suis désolé. Elle a perdu la vie pour ta… ta sœur, rétorqua-t-il, et il lui tendit le bébé. Elle a sauvé les enfants.

— Wilson a été tué? Lui et tous ses doubles?

— Ceux que nous avons trouvés, oui. La base souterraine est détruite. L'équipement, les dossiers, les machines.

Diana fixa sur lui un regard limpide, ferme.

— Qu'allez-vous faire de nous, maintenant?

— Vous emmener chez Avril.

— Non. Vous sauriez où nous sommes. Il nous faut du temps pour partir ailleurs.

Diana n'était qu'une petite fille, responsable de deux autres enfants ; pourtant, d'une certaine manière, elle était plus vieille que bien des centenaires.

— Tu peux la rejoindre par tes propres moyens?

— Oui. Vous nous le permettriez?

— C'est la dernière chose, la seule, que ta mère ait demandé. Elle ne pensait qu'à votre bien.

Comme Siobhan, songea-t-il. Sa propre mère était morte en faisant ce qu'elle croyait juste et bon pour lui, son fils. Diana sortit de la voiture, tenant la petite fille par la main et le bébé calé sur sa hanche.

— Nous ne vous oublierons pas.

— Je ne t'oublierai pas non plus. Prends soin de toi.

Il les regarda s'éloigner, puis contacta Louise. Quand Eve le rejoignit deux heures après, elle grimaça en découvrant le van garé sur le trottoir – une clinique mobile.

— Je suis crevée, rouspéta-t-elle.

— Je n'en ai pas pour longtemps, rétorqua Louise, inflexible. Dommage que je n'ai pas du désodorisant, vous empestez l'œuf pourri, tous les deux! Un explosif, paraît-il?

— Pas de somnifères, d'antalgiques, rien qui me rende encore plus cinglée que je ne le suis déjà, ronchonna Eve, fusillant du regard Connors qui sourit avec peine.

— Moi, j'ai rien contre les sédatifs, bredouilla-t-il.

— Il est défoncé? demanda-t-elle à Louise.

— Un peu, mais surtout épuisé. Et il a perdu beaucoup de sang. Je préférerais vous garder sous surveillance, tous les deux.

— Moi, je préférerais siroter du champagne à Paris, bougonna Eve.

— On y sera demain, rétorqua Connors en s'asseyant péniblement à côté de sa femme.

— Tu as une bande d'Irlandais sous ton toit.

— Ah oui, c'est vrai ! Alors on se soûlera à la maison. Mes Irlandais apprécieront une bonne beuverie.

— Je me demande ce qu'ils penseront quand on rentrera, puants, déchiquetés et avec du sang partout. Aïe, Louise !

Eve inspira à fond pour refouler la douleur.

— À mon avis, reprit-elle, ils penseront qu'on a une vie palpitante.

— Je t'aime, Eve chérie, murmura Connors en l'embrassant dans le cou. Je t'aime et tout ça, bla-bla-bla.

— Louise, il est plus que défoncé, décréta Eve.

— Ramenez-le chez vous et débrouillez-vous pour qu'il dorme. Charles et moi, nous arriverons en avance. Je vous administrerai d'autres soins.

— On n'en finit pas de rigoler, ronchonna Eve en se levant tant bien que mal.

— Merci, Louise, dit Connors qui lui baisa la main.

Eve attendit que le van ait démarré.

— Où sont Diana et les deux autres ?

Il contempla le ciel où les étoiles s'effaçaient.

— Je l'ignore.

— Tu les as laissées partir ?

— Tu avais l'intention d'agir autrement ?

Elle resta un instant silencieuse.

— J'ai demandé à Feeney d'interrompre les recherches. Officiellement, Diana Rodriguez est décédée dans l'explosion qui a détruit la base souterraine de *Naissance sans douleur*. Les deux autres fillettes n'ont pas de dossier officiel.

— Or, sans dossier, nul n'a d'existence « officielle ».

— Avril Icove a disparu. J'ai la confession d'une mourante qui l'innocente complètement. Même sans ça, le procureur refuserait le procès. Pourquoi dépenser inutilement l'argent du contribuable ? Bien sûr, les Fédéraux pourraient être d'un autre avis.

— Mais ils ne les retrouveront pas. Tu risques gros, sur ce coup-là ?

— Non, pas vraiment. Nadine révélera l'affaire dans quelques heures. À présent, il n'y a plus rien dans les souterrains du centre Icove. La plupart des clones se fondront dans la masse. Fin de l'histoire.

Il prit entre ses mains le visage de sa femme, lui baisa le front, le nez, les lèvres.

— Toi et moi, nous avons de quoi nous réjouir.

— Oui, chuchota-t-elle en lui serrant très fort la main.

Le monde n'était pas parfait et ne le serait jamais. Mais pour Eve et Connors qui regardaient le jour éclabousser la ville d'une lueur grise, c'était à jamais le décor du bonheur.

8441

Composition Chesteroc Ltd
Achevé d'imprimer en France (La Flèche)
par Brodard et Taupin
le 10 août 2007. 43049
Dépôt légal août 2007. EAN 9782290355466

Éditions J'ai lu
87, quai Panhard-et-Levassor, 75013 Paris
Diffusion France et étranger : Flammarion